ЯН
ФЛЕМИНГ
007
ДЖЕЙМС
БОНД

«Я очень рассчитываю
на вашу помощь в одном деле, 007.
Все детали мне и самому
пока не ясны, но опыт подсказывает,
что речь идет о чем-то серьезном.
Даже очень серьезном.
Вы что-нибудь слышали о докторе
Джулиусе Горнере?»

Этому имени суждено было навсегда
впечататься в память Джеймса Бонда.
Имя человека, для которого
не существовало никаких авторитетов,
кроме его собственного, жаждущего
власти «эго», человека, чье богатство
было ограничено лишь его собственной
жадностью, человека, который
не остановился бы ни перед чем ради
достижения главной цели в жизни —
нанесения смертельного удара
в самое сердце Великобритании.

СЕБАСТЬЯН ФОЛКС

ДЬЯВОЛ НЕ ЛЮБИТ ЖДАТЬ

Санкт-Петербург
Издательский Дом
«Азбука-классика»

2008

УДК 82/89
ББК 84.4 Вл
Ф 76

SEBASTIAN FAULKS
Writing as Ian Fleming

DEVIL MAY CARE

Copyright © Ian Fleming Publications Ltd, 2008

Перевод с английского Владимира Правосудова

Фолкс С.
Ф 76   Дьявол не любит ждать: Роман / Пер. с англ.
В. Правосудова. — СПб.: Издательский Дом «Азбу-
ка-классика», 2008. — 384 с.

ISBN 978-5-91181-909-5

Новый роман о приключениях Джеймса Бонда.

Зверское убийство в бедном иммигрантском пригороде Парижа становится первым звеном в цепи событий, которые могут
привести ни много ни мало к глобальной катастрофе. Эти события разворачиваются на фоне всплеска торговли смертельно
опасными наркотиками, из-за чего Британия 60-х, кажется, вот-
вот погрузится в наркотический дурман, в забытье, из которого
нет возврата. В это же время британский авиалайнер пропадает
где-то над Ираком, и над всем Ближним Востоком раздаются
удары грома...

Союзницей Бонда становится шикарная красавица парижан-
ка по имени Скарлетт Папава. Бонду понадобится ее помощь в
борьбе не на жизнь, а на смерть с самым опасным в его карьере
противником — человеком, превратившим свою жизнь в танец
с самим дьяволом.

Бонд вернулся. И мало не покажется никому!

ISBN 978-5-91181-909-5

ГЛАВА 1

Наблюдатель под наблюдением

В тот вечер в Париже было сыро. Вот уже много часов кряду дождь без устали выстукивал свою нескончаемую считалку, барабаня по шиферным крышам домов вдоль Больших бульваров и по окнам маленьких мансард Латинского квартала. Швейцары, выскакивая из дверей пятизвездочных отелей вроде «Крийона» и «Георга V», высвистывали откуда-то из мрака такси, а затем бегом возвращались в вестибюль, чтобы сопроводить до машины закутанных в меха гостей, прикрывая их зонтиками. Огромное открытое пространство площади Согласия искрилось в свете фонарей и фар то серебристым, то антрацитовым блеском.

В Сарселле, на северной окраине столицы, Юсуф Хашим прятался от дождя под сводами пешеходной галереи. Эта железобетонная конструкция ничем не напоминала изящные арки Нового моста, где обычно укрывались от непогоды влюбленные. Прямо в галерею выходили двери мрачноватых, грязных трехкомнатных квартир. Почти каждую дверь, даже самую обшарпанную, украшали две, а то и три замочные скважины, а также крепления засовов или цепочек. Галерея, выходящая прямо на шумное, оживленное шоссе № 1, была пристроена к восемнадцатиэтажной многоквартирной башне, которую архитектор окрестил *L'Arc en Ciel* — «Радугой»; однако, несмотря на столь поэтичное название, даже жители местных беспокойных кварталов старались обходить эту бетонную коробку стороной.

Шесть лет провоевав в Алжире против французов, Юсуф Хашим наконец понял, что в этой стране ему больше ничего не светит и пора сматывать удочки. Бежал он в Париж (куда же еще?), где и обосновался в одной из квартир «Радуги», а вскоре к нему присоединились трое братьев. Принято было считать, что лишь те, кто в этой башне родился, могут без опаски ходить по коридорам и переходам, но Хашим здесь никого не боялся. Ему было всего пятнадцать, когда он, боец алжирского националистического движения ФНО[1], записал на свой счет первую отнятую человеческую жизнь, забросав бутылками с зажигательной смесью деревенскую почту. Все люди, с которыми ему приходилось общаться, будь то в Северной Африке или в Париже, были схожи в одном: они очень невысоко ценили чужую жизнь. Выживали только сильные, и время показало, что Хашиму сил не занимать.

Он сделал шаг вперед, на миг оказавшись не только под струями дождя, но и под лучами света, исходившего от натриевых уличных фонарей. Лицо у него было нездорового, серовато-коричневого цвета, с заметными оспинами; в глазах сверкали подозрительные огоньки, а крючковатый нос, казалось, принюхивается к окружающему пространству. Он похлопал себя по заднему карману синих рабочих брюк, представлявших собой часть рабочей спецовки: там, в кармане, завернутые в полиэтиленовый пакет, лежали двадцать пять тысяч новых франков. Такой большой суммы у него еще никогда не было, и, несмотря на весь свой опыт (а может быть, именно благодаря ему), он считал, что не только имеет право, но и обязан быть осторожным.

---

[1] *ФНО* (FLN) — Фронт национального освобождения (National Liberation Front), социалистическая партия, организованная в 1954 г. для борьбы за независимость Алжира от Франции. — *Прим. ред.*

Вновь нырнув в тень, он в пятый или в шестой раз взглянул на часы. Человек, которого он ждал, был ему незнаком. Таково было правило: каждый раз новый курьер. Эта четко выработанная схема делала распространение товара если не безопасной, то по крайней мере устойчивой системой: цепочка обрывалась с обеих сторон, так что курьер даже в случае ареста не смог бы навести полицию ни на поставщиков, ни на покупателей. Хашим не переставал удивляться, откуда берется столько новых курьеров. Сам он также старался соблюдать все законы конспирации, но это давалось нелегко. Он назначал встречи в разных местах и пытался устанавливать новые контакты, но это не всегда было возможно. Безопасность стоит денег, и, хотя перекупщики были ребята отчаянные, они прекрасно знали, сколько стоит товар на улице, и не желали терять свою долю прибыли. В итоге никто в этой длинной цепочке не мог чувствовать себя в абсолютной безопасности; никто, за исключением, быть может, всемогущего и неуязвимого разработчика всей схемы, находившегося, вероятно, скорее всего за тысячи миль от пропахшей мочой лестничной площадки, где стоял сейчас Хашим.

Он на ощупь поднес ко рту мягкую синюю пачку «Голуаз» и губами вытащил сигарету. В тот момент, когда он щелкнул дешевой зажигалкой, из темноты донесся незнакомый голос. Хашим мгновенно отпрянул еще глубже во мрак, злясь, что позволил кому-то наблюдать за собой. Рука машинально потянулась к боковому карману брюк и нащупала там рукоять ножа — неизменного спутника со времен детства в алжирских трущобах.

Из темноты под свет фонаря шагнул невысокий человек в армейской куртке. На голове незнакомца было что-то вроде форменного кепи Иностранного легиона; с козырька капала дождевая вода. Лица Хашим не видел. Человек негромко, хриплым голосом заговорил по-английски.

— В полях Фландрии, — произнес он, — маки рдеют.

В ответ Хашим выдал набор слов, которые выучил просто на слух, понятия не имея, что они означают:

— Та́мди бе́лых кристо́ фале́и[1].

— Сколько?

Даже по одному-единственному слову, произнесенному дилером, Хашиму стало понятно, что он не француз.

— Двадцать пять тысяч.

Курьер положил перед собой на нижнюю ступеньку лестницы брезентовую сумку защитного цвета. Потом отступил на шаг и сунул обе руки в карманы куртки. Хашим не сомневался, что одна из ладоней сжала рукоять оружия. Не делая резких движений, он достал из заднего кармана синих брюк завернутые в полиэтилен деньги, положил на ступеньку и тоже отступил на шаг. Так уж было заведено: все соблюдали безопасную дистанцию, ничего не передавая из рук в руки. Курьер выждал пару секунд и взял деньги. Пересчитывать их он не стал, лишь задержался на пакете внимательным, оценивающим взглядом и только потом положил его во внутренний карман куртки. Затем отступил, выжидая действий Хашима.

Тот наклонился и поднял брезентовую сумку. Весила она прилично: больше чем любая, которую ему доводилось держать в руках до сих пор, но подозрительно тяжелой не казалась — не настолько тяжелой, чтобы можно было подумать, будто ее набили песком.

---

[1] В полях Фландрии маки рдеют / Там, где белых крестов аллеи *(пер. У. В. Сапциной)* — первые строки стихотворения, написанного Джоном Маккреем в 1915 г. и посвященного британским солдатам, погибшим во Фландрии во время газовой атаки под городом Ипр.

Хашим энергично встряхнул сумку и почувствовал, как внутри беззвучно пересыпается тщательно упакованный сухой мелкий порошок. Что ж, обе стороны признали сделку совершившейся, и теперь оставалось лишь подождать, пока поставщик растворится во тьме. Так гласило еще одно правило: безопаснее, чтобы курьер в случае ареста не мог даже примерно сказать полиции, в каком направлении продолжила путь партия товара.

Хашим стоял как вкопанный, ожидая, пока курьер первым уйдет с места встречи. Внезапно на него обрушился весь шум окружающего мира — звуки движения машин на дороге и стук дождевых капель, стекающих на асфальт.

Что-то явно пошло не так. Хашим начал двигаться вдоль стены, неслышно, как ящерица, отступая к дальнему краю лестничной площадки, где можно было наконец раствориться в ночной тьме. В два прыжка курьер преодолел разделявшее их расстояние, и его рука обхватила шею Хашима. Потом лицо араба размазалось по некрашеной стене, а крючковатый нос превратился в бесформенный комок кровавой слизи. Хашим почувствовал, как его швырнули ничком на бетонный пол, а затем услышал характерный щелчок снимаемого с предохранителя пистолета. Как и следовало ожидать, ствол прижался к его голове прямо за ухом. Действуя одной свободной рукой, незнакомец с завидным мастерством, видимо достигнутым многолетней практикой, заломил руки Хашима за спину и сковал наручниками. «Полиция, — подумал Хашим. — Но как им удалось...»

В следующий миг его перевернули на спину и потащили вниз по ступеням. Незнакомец извлек из кармана своей куртки что-то вроде деревянного клина, дюйма четыре размером в самой широкой части. Клин был вставлен Хашиму в рот и загнан поглубже несколькими ударами кулака, а затем и рукоятки пистолета, пока не послышался хруст сломанных зубов. Из другого кармана незнакомец вытащил пару щипцов с длинными тонкими ручками.

Он склонился над Хашимом, и тот на миг увидел его желтоватое лицо.

— Вот так, — сказал желтолицый на своем плохом французском, — мы делать с теми, кто много говорить.

Он засунул щипцы Хашиму в рот, и их острые кромки сомкнулись на языке.

Рене Матис обедал со своей любовницей в маленьком ресторанчике поблизости от площади Вогезов. Тюлевые занавески, свисавшие с карниза, проходившего прямо посредине окна, скрывали нижнюю часть вида на площадь, а через верхнюю половину стекла были видны лишь кирпичные полукружия арок да бесконечные потоки дождя, стекающие с карнизов.

Была пятница, и Рене Матис с удовольствием принимал участие в столь приятном ему еженедельном ритуале. Покинув здание Второго управления, он доехал на метро до собора Святого Павла и пешком прогулялся до квартирки своей пассии, проживающей в квартале Марэ. Он проходил мимо кошерных мясных лавок, мимо книжных магазинов, в витринах которых были выставлены характерные свитки и канделябры-семисвечники, пока не достиг выкрашенных синей краской *porte-cochère*[1]. Инстинктивно оглянувшись, чтобы убедиться, что за ним нет хвоста, он дернул за ручку старинного звонка.

«Приятный бонус к работе секретного агента — возможность успешно сохранять в тайне интрижку или даже долговременный роман», — удовлетворенно подумал Матис, оглядывая улицу в обоих направлениях.

---

[1] Ворота *(фр.)*.

За дверью послышались шаги. Ему открыла коренастая консьержка мадам Буэн. В ее глазах за толстыми стеклами очков, как всегда, читались противоречивые чувства: она вроде бы и заговорщически подмигивала, и в то же время выражала взглядом презрение. «Пора, пожалуй, купить еще одну коробку шоколада с запахом фиалки, как в прошлый раз», — подумал Матис, пересекая двор и поднимаясь по лестнице к дверям Сильви.

Сильви приняла у него мокрый плащ и хорошенько стряхнула. Как обычно, она поставила на стол бутылку «Рикара», два бокала, графин с водой и маленькие тосты из магазинной упаковки, намазанные консервированным фуа-гра[1]. Сначала они занялись любовью в спальне — беседке из занавесок в цветочек, покрывал в цветочек и обоев в цветочек, пестреющей всеми цветами радуги. Сильви, миловидной крашеной блондинке, вдове чуть за сорок, удалось неплохо сохранить фигуру. В постели она была умелой, покладистой и предупредительной — настоящая *poule de luxe*[2], как Матис порой называл ее в порыве страсти. Потом — после постели, ванны, переодевания для нее и аперитива для него — наступало время ужина в ресторане.

Матиса всегда удивляло и даже забавляло, что Сильви, едва выбравшись из постели, уже была готова вести светский, ни к чему не обязывающий разговор — о своей семье в Клермон-Ферране, о сыновьях и дочери или, например, о президенте де Голле, которого просто боготворила. Ужин уже подходил к концу, и Сильви доедала самый фруктовый из всех фруктовых десертов, когда к их столику подошел Пьер — официант, который всегда обслуживал их в этом ресторане. На его лице было написано сожаление.

---

[1] *Фуа-гра* (от *фр.* foie gras) — паштет из гусиной печени.
[2] Шикарная цыпочка (*фр.*).

— Месье, прошу прощения за беспокойство. Вас к телефону.

Матис всегда оставлял на работе номера телефонов, по которым его можно было найти в случае необходимости, но ведь в отделе все прекрасно знали, что вечер пятницы для него святое и в это время его лучше не беспокоить. Он приложил к губам салфетку, извинился перед Сильви, затем пересек многолюдный зал ресторана, прошел мимо деревянной барной стойки и оказался в маленьком вестибюле рядом с дверями туалетов. Снятая трубка висела возле телефонного аппарата.

— Слушаю.

Он рассеянно взглянул на плакат, навязанный ресторану профсоюзами: это было призвание к борьбе со злоупотреблением алкоголем в общественных местах. *Répression de l'Ivresse Publique. Protection des Mineurs*[1].

В ходе разговора собеседники не называли друг друга по имени, но Матис сразу узнал голос заместителя начальника отдела.

— На одной из окраин убийство, — сказал тот.

— А полиция на что? — поинтересовался Матис.

— Да я все понимаю. Но тут есть некоторые... тревожные нюансы.

— Полиция уже там?

— Да. Они тоже беспокоятся. Там уже целая серия похожих убийств.

— Я в курсе.

— Поезжайте на место и осмотритесь.

— Прямо сейчас?

— Да. Я высылаю машину.

— Скажите водителю, чтобы подъехал к станции метро «Сен-Поль».

---

[1] Долой публичное пьянство. В защиту горнорабочих *(фр.)*.

«Ну что ж, — подумал Матис, снимая с вешалки все еще влажные плащ и шляпу, — в конце концов, могло быть и хуже. Вот позвонило бы начальство на пару часов раньше...»

Черный «Ситроен DS21» ждал у выхода из метро на улице Риволи. Водитель не глушил мотор, зная особенности ситроеновской пневматической подвески: стоило выключить двигатель — и через короткое время машина опускалась к самому асфальту, едва не ложась на него днищем. После включения зажигания насосам требовалось некоторое время, чтобы вновь приподнять кузов. Матис нырнул в уют заднего сиденья, водитель резко, как затвор, передернул ручку переключения скоростей, и машина рванула с места, с визгом проворачивая колеса на мокром асфальте.

Матис закурил американскую сигарету и уставился в окно: мимо проносились шикарные витрины магазинов на Больших бульварах, затем «Галери Лафайетт», «Монопри» и другие безликие гигантские универмаги, расплодившиеся на оживленных магистралях вблизи бульвара Осман. Проехав мимо Северного вокзала, водитель углубился в сеть более мелких улочек, примыкающих к площади Пигаль. Здесь характерными приметами городского пейзажа были кричащие, желтые и красные вывески индокитайских ресторанов, скромные витрины магазинов подержанной мебели и красные фонари над входами в *hôtel de passe*[1], возле которых, на ближайшем углу, непременно стояла под зонтиком какая-нибудь пухленькая цыпочка с голыми ногами.

Миновав каналы и пронзив насквозь беспорядочное кружево узких переулков и проездов в окрестностях старого города, они на большой скорости проско-

---

[1] Гостиница с почасовой оплатой; дом свиданий (*фр.*).

чили Клиньянкур, Сен-Дени и, как всегда неожиданно, оказались на автостраде, идущей вровень с верхними этажами блочных многоквартирных домов. Именно здесь Париж словно отгораживался от тех, кому не было места в сверкающем Городе Света, кому были суждены лишь душные комнатушки в мрачных городах тьмы.

Водитель свернул с шоссе № 1 на второстепенную дорогу и, пару раз вильнув вправо-влево словно бы наугад, внезапно затормозил прямо у подножия железобетонной «Радуги».

— Стоп, — сказал Матис. — Посвети-ка вон туда.

Поворотные фары «ситроена», повинуясь рулю, выхватили из темноты нижние ступеньки лестницы и стоящего возле них одинокого полицейского в форме.

Матис внимательно оглядел странное здание. На бетонной стене через неравные («произвольные», как наверняка сказал бы автор этого сооружения) промежутки были укреплены какие-то непонятные деревянные композиции, напоминающие картины кубистов. По всей видимости, они были призваны придать безликому фасаду бетонной башни хотя бы подобие выразительности и индивидуальности. Скорее всего эти композиции должны были перекликаться с образом радуги, давшим название комплексу из двух зданий и дугообразного перехода над шоссе. Впрочем, дерево оказалось материалом куда менее прочным, чем бетон: бóльшая часть декоративных элементов была либо утрачена, либо испорчена до неузнаваемости. Жалкие остатки, по-прежнему украшавшие фасад, придавали ему какой-то гротескный и даже зловещий вид: так выглядит морщинистая старуха, ярко и небрежно накрасившая губы.

Матис подошел к лестнице и показал полицейскому свое удостоверение:

— Где труп?

— В морге, месье.

— Уже опознан?

Полицейский достал из кармана блокнот:

— Юсуф Хашим. Тридцать семь лет. Метис, черноногий[1] — точно не знаю.

— На него что-нибудь есть?

— Нет, месье. Но это ни о чем не говорит. В этом районе у нас вообще мало на кого что-нибудь есть, хотя, ясное дело, большинство местных не дружат с законом, мягко говоря. Мы в эти кварталы редко суемся.

— Я так понимаю, они здесь сами себе полиция.

— Это же гетто.

— Как его убили?

— Одним выстрелом в упор.

— Пойду осмотрю место преступления.

— Пожалуйста, месье. — С этими словами полицейский поднял веревку, которой был перекрыт вход на лестницу.

Там стояла такая вонь, что Матису пришлось задержать дыхание, а потом, когда он поднимался по ступенькам, дышать ртом. Он прошел вдоль галереи, удивленно разглядывая крепления цепочек и засовов, которыми местные обитатели пытались хоть как-то усилить свои хлипкие двери. Из некоторых квартир доносились звуки включенного радио или телевизора либо громкие возбужденные разговоры. В дополнение к вони от человеческих испражнений в галерее ощущался легко узнаваемый запах кускуса и кебаба.

Каким же кошмаром должна быть жизнь этих метисов, полукровок или черноногих — французов, родившихся в Алжире. «Они же как животные, — поду-

---

[1] *Черноногий* (от *фр.* pied-noir) — так называли французов, репатриированных из Алжира после провозглашения этой колонией независимости.

мал Матис, — только запертые не внутри, а снаружи — за пределами города-клетки». Впрочем, в его служебные обязанности не входило вникать в несовершенство мира. От него требовалось выяснить, не было ли убийство Хашима чем-то большим, нежели обычный выстрел в ходе криминальных разборок между местными обитателями, и какое отношение вся эта история могла иметь к работе Второго управления.

Начальник отдела, само собой, потребует письменного отчета, так что лучше хотя бы постараться проникнуться атмосферой этой «Радуги», чтобы нащупать нить событий. По возвращении в офис придется просмотреть все досье по сходным убийствам, а также связаться со Службой иммиграции и на основании предоставленных данных попытаться установить, есть ли между этими преступлениями какая-либо связь и нет ли тут повода для серьезного беспокойства. Целый отдел во Втором управлении занимался негативными последствиями французских колониальных войн. Восьмилетняя борьба за независимость Алжира жестоко расколола не только сам Алжир, но и Францию; политические проблемы, вызванные этим расколом, нарастали как снежный ком, и решить их удалось лишь вернувшемуся, казалось бы, из политического небытия генералу де Голлю — лидеру времен Второй мировой войны. Губы Матиса дрогнули в улыбке, когда он вспомнил, каким почтением и обожанием проникалось лицо Сильви, когда она с придыханием произносила имя великого человека. В то же самое время куда более болезненным и позорным в геополитическом плане было поражение французской армии в Индокитае, вернее, в той его части, которая теперь провозгласила себя Вьетнамом. Унижение от разгрома под Дьенбьенфу словно каленым железом обожгло душу Франции, оставив глубокую, до сих пор не зажившую рану.

«Утешает в этой ситуации, — подумал Матис, — только то, что и американцы, втянувшиеся в войну в этом регионе, оказались на пути к катастрофе». Что же касается его лично и его коллег, то для них Алжир и Индокитай представляли собой несколько иную, хотя тоже безрадостную картину: Францию наводнили тысячи иммигрантов, озлобленных, нищих, склонных к насилию; многие имели криминальный опыт, а некоторые, как стало выясняться в последнее время, были заклятыми врагами Французской Республики.

Матис методично зарисовал план квартала и предположил направление, откуда убийца мог подойти к этой пропахшей мочой лестничной площадке. Кроме того, он набросал в блокноте несколько предварительных рекомендаций, которые собирался дать участковому местной жандармерии.

Закурив еще одну сигарету, Матис спустился по лестнице. Поблагодарив полицейского, он направился к обочине шоссе, где его ждал «ситроен», по-прежнему урчавший мотором на холостых оборотах.

— Отвезите меня в морг.

Большая машина медленно развернулась, и на миг ее фары выхватили из темноты одинокий силуэт в одной из дверей первого этажа. На голове у незнакомца было кепи Иностранного легиона; когда «ситроен» влился в поток уличного движения, он быстро пошел прочь, словно поняв, что больше ничего интересного тут не произойдет, а все, что нужно, он уже видел.

В морге пришлось некоторое время подождать, пока дежурный администратор не выписал разрешение на осмотр тела. Матис попросил бесстрастного водителя остаться и подождать его.

— Есть, месье, — отчеканил тот и вернулся в машину.

Администратор ушел вглубь служебных помещений и вскоре вернулся вместе с патологоанатомом, пожилым человеком в золотых очках и с тонкими черными усиками, который пожал руку Матису и представился как Дюмон.

Проверив и перепроверив поданные администратором списки и сверив их с номерками на каталках, Дюмон наконец нашел то, что искал, и, взявшись обеими руками за толстую металлическую ручку, вывез нужную каталку в центр зала.

В такие моменты Матис всегда испытывал легкую дрожь волнения. Труп уже остыл и приобрел сероватый оттенок, и, хотя сотрудники морга успели обмыть его, лицо представляло собой сплошное месиво под коркой запекшейся крови.

Хашим выглядел точно так же, как и тысячи молодых алжирцев, образ жизни которых не мог привести ни к чему хорошему. И все же...

— Причина смерти? — спросил Матис.

— Пулевое ранение, выстрел произведен через рот прямо в нёбо.

— А почему нос расквашен?

— Похоже, сначала его избили, — сказал Дюмон. — Но дело не только в носе. Поглядите на его правую руку.

Матис поднял сжатую в кулак кисть Хашима. Между скрюченных пальцев виднелся окровавленный кусок мяса.

— Что за...

— Это его язык, — пояснил Дюмон.

Матис опустил руку покойника:

— Зачем уродовать человека, который уже мертв? Может, это какой-то знак или сигнал — что скажете?

— Это было сделано еще до того, как он умер, — ответил Дюмон. — Я почти уверен, что в тот момент он был еще жив. Это сделали щипцами, клещами или чем-то вроде того.

— Бог ты мой!

— Лично я никогда ничего подобного не видел.

— Вот как? — переспросил Матис. — А мне вот доводилось. С чем-то подобным я уже сталкивался. Это было где-то... где-то. В любом случае спасибо, доктор. Теперь можете его убирать. Вернемся каждый к своей работе.

Он прошел по длинному коридору, пересек вестибюль морга и вышел под дождь.

— Выключите эту чертову шарманщицу Пиаф, — сказал он водителю, — и поехали в офис.

Шофер ничего не ответил, но выключил радио и рванул вперед с неизбежным визгом буксующих шин. Было два часа ночи.

ГЛАВА 2

Голос из прошлого

В то солнечное воскресное утро тысячи паломников уже успели собраться на площади Святого Петра, чтобы послушать проповедь Папы, с которой он еженедельно обращался к пастве из окна своей резиденции.

Джеймс Бонд некоторое время походил среди верующих. Он не без интереса наблюдал за тем, как они, обратив благоговейные лица к далекому балкону, внимали словам понтифика; когда старик произносил несколько слов на их родном языке, на паломников словно нисходило блаженство. Бонд почти позавидовал их простодушной вере. Покачав головой, он направился прочь, лавируя меж вездесущих голубей.

Никакие слова, даже произнесенные на латыни, которую принято считать универсальным языком, не могли произвести впечатления на Бонда, а уж тем более развеять окутавшую его тоску. В мрачном настроении он прошел мимо приземистого замка Святого Ангела, потом по мосту через Тибр и оказался на улице Дзанарделли. Здесь он заглянул в бар и заказал себе «американо» — обжигающий, до горечи крепкий напиток, приготовленный в машине эспрессо, который наливали в чашку на пару глотков вместо одного, как поступили бы, если б он заказал обычный кофе. Народу было полно: кто-то доедал поздний завтрак, кто-то оживленно болтал, но бо́льшую часть шума создавали официанты, громко выкрикивавшие бармену поступавшие от клиентов заказы. Некоторые дамы средних лет даже привели с собой своих собачек и теперь с упоением скармливали им под столом основательные куски пирожных. Бонд выпил кофе прямо у стойки, оставил бармену несколько монет и снова вышел на улицу.

Его трехмесячный творческий отпуск по состоянию здоровья, организованный заботами лондонских врачей, подходил к концу, но как же долго будут тянуться оставшиеся две недели. Впрочем, начиналось все довольно приятно. Один старый знакомый М. зарезервировал для временно отстраненного от дел Бонда коттедж на Барбадосе, где тот мог целыми днями купаться и нырять, прерываясь лишь для обеда и ужина на террасе; еду ему стряпала весьма дородная островитянка по имени Чарити. Она великолепно готовила рыбу на гриле; не менее удачно получались у нее и блюда из риса; на десерт подавалось домашнее мороженое и горы нарезанных ломтиками манго и папайи. Следуя рекомендациям докторов, Бонд воздерживался от спиртного и ложился спать не позже десяти вечера — в полном одиночестве, в компании лишь первой попавшейся книги в мягкой обложке и таблетки барбитурата.

Он поддерживал себя в хорошей форме, но — опять же по настоянию врачей — старался не перенапрягаться и занимался спортом если не вполсилы, то по крайней мере не больше чем на три четверти. В дополнение к плаванию он ежедневно пробегал три мили, подтягивался на металлическом турнике на пляже и раз по пятьдесят отжимался, прежде чем второй раз за день принять душ. Этой нагрузки вполне хватало, чтобы не дать себе расслабиться, но и не более того.

Тем не менее в скором времени он был принят в местный теннисный клуб в качестве почетного члена, и с тех пор во второй половине дня, вместо того чтобы потягивать безалкогольный коктейль на террасе, он отправлялся играть с Вейландом — невероятно быстрым и ловким молодым человеком, служащим местной полиции. Со времен окончания школы Бонд едва ли раз десять брался за теннисную ракетку, и то без особого энтузиазма, но, состязаясь с Вейландом, он и сам не заметил, как в нем проснулся дух соперничества, вызванный энергичной и агрессивной манерой игры противника. Как выяснилось, теннис — игра вовсе не исключительно для старых перечниц, способных по полчаса прохаживаться вдоль сетки, обсуждая, «а не разыграть ли еще пару подач», — нет, Вейланд был не из таких. Игра с ним превращалась в поединок двух целеустремленных личностей — поединок, от которого ныли плечи, а легкие едва способны были дышать. Бонду ужасно не хватало опыта, но зато в его активе были исключительная координация движений и желание побеждать всегда и во всем. Уже во время пятой встречи он сумел выиграть сет у молодого соперника, а еще через некоторое время проницательность Бонда и его склонность к аналитическому мышлению помогли ему нащупать психологически слабые моменты Вейланда как игрока. В общем, зачастую игра шла практически на равных, и в большинстве случаев противники останавливались после двух сетов и отправлялись на веранду, где долго потягивали какие-нибудь напитки.

Примерно через месяц друзья М. весьма некстати вернулись из поездки и, разумеется, были не против пожить в собственном доме. Бонд, которому начальство не то чтобы приказало, но убедительно рекомендовало не показываться некоторое время в Британии, решил продолжить оздоровительный отпуск на юге Франции. Его самолет приземлился в Марселе жарким майским утром, и он подумал, что раз уж торопиться некуда и впереди еще пропасть времени, которое предстоит на что-то убить, то поужинать и переночевать можно прямо в одной из портовых гостиниц, а наутро отправиться в путь дальше по побережью. Он попросил таксиста отвезти его туда, где подают лучший буйябес[1]; спустя полчаса он уже сидел под оранжевым парусиновым навесом, потягивая свежайший цитрон-прессе[2] и лениво разглядывая стоящие в гавани, на рейде и у причалов суда.

У человека, путешествующего в одиночестве, остается много времени на размышления и наблюдения. Человек, который к тому же долгое время тренировал наблюдательность в одной из самых секретных служб своей страны и чьи инстинкты отточены годами жесткой самодисциплины, несомненно, заметит многое из того, на что другие путешественники едва ли обратят внимание.

Так и получилось: Бонд, пожалуй единственный из всех обедавших в тот вечер на набережной, мысленно задался вопросом, почему двое мужчин в черном кабриолете «Мерседес 300D» как-то не вписываются в общую благостную картину. Чем-то эта парочка сумела привлечь его внимание — даже здесь, в шумном, многолюдном и многонациональном торговом порту.

Автомобиль остановился у причальной стенки одного из доков, и меньший по габаритам пассажир кабриолета, в рубашке с короткими рукавами и французском кепи военного образца, выбрался из машины и прошелся вдоль причала, явно выискивая в ряду судов какое-то определенное. Через некоторое время он действительно поднялся по одному из трапов и скрылся на борту судна.

---

[1] *Буйябес* (от *фр.* bouillabaisse) — рыбный суп с чесноком и пряностями, распространенное блюдо на юге Франции.

[2] *Цитрон-прессе* (от *фр.* citron pressé) — свежевыжатый лимонный сок.

Тем временем внимание Бонда переключилось на его спутника, который остался в открытой машине. Тот был примерно одного возраста с Бондом, возможно, славянского или восточноевропейского происхождения, судя по высоким скулам и характерному разрезу глаз. Его соломенного цвета волосы были набриолинены и зачесаны назад без пробора. Он был в бежевом тропическом костюме, вероятно от «Эйри и Уилера»; костюм дополняли бледно-голубая рубашка и ярко-красный галстук — один из тех, что можно увидеть в витринах магазинов на Джермин-стрит. Кузов «мерседеса» сверкал на солнце, как глыба полированного антрацита, а открытый салон был обтянут великолепной выделки кожей цвета бургундского вина. И все же даже при таком обилии ярких деталей и вообще внешнего лоска Бонд не мог не заметить одну странность в облике незнакомца: на нем была одна-единственная шоферская перчатка.

Снимать этот аксессуар он, похоже, не собирался: даже достав из кармана серебряный портсигар, он вытащил сигарету и закурил ее, так и не сняв перчатку. Показалось ли это Бонду, или перчатка действительно была слишком большой, как будто скрытая в ней рука по размеру превосходила другую?

Тем не менее куда интереснее любой физической особенности или недостатка было то, что незнакомец распространял вокруг себя нечто вроде ауры. От него исходила почти физически ощутимая волна дерзости и самоуверенности. Наклон головы, выражение лица, изгиб губ, даже движение пальцев, когда он стряхивал пепел с сигареты на булыжник набережной, — все подчеркивало демонстративное презрение к окружающему миру и населяющим его людям. Помимо этого, человека в «мерседесе» отличала еще одна особенность, — казалось, вся его фигура выражает чрезвычайную целеустремленность и сосредоточенность. Он был из тех, кто ради достижения намеченной цели готов преодолеть любые препятствия, смести, буквально растоптать любого, кто встал бы у него на пути. У Бонда промелькнула мысль: может быть, этот человек потому и выказывает всем своим видом презрение к окружающим, что боится проявить слабость, войти в чье-то положение, продемонстрировать участие и таким образом пусть на миг, но отсрочить достижение собственной цели. Интересно, сколько лет, сколько горьких неудач и поражений потребовалось, чтобы выковать такой характер, чтобы в конце концов создать эту тварь (вот только Божью ли, вот в чем вопрос)?

Напарник человека в одной перчатке вернулся в машину, неся в руках сумку; его лицо по-прежнему было скрыто под козырьком странного кепи. В магазинах и бутиках на Кингс-роуд в Челси, неподалеку от его квартиры, Бонду уже доводилось видеть новую, модную среди молодежи одежду в стиле милитари. Из чувства протеста ее носили в сочетании, например, с длинными волосами, часто заплетенными в косички с цветными шнурками. Но этот человек явно был не хиппи, не «дитя цветов». Невысокий и не отличающийся мощным телосложением, он двигался со скоростью и ловкостью настоящего армейского разведчика или спецназовца. Буквально в каждом его жесте прослеживалась неумолимая функциональность: в том, как он одним движением запрыгнул на водительское сиденье, перекинул брезентовую сумку на заднее место и завел мотор. Это был человек действия, этакий идеальный сержант, фанатично преданный командиру и готовый ради него сделать все, а если понадобится, то и пожертвовать жизнью.

Также одним движением он развернул массивный кабриолет на неширокой набережной и резко нажал на газ. В этот момент из какого-то кафе выбежала маленькая собачка и, громко лая, бросилась в погоню за чайкой. Она попала под переднее колесо «мерседеса» и осталась лежать на мостовой, жалобно скуля в предсмертных муках. Водитель машины даже не попытался объехать собаку, а сбив ее, ни на миг не притормозил; мощный открытый автомобиль понесся дальше своей дорогой.

Бонд путешествовал по Лазурному Берегу без какого-то определенного плана. Первую пару дней он провел в отеле «Эден-рок» на мысе Антиб, но быстро устал от публики, проводившей время на этом курорте. Безусловно, по роду деятельности ему часто приходилось иметь дело с богатыми людьми, у которых он перенял весьма взыскательные вкусы в отношении напитков, автомобилей и женщин, однако ему было совершенно не по душе долгое время находиться в компании мужчин, высидевших задницами свое состояние где-нибудь на бирже, и дам, подозрительно хорошо выглядящих благодаря скальпелю пластического хирурга и всем ресурсам гостиничного салона красоты.

В Монте-Карло он сорвал небольшой куш на рулетке, но зато проиграл в покер. Даже эта азартнейшая из всех игр не встряхнула и не взволновала его так, как можно было ожидать. «Интересно, — подумал он, — неужели мне всегда нужен противник калибра Ле Шиффра или Хьюго Дракса[1], чтобы игра стоила свеч?»

Как-то вечером, в прекрасный час летних сумерек, он сидел в одном из каннских кафе с видом на Средиземное море, слушая хор древесных лягушек, которые надрывались в сосновой роще у него за спиной. Каким же чудесным должен был показаться этот маленький рыбацкий городок первым туристам из Англии — с его

---

[1] Главные злодеи в «Казино „Рояль“» и «Мунрейкере» соответственно.

мягким воздухом, ароматом вечернего бриза и простотой жизни, выражавшейся здесь во всем, включая местную кухню: жареная рыба, салаты и прохладное вино! «А теперь Канн превратился в некий вариант Блэкпула[1], — думал Бонд, — с дешевыми гостиницами, толпами народа, молодежью, носящейся на своих тарахтящих мотороллерах и чадящих мотоциклах с двухтактным двигателем. Скоро здесь, того и гляди, еще и трамваи пустят вдоль набережной».

Бонд вдруг поймал себя на том, что подобные мысли стали посещать его слишком часто.

Вернувшись в свой номер, он принял контрастный душ: сначала горячий, насколько можно было вытерпеть, а потом обжигающе холодный, чтобы ледяные иголочки впивались в спину. Он постоял раздетый перед зеркалом в ванной; отвращение, которое при этом выражало его лицо, он даже не пытался скрыть или смягчить.

— Устал ты, — сказал он вслух. — Отбегал свое. Все, пора в тираж.

Его торс и руки были покрыты сплошной сеткой шрамов, больших и маленьких, различной формы: пожалуй, это были самые четкие следы истории его бурной жизни. Да еще несколько смещенных влево позвонков — результат падения с поезда на полном ходу во время одной операции в Венгрии, да участок пересаженной кожи на тыльной стороне левого предплечья. При ближайшем рассмотрении выяснялось, что каждый квадратный дюйм поверхности торса и конечностей Бонда нес на себе отпечаток того или иного эпизода своей собственной биографии. И все же Бонд понимал: главная проблема заключается не в телесных шрамах, а в том, что происходит у него в голове.

---

[1] *Блэкпул* — город в Великобритании, курорт на берегу Ирландского моря.

Именно об этом говорил ему М.:

— Я понимаю, как вам крепко досталось в жизни, Джеймс. Вам пришлось перенести гораздо больше, чем выпадает любому человеку и даже, я бы сказал, человеку вашей профессии. Будь вы обычным человеком — даже будь вы любым другим агентом Ноль-Ноль, — я бы просто повысил вас в звании и должности. Посадил бы за офисный стол и загрузил бумажной работой. Но поскольку это вы, Джеймс, я бы хотел, чтобы вы сами приняли решение. Возьмите отпуск на три месяца — на нем, кстати, и врачи настаивают; конечно, он будет полностью оплачен. А потом придете и скажете мне, что вы решили.

Бонд надел чистое белье, свежую рубашку и белый смокинг с черным шелковым поясом. Ну что ж, по крайней мере, все сидит как влитое. Несмотря на кулинарные старания Чарити и нечаянные гастрономические радости ресторанов Французской Ривьеры, растолстеть у него так и не получилось. Наверное, мешали теннис и трезвый образ жизни. Что ж, физически он в форме, но вот психологически... Не начал ли он заплывать жирком изнутри, начиная с мозга?

Утомившись от юга Франции и не зная, чем еще себя занять в оставшиеся дни отпуска, Бонд поехал в Рим, надеясь, что время побежит быстрее. Он отыскал отель на Виа-Венето, о котором Феликс Лейтер, его старый друг из ЦРУ, хорошо отзывался, когда звонил ему из агентства Пинкертона, где теперь работал. Феликс был отличный парень и посоветовал самое лучшее. Бонд мог сидеть на балконе своего номера с сигаретой и стаканом свежевыжатого апельсинового сока и рассматривать парад кинозвезд — нынешних и будущих, — совершающих свою ежевечернюю *passeggiata*[1]

---

[1] Прогулка (*ит.*).

от одного кафе к другому вдоль одной из красивейших улиц мира.

— К сожалению, эта гостиница находится слишком близко к американскому посольству, — предупредил Лейтер. — Сам понимаешь, все эти выпускники Йеля в наглухо застегнутых рубашках и их коктейльные вечеринки... Но я думаю, что такой британец до мозга костей, как ты, Джеймс, найдет для себя что-нибудь подходящее.

В тот воскресный вечер, вернувшись с площади Святого Петра, Бонд переоделся в простой однотонный пиджак, угольно-черного цвета брюки и черные же мягкие туфли наподобие мокасин. Он решил пойти в ресторан с традиционной римской кухней, расположенный на Виа-Каррокце, по соседству со знаменитой лестницей на площади Испании. В вестибюле он чуть не столкнулся с шедшей ему наперерез молодой женщиной в дорогом костюме от Диора. Отшатнувшись, она выронила вечернюю сумочку, которая со стуком упала на пол; Бонд нагнулся, чтобы поднять ее, заодно заметив стройные лодыжки, обтянутые тонким нейлоном, и чрезвычайно элегантные туфли-лодочки.

— Какая же я неловкая, — сказала женщина.

— Это я виноват, — возразил Бонд.

— Нет, что вы, это я не смотрела, куда иду...

— Ну хорошо, — позволил уговорить себя Бонд, — я согласен, чтобы вы взяли всю вину на себя, но с одним условием: если вы позволите мне угостить вас чем-нибудь в баре.

Незнакомка посмотрела на часы. У нее были черные, коротко остриженные волосы и широко посаженные карие глаза.

— Ну что ж, — сказала она. — Один коктейль. Меня зовут Лариса Росси.

— Бонд. Джеймс Бонд. — Он протянул молодой женщине руку, которую она слегка пожала. — У меня была одна знакомая по имени Лариса.

— Правда? — Вопрос прозвучал буднично и как-то демонстративно-безразлично.

Они тем временем шли по мраморному полу вестибюля.

— Да, представьте себе, — подтвердил Бонд. — Но она была блондинка. Русская блондинка.

Когда они вошли в бар, Лариса уже улыбалась:

— И я полагаю, это было деловое знакомство. Может быть, переводчица?

— Нет. Она была профессиональной соблазнительницей.

— Боже мой! — Лариса засмеялась.

«Ее это скорее позабавило, чем шокировало, — подумал Бонд. — Неплохо».

— Вообще-то эту историю я никогда никому не рассказывал, — сказал он. — Ну что же, чем я могу вас угостить?

— Сухой мартини, пожалуйста. Кстати, его здесь очень хорошо готовят. Вы должны попробовать.

Бонд мрачно улыбнулся и заказал себе томатный сок. Пожалуй, главным следствием долгого воздержания от спиртного стала для него стойкая неприязнь ко всем безалкогольным напиткам.

Они взяли свои бокалы и прошли к столику в углу, подальше от рояля. Бонд с завистью наблюдал, как Лариса помешивает вязкую жидкость коктейльной соломинкой с наколотой на нее оливкой. Девушка закурила «Честерфилд» и протянула пачку ему. Он покачал головой и достал свои сигареты. Конечно, те, которыми он запасся еще у Морленда, давно кончились, но буквально накануне ему посчастливилось найти предприимчивого торговца табачными изделиями в самом начале Виа-Кондотти, у которого он и разжился парой блоков сигарет турецкого производства и приемлемого качества.

— И что же вы делаете в Риме, Лариса?

— Я здесь с мужем. Он директор крупной страховой компании, одной из тех, чьи офисы находятся на Виа-Венето.

Бонд с интересом прислушивался к собеседнице: у нее был низкий голос, очень правильное английское произношение, как у выпускницы хорошего учебного заведения, но с легким, едва заметным акцентом, выдающим, что английский для нее лишь один из нескольких родных языков.

— И вы хотите сказать, что на сегодняшний вечер муж оставил вас в одиночестве?

— Я... в общем-то, в каком-то смысле да. А вы сами чем тут занимаетесь, мистер Бонд?

— Можно просто Джеймс. Я тут в отпуске. Вообще-то я занимаюсь экспортной торговлей.

— В отпуске — и один?

— Да, мне так больше нравится. Я считаю, что, когда путешествуешь в одиночестве, успеваешь увидеть больше интересного.

Лариса чуть удивленно приподняла бровь и положила ногу на ногу. Несомненно, это был способ привлечь его внимание, но Бонд не мог осуждать ее за это. Почему бы действительно не продемонстрировать свои длинные, стройные и изящные ножки; Бонд подумал, что своей красивой формой они обязаны не спортивным упражнениям и не диетам, а скорее породе, молодости и отчасти дорогим чулкам.

Час спустя они ужинали на Виа-Карроцце. Для того чтобы уладить это дело, им потребовалось сделать два телефонных звонка: Лариса позвонила мужу из бара отеля и, по-видимому, получила от него разрешение на это невинное свидание, а Бонд заказал столик не на одного, а на двоих.

Стены ресторана были обшиты резными деревянными панелями, и вся атмосфера действительно была традиционной. Официанты в коротких белых куртках были сплошь римляне зрелого возраста, посвятившие всю свою жизнь выбранной профессии. Движения их были ловки и точны, а вежливость ни в коей мере не переходила в навязчивость.

Бонд смотрел, как Лариса уплетает равиоли, поблескивающие трюфельным маслом. Она уже успела рассказать ему, что ее отец русский, а мать англичанка, что училась она в Париже и Женеве, а затем поехала работать в Вашингтон, где и познакомилась со своим мужем. Детей у них не было.

— Сами понимаете, моему мужу приходится много путешествовать, — сказала она, отхлебывая из бокала с «Орвьето». — На данный момент наша семейная штаб-квартира находится в Париже, но я время от времени сопровождаю мужа в поездках. В те места, которые мне больше всего нравятся.

— Позвольте, я попытаюсь угадать, — проговорил Бонд. — Рим, Нью-Йорк, Сингапур, Гонконг...

— Нет, Гонконг я терпеть не могу. Когда муж туда едет, я остаюсь дома. Вообще-то на самом деле я домашняя девочка.

— Конечно, это сразу видно, — поддакнул Бонд.

Чуть за тридцать; уже скучает, подумал Бонд. По отцовской линии имеется некоторая доля еврейской крови. У нее был красиво очерченный рот, и лишь верхняя губа чуть странно изгибалась, придавая лицу слегка недовольное выражение. Кожа у нее была безупречная, сияющего медового оттенка, но Бонд был уверен, что образ невинной респектабельности для Ларисы всего лишь маска. В ее глазах сверкали искры врожденного непослушания, какой-то дикости и безотчетного стремления к свободе. Конечно, в случае чего она будет утверждать, что все это ему показалось, что это лишь обман зрения, а она «совсем не такая», но все эти ритуальные заклинания лишь придадут дополнительную остроту их более близкой встрече, если, разумеется, таковая состоится.

— Вы о чем-то задумались, Джеймс.

— Правда? Прошу прощения. Но у меня на это две уважительные причины.

— Какие же?

— Невеселые воспоминания нахлынули: промывка мозгов и тяжелые утраты.

— Господи. О чем вы? Расскажите, прошу вас.

На какой-то миг Бонду показалось, что этой красивой, явно неглупой и, похоже, искренней молодой женщине можно довериться — рассказать, например, о своей жене Трейси ди Виченцо, и о том, как люди Блофельда убили ее спустя всего пару часов после свадьбы, и о том, как он сам попал в расставленную ими западню, и обо всем японском кошмаре, и о том, как его почти буквально по частям выкупа́ли на Ямайке. Но доверие — признак непрофессионализма. Уж кому, как не ему, было знать эту простую истину. Он, в своем странном печальном настроении, и так уже наговорил чуть больше, чем следовало.

— Как-нибудь в другой раз, — сказал он. — Когда мы немножко лучше узнаем друг друга.

Буквально парой отработанных фраз он вновь перевел разговор на жизнь Ларисы, успев заметить, что своей уклончивостью лишь разжег ее интерес. Поначалу неохотно, но с каждой фразой все более раскованно Лариса стала рассказывать ему о себе.

Когда они подошли к отелю, она остановилась в шаге от входной двери и положила ладонь на плечо Бонду.

— Моему мужу сегодня вечером пришлось уехать в Неаполь, — сказала она, глядя себе под ноги и чуть нервно облизывая губы. — Он сказал мне, когда я ему звонила. Может быть, подниметесь к нам в номер: выпьем чего-нибудь, если вы не против?

Бонд заглянул в большие карие глаза, посмотрел на полные губы, чуть приоткрытые в предчувствии романтической встречи, и вдруг услышал собственный голос, который произнес ровно три слова: те три слова, которых в подобной ситуации он еще не говорил никогда — ни разу за всю свою сознательную жизнь.

— Нет, благодарю вас.

— Что? — Голос ее прозвучал так, словно она не поверила своим ушам.

— Нет, спасибо, Лариса, — повторил Бонд. — Мне кажется, так будет лучше. Я...

— Не надо объяснений, — сказала она. Подавшись вперед, она поцеловала его в щеку. — Благодарю за прекрасный вечер.

Он провожал ее взглядом, пока она шла к стойке портье, брала ключ от номера и нажимала кнопку вызова лифта. Перед тем как войти в кабину, она чуть помедлила, затем обернулась и помахала рукой.

«Вот так девчонка!» — подумал Бонд. Он достал сигарету и вышел на улицу, чтобы перекурить пережитое.

Что ж, возможно, это и есть тот звоночек, которого он подсознательно ждал в последнее время. Пару лет назад он и кофе в ресторане не стал бы дожидаться, а прямиком повел бы ее в отель. Нет, конечно, бывали времена, когда его утомляли эти бесконечные игры, иногда они ему даже надоедали чуть ли не до отвращения, но вплоть до сегодняшнего вечера он был уверен, что это хобби останется с ним навсегда.

Но то, что случилось сегодня... Теперь он был твердо уверен, что его время прошло, что кончилась целая эпоха, а главное, знал, какой ответ он должен дать М., когда вернется в Лондон. Все кончено. Ему придется смириться с жизнью, состоящей из совещаний с представителями разных отделов и в лучшем случае анализа присылаемых другими агентами шифровок, и единственным ласкающим взор образом станет Лоэлия Понсонби — секретарша, которую начальство любезно согласилось оставить при нем, когда она вернулась на работу после отпуска в связи с рождением двух здоровеньких мальчишек. Да, только на нее и можно будет отвлечься от бумажной работы.

После истории с Сарамангой на Ямайке Бонд полтора года, которые показались целой вечностью, перебирал бумаги на письменном столе, пока М. не вызвал его и в итоге долгого разговора не предложил этот самый злосчастный «творческий отпуск» по состоянию не то физического, не то психического здоровья, после чего самому Бонду, и только ему предстояло решить, стоит ли возвращаться к оперативной работе. Без Лоэлии офисная жизнь действительно пришла в некоторый упадок и уныние: ее рабочее место поочередно занимали то перезрелые матроны, то невзрачные серые мышки, и единственной отдушиной была та пара месяцев, когда ему в секретарши выделили эффектную и в то же время весьма эффективно работавшую блондинку по имени Холли Кэмпбелл, которую М., к сожалению, тоже рассмотрел и оценил по достоинству, а потому быстро отправил на повышение.

Бонд с самым мрачным видом отправил окурок в полет на середину улицы и вернулся в отель. Портье выдал ему ключ, а заодно и записанное на листке бумаги сообщение. Текст был краткий и простой: «Позвоните в „Универсал“. Срочно».

Он опять вышел на улицу и направился к ближайшей телефонной будке. «Универсал»... В глубине души он порадовался, что после многочисленных экспериментов Служба вновь вернулась к старому доброму кодовому названию. Ни одно другое слово не имело над ним такой власти. В трубке послышались щелчки международного соединения, затем раздались гудки, сопровождаемые собственным эхом, и наконец прозвучал характерный зуммер, означавший, что звонок переведен на добавочный номер нужного абонента.

Наконец Бонд услышал тот самый голос — искаженный телефонной линией, но безошибочно узнаваемый голос человека, которого он уважал больше кого бы то ни было в мире.

— Бонд?

— Сэр?

— Вечеринка окончена.

— Что?

— Вам нужно вернуться. Вылетайте завтра утром первым же самолетом.

— Сэр, я думал...

— Один из наших торговых филиалов докладывает о необычном повышении рыночной активности.

— Какой именно филиал?

— Парижский. При этом импортные поставки с Ближнего Востока также резко пошли вверх.

— А как же насчет отпуска по состоянию здоровья? У меня еще осталось...

— К черту ваш отпуск. Поговорим об этом у меня в кабинете. Все ясно?

— Да, сэр. До завтра.

— Спасибо. Да, кстати, прихватите с собой пару этих маленьких шоколадок в серебристо-синей обертке, ладно?

ГЛАВА 3

Обезьянья лапа

За квартирой Бонда в Челси присматривала шотландка по имени Мэй — настоящее сокровище. Она изо всех сил пыталась вовремя приготовиться к приезду хозяина и встретить его с подобающим гостеприимством, но, как всегда, дверца такси, доставившего Бонда из аэропорта, хлопнула под окнами чуть раньше, чем она того ожидала.

— Неужели вы не могли предупредить меня заблаговременно, мистер Бонд? — с упреком сказала Мэй, когда он вошел в холл и поставил на пол чемоданы из крокодиловой кожи. — Постель толком не проветрена, ваш любимый джем я купить не успела, а еще приходил молодой человек, который должен был переделать стенной шкаф в комнате для гостей, так после него такой беспорядок остался!

— Извините, Мэй. Я не виноват — труба позвала. Причем случилось это вчера поздно вечером, можно сказать, даже ночью.

— Приготовить вам ланч?

— Нет, спасибо. Я только приму душ и сразу же поеду на работу.

— Как угодно. По крайней мере, чистые полотенца есть, они висят в ванной на вешалке. Пока вы моетесь, я хотя бы сварю вам кофе.

— Спасибо. Черный и, пожалуйста, покрепче.

— Может быть, и апельсиновый сок?

— Свежевыжатый?

— Само собой, мистер Бонд.

— Мэй, вы просто чудо. Я буду готов через десять минут. Пожалуйста, позвоните, чтобы подали машину к подъезду.

Надевая после душа свежую рубашку, темно-синий шерстяной костюм и повязывая черный галстук, Бонд подумал, что, наверное, так же чувствуют себя офицеры, облачаясь в форму в первый раз после отпуска. Побрился он еще в римском отеле в шесть утра, а в парикмахерской был последний раз неделю назад. В общем, выглядел он, конечно, не так, как в свои лучшие времена, но по крайней мере достаточно презентабельно, чтобы можно было показаться на глаза начальству.

В гостиной он наскоро просмотрел пачку корреспонденции, имеющей пометку «срочно», и счел возможным отправить по крайней мере половину столь бесценной информации прямиком в мусорную корзину. Сделав пару глотков обжигающего горького черного кофе, приготовленного Мэй, он взял с кофейного столика сигаретницу и, достав оттуда «Балкан Собрание», закурил.

— А теперь, Мэй, — сказал он, — расскажите мне, как тут у нас обстоят дела и что новенького произошло за время моего отсутствия.

Мэй на мгновение задумалась:

— Ну, этот вернулся — старый чудак, который в одиночку отправился в кругосветное путешествие на яхте.

— Чичестер?

— Ага. Он самый. Только не спрашивайте меня, какой смысл во всей его затее. Особенно если учесть, что он уже на пенсии.

— Мне кажется, мужчинам просто нужно время от времени что-то себе доказывать, — предположил Бонд. — Даже старикам. А еще что?

— Этих поп-певцов арестовали за наркотики.

— «Битлз»?

— Нет, других, тех, у которых патлы до плеч, они еще так громко играют, что уши закладывает. «Роллинг стоунз», что ли?

— А что за наркотики-то у них нашли? Марихуану?

— Ну уж вы спросите иногда, мистер Бонд. Слышала, что наркотики, вот и все.

— Понятно. Теперь их повсюду полно. — Бонд вдавил сигарету в дно пепельницы. — Пока меня не будет, позвоните Морленду и попросите прислать еще коробку таких же сигарет как можно быстрее. Боюсь, что мне скоро опять придется уехать.

— Уехать? — переспросила Мэй. — А я-то думала, вы собираетесь...

— Я и сам так думал, — сказал Бонд. — Честное слово. Там, случайно, не мою машину подогнали?

Бонду потребовалось чуть ли не десять минут, чтобы доехать до Слоун-Сквер; а ведь он сидел за рулем не какой-нибудь обыкновенной машины, а своего любимого «паровоза» — «бентли-континенталя», собранного по индивидуальному заказу, а затем доработанного в мастерской Службы по личным указаниям самого Бонда. Он впервые очутился в Лондоне после долгого перерыва, и ему подумалось, что за время его отсутствия город успел слегка свихнуться. На каждом пешеходном переходе через Кингс-роуд слонялись длинноволосые молодые люди: они ходили взад-вперед по проезжей части, стояли, болтали с себе подобными, а в одном, наиболее примечательном случае даже сидели, поджав ноги, прямо на мостовой. Складной верх кабриолета был откинут, и Бонда просто окутал запах марихуаны, который до сих пор ассоциировался у него только с каким-нибудь грязным базаром в убогом марокканском городишке. Костры они из нее, что ли, жгут? Он посильнее «топнул» по педали газа; автомобиль отозвался на увеличение подачи топлива резким ускорением и довольным рыком сдвоенных двухдюймовых выхлопных труб.

Наконец ему удалось выбраться на Слоун-стрит и промчаться через Гайд-парк. На коротком участке прямой трассы стрелка спидометра успела добраться до отметки в шестьдесят миль. Компрессорный нагнетатель Арнотта действительно превращал тяжеловесную машину в подобие реактивного снаряда. Миновав Серпантин[1], Бонд решил немного похулиганить и, не сбавляя темпа, исполнил гоночную «переставку». В финальной фазе маневра машину, задняя ось которой немного ушла с намеченной траектории, пришлось слегка подловить рулем; ничего страшного, просто сказывалось отсутствие практики, но это дело поправимое. «И вообще, так-то лучше, — подумал он, — приятный денек раннего лета в Лондоне, ветер в лицо и предстоящая встреча с боссом по срочному делу».

Он в мгновение ока добрался до Риджентс-парка, а оттуда уже было рукой подать до штаб-квартиры Службы. Бросив ключи от машины изумленно уставившемуся на него швейцару, он поднялся на лифте на девятый этаж. Мисс Манипенни была на посту — за своей неизменной конторкой у дверей кабинета М.: одетый с иголочки Цербер у врат неведомой пока преисподней.

— Джеймс! — воскликнула она, не сумев скрыть звучащую в голосе радость. — Как приятно вас видеть. Как каникулы?

— Я был в отпуске по состоянию здоровья, Манипенни. Это большая разница. Но в любом случае я не в обиде. Отдохнул замечательно. Только слишком дол-

---

[1] *Серпантин* — узкое искусственное озеро в Гайд-парке.

го для меня. Ну а как поживает моя любимая привратница?

— Спасибо, Джеймс, лучше не бывает.

Судя по внешнему виду секретарши, это была правда. На мисс Манипенни был строгий костюм в мелкую, едва заметную черно-белую клетку, белая блузка с синей эмалевой брошью у воротника, но даже в этих доспехах она светилась почти девчоночьей радостью, и легкий румянец играл у нее на щеках.

Бонд качнул головой в сторону двери:

— А как старик?

В ответ мисс Манипенни чуть скривила губы и закатила глаза:

— Если честно, Джеймс, то у него, похоже, опять крыша поехала. Знаете, на чем его теперь заклинило?..

Она поманила Бонда пальцем, чтобы он пригнулся поближе. Когда тот наклонил голову, она зашептала ему на ухо. Бонд чувствовал прикосновение ее губ к своей коже.

— Йога! — в полный голос воскликнул Бонд. — Да на кой черт!..

Манипенни рассмеялась и поднесла палец к губам.

— Неужели весь мир свихнулся, пока меня не было?

— Успокойтесь, Джеймс, и лучше расскажите, что в этой симпатичной красной сумочке, которую вы принесли.

— Это шоколад, — сказал Бонд. — М. попросил привезти ему из Рима несколько плиток. — Он показал ей «Perugian Baci» в серебристо-синей обертке.

— А вы знаете, Джеймс, что по-итальянски означает слово *baci*? Это значит «поцелуи».

— Надеюсь, это подарок для его жены.

— Джеймс, ах вы...

— Ш-ш-ш...

Она не успела высказать свое возмущение, посколь-ку тяжелая ореховая дверь внезапно бесшумно распах-нулась и перед ними на пороге своего логова предстал М. Склонив голову набок, он окинул взглядом приём-ную.

— Входите, Ноль-Ноль-Семь, — проговорил он. — Рад снова вас видеть.

— Благодарю вас, сэр.

Бонд прошел в кабинет босса, развернувшись на по-роге, чтобы прикрыть за собой дверь и, главное, успеть послать мисс Манипенни воздушный поцелуй.

Бонд сел в кресло напротив письменного стола М. Тот тем временем занялся любимым делом — раску-риванием трубки. Спички ломались и гасли одна за другой; наконец, изведя почти целый коробок, он до-бился того, что трубка задымила должным образом. За это время М. успел перекинуться с Бондом несколь-кими фразами по поводу столь неожиданно прерван-ного отпуска. Потом он пристально поглядел в окно, чем напомнил Бонду старого моряка, высмотревшего где-то в районе Риджентс-парка вражеский флот. На-конец М. резко повернулся к нему лицом:

— Я очень рассчитываю на вашу помощь в одном деле, Ноль-Ноль-Семь. Все детали мне и самому пока неясны, но опыт подсказывает, что речь идет о чем-то крупном. Даже очень крупном. Вы слышали о докторе Джулиусе Горнере?

— Надеюсь, вы не отправите меня к очередному врачу, сэр? — поинтересовался Бонд. — Я полагал, что вполне удовлетворил ваше желание привести меня в божеский вид...

— Нет-нет, это ученая степень. Он получил ее в Сорбонне, насколько я знаю. Впрочем, доктор Горнер имеет также дипломы Оксфорда и Вильнюсского уни-верситета в Литве — это, между прочим, старейший университет Восточной Европы. В Оксфорде он стал бакалавром, сдав экзамены по так называемым трем китам гуманитарных наук: в наше время это политология, философия и экономика. Не переживайте, я сам недавно узнал. Так вот, вскоре после этого он совершенно неожиданно переключился на химию и написал магистерскую диссертацию.

— Ясно: в каждой бочке затычка, — прокомментировал Бонд.

М. прокашлялся:

— Я бы сказал, на все руки мастер. Обучением разным наукам в разных университетах его биография не исчерпывается. По этой части могу добавить только одно: насколько нам известно, учеба где бы то ни было чему бы то ни было давалась ему легко. Еще до достижения призывного возраста он записался добровольцем в армию и отличился тем, что успел повоевать по обе стороны фронта: сначала на стороне нацистов, а затем, после Сталинграда, — на стороне русских. Такое случалось с некоторыми жителями прибалтийских государств, которые, как вы знаете, были оккупированы поочередно обеими воюющими странами, и население соответственно призывали то под одни, то под другие знамена. Случай Горнера отличается от прочих тем, что он, похоже, выбирал, за кого воевать, самостоятельно, по собственной воле, исходя из того, кого считал более вероятным победителем.

— Настоящий солдат удачи, — заметил Бонд.

Рассказ босса становился все интереснее.

— Да уж. Но его подлинная страсть — это бизнес. Он даже проучился один год в Гарвардской высшей школе бизнеса, но бросил учебу, потому что она недостаточно мотивировала его к деловой активности. Начинал он с маленькой фармацевтической фирмы в Эстонии, а через некоторое время уже открыл свою фабрику под Парижем. На первый взгляд это может показаться странным: зачем иметь одновременно офис в Париже и маленькую лабораторию в Эстонии? Но во всем, что касается доктора Горнера, нужно быть готовым к любым неожиданностям.

— А что за лекарства он выпускает? — спросил Бонд.

— Анальгетики. То есть болеутоляющие. Кроме того, в докладах, опубликованных его лабораторией, идет речь о том, что со временем они надеются разработать препараты для лечения ряда неврологических заболеваний, таких как болезнь Паркинсона, рассеянный склероз и тому подобное. Сами понимаете, на этом рынке он столкнулся с очень крупными игроками — «Пфицер», «Джонсон энд Джонсон» и другими гигантами. Некоторые из них существуют еще с прошлого века. Но доктора Горнера это не обескуражило. Сочетание промышленного шпионажа, снижения внутренних расходов и агрессивного маркетинга обеспечило ему широкое присутствие на рынке. А в один прекрасный день он открыл для себя мак.

— Мак? — недоуменно спросил Бонд, успев подумать, не повлияла ли йога на мыслительные способности М.

Быть может, оставшись один в кабинете, босс часами стоит на голове... Впрочем, представить себе М. в позе лотоса Бонду было еще труднее.

— Это источник сырья для опиатов — целого класса лекарств наркотического действия, которые широко используются в медицинских учреждениях для обезболивания. Да о чем я вам рассказываю: каждый наш пехотинец имеет морфин в своей аптечке. Если человеку оторвало взрывом полноги, требуется очень мощное и быстродействующее средство. Что касается героина, то он был впервые представлен на рынке немецкой компанией «Байер» в качестве лекарства от кашля. В дальнейшем, когда общество столкнулось с тяжелыми последствиями привыкания к этим препаратам, законодательство, регулирующее их производство и оборот, стало гораздо более жестким. На сегодняшний день помимо легальной торговли производными опия для медицинских целей существует и огромный теневой оборот.

— И чем же конкретно занимается интересующая нас персона?

— Разумеется, легальным бизнесом. Но мы подозреваем его и в нелегальной торговле, причем в очень больших объемах. Однако нам нужно узнать о нем больше, гораздо больше.

— Так вот зачем я понадобился?

— Именно. — М. встал и подошел к окну. — Я хочу поручить вам то, что на первый взгляд напоминает простой сбор разведывательной информации. Найдите Горнера. Пообщайтесь с ним. Попробуйте нащупать его слабые места.

— Задача скорее для психолога, — заметил Бонд.

— Ну да, а что такого? — М. явно выглядел встревоженным.

— Значит, теперь вы будете поручать мне задания такого рода? А мне казалось, я сам должен решить, возвращаться ли мне к участию в активных операциях.

— Конечно, Джеймс, так и есть.

Бонду не нравилось, когда М. называл его Джеймсом, а не Бондом и не Ноль-Ноль-Семь. Появление личной ноты в разговоре всегда предшествовало каким-нибудь обескураживающим новостям.

— Я хочу, чтобы вы прошли еще некоторые медицинские тесты, а затем поговорили с Р.

— С этим мозгоклюем? — выпалил Бонд.

— С экспертом по психологической подготовке, — поправил его М. — Кстати, пока вас не было, я подписал распоряжение о том, чтобы принять на работу в его отдел нового врача-ассистента. Под руководством этого специалиста вы пройдете курс дыхательных и расслабляющих техник.

— Сэр, ну какого, спрашивается... я...

— Все агенты Ноль-Ноль уже проходят эти курсы, — сухо и безапелляционно сообщил М. — Ноль-Ноль-Девять докладывает о значительном улучшении самочувствия.

— С него станется, — буркнул Бонд.

— Да, чуть не забыл. Мы тут присвоили одному из сотрудников статус агента Ноль-Ноль. Фактически он займет место Ноль-Ноль-Четвертого, который, как вам известно, к сожалению...

— Да, я в курсе. Попал под поезд в Восточной Германии, насколько я знаю. Ну и когда наш новый парень приступает к своим обязанностям?

— В самое ближайшее время. — М. вновь прокашлялся. — В общем, все ваши коллеги проходят курсы дыхания и релаксации, и я не собираюсь делать исключение для вас.

Бонд закурил. Спорить с М., когда тому втемяшилась в голову очередная блажь, было совершенно бесполезно.

— Я полагаю, что вы можете сообщить мне еще кое-что об этом докторе Горнере?

— Вы правы, — ответил М. — Лично мое мнение таково: в ближайшее время он может представлять серьезную угрозу национальной безопасности нашего государства. Это подтверждается уже тем, что для решения проблемы привлекли нашу Службу. Правительство в панике из-за огромного количества нелегальных наркотиков, просто наводнивших страну. В Соединенных Штатах уже семьсот пятьдесят тысяч героинозависимых наркоманов. Мы движемся в том же направлении. И проблема в том, что речь идет уже отнюдь не только и не столько о всяких отбросах общества. В группу риска попадает лучшая часть нашей молодежи. Употребление наркотиков становится респектабельным. Буквально на днях в передовице «Таймс» — да, да, не где-нибудь, а именно в «Таймс»! — было высказано пожелание проявить снисходительность к этим поп-певцам, которые попались на наркотиках. Если наркотики укореняются в национальной культуре, государство быстро превращается в страну третьего мира. Наркотики пожирают волю к жизни. Возьмите Лаос, Таиланд, Камбоджу. Вряд ли кто-нибудь назовет эти страны сверхдержавами.

— Чем-то вся эта история напоминает мне Кристатоса и ту итальянскую операцию, — сказал Бонд.

— Это еще детские шалости по сравнению с проблемой, которая теперь встает перед нами, — отозвался М. — Вроде контрабандной бутылки виски или блока сигарет, провезенных в багажнике машины. Просто легкая разминка вроде вашей небольшой операции в Мексике, перед тем как вы встретили Голдфингера.

— А где же я найду Горнера?

— Он особо не скрывается, мелькает везде. Одно из его хобби — авиация. У него два частных самолета. Много времени он проводит в Париже, и я думаю, что опознать его вам будет нетрудно.

— Это почему же? — спросил Бонд.

— Из-за его левой руки, — сказал М., снова усаживаясь в кресло и глядя Бонду прямо в глаза. — У него так называемая обезьянья лапа.

— Что?

— Исключительно редкая врожденная деформация. Эта патология известна как *main de singe*, или обезьянья лапа, и заключается в том, что большой палец находится в одной плоскости с остальными, а не отстоит от них, и это делает невозможным использование привычных для человека орудий труда. Если бы наш большой палец находился в одной плоскости с остальными, мы не могли бы делать хватательные движения. Представьте себе, как можно было бы писать, держа карандаш только двумя пальцами. — М. взял со стола ручку и наглядно проиллюстрировал свой пример. — Что-то, конечно, нацарапать можно, но уж очень неудобно. Развитие большого пальца как противостоящего остальным считается одной из важных мутаций в эволюции *Homo sapiens*. Но уродство Горнера этим не ограничивается. Вся его левая кисть выглядит как лапа обезьяны. Она сплошь покрыта волосами до самого запястья и даже чуть выше.

В голове Бонда словно что-то сверкнуло.

— Значит, левая рука должна быть у него больше правой, — предположил он.

— Скорее всего — да. Это действительно очень редкая патология, хотя, насколько я знаю, не уникальная.

— А не путешествует ли он в сопровождении человека в фуражке Иностранного легиона?

— Понятия не имею, — ответил М.

— У меня такое ощущение, что я случайно видел его. В Марселе.

— В порту?

— Да.

М. вздохнул:

— Это вполне возможно.

— Он примерно моих лет, крепкого телосложения, у него прямые набриолиненные волосы, немного длинноватые сзади, славянский тип...

— Стоп-стоп, — сказал М. и подвинул к Бонду лежавшую на столе фотографию. — Это тот человек?

— Да, — подтвердил Бонд. — Это он.

— Значит, для вас это знак судьбы, — проговорил М. с мрачной улыбкой.

— Я не верю в судьбу, — возразил Бонд.

— А стоило бы, — заметил М. — Самый ценный перебежчик, которого нашей внешней разведке когда-либо удавалось заполучить, был полковником военной разведки русских. Пеньковский. Один из наших обратил на него внимание в кафе в Анкаре: русский полковник был в плохом настроении. Вот и всё. Всего один взгляд в глаза. Иногда достаточно какой-нибудь мелочи. Это была судьба.

— И наблюдательность, — поправил Бонд и погасил сигарету. — Что ж, как я понимаю, меня снова привлекают к активной работе со всеми полагающимися полномочиями? — спросил он.

— Вообще-то я планирую постепенно возвращать вас в строй, — сказал М. — Вы пока ознакомьтесь с материалами по делу. И параллельно пройдите курс упражнений с Р. Ну а там посмотрим.

В голове Бонда шевельнулись неприятные подозрения.

— Надеюсь, вы не посвящали в это дело Ноль-Ноль-Девятого? Или этого новенького, которого взяли на замену Ноль-Ноль-Четвертому? Вы ведь не поручите мне выполнять подготовительную работу для другого агента?

М. беспокойно заерзал в кресле:

— Послушайте, Ноль-Ноль-Семь. Этот доктор Горнер, вполне вероятно, самый опасный человек, с которым Службе когда-либо приходилось иметь дело. Я посылаю вас разыскивать не какого-нибудь жалкого наркодилера, а человека, целью которого, по-видимому, является уничтожить миллионы людей — по крайней мере, как полноценных личностей — и подорвать устои западного общества. Чтобы его остановить, я могу использовать столько сотрудников, сколько посчитаю нужным. Это право я оставляю за собой.

Бонд почти физически ощутил, как его буравит взгляд серых глаз босса. Ну что ж, по крайней мере откровенно. М. снова прокашлялся.

— Есть в этой истории и русский след, — продолжал он, — и правительство этим очень обеспокоено.

Холодная война может вестись самыми разными методами. Так вот, я ожидаю, что ваш первый рапорт будет у меня на столе через шесть дней.

«Спорить дальше бессмысленно», — подумал Бонд.

— Французы, я имею в виду Второе управление, занимаются этим делом? — спросил он.

— Да. Как только окажетесь в Париже, свяжитесь с Матисом. Мисс Манипенни уже заказала вам билеты и гостиницу.

— Благодарю вас, сэр. — Бонд поднялся с кресла.

— И вот еще что, Джеймс, послушайте. Будьте предельно осторожны, хорошо? Я понимаю, что на первый взгляд дело о наркотиках не представляется столь опасным, как дело об оружии или даже об алмазах. Но знаете, у меня дурное предчувствие по поводу этого человека. Очень дурное. На его руках уже и так слишком много крови.

Бонд кивнул, вышел из кабинета и закрыл за собой дверь.

Мисс Манипенни выглянула из-за своей конторки. Она протянула Бонду коричневый запечатанный конверт.

— Везет же вам, — сказала она. — Париж весной. Я подыскала вам очень миленькую гостиницу. Ой, смотрите, вы забыли отдать М. его шоколадки.

Бонд положил пакет с шоколадом ей на стол.

— Это для вас, — сказал он.

— Вы такой милый, Джеймс. Спасибо. Ваш вылет в шесть. У вас как раз хватит времени сходить на первый сеанс упражнений по глубокому дыханию и расслаблению. Я записала вас на половину третьего. Это на третьем этаже.

— Не могли уж подождать, пока я вернусь из Парижа! — огрызнулся Бонд, направляясь к лифту. — По приезде я сразу же займусь удушающими упражнениями, и, может быть, даже лично с вами.

— Глубоким дыханием, Джеймс. Это большая разница.

— Ну раз уж вы так настаиваете на четком разделении понятий, то я бы скорее предпочел что-нибудь более эффективное и даже радикальное. Например, приемы массажа — всякие там поглаживания и пошлепывания. Уверяю, вы потом неделю сидеть не сможете.

— Ну, Джеймс, вы всё обещаете, обещаете...

Двери лифта закрылись за Бондом, прежде чем он нашелся что ответить. Пока кабина скользила между этажами, он успел вспомнить озадаченное лицо Ларисы в дверях отеля в Риме. Всё разговоры да обещания. Похоже, мисс Манипенни права.

Сеанс глубокого дыхания продолжался сорок пять минут; вел его человек по имени Джулиан Бартон, который был одет в белую рубашку без ворота и проинструктировал Бонда, как следует дышать не грудью, а животом.

— Представьте себе сосуд, который вам нужно наполнить водой. Ваше дыхание и есть эта вода. Мысленно поместите сосуд в нижнюю часть вашего туловища, где-то в районе почек. Почувствуйте, как он наполняется. Теперь закройте глаза и подумайте о чем-нибудь приятном. Представьте себе пляж или живописный лесной ручей. В общем, вообразите какое-нибудь особенное, уединенное место, которое пробуждает в вас приятные воспоминания и положительные эмоции. Отбросьте все повседневные заботы и неприятности, сосредоточьтесь только на этой приятной и мирной картине. Теперь вдохните глубоко, до самых нижних позвонков. Задержите дыхание. Отбросьте все другие мысли, оставайтесь только в том тайнике, который связан у вас с особенно хорошими воспоминаниями.

«Тайником хороших воспоминаний» для Бонда в тот день оказалась не какая-нибудь картинка с рощей, ручьем и идиллической лужайкой, а безупречная кожа лица и шеи Ларисы, которой он успел полюбоваться еще в гостиничном баре. А что, быть может, в этом старом кобеле еще теплится жизнь... По окончании сеанса Бонд клятвенно заверил Джулиана, что даже в командировке будет ежедневно проделывать упражнения на глубокое дыхание. Выйдя из кабинета, он не стал дожидаться лифта, а спустился в вестибюль по лестнице, причем не шагом, а бегом. Конечно, у него слишком мало времени, чтобы набрать к началу операции оптимальную форму, но любая физическая нагрузка только на пользу.

Он почувствовал в крови прежние токи, когда подумал о докторе Джулиусе Горнере. Едва ли кто-то из встречавшихся Бонду людей с первого взгляда производил на него столь отталкивающее впечатление. Кроме того, было что-то низкое в том, чтобы пытаться одержать победу над страной не в открытой войне с использованием армии и оружия, а путем тайного растления ее молодежи.

Бонд поймал себя на мысли, что ему хочется произвести впечатление на М. Нет, после всех передряг, из которых он выбрался, ему нет никакой необходимости что-то доказывать себе самому, думал Бонд, сидя за рулем своего «паровоза» и направляясь на юг от Бэйсуотер-роуд к Гайд-парку. Скорее всего беспокойство его было вызвано упоминанием о других агентах Ноль-Ноль. Конечно, помимо него, всегда были и другие с лицензией на убийство; кроме того, он догадывался, сколько времени успевает прослужить такой агент, пока с ним не произойдет «фатальный инцидент». Следовательно, процесс набора и тренировки агентов должен происходить в Службе непрерывно, но Бонд привык считать себя если не уникальным, то, во всяком случае, особенным: тем, на кого падает выбор в самых важных и опасных делах. Для такого мнения у него были веские основания. Может быть, М. специально дал ему понять, что он не единственный, дабы добиться от Бонда полной концентрации внимания? Чем больше он об этом размышлял, тем больше склонялся к мысли, что именно таковы были планы старого лиса.

Вернувшись домой, Бонд обнаружил, что Мэй уже успела постирать и погладить привезенную из Италии одежду. Близилось время вечернего чая, но она достаточно долго прослужила у Бонда, чтобы знать: не стоит и соваться к нему с предложением отведать этой старушечьей бурды. Постучав в дверь спальни, она появилась на пороге с серебряным подносом, на котором стояли сифон с содовой, ведерко со льдом, низкий широкий стакан и полная бутылка виски «Джонни Уокер» (разумеется, «Блэк лейбл»).

— За ваше здоровье, мистер Бонд, — сказала она, ставя поднос на комод. — Давайте я помогу вам собрать вещи.

Три месяца трезвой жизни, на которые врачи обрекли Бонда, еще не закончились, но, с другой стороны, если М. считает, что он готов вновь взяться за работу, то... Он плеснул себе в стакан виски на традиционные (и весьма умеренные) два пальца, бросил туда кубик льда и добавил еще на два пальца содовой.

— И за ваше здоровье, — сказал он и опорожнил стакан буквально одним глотком.

Выехав из Хаммерсмита по Грейт-Вест-роуд, он заметил в боковом зеркале мотоциклиста и инстинктивно нажал на педаль тормоза. Эти дорожные полицейские, следившие за соблюдением скоростного режима, казалось, были повсюду, а его роскошный и броский автомобиль притягивал их как магнит. Однако, к его удивлению, мотоциклист практически в ту же секунду тоже сбросил скорость. Чтобы разобраться в ситуации, Бонд при выезде на очередную круговую развязку резко свернул влево, не включая поворотника. Таким образом он попал на шоссе, ведущее к Твикенхэму, то есть оказался в стороне от основного потока машин, покидающих столицу в час пик. Несколько раз резко газанув и затормозив, он даже проскочил очередной светофор в ту секунду, когда на нем уже зажегся было красный свет, и лишь после этого снова посмотрел в зеркало заднего вида. Мотоциклист неотступно следовал за ним.

Бонд испытал смешанное чувство заинтересованности и раздражения. Интересно, кто это вздумал так демонстративно садиться ему на хвост; с другой стороны, кому это приспичило доставлять ему беспокойство в тот самый день, когда ему предстоит вступить в поединок со столь серьезным и опасным противником, каким, по всей видимости, является доктор Джулиус Горнер? Не доезжая до Чизвикского моста, он, вновь не включая поворотника, резко крутанул руль вправо, съезжая на второстепенную дорогу.

На этот раз он не почувствовал даже легкого намека на занос: машина держалась за асфальт как приклеенная. Еще раз посмотрев в зеркало, Бонд удивленно вскинул брови и даже почувствовал некоторое беспокойство. Теперь позади его машины маячил уже не один, а два мотоциклиста, причем оба на больших «БМВ», а как известно, на относительно прямой дороге ни один автомобиль не может обставить хороший спортбайк. Мотоциклисты пригнулись к рулям и синхронно выкрутили на себя рукоятки газа под правой ладонью. Безошибочно узнаваемый рев знаменитых баварских двухцилиндровых оппозитников раскатился по Кью-стрит.

Буквально через несколько секунд мотоциклы поравнялись с машиной Бонда, объехав «бентли» с обеих сторон. Дело принимало серьезный оборот. Он пожалел, что не поехал на «астон-мартине», в потайном отсеке которого под водительским сиденьем лежал всегда заряженный кольт сорок пятого калибра. Имевшийся в его распоряжении «Вальтер ППК» тоже был надежной машиной для убийства, но Бонд не был уверен, что его баллистические характеристики будут достаточными для короткого боя в сложившихся обстоятельствах. Впрочем, выбора все равно не оставалось. Не успел он достать пистолет из кобуры, как послышался звон разбитого стекла: боковое окно с пассажирской стороны разлетелось вдребезги, разбитое пулей. Бонд выстрелил в образовавшуюся амбразуру и резко нажал на тормоз. В торможении с больших скоростей машина всегда превосходит мотоцикл; таким образом Бонд сумел оказаться на позиции, выгодной для стрельбы по второму мотоциклисту, против воли оказавшемуся сейчас вровень с разбитым окном «бентли». У Бонда было даже мгновение, чтобы прицелиться. Он снова выстрелил через пассажирское окно и увидел, как мотоциклист, получив пулю в плечо, резко дернулся и выпустил руль. Ревущий немецкий мотоцикл выскользнул из-под него и, упав на бок, по инерции заскользил по брусчатке, высекая искры.

В этот момент с машиной снова поравнялся первый мотоциклист. Бонд успел заметить, что они как раз приближаются к тому месту, где улица заканчивается тупиком, к которому примыкает под прямым углом узкий проезд. Теперь и машина, и мотоцикл ехали со скоростью около пятидесяти миль в час; пора было притормаживать, чтобы проделать задуманный маневр. Он увидел, что мотоциклист поднимает правую руку с зажатым в ней пистолетом. Медлить было нельзя, поскольку противник на мгновение оказался в уязвимом, неустойчивом положении: своим тяжелым мотоциклом он управлял одной левой рукой и при этом не мог быстро воспользоваться рукояткой газа.

Бонд изо всех сил нажал на педаль тормоза, стремительно выкрутил руль вправо и буквально в ту же секунду рванул на себя рычаг ручного тормоза. Шины взвыли от перегрузки, в воздухе возник запах паленой резины, и огромная машина, вздрогнув всем корпусом, стала «мести хвостом», нацелившись в заносе углом багажника прямо в переднее колесо «БМВ». В момент удара Бонд почувствовал, как, несмотря на разницу в массе, его «бентли» вильнул чуть в сторону от намеченной траектории движения. Естественно, для мотоцикла — пушинки по сравнению с тяжелой машиной — это столкновение было равносильно катастрофе. Мотоцикл практически остановился, а его водитель по инерции перелетел через руль и со всего размаху грохнулся спиной на мостовую бокового переулка. Пистолет вырвался из безвольно разжавшейся руки и отлетел на обочину.

Бонд посмотрел на часы, убедиться, что на самолет он еще успевает, затем включил первую передачу и поехал прочь от места происшествия, лавируя по лабиринтам узких улочек Кью, запруженных машинами местных жителей, возвращавшихся с работы. Оказавшись вновь на Грейт-Вест-роуд, он вдруг вспомнил любимую фразу Рене Матиса. *Ça recommence*, подумал он. И в самом деле: ну вот, опять началось.

ГЛАВА 4
Сыграем?

Сразу было ясно, что гостиницу для Бонда выбирала мисс Манипенни: правый берег Сены, чистенько, опрятно и немного банально. Войдя в номер, Бонд быстро обследовал спальню, ванную и небольшую гостиную на предмет наличия «жучков». Вообще-то Служба меняла арендуемые гостиницы так часто, что предположить появление секретного агента именно в этом номере было практически невозможно, но утренняя история с мотоциклистами наводила на мысль, что за Бондом следят — и делают это явно не в мирных целях. Сам Бонд скорее склонялся к тому, чтобы списать появление двух «БМВ» на счет какой-нибудь из его прежних, не завершенных должным образом операций. Этот Джулиус Горнер, по всей видимости, действительно опасен, но, в конце концов, он же не ясновидящий. А сколько на свете людей, желающих Бонду смерти, одному богу известно. Ведь даже после самой успешной операции остается немало тех, кто затаил на агента смертельную злобу.

Предварительный осмотр показал, что в номере все чисто. Бонд закрыл ставни, выдернул из своей шевелюры волосок и прикрепил одним концом к двери в ванную, а другим к косяку. Открыв потайное отделение чемодана, он извлек оттуда патроны, перезарядил вальтер и положил в наплечную кобуру, поправив ее перед зеркалом так, чтобы пиджак никоим образом не топорщился. Потом он закрыл чемодан и присыпал кодовый замок замка едва заметным серым тальком. Затем он вышел из отеля на улицу Сент-Рош, чтобы вступить в неравную битву с французским телефоном-автоматом.

Набирая номер и поигрывая зажатой в пальцах французской монетой с характерно сточенным ребром, он внезапно не столько понял, сколько почувствовал, что практически ничего не ел с тех пор, как покинул Рим. Он уже предвкушал хороший ужин в компании Рене Матиса, но, увы, разница во времени между Лондоном и Парижем сработала не в его пользу: во французской столице было уже почти девять, и, как и следовало ожидать, связаться с Матисом в такой час ему не удалось. «Где-нибудь ужинает со своей чертовой любовницей», — подумал Бонд, диктуя сообщение какой-то неприветливой телефонистке, дежурившей во Втором управлении.

За последние месяцы Бонду достаточно часто приходилось ужинать в ресторанах одному; к тому же начался дождь. Он решил вернуться в отель, заказать себе какой-нибудь омлет прямо в номер и пораньше лечь спать.

Портье протянул ему ключ на тяжелом латунном брелоке с традиционной ярко-красной шелковой кисточкой. Бонд пересек облицованный мрамором холл, нажал кнопку вызова лифта, а затем вдруг передумал, направился к лестнице и стремительно взлетел через три пролета. Занятый своими мыслями, он отпер дверь номера триста двадцать пять одной из бесчисленных гостиниц на правом берегу Сены. Войдя в комнату, он повернул выключатель и не глядя бросил увесистый брелок с ключом на кровать. Угодив в мягкую мишень, тот разок игриво звякнул и затих. Бонд подошел к прикроватному столику, снял телефонную трубку и набрал ноль — традиционный номер дежурного по обслуживанию в номерах. Лишь после этого он оглянулся — и даже вздрогнул от неожиданности: представшая его глазам картина заставила не только удивиться, но и встревожиться.

В неудобном кресле с позолоченными подлокотниками, стоявшем прямо перед трюмо в довольно посредственно сымитированном стиле Людовика XV, сидела, положив одну длинную ногу на другую и скрестив руки на груди, молодая женщина, чье самообладание, безусловно, заслуживало восхищения. У нее были длинные темные волосы, на макушке собранные в хвост и перевязанные ярко-алой лентой, а дальше свободно ниспадавшие на плечи жакета ее делового костюма. Под жакетом была белая блузка, а на ногах — черные чулки и туфли на низком каблуке. Подкрашенные ярко-красной помадой губы были приоткрыты в виноватой улыбке.

— Прошу прощения, что напугала вас, мистер Бонд, — сказала она. — Мне просто очень нужно было с вами увидеться. И я не хотела, чтобы вы снова дали мне от ворот поворот.

— Лариса, — произнес Бонд, сжимая в руке пистолет.

— Я действительно приношу вам свои искренние извинения. Обычно я так себя не веду, просто мне было крайне необходимо с вами встретиться.

— Ваши волосы. Они явно стали длиннее.

— Да. В Риме я была в парике. А это мои настоящие.

— Ну а ваш муж...

— Я не замужем, мистер Бонд. А уж если я и решусь когда-нибудь на такой шаг, то едва ли свяжу свою жизнь с человеком, который работает в страховой компании. А теперь мне нужно признаться еще кое в чем, за что мне очень стыдно: на самом деле меня зовут не Лариса.

— Весьма прискорбно. У меня были кое-какие планы как раз относительно Ларисы.

— Может быть, на этот раз вы не покинете меня столь стремительно и хотя бы позволите вручить вам мою визитную карточку.

Бонд кивнул и внимательно проследил за тем, как его собеседница, предусмотрительно не делая резких движений, встала и протянула ему карточку. Подавшись ей навстречу, он вдруг резко шагнул к окну и проверил, нет ли кого-нибудь за занавесками. Затем, держа в руке визитку, он быстро пересек комнату и ударом ноги распахнул дверь в ванную, направив туда ствол пистолета. Там никого не было.

Девушка ничего не говорила, всем своим видом выражая сожаление по поводу того, что из-за ее безрассудного поведения ему приходится беспокоиться.

Наконец Бонд взглянул на визитку. «Мисс Скарлетт Папава[1]. Менеджер по инвестициям. Банк „Даймонд энд Стандард". Улица Фобур Сен-Оноре, 14-бис».

— Позвольте, я вам все объясню.

— Да уж, сделайте одолжение. — К этому моменту Бонд уже пришел в себя и, оценив ситуацию, не мог не признать, что нервы у его собеседницы действительно железные. Это вызвало в нем острое любопытство. — Впрочем, минуточку, — сказал он. — Прежде чем вы начнете мне «все объяснять», я бы хотел заказать что-нибудь выпить. Чем я могу угостить вас?

— Нет, спасибо, ничего не нужно. Если только... просто стакан воды.

Бонд заказал два двойных бурбона и бутылку минеральной воды «Виттель». Если девушка не передумает, он сам выпьет вторую порцию.

— Ну хорошо, — сказал он, кладя трубку на рычаг телефона. — У вас есть три минуты.

Мисс Скарлетт Папава, она же миссис Лариса Росси, тяжело вздохнула и, закурив «Честерфилд», снова

---

[1] Scarlet — алый *(англ.)*; papava — мак *(лат.)*.

села в неудобное жесткое кресло. «Ладно, хотя бы с маркой сигарет никакого обмана», — подумал Бонд.

— Еще до того, как мы встретились, я знала, кто вы такой, — проговорила Скарлетт.

— Лучше скажите, как давно вы занимаетесь финансами? — спросил Бонд.

— Шесть лет. Можете проверить в нашем банке. Его головной офис находится на Чипсайде[1].

Бонд кивнул. Инстинктивно он чувствовал, что бо́льшая часть истории, рассказанной ему «Ларисой» — о русском отце и о полученном образовании, — была правдой. Но то, как нагло она наплела про какого-то мужа, обеспокоило его: слишком уж лихо и, пожалуй, даже профессионально проделала она этот трюк. Бонд ощущал некоторую напряженность, которую обычно испытывал, оказавшись в обществе «коллеги по цеху» — тайного агента.

— У вас скептический вид, — сказала Скарлетт. — Что ж, сомневаетесь — можете проверить.

— Так что вы делали в Риме?

— Мистер Бонд, своими вопросами вы сами урезаете отведенные мне три минуты.

— Ладно, продолжайте.

— В Рим я приехала, чтобы разыскать вас. Мне нужна ваша помощь. Я хочу спасти сестру. Она против собственной воли оказалась под влиянием одного очень неприятного человека и вынуждена работать на него. Фактически он ее похитил и держит у себя как пленницу.

— Я не частный детектив, — отрезал Бонд, — и не специализируюсь на спасении дамочек, по собственной глупости попавших в неприятную историю. На вашем месте я бы обратился в агентство Пинкертона или к их французским коллегам — в какую-нибудь контору под названием «Шерше ля фам».

---

[1] *Чипсайд* — улица в Сити, деловом районе Лондона.

Скарлетт кротко улыбнулась.

— По правде говоря, я именно так и сделала,— призналась она.

В этот момент в дверь постучали. Это был официант с заказанным бурбоном. Налив две порции, он направился к выходу.

— Оставьте всю бутылку,— сказал Бонд, кладя на поднос свернутую купюру.

— Спасибо, месье.

— Так — это как? — переспросил Бонд, закрывая дверь за официантом.

— Позвонила к Пинкертону,— ответила Скарлетт.— Меня соединили с человеком, который представился как Феликс Лейтер.

Бонд устало кивнул. «Мог бы сразу догадаться»,— подумал он.

— Мистер Лейтер сказал, что сам не возьмется за это дело, потому что старается не покидать пределов Америки без крайней необходимости, но знает человека, который сможет решить эту задачу. Он назвал ваше имя. Еще он сказал, что вы не то в долгосрочном отпуске, не то вообще собираетесь уйти в отставку — что-то в этом роде. Он пояснил, что и сам до конца не в курсе, почему вы сейчас временно отошли от дел, но, по его мнению, вас такая ситуация едва ли устраивает и вы жаждете действий. Он так и сказал: «Это дело как раз в духе Джеймса. Опишите ему все происшедшее в деталях, и можете считать, что он ваш».— Скарлетт пожала плечами.— Не знаю, что он хотел этим сказать. Во всяком случае, он не знал точно, где вы находитесь, но, по его сведениям, вы собирались ехать в Рим. Он назвал мне отель, который сам вам рекомендовал. Мне оставалось лишь постоянно звонить туда и справляться насчет вашего приезда.

— Что ж, весьма изобретательно.

— Спасибо. Между прочим, в какой-то момент я уже готова была бросить эту затею. Я потратила целое состояние, каждый день названивая в гостиницу.

— Надеюсь, не с рабочего телефона.

— Разумеется, нет. Я звонила из своей квартиры на улице Сен-Пер. Должна заметить, мистер Бонд, что вся эта история никак не связана с моей работой. Дело это сугубо частное.

— Само собой,— поспешил согласиться Бонд.

Обычно агенты внешней разведки действовали при посольствах под видом дипломатических сотрудников — каких-нибудь поверенных в делах или служащих консульского отдела. Бонд и настоящих-то дипломатов не любил — этих людей с мягкими, безвольными рукопожатиями, которые ехали за границу с единственной целью — врать иностранному правительству, а уж разведчиков под посольским прикрытием и вовсе терпеть не мог. Привыкнув к дипломатической неприкосновенности, они настолько расслаблялись и теряли форму, что в любой серьезной заварушке сломались бы через полминуты. Впрочем, прикрытием для агента-нелегала могла быть должность не только в дипломатическом представительстве. Коммерческие структуры тоже подходили для этой цели. Люди, управляющие финансами, также могли иметь доступ к оперативной информации и тоже постоянно путешествовали. Раньше Бонду не доводилось встречаться с британским агентом-женщиной, но кто знает, может быть, руководство внешней разведки решило идти в ногу со временем.

— Я понимаю, что вы мне не верите, — сказала Скарлетт.— Что ж, вы имеете на это полное право. Но я постараюсь заслужить ваше доверие. Я докажу, что не вру, обещаю вам.

Бонд ничего не ответил. Он выпил свой бурбон и налил еще.

— Дело в том, — с некоторой нерешительностью в голосе сказала Скарлетт, — что я, кажется, могу помочь вам найти Джулиуса Горнера. Мне, например, известно, где он будет в субботу утром. В клубе «Спортинг» в Булонском лесу. Это частный теннисный клуб.

— По-моему, ваши три минуты уже истекли, — проговорил Бонд.

Скарлетт снова закинула ногу на ногу точь-в-точь как тогда, в римском баре. Бонд чувствовал, что девушка вызывает в нем отнюдь не только деловой интерес. На этот раз она выглядела моложе, чем раньше. Тоже около тридцати, но скорее меньше, чем больше. Если Ларисе Росси он дал бы примерно тридцать два, то Скарлетт Папаве было лет двадцать восемь.

Она внимательно смотрела на Бонда, словно просчитывая следующий шаг.

— Ну ладно, — сказала она, — не буду дальше притворяться. Я знаю, что вы приехали сюда, чтобы заняться делом Горнера.

— И откуда же вы это узнали?

— Сестра сказала. Иногда ей удается позвонить мне. Она просила предупредить вас об опасности и посоветовала держаться от него подальше.

Бонд закурил.

— А ваша сестра могла узнать все это...

Скарлетт кивнула:

— Прямо из первых рук.

Бонд сделал глубокий вдох. Что ж, по крайней мере теперь понятно, откуда взялись мотоциклисты. Тот факт, что Горнер оказался в курсе интереса к своей особе, Бонда не удивил — если этот человек действительно был противником такого масштаба, как описал ему М. У таких людей служба разведки работает на хорошем уровне. Неприятно, конечно, но ничего трагического в этом Бонд не видел.

— И ваша сестра знала, что я собираюсь в Париж.

— Да. Она звонила сегодня утром.

— Она и гостиницу вам назвала?

— Нет. Я дожидалась вас в аэропорту, а потом поехала за вами на такси. Извините. Ну а насчет того, чтобы попасть в номер... Сами понимаете, персонал парижских отелей привык к одиноким женщинам. Главное — быть прилично одетой и вести себя уверенно. Я спросила, в каком номере вы остановились, а потом дала коридорному немного денег, чтобы он открыл мне дверь. Я сказала, что потеряла ключ. Все оказалось легко — просто до смешного.

— Значит, Манипенни заказала мне номер в *hôtel de passe*. Ладно, я еще с ней поговорю.

Скарлетт покраснела:

— Мне очень жаль, что все это получилось так — не слишком прилично. Но мне действительно очень нужно было снова вас увидеть, и я не могла себе позволить рисковать: вдруг вы не стали бы меня слушать. Я знала, что, если позвоню, вы не захотите со мной встречаться. Нет, конечно, сначала я собиралась перехватить вас еще утром в Риме, чтобы поговорить начистоту. Но я была немножко сбита с толку вашей... холодностью. В общем, когда я позвонила в отель, мне сказали, что вы уехали чуть ли не затемно.

— Ну, зато свой второй шанс вы использовали по полной программе. Это занятно. Я как раз получил официальное задание — разыскать человека, на которого вы можете меня вывести в своих личных целях.

Скарлетт улыбнулась:

— Вы верите в судьбу?

Бонд не ответил. Он снял свои черные мокасины и прилег на кровать. Пистолет он положил на столик рядом с телефоном. Некоторое время он молча обдумывал ситуацию. Забавно. Скучающая домохозяйка, деловая сотрудница банка, ночная бабочка... Скарлетт, бесспорно, сумела его заинтриговать. Чего стоили только ее манеры, то, как она сидела в неудобном гостиничном кресле, как приоткрывала в чуть виноватой улыбке ярко, но не вульгарно накрашенные губы. Замечательно. А этот мистер Росси, директор страховой компании... Достаточно только посмотреть на нее, и все становится ясно: какой там муж, какая страховая компания. Нет, надо признать, что там, в Риме, она сыграла свою роль просто блестяще. Глядя на нее сейчас, трудно было даже предположить, что она может так натурально вжиться в образ семейной женщины, утомленной однообразием богатого существования. Вполне вероятно, что говорить в ресторане о своей похищенной сестре она считала небезопасным и потому хотела пригласить его к себе в номер. Или у нее был другой, более личный мотив?

А впрочем, не все ли равно? В такие моменты он привык полагаться на свой инстинкт и опыт. Несмотря на некоторые неувязки в истории, рассказанной Скарлетт, — ему хотелось ей верить. Опасная, возможно, очень опасная женщина, но притягательная.

— Ну хорошо, Скарлетт, — сказал он, — вот как мы с вами поступим. Сегодня у нас четверг. Завтра я должен встретиться с одним старым приятелем. Мы хотели бы кое-что обсудить вдвоем, с глазу на глаз, — это я говорю на тот случай, если вы уже прикидываете, как бы случайно столкнуться с нами где-нибудь на улице. В зависимости от того, что он скажет, я решу, ехать ли мне с вами в субботу утром в тот теннисный клуб. Завтра в шесть вечера я позвоню вам по этому номеру. — Он помахал в воздухе ее визитной карточкой. — Тогда вы сможете меня представить...

— Нет, я не смогу вас представить. Горнер не должен меня видеть. Иначе Поппи[1] может оказаться в опасности. Я просто покажу его вам издали.

---

[1] *Поппи* (от *англ.* рорру) — мак.

— Идет. Но в любом случае вы останетесь в клубе. Я хочу, чтобы вы были там до тех пор, пока я не уйду.

— В качестве вашей страховки?

— Страхование — это вроде бы ваш семейный бизнес, разве нет? — Бонд саркастически взглянул на нее.— Ну что, договорились?

— Да. Договорились. — Скарлетт протянула ему руку.

Бонд пожал ее.

— Лариса поцеловала меня в щеку,— напомнил он.

— *Autres temps*,— сказала Скарлетт со смешком,— *autres moeurs*[1].

Он смотрел, как она удаляется по коридору в сторону лифта. Юбка соблазнительно облегала ее бедра.

На этот раз, ожидая лифта, она не обернулась и не помахала рукой, но, когда двери уже закрывались, крикнула, явно не рассчитывая на ответ:

— А как у вас обстоят дела с теннисом? Надеюсь, отлично!

Рене Матис сразу назначил встречу на первую половину дня.

— Сам понимаешь, Джеймс,— сказал он,— в пятницу вечером в конторе страшно напряженное время. Нужно успеть закончить все дела, не доделанные за неделю, и все просто на ушах стоят. Я лучше приглашу тебя на ланч. Приезжай к «Андре» на улицу Шерш-Миди. Вообще-то я в этом квартале почти не бываю. Но это и к лучшему.

По своей многолетней привычке Бонд появился в ресторане минут на пять раньше назначенного времени и занял место в глубине зала, подальше от окна, но при этом так, чтобы ему был виден весь зал. Он ис-

---

[1] Другие времена — другие нравы *(фр.)*.

кренне обрадовался при виде входящего Матиса, немного запыхавшегося и жалующегося на бесконечные пробки.

— Давай не будем здесь рассиживаться, Джеймс. Времени в обрез. Не стоит заказывать ничего особенного, лучше взять что-нибудь из их дежурного меню. Публика здесь — в основном издательские работники и преподаватели. Никого нежелательного ты тут не увидишь, уверяю.

Матис говорил по-английски очень бегло и легко, с едва заметным акцентом. Прежде чем Бонд успел что-либо сказать, он заказал два бокала «Рикара».

— Что ты знаешь о Джулиусе Горнере? — спросил Бонд.

— Не слишком много, — ответил Матис. — А ты?

Бонд рассказал то, что ему было известно; Матис внимательно слушал, понимающе кивая. Бонд знал его манеру прикидываться куда менее сведущим, чем он был на самом деле. Но, несмотря на эту привычку, на Матиса вполне можно было положиться.

— Я так понимаю, что кое-кто хочет подобраться поближе к этому типу, — сказал Матис, когда Бонд закончил свой короткий рассказ. — Это птица высокого полета, и я думаю, что он старается нигде попусту не наследить. Тебе придется подойти очень близко, чтобы хоть что-то выведать.

— Есть у меня одна зацепка, — заметил Бонд, — но довольно скользкая.

— Мой дорогой Джеймс, — засмеялся Матис, — да при нашей работе у нас все зацепки либо слабые, либо хлипкие, либо скользкие.

Официант поставил на стол мясное ассорти с корнишонами и корзинку с хлебом.

— Сегодня тебе придется изменить своим правилам и выпить немного вина, — сказал Матис. — Есть это блюдо без вина просто невозможно.

Он заказал бутылку «Шато Батайе» 1958 года, налил себе на полдюйма, потом наполнил бокал Бонда.

— Это пятый урожай, — пояснил он. — Собирают буквально в нескольких метрах к западу от Латура, но букет отличается. Попробуй.

Бонд аккуратно поднес бокал к губам. Аромат был богатый и насыщенный, но дать определение его оттенкам было трудно.

— Графитовый карандаш? — спросил Матис. — Табак? Черника? Едва уловимая нотка ростбифа?

Жестом попросив его помолчать, Бонд осторожно попробовал вино на язык.

— Неплохо, — заключил он.

— Неплохо! Да «Батайе» — это просто чудо. Один из великих секретов Бордо.

К тому времени, когда официант унес тарелки с остатками *lapinà l'ancienne*[1] и поставил на стол большое блюдо с сыром, приятели уже приканчивали вторую бутылку и Бонд вполне готов был согласиться с Матисом относительно качества вина.

— Послушай, тебе ничего не говорит такое имя — Скарлетт Папава? — спросил Бонд.

— Боже мой, звучит прямо как-то по-русски, — сказал Матис.

— Я думаю, что ее отец русский или был русским, — я не знаю, живы ли ее родители, — ответил Бонд. — Сделай одолжение, посмотри у ваших ребят, не проходит ли она как агент нашей внешней разведки? Если, конечно, она не числится по какой-нибудь другой, более неприятной категории.

— СМЕРШ? КГБ?

— Сомневаюсь, — сказал Бонд, — но, учитывая русское происхождение, с ней нужно быть вдвойне осторожным.

---

[1] Кролик по-старинному (*фр.*).

— Тебе это срочно?

— Вообще-то сегодня к половине шестого. Вот, возьми. — Бонд положил на стол визитку Скарлетт. Телефонные номера, указанные на карточке, он уже запомнил.

— Господи, Джеймс, ты не меняешься. Ну, посмотрим, что можно выяснить. Позвони моей секретарше. Я оставлю ей сообщение. Простой код. Зеленый, желтый и красный — три степени опасности. Ну что, еще вина?

После ланча Бонд заглянул в спортивный магазин на бульваре Сен-Жермен и купил себе костюм для игры в теннис и ракетку «Данлоп максплай» с не слишком туго натянутыми синтетическими струнами. Затем он взял такси и поехал в гостиницу. На этот раз он решил, что никому не позволит застать себя врасплох, и зашел в номер с предельной осторожностью, вынув пистолет из кобуры и спрятав под полой пиджака. Он проверил тальк на замке чемодана и убедился, что волосок на двери ванной, который он прикрепил после того, как горничная закончила уборку, остался на месте. Похоже, всё в порядке. Потом он прочел статью в журнале «Ньюсуик», посвященную резкому росту незаконного оборота наркотиков; Лоэлия Понсонби приложила ее к не слишком пухлой папке секретных материалов по делу Горнера. В половине шестого Бонд вышел из гостиницы и нашел телефон-автомат на улице Дону. Его звонок застал Лоэлию в офисе за чашкой чая; Бонд попросил ее позвонить в гараж и сказать, чтобы его машину забрали со стоянки аэропорта и заменили в ней разбитые стекла.

— Надеюсь, это не из-за того, что вы опять лихачили на дороге, Джеймс?

— Нет, не в том смысле, какой вы вкладываете в это слово. Извините, что оторвал вас от чая, Лил.

— Я же просила не называть меня так, потому что...

Но ей не удалось продолжить препирательства: Бонд уже повесил трубку и набрал номер Второго управления.

— Кабинет месье Матиса, пожалуйста.

— Одну минуту, месье.

В трубке что-то зашуршало и защелкало, а затем в ухо Бонду закаркал тот же хриплый голос, который он уже слышал накануне:

— Слушаю.

«Вот ведь старая карга, — подумал Бонд. — Ей бы сейчас точно не помешало...»

— Чего вы хотите? — рявкнули в трубку.

— У вас есть сообщение для месье Бонда? Джеймса Бонда?

— Подождите. Да. Всего одно слово.

— Ну и?..

— Что, месье?

— Слово какое?

— Слово «зеленый».

— Спасибо, мадам, — сказал Бонд и, повесив трубку, добавил уже по-английски: — И передайте мое глубокое сочувствие вашему бедняге мужу.

Название улицы, на которой он оказался, было ему почему-то знакомо. Улица Дону. Ага, точно. Бар «Гарри». «Закажите коктейль „Санк Ру Доу-Ну“» — гласило рекламное объявление в газете «Геральд трибьюн». Бонд взглянул на часы. До звонка Скарлетт как раз есть время, чтобы выпить бурбон и «Виттель» в приятной клубной атмосфере бара. Сидя в глубоком кожаном кресле и докуривая последнюю сигарету (уже вторая пачка за день), Бонд не мог не признаться самому себе, что жизнь, похоже, налаживается. Опасное задание, девушка, несколько бокалов вина в обществе Матиса — и, наконец, этот янтарный напиток, обостряющий чувства и просветляющий разум...

Он положил купюру поверх несуразно большого счета и, выйдя из бара, вновь вернулся к телефону-автомату. С офисом Скарлетт его соединили мгновенно.

— Скарлетт? Это Джеймс Бонд. Ну, как насчет завтра — вы не передумали?

— Нет. А вы?

— Во сколько нам нужно там появиться?

— Примерно в десять. Что, если я заеду за вами в гостиницу в девять? Тогда мы приедем с небольшим запасом и у вас будет несколько минут, чтобы размяться.

— Хорошо. — Ответ прозвучал не слишком уверенно.

Скарлетт тотчас же уловила нерешительность в голосе собеседника:

— Что-нибудь еще?

Он почти уже собрался пригласить ее поужинать.

— Нет, — все-таки ответил он. — Вроде бы все. И не забывайте: я беру вас на испытательный срок.

— Я понимаю. До завтра.

В трубке послышались короткие гудки.

Бонд спал как ребенок в тихом коконе гостиничного номера. Ужин в виде внушительного омлета, доставленного прямо в номер, три двойных бурбона и горячая ванна позволили даже обойтись без снотворного.

Утром он встал пораньше и сделал хорошую зарядку, заставив себя присесть раз шестьдесят и проделав ряд упражнений на растяжку ног и спины, которым Вейланд научил его на Барбадосе. Пока он остывал, горничная принесла завтрак, который он и съел, сидя за столом у окна, завернувшись в банное полотенце. Кофе был отличный, но к любителям круассанов Бонд никогда себя не относил. К счастью, на подносе обнаружилась и вазочка с чем-то отдаленно напоминающим джем.

После душа Бонд надел хлопчатобумажную голубую рубашку с короткими рукавами, черные брюки и блейзер. По правде говоря, он не был уверен, какой дресс-код существует в теннисном клубе «Спортинг», но опыт подсказывал, что подобные заведения во Франции стремятся быть еще более британскими, чем в самой Британии, особенно в отношении приема в члены клуба и чрезмерно ярких клубных галстуков. Положив теннисные принадлежности в небольшую спортивную сумку, он спустился в гостиничный вестибюль.

Без одной минуты девять перед входной дверью лихо, под визг тормозных колодок, остановился маленький белый кабриолет «санбим-альпин». Матерчатая крыша была убрана; на водительском сиденье во всей своей красе восседала Скарлетт Папава, в темных очках и обескураживающе коротком красном льняном платье.

— Запрыгивайте, Джеймс. Если хотите, можете отодвинуть сиденье подальше назад.

Он еще не успел толком отрегулировать под себя пассажирское кресло, как она уже включила первую передачу и машинка, взвизгнув шинами, сорвалась с места и понеслась в сторону площади Согласия.

Бонд улыбнулся:

— Мы спешим?

— Лучше поторопиться, — подтвердила Скарлетт. — Если удастся записать вас на игру с доктором Горнером, вы должны быть в самой лучшей форме. Небольшая разминка не помешает. Играет он классно.

Скарлетт свернула на Елисейские Поля и энергично нажала на педаль газа.

— С этими ребятами лучше играть по их правилам, — сказала она. — Я имею в виду французских водителей. Здесь на дороге надо вести себя нагло. Нет никакого смысла прикидываться увядшей фиалкой.

— А почему вы выбрали «альпин», а не «тайгер», например? — спросил Бонд.

— Это отец мне купил. Она подержанная. «Тайгер» ведь гораздо больше, правда?

— Да, и у него восьмицилиндровый V-образный двигатель, — подтвердил Бонд, — но коробка передач такой малышки, как «санбим», не переварит настолько огромный крутящий момент. Но куда вам еще больше мощности? За вами, похоже, и так не угнаться.

На площади Этуаль, там, где сливались в один круговорот сразу полтора десятка транспортных потоков, Скарлетт тоже не стушевалась, и буквально через несколько кошмарных секунд, провожаемые множеством возмущенных гудков, они уже мчались вперед по авеню Нейи. Ветер трепал темные волосы Скарлетт, на лице которой сияла улыбка победительницы.

К клубу «Спортинг» через Булонский лес вела неприметная, присыпанная песком дорога. Бонд и Скарлетт оставили машину на клубной стоянке и под аккомпанемент непрерывно стрекотавших кузнечиков, через лужайки, поросшие аккуратно подстриженной зеленой травой, направились к новому административному корпусу чрезвычайно современной архитектуры.

— Подождите здесь, — сказала Скарлетт. — Я сейчас.

Она направилась к дверям офиса, а Бонд окинул оценивающим взглядом ее стройные ноги, открытые до середины бедра; у нее была походка сильной, спортивной девушки, уверенной в себе.

Он просмотрел доску объявлений: внутренние турниры, сетки расписаний, списки победителей и выбывших из дальнейшей борьбы, соревнования юниоров и игроков старшего возраста. В списках членов клуба мелькали фамилии некоторых хорошо известных в Париже людей. В самом начале сетки турнира мастеров он обнаружил нужное имя: «Дж. Горнер». Судя по уровню клуба и количеству его членов, верхние строчки в турнирных таблицах должны были занимать молодые люди до тридцати лет, играющие почти на профессиональном уровне, а это означало, что Горнер действительно очень сильный игрок. Если оценивать его по меркам гольфа — игры, в которой Бонд был сведущ несравненно больше, — Горнер спокойно мог бы дать противнику фору в семь, а то и в восемь ударов. Что и говорить, противник незаурядный.

— Джеймс! — Услышав свое имя, он обернулся. Скарлетт как раз направлялась к нему. — Секретарь клуба сказал, что доктор Горнер должен подъехать через несколько минут и в спарринг-партнеры к нему пока что никто не записывался. Вам повезло.

— Как вы это устроили?

Скарлетт мгновенно приняла пристыженный вид:

— Я знаю от Поппи, что Горнер любит играть на деньги. И я взяла на себя смелость сказать секретарю, что вы очень неплохой игрок и можете составить доктору Горнеру хорошую компанию. Я также дала ему понять, что вы человек азартный и не прочь сыграть на деньги; притом вы играете не настолько хорошо, чтобы выиграть, но вы настоящий джентльмен, который всегда оплачивает свои долги.

— Я прямо вижу, как у парня слюнки потекли от такой перспективы, — заметил Бонд.

— Ну, я думаю, что большинство постоянных членов клуба не горит желанием играть с Горнером.

— Интересно почему, — съязвил Бонд. — И кстати, сколько с вашей легкой руки я поставил?

— Всего сто фунтов, — с самым невинным видом ответила Скарлетт. — Ну, теперь мне пора на некоторое время скрыться из поля зрения.

— Все остается так, как мы договаривались, — сказал Бонд. — Но ни в коем случае не уходите.

— Да меня отсюда не выманишь. Я собираюсь поглядеть на вашу игру. Разумеется, с безопасного расстояния. Смотрите-ка. Это не его машина подъехала?

Через большие стеклянные двери холла Бонд увидел черный «Мерседес 300D», за рулем которого сидел человек в военном кепи. Машина припарковалась прямо у входа, водитель бросил ключи швейцару и, почти бегом обогнув автомобиль, открыл дверцу пассажиру.

Из «мерседеса» вышел тот самый человек, которого Бонд уже видел в марсельском порту и на фотографии в кабинете М. На нем была белая фланелевая рубашка с длинными рукавами, серые слаксы и неизменная белая перчатка на излишне крупной левой руке. Пока человек шел к дверям офиса, Бонд отвернулся и сделал вид, что изучает доску объявлений. Скарлетт уже успела благоразумно испариться.

Бонд принялся рассматривать ряд телевизионных экранов на стене, — судя по всему, их количество соответствовало числу наружных кортов на территории клуба. На экранах можно было наблюдать, как идет игра на той или иной площадке; кроме того, внизу каждого экрана небольшое табло показывало текущий счет; эти сведения обновлялись игроками всякий раз, когда они менялись сторонами площадки. Такая технология, насколько было известно Бонду, редко применялась за пределами профессиональных телестудий и, должно быть, стоила клубу, вернее, его членам бешеных денег.

В дополнение к этому клуб располагал просторным комплексом крытых кортов, находившимся на нижнем уровне — прямо под наружными. Здесь за ходом игры можно было наблюдать с внутренней галереи, которая опоясывала изнутри каждый корт.

Не прошло и минуты, как Бонд услышал приближающиеся шаги. Это был человек в кепи.

— Извините, — сказал он по-английски, — вы мистер Бонд? Меня зовут Шагрен[1].

---

[1] *Шагрен* (от *фр., англ.* chagrin) — огорчение, досада.

Бонд обернулся и посмотрел ему в лицо. У Шагрена была желтоватая кожа, по-восточному узкий разрез глаз, а лицо какое-то плоское, почти неподвижное. «Есть в нем что-то полумертвое или, во всяком случае, не совсем живое», — подумал Бонд. Ему приходилось видеть такую безжизненную плоть, но только у парализованных. Здесь же неподвижность лица странно контрастировала с резкими и активными жестами.

— Я думай, вы играй с доктор Горнер. — Акцент у Шагрена был то ли китайский, то ли тайский.

— Если ему хочется играть, я не откажусь, — небрежно сказал Бонд.

— О да. Он хочет играй. Я вас представь.

Шагрен повел Бонда по широкой винтовой лестнице на просторную смотровую площадку с барами и рестораном.

Горнер стоял у панорамного окна и внимательно следил за игрой на ближайших кортах.

Он обернулся и посмотрел Бонду в глаза. Затем протянул правую руку — без перчатки.

— Вы даже не представляете, как я рад нашему знакомству, мистер Бонд. Ну что ж, сыграем?

ГЛАВА 5

Это вам не крикет

Раздевалка находилась на заглубленном первом этаже и представляла собой целый комплекс, включающий большую парную, четыре сауны и такое количество расставленных по полкам одеколонов и лосьонов после бритья, что их хватило бы на целый год парфюмерному отделу какого-нибудь универмага вроде «Мейфэр». Бонд, который прежде играл в клубе на Барбадосе (единственная душевая кабина, деревянная барная стойка с холодным пивом) или в «Куинз-клубе» в Лондоне, где помещения тоже не страдали избытком роскоши, а попросту говоря, были довольно убогими, заметил, однако, что даже ароматы самой дорогой парфюмерии не в состоянии перебить витающий в любой спортивной раздевалке кислый запах потных носков.

Горнер отправился переодеваться в отдельную кабину, из которой появился в новеньких белых шортах «Лакост», открывавших мускулистые загорелые ноги. Фланелевая рубашка с длинными рукавами и белая перчатка остались на нем. На правом плече висела объемистая спортивная сумка с полудюжиной новых ракеток «Уилсон».

Не сказав ни слова, будто уверенный, что Бонд последует за ним, Горнер поднялся по лестнице и вышел в игровую зону, состоявшую из двенадцати кортов с безупречным травяным покрытием и из такого же количества плотно утрамбованных грунтовых, покрытых мелкой красной пылью. Клуб явно гордился качеством покрытий своих кортов: они должны были обеспечивать отличный отскок мяча и максимально щадить колени и голеностопы игроков. Рядом с каждым кортом имелась вышка для судьи, четыре деревянных кресла для игроков, стойка с большим количеством белых полотенец и холодильник, содержащий хороший запас прохладительных напитков и нераспечатанные коробки с белыми теннисными мячами «Слезенгер». Тут и там между кортами сновали клубные маршалы, выделявшиеся фирменной униформой в шоколадно-зеленую полоску; они готовы были разбиться в лепешку, чтобы обеспечить членам клуба максимум удовольствия от игры.

— Четвертый корт свободен, доктор Горнер, — сказал один из них, подбегая. Говорил он по-английски. — Или шестнадцатый, если вы сегодня предпочитаете играть на траве.

— Нет, я буду играть на втором.

— На вашем обычном? — Молодой человек выглядел смущенным. — Но сейчас он занят, месье.

Горнер посмотрел на маршала таким взглядом, каким смотрит ветеринар на старую больную клячу, которой собирается сделать смертельную инъекцию. Очень медленно он повторил:

— Я буду играть на втором корте.

Он говорил бас-баритоном; изысканное английское произношение было практически лишено акцента, и если бы Бонд не знал о его прибалтийских корнях, то, пожалуй, и не обратил бы внимания на чуть растянутые гласные.

— Э-э... да-да. Конечно. Я попрошу тех джентльменов перейти на четвертый корт.

— Вот увидите, на втором корте покрытие лучше, — сказал Горнер, обращаясь к Бонду. — И солнце там не мешает.

— Как вам угодно, — ответил Бонд.

Утро действительно было ясное, и солнце стояло уже высоко.

Горнер достал из холодильника упаковку новых мячей, бросил три Бонду, а три взял себе. Не спросив мнения гостя, он выбрал себе дальний конец площадки, хотя на первый взгляд никакого преимущества от этого не получал. Несколько минут они перебрасывались мячами, и Бонд сосредоточился на том, чтобы попытаться найти подходящий, удобный ритм, нанося справа прямые удары с хорошим длинным замахом, а слева — резаные, провожая мяч ракеткой после удара. Он также старался следить за манерой игры Горнера, пытаясь уловить его слабые места. Обычно во время разминки игроки не подают сопернику под бэкхенд, но Бонд специально сделал несколько ударов в ту сторону, стараясь не оставлять Горнеру шанса. Тот без всяких затруднений отбил их все на заднюю линию на стороне Бонда. Однако его удар справа был какой-то особый, не такой, какому обычно учат в теннисных школах. Он наносил резаные удары с какой-то тяжеловесной мощью, так что мяч пролетал низко над сеткой. «Или он не умеет делать с форхенда перекрученные удары, — подумал Бонд, — или держит этот прием про запас». По крайней мере теперь Бонд знал, что с этой стороны можно ожидать какого-нибудь неприятного сюрприза.

— Готовы, — сказал Горнер. Это был не вопрос, а утверждение.

Он подошел к сетке и стал тщательно измерять ее высоту металлической рейкой, висевшей на боковой стойке.

— Вы думаете, мистер Бонд, что я зря теряю время, но прошу вас рассудить здраво. На нашем уровне игры мяч постоянно пролетает всего в нескольких дюймах над сеткой и практически в каждом гейме задевает трос. Добавьте сюда нетболы при подаче, и ситуация еще усугубится. В таком матче разыгрывается примерно очков двести, а типичная разница между победителем и проигравшим в активно выигранных очках может составлять и меньше десяти. Поскольку из этих двухсот очков приблизительно тридцать, включая подачи, связаны с касанием троса, — этого может быть втройне достаточно, чтобы выиграть матч! Вот почему я считаю важным свести возможные случайности к минимуму.

— Я впечатлен вашей логикой, — сказал Бонд.

Он несколько раз взмахнул ракеткой, разминая плечи.

Горнер отрегулировал высоту сетки, слегка подтянув цепочку, ведущую от центральной вертикальной тесьмы к металлической планке, вставленной в грунт. Затем он трижды ударил ракеткой по тросу. Бонд не заметил на боковых стойках никаких ручек, чтобы можно было поднять или опустить сетку. Сам верхний трос спускался по стойке и скрывался в маленькой металлической пластинке в грунте — скорее всего там находился вороток, с помощью которого персонал клуба натягивал сетку и регулировал ее высоту. Центральная тесьма и цепочка служили для более точной регулировки.

— Отлично, — сказал Горнер. — Хотите крутануть? Бонд несколько раз прокрутил ракетку в руке.

— Гладкая сторона или шершавая? — спросил он.

— Кожаная, — ответил Горнер. Он наклонился и проверил ракетку Бонда. — Да, она кожаная. Я подаю.

Бонд отправился на позицию принимающего, гадая про себя, в чем смысл этой явно сленговой шутки; что-то ему подсказывало, что кожаной могла быть как гладкая, так и шершавая часть рукоятки.

Хотя во время разминки они уже обменялись несколькими подачами, теперь Бонду предстояло впервые увидеть Горнера в деле. «Следи за мячом», — напомнил он самому себе.

Это было легче сказать, чем сделать. Горнер один, два, три раза постучал мячом о землю перед собой, затем повернулся вокруг своей оси, как собака, которая поудобнее укладывается спать на подстилке. Сделав полный оборот на триста шестьдесят градусов, он резко подкинул мяч левой рукой — той самой, в перчатке, — и еще на долю секунды задержал руку в воздухе, в то время как его ракетка мощным хлопком послала мяч прямо в среднюю линию, в которую он и ударился с глухим стуком. Бонд, увлеченный всем этим зрелищем, даже не успел пошевелиться.

— Пятнадцать—ноль, — объявил Горнер и быстро пошел подавать в другой квадрат.

Изо всех сил стараясь сосредоточиться и не обращать внимания на болтовню и отвлекающие маневры, Бонд прямо-таки впился пальцами ног в утоптанное покрытие корта. Он отбил подачу ударом слева, но Горнер стремительно выбежал к сетке и нанес резкий удар с лёта в дальний угол.

— Тридцать—ноль.

В первом гейме Бонд выиграл только один раз. Горнер вынул из холодильника бутылку воды «Эвиан», открыл ее и налил в стакан, который опорожнил залпом. Потом он махнул левой рукой в сторону холодильника, словно приглашая Бонда тоже воспользоваться этим благом цивилизации. При взмахе застегнутая манжета его рубашки задралась чуть выше края белой перчатки. Возвращаясь на корт, Горнер дважды снова шлепнул ракеткой по сетке, словно бы наудачу.

Стараясь выбросить из головы вид покрытого не волосами, а скорее даже шерстью запястья Горнера, Бонд пошел подавать. Первая подача всегда важна, ведь она задает тон всему матчу. Бонд, у которого была сильная первая подача, решил, однако, действовать не за счет силы, а скорее за счет аккуратности. Он попытался погонять Горнера по углам, но его удары с лёта были уверенно отбиты ловкими «свечами». При счете 30:40 он дважды попал в верхнюю часть сетки, и оба раза мяч падал на его стороне. Двойная ошибка: малодушный способ проиграть гейм на своей подаче.

Бонд пытался найти средства, чтобы сбить Горнера с ритма, но это было трудно. Он вспомнил, как играл с Вейландом на Барбадосе: иногда намеренно замедляя игру, он сбивал соперника с толку, и молодой человек в своем желании атаковать шел на слишком большой риск. Горнер таких ошибок не делал. Его хлесткие удары справа Бонду было трудно отбить: он изо всех сил вытягивал ракетку вперед, чтобы погасить сильную крутку мяча, но Горнер не давал ему шансов ударить с лёта, а когда Бонд выходил вперед к сетке, противник снова делал неотразимую «свечу», и мяч с раздражающей регулярностью ударялся в корт прямо около задней линии, оставляя четкую метку на красноватом покрытии.

Когда Бонд выполнил подачу, Горнер быстро крикнул: «Аут!» — и даже не попытался отбить мяч, который ударился в ограждавшую корт сетку и упал на землю. Бонд собрался сделать вторую подачу, но Горнер воскликнул: «Подождите!» — и отбросил отскочивший от заднего ограждения мяч.

— Осторожность никогда не помешает, — пояснил он. — На прошлой неделе я видел, как человек наступил на мяч и сломал голень. Продолжаем.

К этому моменту Бонд, естественно, сбился с ритма и был рад просто попасть вторым мячом в корт.

Несмотря ни на что, ему удавалось брать свою подачу, и в итоге счет дошел до 4:5 в пользу Горнера. Это был последний шанс для Бонда сделать брейк в первом сете. Он решил оставаться на задней линии и гонять Горнера по углам в надежде, что тот все же допустит ошибку. В первый раз за всю игру Горнер проявил некоторые признаки усталости. Ему дважды не удался длинный удар справа, и впервые за матч Бонд получил брейк-пойнт при счете 30:40. Горнер размашисто подал ему под бэкхенд, но Бонд удачно сыграл кроссом и навязал противнику обмен ударами. Он ударил глубоко под заднюю линию, а Горнер в ответ, сильно подкрутив мяч, послал его в хавкорт, пытаясь попасть Бонду под бэкхенд, но безуспешно. Это был шанс для Бонда. Он сосредоточился, не отрывая глаз от мяча, и с максимальным вращением отправил его с форхенда по линии.

— Аут, — сказал Горнер. — Ровно.

Прежде чем Бонд успел что-либо возразить, Горнер уже начал свою пантомиму, предшествующую первой подаче. Он выиграл гейм, а с ним и сет — 6:4. Когда они поменялись сторонами и Бонд готовился подавать в первом гейме второго сета, он взглянул на то место, куда приземлился его сильно закрученный мяч с форхенда. В корте в трех дюймах от боковой линии видна была четкая отметка.

Бонду стоило некоторых усилий взять себя в руки и промолчать. Пока он готовился к подаче, Горнер подпрыгивал на месте, вертел ракетку, делал внезапный шаг вперед, а затем столь же стремительно отступал. То была старая тактика, известная Бонду, но его задачу это ничуть не облегчало. Заставив себя внимательно следить за мячом, он сделал первую подачу в среднюю линию.

— Аут, — провозгласил Горнер.

— Думаю, что нет, — сказал Бонд. — Я могу показать вам след от мяча. — Он подошел к сетке и указал место приземления мяча.

— Это старая отметка, — заявил Горнер.

— Нет. Я хорошо видел, куда подал. Никакой ошибки быть не может. Это след от моей подачи, и он по меньшей мере в шести дюймах внутри квадрата.

— Мой дорогой мистер Бонд, если эти ваши английские «честная игра» и «джентльменское поведение» заключаются в том, чтобы подвергать сомнению слова человека, играющего в собственном клубе, то, пожалуйста, чувствуйте себя как дома и давайте переиграем это очко. — Горнер постучал ракеткой по подошве теннисной туфли, стряхивая приставшие частицы пыли. — Прошу вас.

Первая переигранная подача оказалась у Бонда слишком дальней. Делая вторую, он сыграл более коротко и резко и был разочарован, увидев, как мяч попал в трос и отскочил за боковую линию.

— Двойная ошибка, — сказал Горнер. — Есть в мире высшая справедливость, вы согласны?

Бонд начал злиться. Из первого квадрата он выполнил свою лучшую подачу — под острым углом под бэкхенд противнику.

— Аут! — раздался самодовольный, торжествующий голос.

В момент второй подачи Бонда Горнер воскликнул:

— Осторожно! Сзади.

— Что?

— Мне показалось, что я увидел мяч позади вас.

— Я бы предпочел, чтобы вы предоставили мне возможность самому следить за этим.

— Я понимаю вас, мистер Бонд. Но я никогда бы не простил себе, если бы мой гость получил травму. Прошу вас. Вторая подача.

Игра в теннис, возможно в большей степени, чем другие спортивные игры, происходит в первую очередь в уме. Гнев здесь абсолютно бесполезен, если только не умеешь направлять его в нужное русло и держать под контролем как средство концентрации.

Бонд понимал, что ему пора менять тактику. Во-первых, впечатление было такое, что ему просто не везет. Подавая, он бессчетное число раз задевал трос, после чего мяч редко оставался в игре; при этом Горнер, несмотря на свою манеру подавать низко над сеткой, ни разу в нее не угодил. Кроме того, Бонду нельзя было больше рисковать и делать слишком дальние удары, посылая мяч близко к линии. Теперь он должен был играть так, чтобы мяч опускался по меньшей мере на два фута внутри корта. В результате он начал все чаще и чаще прибегать к укороченным ударам, потому что, если уж мяч опустится всего в паре футов за сеткой, у противника не будет возможности оспорить его попадание в корт. Однако сами по себе укороченные удары редко позволяют добиться победы в матчах на уровне клубного тенниса, поскольку выход к сетке в большой степени ограничивает возможности маневра и приходится все время быть начеку. Бонд усвоил этот урок дорогой ценой, играя с быстроногим Вейландом. Горнер не столь быстро перемещался по корту, а Бонд приспособился отражать его «свечи» и резаные удары и даже провел несколько сильных ударов с лёта, вытащив соперника с его излюбленной позиции на задней линии.

Теперь перед подачей Горнер делал уже не один, а два полных оборота на месте. Подбросив мяч, он так долго удерживал в воздухе руку в белой перчатке, что рисковал угодить ракеткой по ней, а не по белому теннисному мячу. На приеме он приплясывал как чертик из табакерки. Он прерывал почти каждую удачную подачу Бонда под предлогом того, что у него под ногами оказался мяч, якобы откатившийся от заднего ограждения или «случайно выпавший» из его кармана. Впрочем, всеми этими отвлекающими маневрами Горнер добился лишь того, что его противник еще жестче сосредоточился на игре; наконец в восьмом гейме второго сета Бонд впервые за матч сумел нанести сильный удар справа прямо в середину корта — вдали от всяких линий — и взял подачу Горнера.

Затем он сделал две неоспоримые и неотразимые первые подачи и довел счет до 30:0, затем попал в сетку на простом ударе с лёта с бэкхенда. Четвертое очко он тоже проиграл, не отбив «свечу». По тридцати. Следующий мяч он должен был подавать противнику под форхенд и имел выбор: либо широкий замах и удар в дальний угол корта, либо невысокая подача с прицелом в середину. Но он не выбрал ни то ни другое. Используя примерно восемьдесят процентов своей силы, он подал прямо в корпус Горнеру, не дав ему простора для движения. Тот не ожидал такой перемены в игре и недостаточно сильно закрутил мяч, отбивая; в результате Бонд с удовольствием ударил с лёта и выиграл очко.

Счет был 40:30: сет-пойнт для Бонда. Он уже готовился подавать на сет, когда раздался голос Горнера:

— Прошу прощения, мистер Бонд. Вы меня извините? Природа требует своего. Я вернусь через минуту.

Он побежал трусцой в сторону административного здания клуба.

Бонд раздраженно пригладил ладонью влажные от пота волосы. Этот человек действительно не знает ни стыда ни совести. А главная проблема с бессовестными людьми заключается в том, что они на удивление неуязвимы.

Бонд достал из холодильника бутылку минералки «Пшитт» и сделал пару глотков. Он понимал, что теперь игра у него наладилась, но опасался, что Горнер пойдет еще на какие-нибудь ухищрения, дабы избежать проигрыша. Ведь для этого человека правил просто не существует.

Вскоре Горнер вернулся:

— Еще раз прошу прощения, мистер Бонд. Так какой там у нас счет? Я подавал?

— Нет. Подача моя. Счет был сорок—тридцать. Пять—четыре.

— Как же я мог забыть! Так это сетбол?

В его голосе звучали простодушные и в то же время покровительственные нотки, внушающие сопернику, что такие мелочи, как счет, не стоят его внимания.

Бонд ничего не ответил. Он выиграл уже несколько очков, подавая Горнеру под бэкхенд, и теперь нужно было придумать что-нибудь новенькое. Тщательно

прицелившись, он подал по центру. Горнер хорошо сре-
агировал, но Бонд угодил прямо в линию — полосу,
едва заметно выступавшую над грунтом, и мяч, отско-
чив от нее, полетел Горнеру в грудь, так что ему неудобно было отбивать и он попал в нижнюю часть сетки. Это был первый случай за все утро, когда Бонду
повезло, и у Горнера не было никакой возможности
настаивать, будто подача была в аут, поскольку лишь
сама разделительная линия могла быть причиной столь
неожиданного отскока мяча.

Когда они в перерыве сидели в креслах, Горнер
спросил:

— А вы ведь азартный игрок, мистер Бонд?

— Вас это беспокоит?

— Напротив. — Горнер встал и сделал несколько
упражнений на растяжку. — Я просто хотел предложить вам поднять ставку.

Говоря это, он не смотрел на Бонда, а с преувеличен-
ным вниманием изучал состояние струн на своей ракетке.

— Хорошо, — сказал Бонд. — Сейчас это сто фунтов, если я не ошибаюсь?

— Да, действительно. Ну так вот... что вы скажете,
если мы поставим на кон сто тысяч?

Горнер по-прежнему не смотрел на Бонда. Он по-
лез в сумку, достал оттуда новую ракетку и стал про-
верять натяжение струн. После паузы он добавил:

— Я, конечно, имею в виду франки, мистер Бонд.

— Старые, я полагаю, — уточнил Бонд.

— О нет, новые. Самые новые, какие только можно
найти.

Бонд быстро прикинул в уме: получалось больше
семи тысяч фунтов, несусветная сумма для клубного
теннисного матча, значительно превышающая ту разум-
ную границу, до которой Бонд мог позволить себе проиграть. И все же, получив вызов со стороны противника
в этой странной борьбе, он не мог проявить слабость.

— Хорошо, доктор Горнер, — сказал он. — Ваша подача.

— Ах, старая добрая британская «честная игра», — проговорил Горнер; акцент в его голосе чувствовался сильнее, чем прежде. — Я полагаю, что самой честной и благородной игрой считается крикет, — так вот, это вам не крикет. — Он произнес эти слова с какой-то горечью, словно и не думал шутить[1]. — Не крикет, — повторил он с невеселым смешком, направляясь на заднюю линию для подачи. — Вовсе не крикет. Ха-ха. Просто теннис.

Сумма, поставленная на кон, весь этот спектакль с ракетками, сумкой и растяжками — все это, по мнению Бонда, имело только одну цель — запугать его. Ты не победишь меня, говорил Горнер практически открытым текстом, и глупо даже пытаться. Будь разумным, будь реалистом, дай мне выиграть, и так будет лучше для тебя — не только сегодня, но и в более далекой перспективе.

Бонд не мог не признать, что Горнер выразил свою мысль предельно ясно и в то же время изящно. К несчастью для Горнера, угрозами от Бонда можно было добиться лишь одного: он с еще большим упорством шел к победе.

В следующих шести геймах борьба шла на равных и каждый брал свою подачу. При счете 3:3 на подаче Горнера было 15:40. Бонд понимал, что это решающий момент матча. Он отбил подачу под бэкхенд глубоким ударом — но не настолько глубоким, чтобы имелся риск угодить в аут, — а затем отступил на заднюю линию. Горнер сыграл с форхенда мощным резаным ударом в центр корта. В большинстве случаев такие мячи останавливаются и отскакивают с обратной круткой,

---

[1] Игра слов: английское выражение «it is not cricket» имеет два значения: 1. Это вам не крикет. 2. Это не по правилам, нечестно.

но иногда у них бывают совершенно непредсказуемая траектория и к тому же высокая скорость. Это был как раз такой случай, и Бонд чуть не разорвался пополам, отбивая удар. Горнер загнал его в дальний угол, рассчитывая, что он не успеет вернуться, но Бонд пробил «свечой» по диагонали, заставив противника отступить. Затем, вместо того чтобы пойти к сетке, он остался на задней линии, и игроки обменялись шестнадцатью ударами, бегая из стороны в сторону. Легкие у Бонда горели, а глаза готовы были лопнуть от напряжения. Он отбивал мощные удары Горнера под бэкхенд, а свои удары справа пытался наносить как можно глубже под заднюю линию, стараясь лишь не попасть в аут. Когда он услышал, что Горнер дышит тяжело и хрипло, то внезапно выполнил укороченный удар. Горнер бросился к сетке, но не успел. Гейм остался за Бондом.

— Не везет, — как бы невзначай заметил Бонд.

Горнер ничего не ответил. Он поднял ракетку над головой, а потом с силой ударил ею о металлическую стойку, к которой крепилась сетка, так что деревянная рама сломалась. Швырнув ракетку к ограждению корта, он достал из сумки другую.

Вспышка ярости, похоже, встряхнула Горнера и придала ему сил. По крайней мере на подаче Бонда он играл без всяких признаков нервозности, охватившей обоих игроков в предыдущих геймах. Комбинируя резаные удары, «свечи» и точные удары по линии, он сделал обратный брейк. Счет по четыре. Бонд, ругаясь про себя, пошел на прием.

В первый раз за все время матча, насколько помнил Бонд, Горнер при первой подаче угодил в трос сетки. Мяч выскочил в аут, а вторую подачу Бонд успешно отбил, атакуя кроссом с форхенда. Это придало ему смелости, и он справился и с агрессивной подачей Горнера под бэкхенд, доведя счет до 0:30. Внезапно напряжение в груди отступило, тяжесть в ногах исчезла, и он отбил следующую подачу плоским ударом, перекинув мяч через сетку буквально в дюйме над тросом. Это дало ему тройной брейк-пойнт.

Горнер трижды повернулся на месте, высоко подбросил мяч и, постаравшись отвлечь внимание соперника взмахом руки в белой перчатке, с рычанием подал мяч. Тот попал в верхнюю часть сетки и отскочил обратно. Сохраняя внешнее спокойствие, Горнер выполнил вторую подачу — плоско, в своей привычной манере. Мяч ударился о трос, подпрыгнул на три фута вверх и с безобидным видом упал обратно на сторону подающего.

— Это просто невероятно! — взорвался Горнер.

Он подбежал к сетке и несколько раз ударил по ней ракеткой.

— Полегче, полегче. Позвольте мне исполнить обязанности секретаря, ведущего протокол матча. Пять— четыре. Моя подача, насколько я понимаю.

При смене сторон Бонд выпил целый стакан минералки. Матч в любом случае был почти закончен, и его не беспокоило слишком большое количество жидкости в желудке.

Ожидая, пока Горнер завершит свой ритуал, которым он всякий раз сопровождал процедуру смены сторон, Бонд постукивал мячом о грунт и планировал предстоящий гейм на своей подаче. Удар в три четверти силы по центру корта, потом под бэкхенд сопернику в квадрат. Потом, если счет будет 30:0, возможны варианты: широкий резаный под форхенд, затем прямой по средней линии в угол квадрата.

Горнер наконец закончил вытираться полотенцем и медленно пошел на прием. Когда Бонд готовился подавать, Горнер почти пересек заднюю линию, затем сделал два шага назад. Он отбил мяч, поданный под бэкхенд, но Бонд уверенно пробил с лёта, так что мяч ударился в корт в двух футах от боковой линии.

Горнер подошел к сетке:

— Что вы скажете, мистер Бонд, если я предложу вам еще немного поднять нашу ставку? Например, вдвое.

У Бонда не было таких денег, как не было и разрешения руководства Службы использовать в подобной ситуации казенные средства. Тем не менее он чувствовал, что в последних двух геймах его шансы на победу неудержимо растут.

— Если вы настаиваете, согласен, — сказал он. — Счет пятнадцать—ноль.

Он угодил в сетку на первой подаче, но второй мяч подал глубоко и с максимальным вращением. Горнер ответил коротким ударом, и Бонду удалось «дожать» его ударом под бэкхенд и заставить сделать ошибку.

Согласно своему плану, он широко сыграл на следующей подаче и затем отбил мяч ударом с лёта, обеспечив себе тройной матчбол.

«Теперь в среднюю линию», — подумал он. Он подбросил мяч немного ниже, чем обычно, и чуть-чуть перед собой, а затем ударил по нему изо всех сил, направляя прямо в центр. Мяч ударился в угол квадрата, а затем отскочил от ракетки неуверенно пробившего Горнера и на полпути снова попал в сетку. Так он и остался лежать — беловато-серый, запачканный красной пылью.

Бонд подошел к сетке и протянул руку сопернику. Горнер шагнул ему навстречу и впервые с момента их знакомства посмотрел прямо в глаза.

Радость победы и облегчение от завершения трудной игры мгновенно улетучились, когда Бонд увидел, какая ненависть пылает во взгляде, впившемся в него.

— Я рассчитываю на матч-реванш, — заявил Горнер. — Причем в самое ближайшее время. Не думаю, что вам так же повезет и во второй раз.

Не произнеся больше ни слова, он стал собирать свои вещи.

ГЛАВА 6

Ай да девочка!

Когда Бонд вышел из душа, Горнера в раздевалке уже и след простыл, зато на ракетке Бонда лежал белый конверт, плотно набитый купюрами. На нем было написано: «À bientôt»[1].

Бонд без труда нашел Скарлетт в одном из баров на верхней смотровой площадке: она сидела за столиком у окна и с самым невинным видом потягивала что-то из бокала.

— Ну как, Джеймс, хорошо поиграли?

— Да уж, пришлось попотеть. Думаю, я похудел на несколько фунтов. Но кошелек Горнера похудел еще больше.

— Так вы выиграли?

— Да.

— И собираетесь пригласить меня на ланч, чтобы отметить это событие?

Бонд пригладил ладонью еще влажные после душа волосы и улыбнулся девушке, смотревшей на него с самым серьезным выражением лица.

— Давайте сначала чего-нибудь выпьем, — предложил он.

Бонд сходил к стойке, а затем подсел за столик к Скарлетт, принеся цитрон-прессе для нее, а для себя — литр «Виттель» и бутылку пива.

Скарлетт, по своему обыкновению, закинула ногу на ногу и невинно поинтересовалась:

---

[1] До скорого (фр.).

— Насколько я понимаю, игра повернулась в вашу пользу ближе к концу.

— Вы смотрели?

— С безопасного расстояния. Я не хотела, чтобы Горнер или Шагрен увидели меня.

Бонд кивнул.

— Странное дело, — сказала Скарлетт с загадочной улыбкой, — у меня такое впечатление, что вплоть до последних трех геймов вам не везло.

— Такое может случиться в любом виде спорта, — ответил Бонд. — В гольфе, в теннисе...

— А мне показалось, что это не простая случайность, — заявила Скарлетт, — поэтому я решила провести собственное маленькое расследование.

— Что же вы сделали?

— Я обратила внимание, что каждый раз, когда вы задевали трос, мяч оказывался на вашей стороне или летел в аут. А Горнер вообще не попадал в сетку. Мне это показалось подозрительным.

Заинтригованный, Бонд наклонился вперед:

— И что?

— Я заметила, что только на вашем корте не видно рукоятки для натяжения сетки, — трос просто уходит вниз и пропадает из поля зрения.

— Да, я тоже это заметил и подумал, что прямо в земле есть поворотное колесико, которое работники корта могут вынуть и отрегулировать натяжение.

Скарлетт засмеялась:

— Все не так просто, Джеймс. Я примерно прикинула, какое из внутренних помещений должно находиться прямо под стойкой сетки, и решила сходить туда посмотреть. Оказалось, что это маленькая кладовка сбоку от одного из крытых кортов. Я подошла к двери и заглянула внутрь через стекло. Там был мистер Шагрен, и он смотрел телевизор.

— Телевизор?

— Да, местную сеть — то же самое, что показывают на экранах, установленных в зале у входа. Но в той комнатушке был монитор с консолью, позволяющий наблюдать за игрой на любом из наружных кортов. Ну, вы понимаете, как режиссерская в телестудии. И Шагрен смотрел вашу игру.

— И что же?

— А еще там была латунная рукоятка, приделанная к колесику в бетонной стене. Впечатление было такое, что через колесико переброшен трос сетки на вашем корте. В зависимости от того, кто подавал, Шагрен мог поворачивать рукоятку, и при этом сетка слегка опускалась или приподнималась. Очень просто — нужен только очень длинный трос.

— Так вот почему Горнер настаивал, чтобы мы играли именно на втором корте.

— Шагрен смотрел на экран и следил, когда вы отвернетесь, — сказала Скарлетт. — На вашей подаче он натягивал сетку так высоко, что стоило вашему мячу коснуться троса, как он вылетал в аут.

— А Горнер между геймами то и дело хлопал по сетке ракеткой. По всей видимости, это был какой-то сигнал. Ну ладно, и что же вы сделали?

— Я быстро поднялась в вестибюль и стала искать кого-нибудь из знакомых. Буквально сразу же я наткнулась на одного молодого человека по имени Макс, который работает в банке Ротшильдов. Он несколько раз приглашал меня пообедать или поужинать, и я знала, что он согласится помочь. Само собой, я понимала, что весь персонал клуба в курсе «маленьких хитростей» Горнера, так что обращаться к секретарю или еще к кому-нибудь из администрации бесполезно. В общем, я рассказала Максу, что к чему, и в результате он пошел в кладовку-телестудию и объявил Шагрену, что ему все известно и если тот не оставит сетку в покое, то он, Макс, сию секунду пойдет на корт и расскажет обо всем лично вам прямо при Горнере.

— Не помните, в какой именно момент это произошло? — спросил Бонд.

— Точно не скажу. Но когда Макс вывел Шагрена из игры и доложил мне об успехе операции, как раз уже шел третий сет.

— А что же вы предприняли потом?

Скарлетт изобразила слегка виноватый вид:

— Ну, я заняла место Шагрена и по мере сил попыталась хотя бы отчасти восстановить справедливость.

Бонд улыбнулся:

— Видно, как раз в этот момент он и сломал ракетку о стойку. Он считал, что с ним такое никогда не случится, что он просто не может сделать двойную ошибку.

— Боюсь, что так. Но я только чуть-чуть сильнее натянула трос и приподняла сетку, самую капельку. Не так сильно, как делал Шагрен.

— А для меня?

— Я вернула трос на обычную высоту. Так что все выигранные вами очки можно считать абсолютно законными.

Бонд снова улыбнулся:

— Знаете, Скарлетт, вы замечательная девушка, просто молодец.

— Значит, я могу считать себя приглашенной на ланч?

— Похоже, что это... судьба, — сказал Бонд.

— Отлично! — воскликнула Скарлетт, вскакивая со стула. — Сначала я должна показать вам Сент-Шапель. В первую очередь культура, а уж потом чревоугодие. Вы ведь небось никогда там и не были, угадала?

— Я всегда был чересчур занят, чтобы осматривать достопримечательности, — признался Бонд.

— Пойду подгоню машину, — объявила Скарлетт. — Встретимся у главного входа.

Возле часовни Сент-Шапель толпилась небольшая очередь из туристов и обычных воскресных посетителей, но через десять минут Бонд и Скарлетт были уже внутри. Нижний этаж был пуст и не примечателен ничем, кроме огромного сувенирного киоска, целиком занимающего один из приделов.

— Ну что, не слишком впечатляет? — спросила Скарлетт.

— Базар, да и только.

— Отец рассказывал мне, что когда он был в Иерусалиме, то при выходе из храма Гроба Господня ему предложили купить яйцо якобы от того самого петуха, который прокукарекал в тот самый миг.

— От какого еще петуха?

— Который прокукарекал, когда апостол Петр в третий раз отрекся от Христа.

— Но это же невозможно.

— Да, причем по целому ряду причин.

— А здесь-то есть что-нибудь особенное? — поинтересовался Бонд.

— Есть-есть, — заверила его Скарлетт. — Идите за мной.

Она подошла к каменной лестнице, уходящей на хоры, и стала подниматься по крутым ступеням. Бонд шел следом, глядя на красивую мускулатуру ее стройных икр и бедер, слегка прикрытых коротким льняным платьем.

Верхняя часть часовни представляла собой царство разноцветного витражного стекла.

— По тем временам это было просто чудо инженерной мысли, — сказала Скарлетт. — При постройке этого здания не использовали контрфорсных арок для поддержания купола, иначе они частично загородили бы витражи.

Скарлетт несколько минут ходила по верхней галерее, и Бонд смотрел, как отражения цветных стекол играют на каменном полу и на стройной фигуре девушки, которой он так восхищался. Ее же восторг был, судя по всему, совершенно искренним и даже чуть простодушным. Бонд никак не мог понять, кто она — талантливейшая актриса, какую ему только приходилось встречать, или просто женщина, которая умеет оставаться собой в любой обстановке.

Наконец она вернулась и осторожно взяла его за руку:

— Ну что же, Джеймс, вот ваша культурная программа на сегодня. Теперь можете вести меня в «Зеленую цикаду». Это в пяти минутах отсюда. Мы можем оставить машину здесь и прогуляться по набережной.

Выбранный ею ресторан на острове Сен-Луи имел длинную террасу с видом на Сену; от реки ее отделяла лишь неширокая переходная дорожка.

— Боюсь, я могу показаться вам чересчур самонадеянной, — сказала Скарлетт, когда метрдотель поздоровался с ними, — но я просто ничего не могла с собой поделать: увидев, как идет ваша игра с Горнером, я позвонила сюда и заказала столик. В выходные это место пользуется большой популярностью.

Метрдотель, который глаз не мог оторвать от Скарлетт, проводил их к столику, откуда открывался замечательный вид на реку и на левый берег.

— Вы любите дары моря? — спросила Скарлетт. — Здесь у них великолепный выбор. Лангусты, крабы и еще такие маленькие колючие штучки, которые похожи на Шагрена... А еще они тут готовят чудесный майонез. Лучший в Париже. Вы позволите мне заказать для нас обоих? Доверитесь моему вкусу?

— Довериться вам? Почему же нет? О делах поговорим потом, — ответил Бонд.

— Ну разумеется.

После напряженного теннисного матча Бонд чувствовал себя не только усталым и измотанным, но и голодным. Официант принес шампанское «Дом Периньон» и вазочку с оливками. Холодные пузырьки приятно освежили пересохшее горло Бонда.

— А теперь, Скарлетт, я хотел бы услышать все, что вы знаете о докторе Джулиусе Горнере.

— В первый раз я услышала о нем от Александра, моего отца, — сказала Скарлетт, ловко извлекая с помощью хитрого столового прибора хвост лангуста из панциря. — Мой дедушка перебрался в Англию из России после революции. У него было имение под Санкт-Петербургом и собственный дом в Москве. По образованию дед был инженер, но сумел проявить смекалку и вывезти за границу часть семейного состояния; на эти деньги он купил дом неподалеку от Кембриджа. Моему отцу было всего семь лет, когда они бежали, так что он лишь смутно помнил Россию. Английский стал для него вторым родным языком, он учился в очень хороших школах, потом окончил университет и в итоге остался в Кембридже, где преподавал экономику в одном из колледжей и со временем был избран в ученый совет. Во время войны он работал на Разведывательное управление британской армии, а затем ему предложили место профессора в Оксфорде, где он и познакомился с Горнером, который учился тогда в магистратуре.

— Значит, ваш отец преподавал на курсе у Горнера?

— Да, и, по его отзывам, тот был не слишком восприимчивым студентом, а кроме того, ему всегда очень трудно было признать, что он еще чего-то не знает.

— Но он ведь был умен?

— Отец говорил, что, если бы не его строптивость, он мог бы стать лучшим экономистом в Оксфорде. Но проблема в том, что если, у него что-то не получалось, он обвинял в этом окружающих, в том числе и моего отца.

— А что случилось?

— По словам отца, Горнер всегда производил на людей отталкивающее впечатление...

— Значит, он был таким уже в те времена.

— У него был этот прибалтийский или литовский акцент и, конечно... его рука. Но это не вызывало у людей отторжения. Я думаю, они ему сочувствовали. Однако он словно специально нарывался на неприятности. Например, списывал на экзаменах, хотя, по мнению папы, никакой нужды в этом не было. Он свысока, если не сказать — с презрением относился к студентам младших курсов, потому что был старше и успел повоевать.

— По обе стороны фронта, насколько мне известно, — заметил Бонд.

— Скорее всего он хотел оказаться на стороне победителей, — предположила Скарлетт. — И конечно, то, что он повидал в Сталинграде, заставляло его чувствовать себя старше и опытнее других... Но в свое время немало британских студентов бросили учебу и пошли воевать.

Рассказ Скарлетт был прерван появлением официанта, который убрал тарелки и блюдо с тем, что осталось от морского ассорти.

— А теперь нам принесут жареного палтуса, — объявила Скарлетт. — Можно я закажу еще вина?

— Разумеется, любой ваш каприз будет исполнен, — ответил Бонд. — Доктор Горнер угощает, — добавил он, похлопывая по толстому конверту с деньгами, лежавшему во внутреннем кармане его блейзера.

Скарлетт закурила; сидя в мягком красном кресле, она подобрала ноги и обхватила руками лодыжки. Солнце исчезло за одной из высоких крыш, и она сдвинула темные очки на макушку, как обруч для волос. «Теперь она выглядит еще моложе», — подумал Бонд, глядя в ее темно-карие глаза.

— У Горнера появилась навязчивая идея, что все окружающие не любят его и плохо к нему относятся;

он это списывал на счет ксенофобии. Оксфордский университет виделся ему как некий элитарный английский клуб, в который его не хотят допускать. Я слышала, что действительно были люди, которые пытались дразнить его, но ведь идиоты везде найдутся, а что касается общей атмосферы, то мой отец уверял, что оксфордская публика славилась исключительной корректностью, тактичностью и доброжелательностью. Тем не менее именно опыт общения с какими-то неприятными людьми оставил настолько жестокий отпечаток в его душе, что в определенный момент он твердо решил рано или поздно отомстить сразу всем, кого считал заносчивыми и высокомерными англичанами. Английская культура стала для него некой навязчивой идеей или, если хотите, фетишем; он забивал себе голову всевозможной ерундой вроде крикета, «честной игры» или правил чаепития. Он считал миф о «старой доброй Англии» едва ли не самым гигантским обманом в истории человечества. Он относился ко всему этому куда более серьезно, чем любой англичанин, и притом воспринимал как некое оскорбление, направленное лично против него. Он взялся изучать британскую внешнюю политику и захотел доказать всему миру, что Британская империя всегда была жестокой и лживой и остается такой по сей день. Я полагаю, что весь этот процесс занял несколько лет, и если изложить всю историю в двух словах, то можно сказать: он возненавидел Англию, поскольку считал, что Англия посмеялась над ним, и решил посвятить свою жизнь ее уничтожению.

— Кто его знает, может быть, этот странный поворот в мозгах случился у него еще раньше, — предположил Бонд.

— Что вы имеете в виду?

— Ну, хотя бы то, что он воевал по обе стороны фронта. Возможно, когда ему стало ясно, что нацистам Британию не одолеть, он решил поставить на русских, и действительно не прогадал: после войны они стали нашим самым вероятным противником.

— Как тонко подмечено, Джеймс. Я даже не предполагала, что вы такой замечательный психолог.

— Официант, по-моему, уже заждался, когда вы наконец попробуете вино.

Скарлетт понюхала и пригубила из бокала «Батар Монтраше»:

— Прекрасно. Так на чем я остановилась?

— На льстивом комплименте в мой адрес.

— А, ну да. Так вот, мой отец почувствовал, что Горнер живет в диком нервном напряжении, что он несчастен; отец был человек добрый и не мог не сочувствовать младшему коллеге. В итоге отношения у них худо-бедно сложились: отец был единственным из преподавателей, к кому Горнер иногда заходил, чтобы поговорить в кулуарной обстановке; никаких официальных обязанностей по отношению к нему у отца не было, он просто был доброжелательным и мягким человеком. Порой отец приглашал его к нам обедать или ужинать. Мы с Поппи иногда тоже присутствовали, но ведь мы были еще совсем маленькими, поэтому никаких подробностей я не помню. Отец сочувствовал ему как чужаку, иммигранту, и рассказывал, что его собственному отцу тяжело пришлось, когда они бежали из России, но неизменно повторял, что Англия всегда считалась гостеприимной страной. Господи, да что там говорить, ведь чуть ли не половина преподавателей Кембриджа были еврейские эмигранты. Но потом отец сделал большую ошибку. Он спросил Горнера о его руке.

Бонд отложил нож и вилку:

— И что же ответил Горнер?

— Отец рассказал, что еще до войны знал одного человека в Кембридже — по-моему, в колледже Сидни Сассекс; не знаю, почему это название отложилось у меня в памяти, — у которого была такая же особенность. Отцом, конечно, двигали лишь добрые чувства: он просто хотел дать понять Горнеру, что тот не одинок и что можно нормально жить даже с таким дефектом. Но, по-моему, до того дня Горнер никогда в жизни не позволял никому затрагивать эту тему. Я думаю, он страшно стыдился своего уродства и считал, что оно будет истолковано самым вульгарным образом: мол, он сам или кто-то из его семьи не полностью эволюционировал из обезьяны в человека.

Бонд кивнул и наполнил бокалы.

— В общем, как бы то ни было, — продолжала Скарлетт, — но этим разговором отец добился совершенно неожиданного результата: вместо того чтобы считать отца своим другом и собратом по трудной иммигрантской судьбе, Горнер записал его в свои злейшие враги, решив, что отец даже хуже англичан — своего рода преуспевший предатель, оборотень, переметнувшийся в стан противника. С того дня он больше не снимал с руки перчатку. И добавил в список объектов своей пылкой ненависти еще одно имя: под первым номером там оказался, помимо Англии, еще и Александр Папав со всей семьей.

— Похоже, с сегодняшнего дня я тоже включен в этот список, причем в первых строках, — сказал Бонд.

Скарлетт подняла бокал и, чокнувшись с Бондом, произнесла тост:

— За врагов Джулиуса Горнера. Ну так вот, прошло много лет, и он встретился с Поппи. И в этом увидел свой шанс отомстить.

Официант принес им блюдо с сыром и свежий хлеб. Пока он менял приборы, Бонд смотрел на Сену, по которой взад-вперед сновали прогулочные катера, высаживая у спусков с набережной своих пассажиров. Он успел отметить, что самой большой популярностью пользуется старинный колесный пароход, словно приплывший прямиком с Миссисипи. И имя он носил соответствующее — «Гекльберри Финн». По обоим бортам парохода были вывешены баннеры, извещавшие, что он сдан в аренду городу Парижу всего на один месяц.

Бонд заставил себя вернуться к застольной беседе и к реальности:

— Вы бы рассказали мне о Поппи.

— Поппи... — Скарлетт отрезала ломтик камамбера и положила на тарелку Бонда. — Вот, попробуйте. Поппи... В общем, мы с Поппи совсем не похожи... Она немного моложе и... как бы это сказать... она никогда не относилась к учебе слишком серьезно.

— В отличие от вас, — заметил Бонд.

— Да, это правда.

— А кстати, в какой школе вы учились?

— В Роудине. Не смейтесь. В этом нет ничего смешного. Потом я поступила в Оксфорд, в колледж Сомервилл.

— И там вы, без сомнения, хорошо учились и получили диплом с отличием, прямо как Горнер.

Скарлетт чуть покраснела:

— Отец всегда говорил, что хвастаться хорошими оценками — верх вульгарности. А Поппи в университет не пошла. Она перебралась в Лондон и скоро завела знакомство с огромным количеством самых разных людей. Постоянно ходила на вечеринки, тусовалась — в общем, вела богемный образ жизни. По какой-то причине, которой я так и не поняла, она вдруг решила, что хочет стать стюардессой. Наверное, ей эта профессия показалась «ужасно гламурной». Сами понимаете: полеты на реактивных лайнерах тогда еще были в новинку. И потом, как мне кажется, ей хотелось таким образом противопоставить себя своей добропорядочной академической семье. Наша мама была врачом-консультантом в больнице Рэдклиффа и тоже возлагала на нас обеих большие надежды. В общем, Поппи поступила в авиакомпанию «Бритиш оверсиз» и отработала там три года. Ее угораздило влюбиться в одного пилота. Он был женат и, чтобы удержать Поппи, все время врал ей, будто собирается развестить с женой, но на самом деле и не думал о разводе. Поппи была очень несчастна. Ее нервы были истрепаны, и как-то раз во время стоянки самолета в Марокко она с горя решила попробовать наркотики. Так, чуть-чуть. Но как это всегда бывает, одним разом дело не обошлось, и она стала принимать их все чаще и в бо́льших дозах. Думаю, она делала это отчасти для того, чтобы отвлечься от своих проблем, а отчасти — просто чтобы поразвлечься. И как раз в это время ее любовник прочел объявление, что Горнер ищет пилота для своих частных самолетов; поскольку он был уже сыт по горло работой в авиакомпании, то в Париже встретился с Горнером. Каким-то образом в их разговоре всплыло имя Поппи, и когда Горнер услышал его, то, разумеется, сразу вспомнил нашу семью. И сразу перешел к решительным действиям: сказал летчику, что тот его не интересует, а вот Поппи получила приглашение работать стюардессой на его частных самолетах. Естественно, он пообещал ей огромную зарплату, много интересных полетов, чаевые. Отгулы. Дорогую одежду. Обувь.

— И наверное, что-то еще? — уточнил Бонд.

— Да. Еще кое-что. — Скарлетт закусила губу. — Он пообещал ей наркотики.

— И она не устояла перед соблазном?

— Само собой. — На глазах у Скарлетт выступили слезы. — Он мог предложить ей любые наркотики, что она захочет, на выбор, причем всё высшего качества, не смешанное с какой-нибудь дрянью или отравой, как то, что продается на улицах. И думаю, дело было обставлено так, что выглядело вполне безобидно: она могла посчитать, что таким образом сможет держать под контролем свою привычку, тогда еще не казавшуюся столь пагубной, и в то же время будет всегда иметь на эту привычку достаточно денег. Хотя на самом деле наркотики ей предлагались бесплатно. — Скарлетт вытерла глаза платком. — Она всегда была такой милой, такой ласковой девочкой. Всегда.

Официант принес свежий ананас и взбитые сливки.

Когда очередь дошла до крепкого эспрессо, Бонд закурил и предложил сигарету собеседнице.

— Скажите мне, Скарлетт, если я ее найду, она согласится бежать? Или теперь это стало добровольным рабством?

— Мы уже больше двух лет не виделись, так что на самом деле я не знаю. Время от времени нам удается перекинуться несколькими фразами по телефону. В последний раз она звонила мне буквально пару дней назад. Она была в Тегеране и сумела выбраться на почту.

— В Тегеране?

— Да, там у Горнера серьезные деловые интересы. Подробностей не знаю. Но Поппи говорила, что пытается бороться со своей зависимостью от наркотиков. Это страшно трудное дело. И все-таки я думаю, что, если вы сможете ее найти, она с радостью сбежит от Горнера. Тогда мы могли бы поместить ее в специальную клинику для лечения и реабилитации. Проблема в том, что Горнер не собирается ее отпускать. Он медленно убивает ее и наслаждается каждым мгновением этой чудовищной мести.

Бонд мысленно выругался, а вслух лишь сказал:

— Не плачьте, Скарлетт. Я ее найду.

Они выпили еще по чашке кофе, и Скарлетт отвезла Бонда обратно в гостиницу; на этот раз она куда как строже соблюдала правила дорожного движения и почти не превышала скорость — в отличие от утренней поездки в Булонский лес.

— Если будут новости, вы ведь мне позвоните?

— Само собой, — ответил Бонд, — если только телефон в этот момент окажется в пределах моей досягаемости.

Скарлетт потянулась со своего сиденья и поцеловала Бонда в щеку. Чтобы скрыть припухшие от слез глаза, ей пришлось снова надеть темные очки. Рука Бонда на секунду коснулась ее красного льняного платья. Он чувствовал, что эта девушка сумела если не сломить его оборону, то по крайней мере пробить в ней основательную брешь. Это не могло его не беспокоить, но беспокойство было таким сладостным...

На входе в отель он с трудом преодолел искушение обернуться и помахать на прощание рукой, как сделала миссис Лариса Росси у двери лифта в Риме, но он мысленно обругал себя за сентиментальность и не оглядываясь прошел к стойке портье.

— Месье Бонд, — обратился к нему дежурный администратор, — вам телеграмма.

Поднявшись в номер, Бонд вскрыл ее. В графе «кому» значилось «ПРОБОНД», а завершался текст короткой подписью «ПРИЗМ». Присутствие этих двух условных обозначений говорило о том, что М. не просто распорядился отправить телеграмму, но и проконтролировал составление текста.

СРОЧНО ПОЕЗЖАЙТЕ ФИСТАШКАМИ ЗПТ ВОЗМОЖНОСТЬ ВЫЙТИ НАПРЯМУЮ ПОСТАВЩИКА ТЧК АМЕРИКАНСКИЕ ПАРТНЕРЫ ПОДТВЕРЖДАЮТ ПОСТАВКИ ИКРЫ ТЧК МЕСТНЫЙ ПРЕДСТАВИТЕЛЬ ЖДЕТ ВАС ТЧК

Бонд немедленно позвонил портье, вызвал такси в аэропорт и стал укладывать вещи. «Фисташками» в новейшем шифре Службы называлась Персия, а «икрой» — Советский Союз. Американскими партнерами было ЦРУ, и если эти ребята забеспокоились по поводу Горнера, то, судя по всему, русский след, о котором упоминал М. в ходе разговора в Лондоне, проявился куда отчетливее, чем предполагалось изначально.

«Горнер и русские, — подумал Бонд. — Такие союзы уж точно заключаются не на небесах, а в аду».

ГЛАВА 7

Можете на меня положиться

> Когда берешься за алгебраическое уравнение, не знаешь, есть ли у него решение; когда отправляешься в Персию — не знаешь, есть ли путь назад.
>
> *Роберт Байрон. Путь в Оксиану*

Самолет пошел на снижение, и Бонд, закурив, посмотрел в иллюминатор. Слева по курсу виднелись величественные вершины горы Эльбрус, за которыми ему даже удалось разглядеть едва заметную синюю полосу, почти сливавшуюся с небом: то были южные воды Каспийского моря. Никогда прежде Служба еще не забрасывала его на Ближний Восток, за что он, по правде говоря, был премного благодарен судьбе. С его точки зрения, зе́мли между Кипром и Индией представляли собой воровское логово мирового масштаба. Однажды, еще в детстве, он побывал в Египте, но тогда был слишком мал, и у него не осталось почти никаких воспоминаний; в сознательном же возрасте ему довелось провести лишь несколько дней в Бейруте, который оказался не более чем огромным логовом контрабандистов всех мастей: здесь незаконно перепродавали алмазы из Сьерра-Леоне, арабское оружие и золотые украшения из Алеппо. Впрочем, выяснилось, что ливанские женщины куда более современны и раскованны, чем он ожидал; тем не менее ему было приятно вернуться в Лондон.

Самолет стал заходить на посадку; Бонд допил виски и отдал стакан стюардессе. Аналитический отдел не успел подготовить ему никаких материалов по Персии, так что оставалось лишь положиться на руководителя местной резидентуры Службы Дариуса Ализаде и рассчитывать, что тот введет его в курс дела. Вскоре под полом салона послышался глухой стук: это в днище фюзеляжа открылись люки и стойки шасси заняли свое рабочее положение. Затем привычно взвыли гидравлические механизмы, выдвигая закрылки, гасящие скорость. Наконец глазам Бонда предстала картина, знакомая по сотням других перелетов на разные континенты: телеграфные столбы, такие маленькие издалека машинки на дороге, огибающей аэропорт, традиционно невысокие здания терминалов, затем взявшаяся словно ниоткуда и несущаяся навстречу самолету полоса бетона с черными тормозными следами от резины шасси. Самолет дважды чуть заметно подпрыгнул, коснувшись посадочной полосы, и пилот переключил двигатели на реверс. Взвыв, они возвестили, что полет окончен.

Едва ступив на трап, Бонд сразу же ощутил, что попал в страну жарких пустынь. В зале прибытия не было даже кондиционера, и он успел вспотеть еще до того, как таможенник поставил мелом разрешительную отметку на его чемоданах. Проходя пограничный контроль в США, Бонд обычно использовал британский дипломатический паспорт номер 0094567, но мысль о том, что его имя сразу же окажется в списке донесений, передаваемых в штаб-квартиру ЦРУ в Лэнгли, всякий раз выводила его из себя. Любая информация о его перемещениях — и даже о самом его существовании — ставила под вопрос его безопасность. В Тегеране он подал серьезному усатому офицеру пограничной службы, сидевшему в застекленной кабинке, паспорт на имя Дэвида Сомерсета, директора фирмы. Этот псевдоним дал ему в Стамбуле Дарко Керим, и Бонд продолжал пользоваться им в память о Дарко, верном друге, который погиб, помогая ему скрыться от головорезов из СМЕРШа.

Выйдя из здания аэропорта, Бонд обменял некоторое количество денег, а затем сел в такси и назвал водителю адрес отеля, находившегося в престижном районе города. Въезд в Тегеран со стороны аэропорта представлял собой весьма унылое зрелище. В промышленной зоне за заборами коптили небо трубы, в жилых кварталах над многочисленными домами-кубиками торчали безликие прямоугольные башни небоскребов; широкие улицы, покрытые плавящимся на солнце асфальтом, были обсажены по обеим сторонам деревьями — в общем, картина ничем не отличалась от пейзажа любого современного города, и единственным штрихом местного колорита можно было считать странные пирамиды из лимонов, выложенных на продажу прямо на обочине дороги.

Машина проехала мимо Тегеранского университета по проспекту Шаха Резы, выходящему на площадь Фирдоуси, в центре которой стоит памятник знаменитому поэту: отлитый в бронзе Фирдоуси читает свои стихи, энергично указывая рукой куда-то в небо; затем они свернули налево и начали подниматься в северную, более богатую часть города. Здесь уже реже попадались ярко раскрашенные грузовики с овцами и козами в кузове и проржавевшие легковушки с домашним скарбом, примотанным к крыше веревками. Ощущение было такое, что на этой широте Тегеран решил взять себя в руки, дабы предстать в облике цивилизованного, почти западного города.

Бонд предложил водителю сигарету; тот по восточному обычаю раза два-три вежливо, но не слишком убедительно отказался, а затем с благодарностью принял этот маленький подарок. В ответ он попытался завести с пассажиром разговор о футболе, — очевидно, его знание английского языка ограничивалось словами

«Бобби Мур» и «Бобби Чарльтон», но, увы, в голове Бонда крутилось только одно имя: Джулиус Горнер.

Бонд вручил шоферу целую пригоршню персидских риалов и вошел в отель. Какое счастье — здесь работал кондиционер! Его номер был на тринадцатом этаже и выходил широкими окнами на обе стороны здания: одним на юг — на бурлящий, накрытый покрывалом смога город, другим на север — на цепь гор, из которых одна стояла особняком и была значительно выше остальных (как сообщалось в лежащем на столике английском путеводителе, это была «могучая гора Демавенд высотой 5800 метров»). На вершинах гор покоились снежные шапки, а южные склоны покрывала густая сочная зелень — по всей видимости, непроходимый лес.

Привычно осмотрев номер на предмет «жучков», Бонд залез под душ, пустил горячую воду и долго стоял под сильными струями, широко распахнув глаза, пока не почувствовал в них резь. Затем он переключил воду на холодную и постоял так еще немного, пока не ощутил, что смыл все следы долгого путешествия. Завернувшись в полотенце, он позвонил в обслуживание номеров и заказал себе омлет, кофе и две бутылки — минеральной воды и лучшего шотландского виски.

Не успел он повесить трубку, как телефон истошно заверещал.

— Да?

— Это Дариус Ализаде. Хорошо добрались?

— Слава богу, без приключений, — ответил Бонд.

Ализаде засмеялся.

— Люблю, когда дело обходится без приключений, — сказал он, — но это относится только к самолетам. Приношу свои извинения, что не смог встретить вас в аэропорту. Это одно из тех мест, где я стараюсь без крайней необходимости не «светиться». Если не возражаете, через полчаса за вами заедет машина. А потом обещаю вам самый роскошный обед в Тегеране. Уверяю, что лучше вы не поедите нигде. Надеюсь, вы не слишком устали? Для начала я предлагаю заехать ко мне и немного перекусить; икра у меня самая свежая, только сегодня утром доставлена с Каспия. Ну что, подходит?

У Ализаде был густой, сочный бас без малейшего намека на акцент.

— Через полчаса, — подтвердил Бонд, — буду готов.

Он позвонил дежурному, отказался от омлета, но попросил поторопиться с виски. В ожидании заказа он оделся: теперь на нем была белая рубашка с короткими рукавами, свободные хлопчатобумажные брюки и черные мокасины с жесткими носками, усиленными стальными вставками. Довершала этот наряд легкая тропическая куртка, наскоро купленная нынешним утром в парижском аэропорту: она отлично прикрыла кобуру с неизменным спутником Бонда — «Вальтером ППК».

У выхода из гостиницы его ждал синий «мерседес», дверцу которого распахнул маленький человечек с широкой белозубой улыбкой.

— Меня зовут Фаршад, я водитель мистера Ализаде, — сообщил он. — На фарси мое имя значит «счастливчик» или «везунчик».

— Везет вам, Счастливчик, — с улыбкой ответил Бонд. — Куда поедем?

Машина уже выехала с площадки перед гостиницей и встроилась в напряженный поток уличного движения.

— Мы едем в Шемиран — лучший район Тегерана. Там очень красиво. Вам понравится.

— Наверняка понравится, — сказал Бонд, непроизвольно втягивая голову в плечи, когда Фаршад вписался между двумя едущими навстречу друг другу грузовиками. — Если, конечно, мы доберемся туда живыми.

— О да! — радостно засмеялся Фаршад. — Мы едем по проспекту Пехлеви. Двенадцать миль — самая длинная улица на всем Ближнем Востоке!

— Похоже, и движение тут самое оживленное, — заметил Бонд, переведя дух после того, как «мерседес» миновал перекресток, право проезда через который оспаривали сразу чуть ли не с десяток машин; их водители вовсе не воспринимали сигналы светофора как нечто обязательное к исполнению.

Через двадцать минут гонки, состоящей сплошь из смертельных каскадерских трюков, автомобиль наконец свернул влево с убийственно опасной улицы на куда более спокойную аллею, обсаженную смоковницами. Еще один поворот — и машина уже совсем неспешно покатила по извилистой асфальтированной дорожке, которая вела через изумрудно-зеленую лужайку ко входу в роскошную виллу, украшенную портиком с белоснежными колоннами.

Бонд поднялся по ступенькам к входным дверям, и при его приближении они распахнулись словно по волшебству.

— Счастлив с вами познакомиться. Порой в минуты уныния мне уже начинало казаться, что судьба никогда не приведет Джеймса Бонда в мой родной город. Я понимаю, какой опасности вы себя подвергаете, выполняя очередное задание, но очень рассчитываю, что смогу быть вам полезен. Вообще-то я везучий. Прошу, входите.

Дариус Ализаде протянул Бонду руку. Его рукопожатие было сильным и уверенным, внушало ощущение искренности и подлинного расположения — не то что потные, трясущиеся ручонки явно нечестных людей, которые Бонду доводилось пожимать в Бейруте и Каире. Дариус был выше шести футов ростом, с крупной головой и правильными чертами лица; в его глубоко посаженных темно-карих глазах мелькали заговорщические искорки. Густые черные волосы были зачесаны назад, на висках и макушке тут и там бросались в глаза седые пряди. На нем были белый костюм с высоким воротником в индийском стиле и расстегнутая у шеи голубая рубашка, которую словно только что сняли с витрины одного из дорогих магазинов на Виа-Кондотти в Риме.

Хозяин провел Бонда через просторный холл с паркетным полом; затем они поднялись по широкой лестнице и через стеклянную дверь вышли во внутренний сад виллы. Они пересекли террасу и оказались в густой тени деревьев. На берегу пруда стоял небольшой столик со свечами и целой батареей разнокалиберных бутылок. Дариус жестом предложил Бонду занять одно из низких, плотно набитых кресел.

— Отдыхайте, — сказал он. — Здесь в саду так хорошо. Так приятно наконец оказаться в прохладе, правда? Обычно перед коктейлями я пью пиво, просто чтобы промыть горло, смыть с него городскую пыль. Пиво у нас, к сожалению, среднего качества, импортированное из Америки, но, по крайней мере, вам будет чем заняться, пока я приготовлю какой-нибудь достойный напиток. И у моего пива есть одно преимущество: оно очень, очень холодное.

Он позвонил в колокольчик, стоявший на столе, и тотчас же с террасы, погруженной в тень, к ним вышел молодой человек в традиционной персидской одежде.

— Бабак, у нас гость, — сказал Дариус, хлопнув в ладоши. — Давай не будем заставлять его ждать.

Молодой человек ограничился коротким «салам» и широкой улыбкой, после чего сосредоточился на переливании жидкостей из одних сосудов в другие.

Через несколько секунд Бонд уже держал в левой руке высокий бокал с ледяным пивом. За его спиной поднималась шеренга высоких кипарисов, укрывавших сад Дариуса от внешнего мира, а прямо впереди взгляду Бонда открывались бесчисленные розы, в основном черные и желтые, по крайней мере такими они казались в свете факелов, горевших по периметру лужайки. Края прямоугольного пруда были выложены затейливым мозаичным орнаментом.

— Сады для нас значат очень много, — сказал Дариус, проследив за взглядом Бонда. — В этой засушливой стране вода — почти божество, дарующее жизнь. Прислушайтесь. Слышите журчание в глубине лужайки? Это маленький водопад. Я сам его сконструировал, а построить заказал одному мастеру из Исфахана; еще его дед работал на строительстве мечетей. Что вы предпочитаете: сухой мартини, водку с тоником или шотландский виски с содовой?

Бонд предпочел мартини и наблюдал, как Дариус смешивает ингредиенты в серебряном шейкере. Кивком поверх бокала он высказал свое восхищение коктейлем: лед мгновенно остудил терпкий напиток, не разбавив его.

— Ну а теперь, — сказал Дариус, — давайте о деле: чем я могу быть вам полезен?

К тому моменту, когда Бабак вернулся из дома с икрой на серебряном блюде, Бонд успел рассказать Дариусу все, что ему было известно о Джулиусе Горнере. Дариус вызвал в нем доверие с первой же минуты знакомства, а инстинкт редко подводил Бонда в таких вещах.

Кроме того, он знал, что Дариус уже двадцать лет руководит всей резидентской сетью в Тегеране и заслужил самые лестные отзывы со стороны М.

Дариус положил на тарелку ложку икры — порция получилась размером со сливу — и спрыснул соком лайма. Привычным движением он ловко отщипнул кусок плоской лепешки и уже с помощью этого «столового прибора» переправил икру с блюдца себе в рот, сопроводив деликатес полной стопкой ледяной водки.

— Я знаю, это выглядит ужасно по-русски, — улыбнулся он, — но я считаю, что именно так ее и нужно есть. Неплохая белужья икра, правда? — Чуть наклонившись к блюду, он повел носом. — Она должна пахнуть морем, но ни в коем случае не рыбой. — Он закурил сигарету и откинулся в кресле. — Ну что же, Джеймс, про этого типа Горнера я слышал. Разумеется, слышал. Но давайте сначала я расскажу вам кое-что о себе. Так нам будет проще понять друг друга. Моя мать родом из племени кашкайцев; этот народ считается самым коварным, безжалостным и кровожадным во всей Персии. Когда шах вознамерился вернуться в страну на плечах американцев, у него даже мысли не возникло попытаться привлечь это племя на свою сторону. — Дариус запрокинул голову и рассмеялся. — Курды, арабы, сторонники реформ, белуджи, даже муллы — ко всем он сумел найти подход, но только не к ужасным кашкайцам, которые так и остались в стороне. С другой стороны, мой отец родился в Тегеране, в семье потомственного дипломата, и наш род, в силу специфики службы целых поколений предков, имел довольно тесные связи с Западом. Сам отец получил образование в Гарварде, а я учился в Оксфорде, и это объясняет — ведь вы, верно, были удивлены? — почему я говорю по-английски как настоящий джентльмен. В общем, эту страну я знаю со всех сторон. Я вполне могу затеряться в пустыне среди членов моего племени, но могу так же успешно вести светские разговоры во французском посольстве, которое, кстати, находится как раз через дорогу. И как ни странно, в пустыне я бы чувствовал себя более естественно. Я видел представителей разных народов, которые приходили в Персию — или в Иран, как Реза Шах, отец нынешнего шаха, заставил нас называть эту страну, — а затем покидали ее. Турки, русские, французы, немцы, американцы, британцы. Мы действительно оказались на границе культур: ведь именно здесь Восток встречается с Западом. И к тому же наши земли — единственный барьер на пути России к теплым морям. Нет, конечно, у них есть Черное море, но на страже Босфора и Дарданелл надежно стоят турки. Господи, можно ли представить себе более сварливых и шумных часовых?

Дариус подался вперед и зачерпнул еще ложку икры, которой распорядился точь-в-точь таким же образом, как и первой порцией.

— Я вот что думаю, Джеймс. Мы уже привыкли, что нас кто-то втягивает в свои дела, пытается через нас добиться своих целей. Иногда возникает такое чувство, будто наша страна — что-то вроде несчастной стареющей шлюхи на улице Сен-Дени. За деньги нас может поиметь кто угодно. Во время войны союзники вдруг решили, что мы слишком хорошо спелись с немцами: в результате они ввели сюда войска, и шах был вынужден бежать из страны. Потом они решили, что мистер Моссадек[1], наш чрезвычайно независимый премьер-министр, ведет чересчур открытую политику по отношению к русским. И вообще союзники ему не доверяли, потому что он слишком часто фотографировался в национальной одежде, которая им напоминала пижаму. Ну вот, американцы прислали джентльмена по имени Кермит Рузвельт, который организовал государственный переворот, притащил шаха обратно из изгнания и посадил его на трон. Не могу не признаться вам в том, что среди прочих мелких помощников мистера Рузвельта был и ваш покорный слуга. В общем-то мы не возражаем против всех этих игр, но лишь до тех пор, пока нам самим дают жить своей собственной жизнью. Тегеран — шпионское гнездо. Так всегда было и всегда

---

[1] *Мохаммед Моссадек* (1882—1967) — премьер-министр Ирана с 1951 по 1953 г.

будет. Один остроумный гость из Британии предложил, чтобы русские и американцы просто снимали общие квартиры для своих разведчиков, — по крайней мере так они сэкономили бы на расходах по организации взаимной прослушки. Но первый тревожный звонок раздается тогда, когда иностранцы начинают хотеть слишком многого. Мы не имеем ничего против, если люди приезжают и зарабатывают тут деньги, хотя сделать это законным путем трудно. Разве что на нефти. Мы готовы согласиться и с определенным вмешательством в политические дела, если это приносит пользу и нам — протекционизм, защита наших интересов, поставки оружия, доллары... Но делать на нас деньги и одновременно вмешиваться в наши дела — это уж слишком. Так вот, все, что я слышал об этом Горнере, не просто заставляет меня беспокоиться, но, скажу прямо, нагоняет страх. А я — позволю себе высказать такое утверждение — не из тех людей, которых легко напугать.

Дариус смешал новый мартини.

— Возьмите еще икры, Джеймс. Минут через десять я вызову Фаршада, и он отвезет нас в лучший ресторан Тегерана. Это в южной части города, недалеко от базара. Там меня никто не узнает. К сожалению, здесь, в Тегеране, всем прекрасно известно, на кого я работаю и откуда у меня могут быть такие гости, как вы. Ваш босс придерживается теории, согласно которой люди сами будут приходить ко мне с интересной информацией, если им будет известно, кто я такой. Может быть, в этом и есть доля правды. Но в данном конкретном случае мы имеем дело с оборотной стороной такой политики Службы: я не могу появляться на людях вместе с вами. Для вас это может быть опасно. Зато там, куда мы поедем, никому не известно, кто я. И потом, кормят там, Джеймс... — он всплеснул руками, — лучше, чем ваша мама кормила вас в детстве. Еда там хороша, как стихи Хафиза.

— Я даже не представлял, что у вас такой поэтический склад ума, Дариус, — с улыбкой сказал Бонд. — Большинство моих коллег — просто люди с холодным взглядом и с пистолетом под мышкой.

— Бросьте, Джеймс, ни за что не поверю. Но действительно сады и поэзия — неотъемлемая часть персидской души. А ее квинтэссенция — это стихи о садах. Как писал Низами:

> Я сад узрел, подобный раю...
> Слились в нем мириады звуков,
> Сплелись в нем мириады красок,
> И мириады ароматов
> Пьянили благовонный воздух,
> И роза робкая лежала
> В объятьях нежных гиацинта,
> Жасмин же...[1]

— Машина ждет, сэр, — сообщил Бабак, материализовавшийся откуда-то из темноты.

— Черт тебя побери, Бабак! Бездушный ты человек. Сколько раз тебе повторять: не перебивай меня, когда я читаю стихи. Вы готовы, Джеймс? Тогда вперед, на битву с безумцами с большой дороги, сидящими за рулем машин. Есть хотите?

— Умираю с голоду, — ответил Бонд с полным на то основанием.

Меню, предложенное авиакомпанией, его не вдохновило, и, соответственно, за весь день он не съел ничего, кроме жалкого круассана, проглоченного еще в парижском аэропорту, да теперь вот еще и икры.

Фаршад ждал пассажиров, стоя навытяжку перед «мерседесом», и через несколько мгновений они уже неслись в южном направлении под какофонию автомобильных гудков, визга шин и скрипа тормозов на проспекте Пехлеви. Фаршад давил на педаль газа с такой

---

[1] Пер. с перс. А. А. Митрофанова.

силой, словно был уверен, что другой возможности поесть у них никогда в жизни уже не будет.

После того как они пересекли проспект Молави, Бонд сдался и больше не пытался ориентироваться в запутанном, как лабиринт, незнакомом городе. Ему оставалось лишь полностью сосредоточиться на рассказе Дариуса.

— Кермит Рузвельт, — вещал тот, — честно говоря, был человеком довольно странным. Я иногда играл с ним в теннис, и если он не отбивал мяч, то начинал ругать себя, приговаривая: «Ах ты, Рузвельт, мать твою!» Это было очень некстати, поскольку, согласно легенде, он был мистером Грином или кем-то вроде этого. Никогда в жизни я не встречал человека, который столько пил бы прямо на работе. Можно было подумать, что он очень нервничает или чего-то боится. По количеству ящиков с виски и водкой, доставлявшихся в особняк, который он снимал вместе со своими сотрудниками, легко можно было догадаться, что это шпионская штаб-квартира. Накануне великого дня возвращения шаха на трон Рузвельт вдруг выяснил, что сие знаменательное событие выпадает на пятницу — выходной день у мусульман. Затем, естественно, наступил христианский уик-энд. Так что его ребята продолжали пить и дожидались понедельника. Кто-то из них кому-то что-то не передал, кто-то кого-то не дослушал, и в итоге, когда в понедельник военные вывели на улицы танки, а провокаторы — толпу подкупленных демонстрантов с базара, выяснилось, что шах не подписал нужные документы, согласно которым брал на себя всю полноту власти, а Моссадека отправлял в отставку. Короче говоря, шахиншах, царь царей, по-прежнему пребывал где-то на Каспийском побережье, танки и толпы были на улицах, а заготовленные документы затерялись где-то в одном из тегеранских кабинетов. — Довольный собой и своей историей, Дариус рассмеялся, а затем добавил не сразу понятую Бондом фразу: — Ну вот, в конце концов и дождались.

Он нагнулся вперед и что-то коротко сказал на фарси Фаршаду, который кивнул и через секунду резко, под протестующий визг шин, свернул под прямым углом в узкую боковую улочку и прибавил скорость.

— Приношу свои извинения, Джеймс. Я слишком много болтаю. Так хочется успеть побольше рассказать вам о нашей чудесной стране. По-моему, для вас будет полезно узнать ее получше, прежде чем вы столкнетесь с Горнером и его шайкой. Предупрежден — значит, вооружен, как гласит английская пословица.

— Вам совершенно не за что извиняться. Вот только хотелось бы знать, почему мы едем так по-спортивному? Ни дать ни взять «Формула-один».

— Увлекшись рассказом, я не сразу заметил черную американскую машину — думаю, «олдсмобил», — которая следует за нами. Рассказывая вам о шахе и о перевороте, я понял, что за нами следят, и попросил Фаршада оторваться от хвоста.

— Ну а уж он только рад был выполнить такое распоряжение.

— Не зря его назвали Счастливчиком, везет ему в жизни. Он любит погони и охоту и нашел работу по душе. Сейчас, Джеймс, мы уже выехали за пределы той территории, которую обычно наносят на карты Тегерана. Иностранцы не забираются так далеко в южную часть города. Север обычно называют Новым Городом. Там полно борделей, баров, игорных заведений. А здесь нет никаких следов роскоши: тут живут настоящие бедняки, приехавшие из деревни, а также беженцы из Афганистана и арабы. Как можно жить в такой грязи, я просто ума не приложу.

— Вы невысокого мнения об арабах? — заметил Бонд.

— Не следует оскорблять иностранца, оказавшегося в твоей стране, тем более беженца, — заметил Дариус. — Но персы, как вам известно, представители арийской расы, а не семитской, как арабы. Что же касается самих арабов... Им не хватает культуры, Джеймс. Все, что есть в их странах: в Ираке, в Саудовской Аравии, в Эмиратах на побережье Персидского залива, — все это они либо украли у нас, либо скопировали с нас же. Впрочем, хватит об этом. Мы приехали.

Дариус настоял на том, чтобы Бонд первым вошел в дверь, перед которой остановился их автомобиль. Снаружи здание напоминало лавку ковров, почему-то с красным фонарем над входом. Внутри Бонд первым делом увидел старика, сидевшего на низенькой скамеечке и курившего кальян.

Бонд остановился было на пороге, но, видимо, согласно персидскому этикету ему следовало войти в дом первым.

— Джеймс, можете на меня положиться, — сказал Дариус.

Чтобы не задеть висящую в дверном проеме лампу, Бонду пришлось нагнуть голову, и на мгновение он посмотрел назад через плечо. Уголком глаза он заметил черный «олдсмобил», который припарковался на противоположной стороне улицы и мгновенно выключил фары.

ГЛАВА 8

Добро пожаловать в клуб «Парадиз»

Бонд оказался в большом полуподвальном зале, освещенном свечами, вставленными в металлические кольца-подсвечники. Гостей проводили к столику, на котором уже стояли керамические вазочки с фисташками, тутовыми ягодами и грецкими орехами; компанию этим восточным закускам составляли бутылка виски «Чивас Регал» и два кувшина с ледяной водой. Меню на столе не было. В одном из углов зала, на невысоком подиуме, покрытом ковром, расположились четверо музыкантов, игравших спокойную мелодию на струнных инструментах; в зале стояла еще примерно дюжина столиков, и все уже были заняты.

Наливая себе и Бонду виски, Дариус не смог сдержать удовлетворенного вздоха. Вскоре подошла официантка с большим блюдом, уставленным тарелочками с разными лепешками, йогуртовыми соусами, салатами и свежей зеленью. Затем между Бондом и Дариусом была водружена основательных размеров супница, от которой исходил восхитительный аромат.

— Суп из головы и ножек ягненка, — перевел Дариус слова официантки, которая тем временем налила немного супа в керамическую тарелку, стоявшую перед Бондом.

Бульон оказался неожиданно прозрачным и обладал изысканным, тонким вкусом.

— Джеймс, непременно положите в суп немного *торши*, — сказал Дариус, протягивая ему маленькую вазочку с пикулями. — Вот так, правильно. Вкусно, да?

— Потрясающе! — вырвалось у Бонда, который все это время старался сохранять спокойный и даже чуть безразличный вид.

— А официантка — правда, милая?

— Не то слово, просто шикарная девушка, — ответил Бонд со знанием дела. И в словах его не было ни капли преувеличения.

— Некоторые иностранцы до сих пор думают, что персидские женщины появляются на людях закутанными с головы до пят. Слава богу, Реза Шах положил всему этому конец. Он хотел, чтобы наша страна стала современным государством, развивающимся по западному пути, а как можно построить такое общество, если половина населения одевается как монашки на похоронах? Вам это покажется странным, но часть женщин из наиболее ортодоксальных семей вовсе не горели желанием избавиться от этого символа своего рабства. Полицейским даже дали приказ срывать чадру с женщин, которые носили ее в публичных местах. Это, конечно, был просто фарс. В то же время надо отметить, что чадра всегда была чисто городским явлением. Женщины в деревнях и одевались по-другому, и лиц точно уж никогда не прятали. В таком балахоне в поле не поработаешь. Сегодня персидские женщины стали совершенно другими: они очень... что это за слово я в последнее время часто встречаю в лондонских газетах? «Незакомплексованные»! После ужина я постараюсь продемонстрировать вам, что имею в виду. Ваше здоровье.

Дариус поднял бокал, и Бонд последовал его примеру. Он вдруг вспомнил свой отпуск, казавшийся таким бесконечно однообразным и унылым, свои бесконечные сомнения и размышления по поводу собственного будущего и кошмарное решение, которое чуть не принял в Риме. Каким же далеким было все это теперь. Компания Дариуса Ализаде способна была избавить от колебаний и сомнений любого самого робкого, неуверенного человека. Просто сидя рядом с ним, Бонд чувствовал себя так, словно его подключили к мощному источнику высоковольтного питания. «Служба не так уж щедро оплачивает работу Дариуса в Тегеране, — подумал Бонд, — но, судя по вилле, он либо получил в наследство семейное состояние, либо по меньшей мере успешно играет на бирже, и поэтому казенная зарплата для него не такой уж важный источник дохода». В любом случае Бонд ощутил в Дариусе родственную душу: это был явно азартный человек, готовый рискнуть жизнью не за деньги, а ради удовольствия от участия в опасной игре.

Мысли о Риме не могли не навести на воспоминания о миссис Ларисе Росси и их первой встрече. Бонд никогда не позволял своим личным чувствам влиять на принятие решений, касающихся работы, но на этот раз глупо было бы отрицать очевидное: прекрасно осознавая важность задания, полученного от М. и его значимость для судеб страны, Бонд находил эту операцию еще более важной и требующей успешного завершения, когда вспоминал о слезах, стоявших в глазах Скарлетт во время рассказа о том, как Горнер обращается с ее сестрой.

Черноволосая официантка вновь подошла к их столику. На этот раз она поставила перед ними только что снятую с огня, еще шкварчащую чугунную сковородку с креветками, поджаренными в масле вместе с разнообразной зеленью и тамариндом. Затем на столе появилось керамическое блюдо, на котором гордо красовалась пирамидка, составленная из нескольких разноцветных концентрических слоев. Оранжевый, зеленый, белый и алый — они придавали поданному блюду вид вулкана в момент извержения. Было забавно, что такое эффектное экзотическое блюдо вынесли из погруженной в темноту узкой дверцы, которая вела в кухоньку этого подвального заведения — наверняка очень тесную.

— Плов джавахер, — объявил Дариус. — В переводе — «самоцветный рис». Варят несколько порций одновременно в разных кастрюлях и каждую подкрашивают особым красителем: апельсиновой кожурой, шафраном, барбарисом и... не помню, чем еще. В любом случае попробовать стоит: на вкус почти так же хорошо, как на вид. *Nush-e Jan!*[1]

— И вам того же, — ответил Бонд. — Ну а теперь, Дариус, не поделитесь ли вы со мной еще какой-нибудь информацией о Горнере? Например, где его найти.

Дариус мгновенно принял серьезный вид:

— Вам не придется его искать, Джеймс. Он сам вас найдет. У него тут шпионов больше, чем у «Савака». Не удивлюсь, если в той машине у нас на хвосте сидели его люди. У него в Тегеране есть офис, который официально связан с его фармацевтическим бизнесом. Это недалеко от площади Фирдоуси. Я уверен, что у него также есть офис и производственные помещения на побережье Каспия. Но подобраться к нему там очень трудно. Его база выглядит как судостроительная верфь — и ничего больше. Находится она в Ноушехре — городке, известном как дорогой морской курорт. Это, если можно так выразиться, приморский вариант Шемирана, где состоятельные люди из Тегерана проводят лето, чтобы в самые жаркие месяцы скрыться от жары и городского смога. У самого шаха там есть летний дворец. Но на окраинах есть и коммерческие доки, и даже небольшие верфи, и мы считаем, что там Горнер проворачивает свои тайные грязные делишки — какие именно, остается только догадываться. Ну а основная его база расположена где-то в пустыне.

— И мы не знаем где? — спросил Бонд.

---

[1] Приятного аппетита! *(фарси)*

Дариус покачал головой:

— Никто не знает. Выследить этого человека чрезвычайно трудно. Он умеет заметать следы. У него по меньшей мере два частных самолета и вертолет, насколько мне известно. «Савак», если вы, конечно, в курсе...

— Мне известна его репутация, — ответил Бонд. — Это ваша тайная полиция, работу которой налаживали инструкторы из МОССАДа и ЦРУ. Они же тренировали сотрудников. Так что эти ребята действуют с израильской беспощадностью и американским вероломством.

— Исчерпывающая характеристика. Честно говоря, едва ли мы можем гордиться такой службой и такими людьми, но... В общем, тут недавно «Савак» отправил группу из четырех человек в Бам — это на южной границе пустыни. Задание у них было, по меркам спецслужб, довольно простое: осмотреться и прислать фотографии или детальные сообщения относительно какой бы то ни было тайной или необычной деятельности, проводящейся в пустыне.

— Ну и?..

— Оттуда так ничего и не пришло.

— Как — ничего? А сами агенты?

— Ничего. Впрочем, если уж быть формально точным, то пришла посылка, адресованная в штаб-квартиру «Савака» в Тегеране, — без обратного адреса, но с почтовым штемпелем Бама. Там было два языка и кисть руки.

— Очаровательно, — заметил Бонд.

— И очень характерно для их почерка, — добавил Дариус.

Официантка склонилась над низким столиком, убирая пустые тарелки. Она была босая, в длинном синем платье из льняной ткани, лиф которого украшали мелкие золотистые блестки и перламутровые бляшки. Вырез платья был скромный, но, когда она наклонилась, Бонд успел оценить поразительно красивый, золотистый цвет ее кожи. Собрав посуду, девушка улыбнулась легкой и непринужденной улыбкой.

Через несколько минут она принесла бутылку французского вина и целое блюдо фаршированных перцев, баклажанов и помидоров. Затем настала очередь овального подноса, на котором лежали в ряд шесть фаршированных перепелок в кисло-сладком соусе с розовыми лепестками.

— Надеюсь, Джеймс, вы оцените это блюдо по достоинству, — сказал Дариус. — Как этих птичек здесь готовят — одна из самых надежно охраняемых тайн в Тегеране. У них нет костей, так что действуйте смело и без ножа, только вилкой. Единственное, что может сравниться с этим блюдом, — это молодой ягненок, фаршированный фисташками. Но с ним мы даже с вами вдвоем едва ли... — Не договорив, он широко развел руками, давая понять, что со вторым величайшим шедевром местной кухни им с Бондом не управиться.

— А что вам известно о подручном Горнера? — спросил Бонд, прожевав и проглотив первый кусок перепелки, который словно взорвался у него во рту фонтаном вкуснейшего сока. — Я имею в виду человека, который носит кепи Иностранного легиона.

— Об этом типе у меня мало информации, — ответил Дариус. — Они называют его Шагреном, но я сомневаюсь, что это настоящее имя. Есть сведения, что он родом из Северного Вьетнама. Ветеран войны в джунглях. Где Горнер его откопал — одному богу известно. Не удивлюсь, если и в Тегеране. Наш город вечно привлекает людей самых необычных — назовем их так. Есть среди них и неудачники, которые ищут здесь свой последний шанс, есть и прирожденные бродяги. Несколько лет назад я познакомился с двумя американцами, которых звали Ред и Джейк. Я встречался с ними в барах и клубах, и ощущение было такое, будто болтаешь с бруклинскими таксистами. А потом я как-то раз совершенно случайно услышал, как они говорят на одном из диалектов персидского — керманшахском или хоррамшарском, не помню, и говорили они безупречно, от наших прямо не отличишь. Оказывается, их обучили языку родители, которые в свое время эмигрировали из Персии и осели в Нью-Йорке. Так вот, эти ребята примерно неделю ошивались в городе, ничего, насколько мне известно, не делая, а потом словно устали от виски и женщин и снова растворились в пустыне. Я до сих пор понятия не имею, из какой конторы они были, на кого работали — может, на ЦРУ, а может, еще на кого-то. Вот за это я и люблю Тегеран. Чем-то он напоминает Касабланку сорок второго года. Вроде бы сама страна в войне не участвует, но стоит чуть осмотреться, и на каждом шагу натыкаешься на приметы прифронтового государства: тут тебе и партизаны, и *francs tireurs*[1], и стукачи-осведомители, и агенты всех разведок, и тайная полиция. Здесь все время нужно держать ухо востро и ни к кому не поворачиваться спиной, но зато время от времени судьба вознаграждает тебя встречами с очень интересными людьми.

— А местных резидентов ЦРУ вы знаете? — спросил Бонд.

— Одного знаю, — сказал Дариус. — Парня по имени Джей Ди Сильвер. Они зовут его Кармен. Кармен Сильвер. Почему — не спрашивайте.

— И вам доводилось с ним работать? — поинтересовался Бонд.

Дариус энергично покачал головой:

— Нет, нет, нет. Все парни из ЦРУ, с которыми мне приходилось встречаться, делятся на два типа. Од-

---

[1] «Вольные стрелки», наемники *(фр.)*.

ни — те, что вышли из ОСС[1], а до этого служили в морской пехоте или в подобных частях спецназа. Это люди дела, такие как мы с вами, Джеймс. Такие, как Большой Уилл Джордж, Джимми Раско, Артур Генри. Настоящие солдаты, патриоты и в лучшем смысле слова авантюристы.

— И такие, как Феликс Лейтер, — сказал Бонд.

— Точно, — согласился Дариус. — Сам я с ним не встречался, но слышал, что он один из лучших. Жаль, что он вроде бы ушел в отставку. Но в последнее время в ЦРУ стали появляться люди совсем другого сорта.

— И какие же?

— Технократы — так, пожалуй, их можно назвать. Такие, знаете, худые и бледные, в рубашках, застегнутых на все пуговицы. Кармен Сильвер как раз из этих. Я не уверен, что у подобного человека вообще может быть свое собственное мнение.

— А если он просто выполняет все, что ему приказывают боссы из Лэнгли?

— Вполне возможно. Но вы ведь не хуже меня знаете, Джеймс, что даже у агента-нелегала всегда есть выбор. Более того, именно у тайного агента он есть всегда. Взять, например, обычного человека, работающего где-нибудь в банке: живет он себе и живет, на работе ничем особенно не рискует, за большим кушем не гонится. Что, спрашивается, с ним может случить-

---

[1] *ОСС* (OSS — Office of Strategic Services) — Управление стратегических служб США, федеральное ведомство, существовавшее в 1942—1945 гг. и занимавшееся сбором и анализом стратегической разведывательной информации. Находилось в подчинении Объединенного комитета начальников штабов. В 1945 г. оно было упразднено, его функции разделены между госдепартаментом и военным департаментом, а в 1947 г. все разведывательные операции американского правительства были переданы в ведение Центрального разведывательного управления.

ся? В худшем случае в конце жизни он придет к выводу, что был всего лишь мелким, ничего не значащим винтиком в огромной и тупой машине. Но попробуй только не тренировать собственную волю и способность к самостоятельным суждениям, если ты тайный агент с лицензией на оружие и находишься на вражеской территории...

Бонд улыбнулся:

— Дариус, кто бы мог подумать, что вы так сентиментальны.

— Нет, Джеймс. В сантименты я не верю, зато верю в профессионализм агента. Если вы, например, детский врач, вам легко иметь то, что называют душой. Спасайте детские жизни, работайте на совесть — и всем вокруг будет понятно, что вы хороший парень. Но для такого человека, как вы, Джеймс, оказавшегося в таком месте и имеющего из союзников только верный вальтер под мышкой и...

— Вы...

— Я заметил, что ваш пиджак немного топорщится, и всего лишь высказал предположение. — Дариус пожал плечами. — Вообще-то я хотел сказать вот что: чем больше времени проводишь в тени, в подполье, инкогнито, нелегально, тем больше тебе нужен компас. Когда тебе в голову направлено сразу несколько стволов, ты за долю секунды должен принять решение, и даже более сложное, чем требуется от детского врача. Он решает, например, делать операцию или нет. У него есть хотя бы какое-то время, чтобы все взвесить и обдумать решение. А у тебя совсем нет времени на то, чтобы выбрать самую важную из дюжины теней, прячущихся в полумраке. А вот вы, Джеймс, — профессионал: вы шестым или не знаю каким уж там по счету чувством умеете выбрать правильное решение и отличить истинную цель от ложной. У моего отца было для этого хорошее определение. Людей, которые умели в критический момент мгновенно принять единственно верное решение, он называл гражданами вечности.

— Ну, что касается американцев, то они — что там ни говори и как к ним ни относись — все-таки наши союзники со времен Перл-Харбора, — заметил Бонд. — Я действую в одиночку, но приятно сознавать, что эти парни тоже здесь.

— Да, конечно, — поспешил согласиться Дариус. — Всегда приятно, когда рядом посапывает большой и умилительно бестолковый щенок.

После того как официантка в очередной раз собрала со стола и унесла в кухню использованную посуду, Дариус заметил:

— Она вам понравилась, а, Джеймс? Если хотите, могу пригласить ее съездить с нами в клуб.

— Сегодня я в вашей власти, Дариус. Поступайте, как считаете нужным — в вашей стране и в такой ситуации.

Мысленно Бонд отметил, что Дариус, несмотря на кажущуюся поглощенность беседой на отвлеченные темы, все время наблюдал за тем, что происходит вокруг — будь то в машине или в ресторане.

Девушка вернулась с бутылкой арака — крепкого анисового ликера; в качестве закуски было подано блюдо персиков и нарезанной ломтиками ароматной дыни, а также мед и фисташковые пирожные. Затем последовал кофе, крепкий и сладкий, и Дариус о чем-то тихо переговорил с официанткой.

— Зухра с удовольствием съездит с нами, Джеймс, — сказал он. — Я обещал привезти ее обратно через пару часов.

— Зухра?

— Да, красивое имя, правда? В переводе оно значит «Венера».

— Неужели богиня любви?

— Нет, я полагаю, планета. Но ведь никогда не знаешь, где найдешь, где потеряешь. Ладно, поехали.

Фаршад стоял возле машины, яростно опустошая здоровенную тарелку кебабов с рисом, которую вынесли ему с кухни. Он быстро поставил тарелку на тротуар и поспешил обежать машину, чтобы открыть дверцу Зухре.

Фаршад завел машину, а Зухра что-то сказала ему на фарси. Он заговорщически хмыкнул и привычно резким движением включил первую передачу.

— Она объяснила ему, куда ехать, — сказал Дариус. — Такое особое место, которое она знает. Недавно открылось. Как бы вам это объяснить? Такое место, где Восток встречается с Западом.

— В Новом Городе?

— Конечно нет, Джеймс. Может быть, в Южном Тегеране, но это классное место, уверяю вас. Это совсем новое место. Туда вложено немало денег с Запада, и там использовано много западных штучек.

Едва они отъехали от тротуара, как Бонд, оглянувшись назад, опять увидел фары черного «олдсмобила». Он сделал выразительный жест большим пальцем, и Дариус кивнул.

Фаршад привычно быстро гнал машину по нешироким улицам, обсаженным деревьями. В этой части города движение и днем не было столь интенсивным, как в центре, а сейчас уже почти наступила полночь, так что улицы пустели на глазах.

— Джеймс, держитесь, — предупредил спутника Дариус, а затем рявкнул на ухо Фаршаду какой-то короткий приказ.

Фаршад резко перехватил руль и, внезапно повернув, въехал в узкий проулок. Заднее крыло большого «мерседеса» чиркнуло о край стоявшей на углу металлической урны, отчего та со звоном упала на булыжную мостовую. Фаршад не оглядываясь вдавил педаль газа, и началась уже знакомая Бонду безумная гонка. Машина наугад, вслепую проскочила какой-то перекресток, затем, визжа шинами, выскочила на узкую улочку, куда выходили лишь задние стены домов, затем сделала еще несколько лихих виражей и поворотов — и вдруг оказалась на довольно широком бульваре, где водитель слегка сбросил скорость и откинулся на сиденье, зловеще и в то же время чуть по-детски рассмеявшись.

— Спасибо, Фаршад, — коротко сказал Дариус по-английски.

Он положил руку на запястье Зухры, словно желая успокоить или приободрить ее, но девушка и без того выглядела совершенно спокойной. Судя по тому, что он уже успел увидеть в Тегеране, подумал Бонд, девушка, возможно, считает такую манеру вождения совершенно нормальной, и ей даже не пришло в голову, что водитель пытался оторваться от хвоста.

Вскоре машина затормозила у довольно большого, но совершенно безликого здания, стоящего чуть в стороне от дороги, в глубине огороженного забором двора, и похожего на склад. Ни на вывеску, ни на рекламную подсветку не было даже намека. Это место напомнило Бонду заброшенную промышленную зону где-нибудь на окраине Лос-Анджелеса.

— Это и есть клуб «Парадиз», — объявил Дариус.

Название вызвало в памяти Бонда воспоминание о давних — еще в далекой юности — первых визитах в игорные заведения. Они подошли ко входной двери; Дариус сунул несколько банкнот в руку стоявшего в дверном проеме вышибалы, и они углубились в длинный коридор с бетонным полом, закончившийся тяжелой двустворчатой деревянной дверью с железными петлями и засовом. Молодая женщина в традиционном национальном костюме приветствовала их и нажала ногой на педаль, вмонтированную в пол. Двери беззвучно распахнулись, впуская Бонда, Дариуса и

Зухру в гигантское помещение размером с хороший ангар, рассчитанный явно не на один самолет. Дальняя стена огромного зала была превращена в подобие скалистого обрыва с каскадным водопадом; камни были подсвечены лампами с кроваво-красными фильтрами, а вода в большом бассейне у подножия этой искусственной горы, тоже подсвеченная из глубины, переливалась всеми оттенками бирюзы. В райском озере плавала дюжина обнаженных женщин. Вокруг бассейна был устроен восточный сад, где гости возлежали на мягких зеленых коврах, имитирующих траву, или в ленивых позах сидели, откинувшись в мягких креслах и изящных шезлонгах. Целомудренно одетые официантки подносили напитки и сладости. На другом конце ангара возвышалось нечто вроде подиума, где часть гостей лихо отплясывала под записи вполне современной западной поп-музыки, но в «саду» струнный квинтет наигрывал традиционные персидские мелодии.

Зухра обернулась к Бонду и улыбнулась, сверкнув ослепительно белыми зубами.

— Вам нравится?

Тем временем к вновь прибывшим гостям подошла молодая женщина и заговорила с Дариусом на фарси. На ней была та же униформа, что и на девушке-привратнице, — кремового цвета халат, перехваченный алым кушаком. Несмотря на неяркое освещение, Бонд, взглянув на вырез — туда, где запахивался халат, — сразу же понял, что под ним ничего нет. Свет свечей и разноцветных ламп, прикрепленных к стенам, придавал ее коже неожиданный оттенок розового лепестка в золотистом сиянии.

— Это Сальма, — представил девушку Дариус. — Она постарается сделать все, чтобы нам здесь понравилось и мы хорошо провели время. Для начала нужно определиться с выбором. Думаю, сперва стоит заглянуть в комнату для курения опиума, а затем побывать в знаменитой парной.

— Что-то я сегодня не рвусь в турецкую баню, — возразил Бонд.

— Вам захочется, как только вы ее увидите, — заверил его Дариус. — В такой вы еще не бывали, это что-то совершенно особенное.

Следом за Сальмой они направились в сторону подиума.

— Имя Сальма, между прочим, переводится как «милая» или «всеми любимая», — шепнул Дариус на ухо Бонду.

— Похоже, ее родители обладали даром предвидения.

— Ох уж эти английские комплименты, Джеймс... но я переведу ей ваши слова. Вы когда-нибудь курили опиум?

Они оказались в квадратной комнате с низкими диванами вдоль стен. Диваны были покрыты коврами, а на полу в беспорядке валялись огромные подушки. На них лежали и сидели несколько мужчин, потягивая зажатые в зубах опиумные трубки, заботливо приготовленные персоналом. Сам опиум и все необходимые для курения принадлежности были разложены на низком столе в центре комнаты; там же светилась красноватыми огоньками раскаленных углей небольшая жаровня. В зале играла нежная персидская музыка, хотя музыкантов видно не было.

Зухра присела по-турецки рядом со столиком и жестом предложила Бонду и Дариусу присоединиться к ней. Девушка взяла немного опиума и положила его в фарфоровую чашечку трубки, потом аккуратным движением серебряных щипцов вынула из жаровни уголек и положила поверх опиума. Она протянула приготовленную трубку Дариусу, который подмигнул Бонду и взял мундштук в зубы. Девушка стала дуть на уголек, пока он не покраснел и над ним не заплясал язычок пламени; опиум зашипел. Над фарфоровой трубкой поднялась струйка дыма, и Дариус поспешил сделать глубокую затяжку. Затем он передал трубку Бонду, который принял это подношение с некоторым сомнением и нерешительностью. Он вовсе не собирался ослаблять свое внимание, реакцию и координацию воздействием наркотика, но, с другой стороны, ему очень не хотелось обижать своего гостеприимного хозяина. В итоге он решил пойти на хитрость: втянул немного дыма в рот, с довольным видом кивнул и отдал трубку обратно Дариусу. Улучив момент, когда, как ему показалось, на него никто не смотрел, он поспешил выпустить дым через ноздри.

Вокруг, прямо на полу, среди подушек, лежали с полдюжины мужчин — закрыв глаза, с выражением неземного блаженства на лицах.

— Для некоторых это становится проблемой, — сказал Дариус. — Опиум, потребляемый в умеренных количествах, в общем-то безвреден. Скажем, если покуривать его раз в неделю. Но в нашей стране слишком многие стали не хозяевами, а рабами опиума. С другой стороны, это самый чистый наркотик — фактически ничем не обработанная эссенция мака. Его смеси и разные производные вроде героина куда более опасны.

Трубка перешла к Зухре, но та засмеялась и покачала головой. Дариус улыбнулся:

— Наши женщины, конечно, не закомплексованы, но, как видите, Джеймс, еще не настолько.

— А что за девушки плавают в бассейне под водопадом?

— Это гурии, райские девственницы, — пояснил Дариус и почему-то закашлялся.

Бонд так и не понял, что стало причиной кашля — смех или опиумный дым.

Протерев глаза тыльной стороной ладони, Дариус сказал:

— Администрация клуба платит им за то, что они вот так просто плещутся в воде. Полагаю, в другие дни, согласно графику, они ходят одетыми и исполняют обязанности официанток или дежурных администраторов вроде Сальмы. Я так понимаю, что все эти декорации и сопутствующая массовка по замыслу авторов должны изображать райские кущи. По крайней мере так представляют себе рай правоверные мусульмане. Если ты был пай-мальчиком в земной жизни, то Пророк обещает тебе на небесах встречу с бессчетным количеством юных девственниц. Я, правда, подзабыл: то ли они будут подносить тебе напитки, то ли исполнять более интимные функции. Да, признаться, давненько я не брал в руки Коран.

— Но раньше-то вы верили во все это? — спросил Бонд.

— Разумеется, — ответил Дариус. — Я ведь был воспитанным и послушным мальчиком в правоверной мусульманской семье. Мой отец провел немалую часть жизни в Америке, но это вовсе не значит, что он оторвался от своих корней. А впрочем, что-то мне подсказывает, что и вы когда-то верили в Санта-Клауса.

— Было дело, — признался Бонд. — Но сравнение не совсем корректное. В детстве мне были представлены вполне убедительные свидетельства, доказывающие, что он действительно существует. Я имею в виду подарки в разноцветных упаковках и обгрызенную морковку в камине, которую олени Санты не успели доесть, потому что он торопился к другим детям.

Дариус покачал головой:

— И подумать только, что мы во все это верили. — Он поднялся на ноги, держась слегка неуверенно. — Теперь, я думаю, Сальма рада будет показать нам знаменитую «райскую баню» — хаммам.

Сначала они прошли в бар в главном зале, где Зухра заказала себе джин с тоником, а мужчины — виски. Сальма предложила им взять напитки с собой и следовать за ней. Спустившись по лестнице, они прошли мимо бассейна с бирюзовой водой, где плескались «девственницы». От созерцания прелестных дев Бонда отвлекло легкое прикосновение к руке.

— Пойдемте, мистер Бонд, — прошептала Зухра. — Нам еще многое предстоит увидеть.

Она звонко рассмеялась.

Миновав очередные деревянные двери, окованные железом, они оказались в выложенном изразцовой плиткой помещении, где их встретила еще одна молодая женщина, уже не в кремовом, а в белоснежном халате. Она приветствовала гостей и вручила Дариусу, Бонду и Зухре по два больших белых полотенца.

Зухра указала на дверь, на которой был изображен мужской силуэт, а сама скрылась в женской раздевалке.

— Здесь, Джеймс, нам предстоит сбросить свои одежды, — объявил Дариус.

— И что дальше — присоединимся к девственницам?

— Придется прочесть вам краткую лекцию, — сказал Дариус, снимая рубашку, под которой оказался крепкий торс, едва ли не сплошь покрытый черными и седыми волосами. — Хаммам играет важную роль в традиционном укладе жизни персов. Мы — чистоплотный народ. Каждый должен мыть руки и лицо перед молитвой, а в некоторых обстоятельствах — например, после секса — совершенно необходимо так называемое большое омовение. Даже в самой маленькой и бедной деревушке имеется такой дом — общая баня. Мужчины и женщины, естественно, моются в разное время. Обычно женщины моются днем, когда мужчины уходят на работу. Для женщин, понятно, это прекрасный

141

повод пообщаться и посплетничать. Например, молодая жена ходит в баню каждый день до тех пор, пока не забеременеет. После рождения ребенка, к сожалению, — гораздо реже. Если женщина лет сорока по-прежнему регулярно ходит в баню, смею вас заверить, что вся женская половина деревни перешептывается у нее за спиной, считая ее сумасшедшей.

— Значит, мы сегодня посетим мужское отделение? — спросил Бонд.

— А вот и не угадали, — возразил Дариус. — Не совсем так. Оберните одно полотенце вокруг талии, а второе захватите с собой. Насколько я понял со слов Зухры, идея клуба «Парадиз» заключается в том, чтобы гость почувствовал себя в раю еще здесь, на земле. Так вот, самый простой путь к достижению райского блаженства — это общий хаммам. Ну что, посмотрим, как там, в раю?

Миновав еще одну дверь, они оказались на балконе галереи, нависавшей над двумя огромными ваннами. Вдоль стен виднелись входы в парные с разной температурой пара, а между ними — закрытые индивидуальные кабинки.

Несмотря на то что все помещение было окутано паром и освещено весьма скудно, Бонд сразу же заметил, что Дариус его не обманул: в главных ваннах обнаженные мужчины и женщины отдыхали вместе; они болтали, смеялись и потягивали какой-то напиток из высоких бокалов, которые подносили к бортику ванн девушки-официантки, облаченные в белые туники.

Здесь тоже звучала традиционная персидская музыка, а пар был пропитан ароматами роз и герани. Стены были расписаны сценами из райской жизни. Бонд увидел, как Зухра сбросила полотенце и спустилась по ступенькам в меньшую из двух ванн.

— Ну что, есть у вас в Лондоне такие клубы? — с невинным видом поинтересовался Дариус.

— А то нет! — гордо заявил Бонд. — На Пэлл-Мэлл[1] их полно. Только у нас не приходится выбирать между опиумом и баней. Знай себе гоняй шары и не забывай только, что в снукере синий шар играется раньше розового.

Буквально через несколько мгновений Бонд уже оказался в горячей воде, лицом к лицу с Сальмой. Одна из девушек-прислужниц бросила в ванну горсть розовых лепестков. В тусклом освещении парной кожа Сальмы приобрела еще более соблазнительный оттенок.

— Я пригласил Зухру присоединиться к нам, — сказал Дариус.

И действительно, вскоре все четверо уже нежились в общей ванне. Бонд откинулся на бортик и сделал несколько глотков холодного мятного напитка из поднесенного ему бокала.

— Это есть... рай? — спросила Сальма, с трудом подбирая английские слова.

— Если так, — ответил Бонд, — то по возвращении домой я немедленно перейду в ислам. А что происходит в этих кабинках?

— Все, о чем договорятся, — загадочно сказал Дариус.

— За деньги?

— Нет. По взаимному согласию двух родственных душ, жаждущих райского блаженства. Но, к сожалению, — добавил он, глядя на Сальму, — сливаться в райском блаженстве с персоналом клуба запрещено. Иначе это был бы уже не клуб, а...

— Я понимаю, чем бы это было, — заверил Бонд.

Время пролетело незаметно. Зухра с сожалением посмотрела на свое запястье, где должны были быть

---

[1] *Пэлл-Мэлл* — улица в Лондоне, где расположено большое количество частных клубов; наименование дано по названию старинной игры в шары.

часы, и сообщила Дариусу, что ей пора возвращаться. Бонд позволил себе поднять глаза и оценить формы обнаженных девушек, когда они поднимались из воды и снимали с вешалки полотенца.

— Похоже, вам не хочется отпускать их, Джеймс.

— Мое сердце просто разбито, — со вздохом сообщил Бонд.

— Ладно, посмотрим, нельзя ли как-нибудь его залечить, пока вы не покинули Тегеран. А теперь пора идти выручать бедного старину Фаршада.

Вытершись насухо, одевшись и чувствуя себя так, будто заново родились, все трое попрощались с Сальмой, причем Бонд и Дариус щедро вознаградили ее за гостеприимство. Затем они прошли обратно через главный зал, мимо водопада и направились к выходу.

По сравнению с напоенной цветочными ароматами прохладой клуба «Парадиз» воздух на улице показался обжигающе горячим, а от зловония выхлопных газов просто перехватывало дыхание. Они пошли к стоянке, где был припаркован синий «мерседес».

Уже на подходе к машине Бонд резко схватил Дариуса за руку.

— Ждите здесь, — сказал он.

Привычным молниеносным движением выхватив оружие из кобуры, он крадучись пошел вперед. Его насторожила чуть неестественная поза Фаршада, который сидел на водительском месте, как-то немного странно запрокинув голову. Держа пистолет перед собой и прижимаясь спиной к кузову, Бонд обошел вокруг машины. Не поворачивая головы, он нащупал ручку и открыл дверцу. Тело Фаршада мешком вывалилось на землю. Водительское сиденье и пол перед ним были залиты кровью. Фаршад был мертв, но его рука крепко сжимала то, что незадолго до смерти было вырвано у него изо рта.

ГЛАВА 9

Родинка в форме земляники

В восемь утра Бонду подали завтрак в номер. Такая любезность со стороны гостиничной администрации не пришлась ему по душе: во-первых, он ничего не заказывал, а во-вторых, сам завтрак, мягко выражаясь, оставлял желать лучшего. Ему принесли чай без молока, квадратик овечьего сыра с большим количеством пряных трав и кусок лепешки, на вид не отличавшейся от джутового коврика в ванной. Он велел официанту все унести и решил попытаться отстоять свое право на сносный завтрак. Потребовалось некоторое время напряженных телефонных переговоров, чтобы заполучить с гостиничной кухни черный кофе и омлет, который он и съел, сидя у окна с видом на гору Демавенд и просматривая «Геральд трибьюн».

Дариус отправился на похороны Фаршада, которые по исламским традициям должны были состояться в течение суток после смерти. Бонду было не по себе оттого, что его появление в Тегеране стало причиной смерти такого отличного парня; в том, что зверское убийство явилось предупреждением от людей Горнера, не было никаких сомнений. Оставалось утешаться лишь мыслью, что Фаршад должен был знать, на кого работает, и понимать все риски и опасности, связанные с этой работой. Кроме того, Бонд был уверен, что Дариус выплатит щедрую компенсацию семье погибшего. «„Счастливчику" по имени действительно везло в жизни, но, к сожалению, конец этой жизни оказался чудовищно мрачным», — думал Бонд, стоя под душем.

Он решил поехать в Ноушехр, попытаться проникнуть в доки и, если удастся, выяснить, чем занимается Горнер на Каспийском побережье. В такой поездке нужен переводчик, а еще больше — водитель. Бонд признался себе, что в Тегеране едва ли найдет машину, за руль которой ему захочется сесть самому, да и в любом случае местный житель, по крайней мере, лучше знаком со здешними правилами дорожного движения — если, конечно, таковые вообще существуют, в чем Бонд далеко не был уверен, — и, кроме того, будет спокойнее чувствовать себя на узких серпантинах, вьющихся по склонам Эльбурса.

Впрочем, прежде, чем собираться в дальнюю дорогу, Бонд сел в одно из оранжевых такси, стоявших вереницей у гостиницы, и попросил водителя отвезти его на почтамт. Начинался еще один чудовищно жаркий день, и, задыхаясь на заднем сиденье машины, суетливо лавирующей в потоке движения по проспекту Пехлеви, он задумался о погодно-климатических преимуществах предстоящей поездки. В этом плане путешествие выглядело многообещающе: скорее всего на побережье Каспия будет прохладнее и не так душно. Вскоре такси свернуло на проспект Сепах, по одну сторону которого выстроились здания министерств, а на другой расположились старый королевский дворец и сенат.

Машина остановилась у входа в здание главного почтамта с желтым кирпичным фасадом, и Бонд велел шоферу подождать. Еще в номере он составил шифрованное сообщение, которое теперь и собирался передать по телетайпу в Лондон председателю правления компании «Юниверсал экспорт». Он использовал элементарный трехзначный смещенный код, ключ к которому основывался на том, что дата отправки шифровки выпадала на третий день недели, четвертое число седьмого месяца. Бонд никогда не был большим знатоком криптографии даже в теоретическом плане, а о том, что касалось практического применения, предпочитал ради собственной безопасности знать еще меньше. В конце концов, даже если его поймают, он при всем желании не сможет никого посвятить в подлинные тайны секретной переписки Службы.

Дожидаясь, пока молодой человек, работающий на телетайпе, подтвердит успешную отправку сообщения, Бонд отступил на шаг от окошечка и закурил одну из последних оставшихся у него сигарет из лавки Морленда — тех самых, с тремя золотыми кольцами. Он постарался выбрать место поудобнее — там, где воздух хотя бы слегка шевелился, разгоняемый лопастями неспешно крутящегося потолочного вентилятора. Буквально через пару секунд Бонд почувствовал, что за ним следят, а затем понял, кто именно этим занимается: трудно было не обратить внимания на худощавого человека, который на фоне местного населения сразу выделялся рыжевато-каштановыми волосами и белой кожей. Незнакомец сидел за столом, где другие тегеранцы надписывали конверты и наклеивали на них марки. Он держал возле губ бумажный стаканчик с водой, но за все время, что Бонд смотрел на него, не сделал ни единого глотка. Голова его замерла неподвижно, но глаза стремительно метались по залу почтамта; стаканчик с водой скрывал только его рот и не мог считаться уловкой, с помощью которой можно было провести Бонда.

Парень-телеграфист подтвердил, что передача сообщения по телетайпу успешно завершена. Бонд собрал со стойки свои бумаги и направился к выходу.

Не успел он выйти за двери почтамта, как услышал позади себя голос:

— Мистер Бонд?

Он молча обернулся.

Естественно, перед ним стоял тот самый человек, на которого он обратил внимание. Протянув руку, незнакомец представился:

— Меня зовут Сильвер. Джей Ди Сильвер. Я работаю в «Дженерал моторс».

— Ну разумеется, — сказал Бонд.

Рука Сильвера была влажной, и Бонд незаметно вытер пальцы о задний карман брюк.

— Я тут подумал, не угостить ли вас чаем. Или, например, содовой.

Сильвер слегка гнусавил. При ближайшем рассмотрении Бонд сделал вывод, что длинный нос и характерный разрез глаз придают его новому знакомому сходство с настороженным фокстерьером.

Посмотрев на часы, Бонд ответил:

— Несколько минут у меня найдется.

— На бульваре Елизаветы есть одно подходящее кафе, — сказал Сильвер. — Там тихо. Это ваше такси?

Бонд кивнул, и Сильвер назвал водителю нужный адрес. Пока они усаживались на заднем сиденье, у Бонда было время заметить, что его собеседник носит костюм от «Братьев Брукс», наглухо застегнутую рубашку в тонкую полоску и галстук, расцветка которого свидетельствует о принадлежности к братству выпускников какого-то колледжа. Произношение у него было типичное для образованного выходца с Восточного побережья — возможно, бостонское, — а держался он вполне непринужденно.

— Где вы остановились?

— В Новом Городе, — уклончиво ответил Бонд. — А как идет ваш бизнес? Я вижу, тут много американских машин, но новые редко попадаются.

— Вот над этим мы как раз и работаем, — невозмутимо сказал Сильвер. — Ладно, деловые вопросы обсудим на месте, — добавил он, выразительно посмотрев на шофера.

Бонд был только рад помолчать и подумать о своем. Рассуждения Дариуса о способности разведчика мгновенно принимать решения — быть «гражданином вечности» — не выходили у него из головы.

— Я бы предложил чуть изменить наш план, — неожиданно обратился к нему Сильвер. — Давайте просто остановимся и пройдемся по аллее. Между прочим, бульвар Елизаветы назван так в честь английской королевы. Тут не так уж жарко: деревья, фонтанчики, скамейки, мороженое... Я люблю здесь погулять.

— Я обратил внимание, что в Тегеране есть и проспект Рузвельта, — заметил Бонд. — Это в честь Франклина или Кермита?[1]

Сильвер улыбнулся.

— Ну, в любом случае, думаю, не в честь Элеоноры[2], — ответил он.

Бонд рассчитался с таксистом и вслед за Сильвером подошел к одной из скамеек, стоящей в тени деревьев. Дальше по бульвару он заметил вход в какой-то парк, а по другую сторону находился кампус Тегеранского университета. Вот уж действительно типичная страна шпионов, подумал Бонд: все и всё друг про друга знают, контакты устанавливаются прямо на улице, пулю, нож или отравленное питье можно получить в любую секунду — в общем, все рудименты древнего «искусства» рыцарей плаща и кинжала можно было отрабатывать прямо здесь, в этой вроде бы безопасной и в то же время подозрительно безлюдной зеленой зоне. По-

---

[1] *Кермит Рузвельт* (1916—2000) — внук президента Теодора Рузвельта, работник ЦРУ; в 1953 г. руководил операцией «Аякс» по свержению демократически избранного иранского президента Моссадека и возвращению на трон шаха Пехлеви (см. с. 117).

[2] *Элеонора Рузвельт* (1884—1962) — супруга президента США Ф. Д. Рузвельта; общественный деятель, публицист, писательница, правозащитница, феминистка.

средине широкой пешеходной части бульвара был про-
рыт канал, по которому весело журчала вода, а оба берега были обсажены деревьями. Через примерно рав-
ные промежутки в землю были вкопаны металлические
столбики с закрепленными на шарнирах металлически-
ми «журавлями»; на конце каждого была привязана
кружка для питья, так что прохожие, желающие уто-
лить жажду, могли зачерпнуть воды из канала, не спускаясь по отлогому берегу.

— Любопытно, правда? — сказал Сильвер.— Вода те-
чет прямо с Эльбурса. Здесь, в Шемиране, она еще довольно чистая, но дальше, к югу от базара... Об этом лучше даже и не думать. Тем не менее местные жители
страшно гордятся этой системой водоснабжения. Такие
маленькие каналы называются *джабами*. Они питаются
из системы древних подземных водоводов — *канатов*; на
самом деле это огромная ирригационная система. Персы
сумели таким образом снабдить водой чуть ли не половину пустыни. Едешь, например, где-нибудь по сельской
местности и вдруг видишь на ровной поверхности что-то
вроде кротовьего холмика, только побольше размером.

— Так обозначается место доступа к водоводу? —
поинтересовался Бонд.

— Ну да. Пожалуй, это главный вклад древних
персов в развитие современных технологий. — Сильвер присел на скамейку. — Мороженого хотите?

Бонд покачал головой. Пока Сильвер ходил к улич-
ному лотку с мороженым в нескольких ярдах от скамейки, он закурил последнюю сигарету от Морленда.

Вернувшись, Сильвер вынул из кармана чистый но-
совой платок, развернул его на коленях и стал сосре-
доточенно облизывать фисташковое мороженое.

— И о чем же вы хотели со мной поговорить?

Сильвер усмехнулся:

— А, обо всем и ни о чем. Просто хотелось прояс-
нить ситуацию. Многие приезжают в этот город впер-

вые, они здесь новички, иногда им бывает трудно сориентироваться и понять, в каких сложных и деликатных обстоятельствах нам приходится выполнять здесь свою работу. Оглянувшись вокруг, вы видите этих парней из пустыни — ни дать ни взять кочевники-бедуины, только в автомобилях, которые, правда, разваливаются на ходу... Да вон наглядный пример: вы только посмотрите.

Красный двухэтажный автобус — настоящий лондонский даблдекер производства фирмы «Рутмастер», только очень старый, — медленно прополз мимо, оставляя позади густое облако черного дизельного выхлопа, напоминающее дымовой след, который тянется за подбитым самолетом.

— Иногда можно подумать, что здесь цивилизации не больше, чем в какой-нибудь Африке, — продолжал Сильвер. — Да к тому же еще все эти кебабы и рис... — Он засмеялся. — Бог ты мой, тот день, когда я больше не увижу у себя на тарелке кусок баранины, зажаренной на углях, будет самым счастливым в моей жизни. А тут еще и вы. Я имею в виду англичан.

— Британцев, — поправил Бонд.

— Ну да, верно. Вот мы с вами сидим на бульваре Королевы Елизаветы. Он выглядит вполне чистеньким и ухоженным, правда? Сам шах — вообще ваш человек. Во время Второй мировой союзники выгнали его из страны — и правильно: нечего было так в открытую заигрывать с немцами. Нас вполне устраивал тот парень, который занял его место, — этот Моссадек, со своими пижамами. И вдруг вы начали гнать волну, когда он национализировал нефтяную промышленность и выставил отсюда всю вашу публику из «Бритиш петролеум». Ясное дело, вам это не понравилось. Вы пришли к нам и сказали: «Пусть-ка Мосси катится ко всем чертям, а старый шах возвращается на трон и вернет нефтяные скважины „БП" обратно».

151

— И вы пошли нам навстречу, — сказал Бонд.

Сильвер тщательно вытер губы платком, а затем снова аккуратно развернул его на коленях.

— Ну, по чистому совпадению дела в этой стране перестали устраивать и нас. Мосси уж чересчур подружился с Советами. Как вы знаете, у них есть общая граница. За этой страной мы присматриваем очень внимательно, как и за Афганистаном. В общем, мы решили вмешаться в здешнюю ситуацию.

Бонд кивнул:

— Благодарю за урок новейшей истории.

Сильвер на некоторое время замолчал: далеко высовывая язык, он старательно облизывал мороженое.

— В общем-то я просто пытаюсь вам сказать, что в этих местах все время что-то происходит. Здесь не годится простое деление на две стороны — мы и они, свои и чужие. Персы знают это лучше, чем кто-либо другой, и умеют извлекать из подобного положения выгоду. Поэтому они ведут с нами свою игру, рассчитывая на немалые дивиденды. Больше того, они используют нас, фактически прикрываясь нами как щитом. У них есть американское оружие и тысячи наших специалистов и советников. И знаете что? Три года назад они приняли закон, согласно которому все американцы в Персии имеют иммунитет против уголовного преследования при любых обстоятельствах.

— Неужели все? — переспросил Бонд.

— Именно так. Вот, например, если даже сам шах переедет мою собаку, его вызовут в суд и обяжут возместить мне материальный и моральный ущерб. А если я перееду шаха, они и пальцем меня не посмеют тронуть.

— И все-таки на вашем месте я старался бы ездить на такси, — съязвил Бонд.

Сильвер снова вытер губы и, разделавшись наконец с мороженым, свернул платок и положил его в карман пиджака.

Некоторое время он смотрел на другую сторону улицы, словно надеялся разглядеть за деревьями и вереницей едущих по проспекту оранжевых такси нечто важное.

Наконец он обернулся к Бонду и улыбнулся:

— Все это непросто, мистер Бонд. Нам приходится работать вместе. Обстоятельства заставляют нас балансировать на лезвии ножа. Америка сейчас борется за свободу и демократию во Вьетнаме, а вы не выслали нам в помощь ни единого солдата, хотя мы немало сделали для вас во время Второй мировой. Порой некоторые люди в Вашингтоне — не я, но многие тамошние ребята — начинают думать, что вы не слишком серьезно воспринимаете противостояние коммунизму.

— О нет, уверяю вас, мы очень серьезно относимся к холодной войне, — ответил Бонд.

Количество шрамов на его теле свидетельствовало, насколько лично он серьезен в этом вопросе.

— Рад слышать. Но вы все-таки не раскачивайте лодку, договорились?

— Я буду делать то, ради чего сюда приехал, — сказал Бонд. — Но до сих пор у меня не возникало проблем в отношениях с вашими соотечественниками.

Он подумал о Феликсе Лейтере, своем старом приятеле-техасце, который стал инвалидом в результате нападения акулы. Впервые встретившись с Феликсом, Бонд убедился, что тот ставит интересы своей службы — ЦРУ — гораздо выше так называемых общих целей Североатлантического альянса. Бонду такая позиция была по душе. Для него самого превыше всего была верность Службе. А еще он полностью разделял недоверчивое отношение Феликса к французам, которых они оба не без оснований подозревали в симпатиях коммунистическим идеям.

— Отлично, — сказал Сильвер.

Он встал и подошел к краю тротуара. Стоило ему поднять руку, как от стремительно движущегося потока оранжевых такси отделилась одна машина.

— И последнее, — добавил Сильвер. — Насчет этого типа — Джулиуса Горнера. Он является лишь частью огромного плана — гораздо более грандиозного, чем вы можете себе представить. — Сильвер сел в такси и опустил стекло задней двери. — Не приближайтесь к нему, мистер Бонд. Прошу вас, прислушайтесь к моему совету. Лучше всего не подходить к нему ближе чем на сотню миль.

Такси, не включая никаких сигналов, втиснулось в поток движения, встреченное громкой какофонией клаксонов. Бонд тоже поднял руку, чтобы остановить машину.

Бонд понимал, что в день похорон Фаршада ему не удастся разыскать Дариуса, а следовательно, надо было постараться, чтобы администратор отеля подыскал для него машину и водителя, который смог бы отвезти его на Каспийское побережье. Консьерж сообщил, что лучший шофер лучшей прокатной фирмы, бегло говорящий по-английски, будет свободен завтра с восьми утра, и Бонд решил, что стоит подождать столь ценного сотрудника.

Он заказал ланч в номер: икру, кебаб из курицы, а также мартини с водкой в большом шейкере и два свежих лайма. После еды разложил на кровати несколько купленных в гостиничном магазине карт и стал рассматривать план Ноушехра и окрестных курортных поселков, береговую линию, городской базар на площади Азади, причалы для яхт и прогулочных катеров, коммерческие доки и пляжи.

Затем он развернул карту Персии. На западе страна граничила с Турцией, на востоке — с Афганистаном. Северные и южные границы были определены самой природой — Персидский залив с юга, Каспийское море с севера. В северо-западном «углу» страны существовала и сухопутная граница с Советским Союзом, точнее, с Азербайджаном; судя по карте, дорожное сообщение в этом районе оставляло желать много лучшего. Зато от северного побережья Каспия, если двигаться прямо через Астрахань, было рукой подать до Сталинграда, теперь переименованного русскими в Волгоград.

Бонд стал обдумывать информацию, которую смог почерпнуть из имевшихся в его распоряжении картографических источников. Если у Горнера и есть налаженная связь с Советским Союзом по поставкам наркотиков, то вряд ли этот канал действует на официальном уровне; в таком случае оставалось непонятным, как ему удавалось регулярно доставлять достаточно крупные партии наркотиков на советскую территорию. Конечно, где-то в южной пустыне у него есть если не аэродром, то по крайней мере сносного качества взлетно-посадочная полоса. Но преодолеть такое расстояние маленькие самолеты не могут — у них просто не хватит топлива, а большие воздушные суда непременно попадут в поле зрения советских радаров.

Бонд почему-то никак не мог отвести взгляд от карты Каспийского моря: что-то притягивало его. Он прикинул, что от южного — персидского — побережья до северного, где находится советский город Астрахань, около шестисот миль. Он задумался: какое же морское транспортное средство может незаметно пересечь это расстояние?

Он обратил внимание, что значительную часть Персии занимают две пустыни. К северу, ближе к Тегерану, находится солончаковая пустыня Деште-Кевир. На юго-востоке, гораздо дальше от столицы, простирается песчаная пустыня Деште-Лут. Судя по карте, на ее территории вообще нет населенных пунктов, зато на самом юге находится город Бам, куда полиция «Савак» направила разведгруппу с целью разыскать Горнера.

Очевидно, «Савак» действовал не наугад, а уже располагал какой-то информацией. В отличие от Каспийского побережья, Деште-Лут была связана с Тегераном железной дорогой: та проходила по южному краю пустыни через довольно крупные города Керман и Йезд; в каждом из них, судя по условным обозначениям на карте, имелись взлетно-посадочные полосы, хотя по карте трудно было определить, могут ли там приземляться большие самолеты. Помимо железной дороги на карте жирными линиями были обозначены асфальтированные шоссе, также идущие по южному краю Деште-Лут; главная трасса проходила через Захедан, а через Заболь к афганской границе вела уже грунтовая дорога.

Заболь. Вот уж действительно подходящее название для места, расположенного на самом краю света. «Интересно, какой он, этот приграничный городок?» — подумал Бонд и почувствовал, как нарастает в нем любопытство.

От размышлений на отвлеченные темы его оторвало противное верещание телефонного звонка.

— Мистер Бонд? Это портье. Тут одна леди... она желать вас видеть. Она не желать сказать свое имя.

— Скажите ей, что я сейчас спущусь.

«Нет, в этом Тегеране действительно просто невозможно побыть в одиночестве», — мрачно подумал Бонд, направляясь к лифту. Оставалось только надеяться, что это какая-то женщина, присланная Дариусом, потому что, кроме него, только три человека из офиса, расположенного в Риджентс-парке, знали, где находится Бонд и как его разыскать.

Бонд вышел в гостиничный холл и сразу увидел ее: на белом мраморном полу, спиной к нему, разглядывая витрину сувенирной лавки, стояла женщина. У нее были темные волосы, отчасти собранные в конский хвост, отчасти же свободно ниспадающие на плечи; стройную фигуру облегали белая блузка без рукавов и темно-синяя юбка до колен, изящные ноги были обуты в сандалии с серебряными застежками.

Подходя к ней, Бонд почувствовал, что его сердцебиение чуть-чуть участилось. Женщина, услышав приближающиеся шаги, обернулась. Увидев ее лицо, Бонд не смог сдержать возгласа изумления.

— Скарлетт! — воскликнул он.— Какого черта вы...

Она улыбнулась и приложила палец к его губам:

— Не здесь. Может быть, в вашем номере?

Чудесное появление Скарлетт все-таки не настолько сбило Бонда с толку, чтобы заставить его забыть элементарные правила предосторожности.

— Давайте лучше прогуляемся.

— У меня всего пять минут.

— Тут рядом есть маленький парк.

Когда они вышли из отеля и стало ясно, что при таком шуме, какой производило здесь уличное движение, никто не сможет подслушать их разговор, Бонд сказал:

— Объясните мне, Скарлетт...

— Я не Скарлетт.

— В смысле?

— Я Поппи.

— Но она же говорила...

— Она говорила, что я младшая сестра? Она всегда так говорит.— Поппи чуть улыбнулась.— Я на самом деле младше ее. На целых двадцать пять минут. Мы двойняшки. Хотя и не близнецы. Мы гетерозиготная двойня.

— Гетеро... что?

— Ну, еще таких называют разнояйцевыми близнецами. Мы похожи, но не одинаковые, мы просто...

— Вы просто достаточно похожи, чтобы сбить меня с толку. Ну ладно, пойдемте.

Всего ярдах в ста дальше по улице между домами был оставлен уютный зеленый уголок с деревянными скамьями и огороженной детской площадкой. Бонд и Поппи сели на скамейку и склонились поближе друг к другу. Бонд надеялся, что посторонние наблюдатели, по крайней мере издалека, примут их за парочку воркующих голубков.

— Я приехала сюда вместе с Горнером, — сказала Поппи. — Он знает, что вы в Тегеране. Мне удалось выбраться из офиса под предлогом, что мне нужно отправить письмо. Шагрен меня просто убьет, если пронюхает, что я с вами виделась. Вот, держите — это вам.

Оглядевшись по сторонам, она сунула ему в руку свернутый в несколько раз листок бумаги.

Бонд почти физически ощущал направленный на него взгляд Поппи — такой безнадежный и в то же время исполненный надежды.

— Вы собираетесь ехать в Ноушехр? — спросила она. Бонд кивнул.

— Вот и хорошо. Я там кое-что написала, эта бумага вам поможет.

— А где находится главная база Горнера — та, которая в пустыне?

— Не знаю.

— Но вы ведь там бывали?

— Я там живу. Мы летаем туда на вертолете. Но перед полетом Горнер дает мне снотворное, так что я отключаюсь и просыпаюсь уже на месте. Похоже, маршрут знает только пилот.

— Это поблизости от Бама? — спросил Бонд.

— Может быть, но мне кажется, что это ближе к Керману. Сначала мы едем в Йезд. Там-то Горнер обычно и пичкает меня снотворным.

Бонд внимательно смотрел в широко раскрытые, умоляющие глаза Поппи. Она была настолько похожа на сестру, что это сходство даже пугало. Может быть, Поппи была чуть более худой? Но разница могла составлять всего пару унций, не больше. А этот легкий нездоровый румянец на щеках, возможно, следствие лихорадки, вызванной приемом наркотиков. А может быть, у Поппи произношение немного другое — едва заметный акцент обитательницы Челси, в отличие от «парижского космополитического» выговора сестры, которая к тому же часто вставляла в речь французские словечки. «Но так ли важна эта разница?» — мелькнуло в голове у Бонда. Гораздо важнее, что эти слова слетают с совершенно одинаковых красивых губ. В общем, единственное существенное различие, которое сумел разглядеть Бонд, состояло в цвете глаз: у Скарлетт они были темно-карие, а у Поппи — более светлые, орехового цвета, с зелеными искорками.

— Поппи, — ласково сказал он, кладя руку ей на плечо. Бонд почувствовал, как девушка вздрогнула всем телом от его прикосновения. — Как, по-вашему, я должен поступить, что сделать?

Она посмотрела ему прямо в глаза.

— Убейте Горнера, — сказала она. — Теперь это единственное, что вы можете сделать. Убейте его.

— Значит, просто пойти и...

— И убить его. Для всего остального слишком поздно. И еще, мистер Бонд, я хотела сказать...

— Просто Джеймс.

— Джеймс. Так вот, дело не только во мне. Мне на самом деле нужна ваша помощь, это правда, просто отчаянно нужна... — На какое-то мгновение голос ее сбился, она чуть было не разрыдалась, но все-таки взяла себя в руки. — Но дело действительно не только в этом. Горнер задумал что-то ужасное. Он готовится к этому уже несколько месяцев. Он может совершить это в самое ближайшее время, буквально в любой день, и никто не в состоянии его остановить. Если бы я могла достать оружие, я сама убила бы его.

— Поппи, я ведь не наемный убийца, — сказал Бонд. — Меня прислали сюда, чтобы выяснить, чем занимается этот человек, а потом доложить моему начальству в Лондоне.

Тут Поппи выругалась — да-да, с ее губ слетело грубое непристойное слово, которого Бонд еще ни разу в жизни не слышал от женщины. Потом она проговорила:

— Плевать. Плевать на отчеты и доклады. Времени нет совсем. Джеймс, можете вы это понять или нет?

— Все, с кем я встречался и кто имеет хоть какое-то отношение к этому делу, в один голос твердят, чтобы я был осторожен и не думал даже приближаться к Горнеру. А теперь я встречаю вас и слышу не то просьбу, не то приказ убить его. Вот так просто подойти и убить — без лишних разговоров.

— Я знаю гораздо больше, чем кто-либо другой, — сказала Поппи. — И его я знаю лучше, чем кто-либо другой.

Бонд вдруг ощутил какое-то беспокойство: то самое чувство, которое он испытал, когда обнаружил Скарлетт в своем номере в Париже.

— Откуда я знаю, кто вы такая? Почему я должен верить, что вы та, за кого себя выдаете?

— Вы имеете в виду — откуда вам знать, что я не Скарлетт?

— В том числе и это тоже, — подтвердил Бонд.

О том, что заметил разницу в цвете глаз, он предпочел умолчать.

— Вы видели Скарлетт голой? — спросила Поппи.

— А что, обычно банковские аналитики уже при первой или второй встрече с деловым партнером исполняют стриптиз?

Поппи встала и ткнула пальцем в верхнюю часть своего бедра:

— Так вот, у меня здесь есть маленькая родинка. У Скарлетт нет. Ее кожа без единого изъяна. Пойдемте.

Она взяла Бонда за руку и потянула к плотным зарослям вокруг забора детской площадки. Встав спиной к ограде, она расстегнула крючок и молнию на юбке, посмотрела влево-вправо, а затем приспустила юбку на несколько дюймов. Действительно, прямо под линией, обозначенной белыми трусиками, было небольшое родимое пятно, размером и цветом напоминавшее ягоду земляники.

— Вот. — Она быстро застегнула юбку.

— Очаровательно, — сказал Бонд, — но пока я не увижу Ска...

— Само собой. Но в данный момент никаких других доказательств я представить не могу.

Бонд кивнул.

Поппи умоляюще сжала его руки в своих ладонях:

— Пожалуйста, Джеймс, не бросайте меня. Прошу вас. Речь идет не только о моей жизни, но и о гораздо большем. Вы ведь знаете, что Горнер натворил уже много зла и еще больше собирается сделать.

— Да, я в курсе, — согласился Бонд.

— Ну все, мне пора. Я буду молиться за вас и за то, чтобы снова увидеть вас — как можно скорее.

Бонд проводил ее взглядом. Он видел, как хрупкая девушка подошла к краю тротуара и затем, привычно уворачиваясь от машин, пересекла все шесть полос проезжей части оживленного проспекта. Дойдя до противоположной стороны, она нырнула в первое же остановившееся такси. В отличие от Скарлетт, она не стала махать Бонду рукой на прощание.

Вернувшись в свой номер в отеле, Бонд вышел на южный балкон, с которого открывался вид на город, и развернул листок бумаги, который передала ему Поппи. Там оказался план побережья Ноушехра, наскоро нарисованный карандашом от руки — видимо, самой Поппи. Она отметила пятизвездочную гостиницу под названием «Джалаль» и сделала приписку: «Лучше, чем другие».

Под планом все той же рукой крупными буквами было написано: «Верфи братьев Исфахани». От надписи к одному из квадратиков на плане — в самой середине припортовой улицы — тянулась линия со стрелкой на конце. Кроме того, Поппи предусмотрительно записала название и адрес на фарси.

ГЛАВА 10

Крылатый корабль

На следующее утро Бонд вышел из гостиницы, ожидая, что ему придется ехать на каком-нибудь оранжевом рыдване из местного таксопарка, но, усаживаясь на заднее сиденье припарковавшегося перед отелем серого «кадиллака», почувствовал, что везение не изменило ему.

— Меня зовут Хамид, — представился водитель, солидный, серьезный и даже немного мрачный на вид мужчина с седыми волосами и громадными черными усами, формой и размером напоминающими щетку для обуви. — Я буду отвезти вас на Каспийское море. Вы брать купальные брюки? — Хамид скосил глаза на скромный по габаритам дипломат, который составлял весь багаж Бонда.

— Да, — ответил Бонд, — я взять купальные брюки. И еще много разных других вещей.

В его кейсе лежали мыло с губкой, дорожные карты, смена белья и чистая рубашка. Он не собирался задерживаться в Ноушехре больше чем на один день. Естественно, в потайном отделении под петлями дипломата были припрятаны кое-какие совершенно необходимые вещи, да еще кое-что, на взгляд Бонда несколько излишнее. К совершенно необходимым вещам он относил запасные обоймы для вальтера, а ко второй категории — глушитель и то, что старший оружейник Службы майор Бутройд называл «маленькими штучками про запас, на тот случай, если станет уж слишком жарко».

Бонд недолюбливал все эти технические излишества — гаджеты, навороты, примочки и прибамбасы — и не слишком торопился ознакомиться с выданным ему имуществом подробнее. Далеко не сразу технический отдел и оружейная служба сумели убедить его носить с собой специально доработанную зажигалку «Ронсон ве-рафлейм», которая могла использоваться не только по прямому назначению: чиркая кремнем и одновременно нажимая на боковую кнопку, можно было активировать спусковой механизм, выстреливавший из корпуса зажигалки крохотный, чуть больше иглы, дротик, пропитанный не то снотворным, не то еще какой-то отравой, которая вполне надежно обездвиживала и выводила из строя человека среднего телосложения часов на шесть. В остальном Бонд предпочитал обходиться без технических излишеств: куда больше, чем всем этим новомодным «приблудам», он доверял собственным рефлексам, навыкам и инстинктам. Ну а уж если что-то шло не так — тогда следовало положиться на пробивную силу пули, выпущенной из старого доброго «Вальтера ППК». Даже глушитель он воспринимал скорее как обузу и втайне подозревал, что когда-нибудь эта штуковина здорово подведет его: либо отнимет несколько драгоценных мгновений, необходимых для того, чтобы навинтить ее на ствол, либо, если сделать это заранее, зацепится за кобуру или полу пиджака в тот самый момент, когда потребуется быстро выхватить оружие.

Сидя в машине и обозревая северные пригороды Тегерана, Бонд достал пачку «Честерфилда» — лучших американских сигарет, какие нашлись в магазине при гостинице. Густой аромат крепкого табака мгновенно наполнил весь салон «кадиллака», и он предложил сигарету Хамиду. После троекратного отказа — как Бонд уже успел выяснить, это было минимальной нормой вежливости, принятой в Тегеране, — Хамид с энтузиазмом принял предложение пассажира.

Бонд почувствовал, как его синяя хлопчатобумажная рубашка начинает прилипать к телу, — утро выдалось нестерпимо жаркое. Кондиционера в машине не было, так что пришлось открыть окно и впустить в салон дымный и пыльный воздух улиц. Раньше, до того как город настолько разросся на север, дом в Шемиране вполне мог служить убежищем от летнего зноя и духоты. Затем, по словам Дариуса, когда Шемиран превратился из цветущего пригорода в район плотной городской застройки, состоятельные семьи стали покупать себе нечто вроде дач — участки земли с крестьянской хижиной, садом и огородом; в основном они подыскивали себе такие домики в живописных зеленых долинах у подножия вулкана Демавенд. Здесь можно было провести пару месяцев летом в совершенно идиллической атмосфере: простой глинобитный домик на берегу журчащего ручья, простая крестьянская жизнь, как у предков, простая пища, в основном состоящая из того, что росло на прилегающих грядках и в саду, пешие прогулки в горы, а по вечерам — чтение стихов.

Постепенно в этих местах обосновалось так много горожан, что тем, кто жаждал большего уединения от назойливой толпы, пришлось перебазироваться на противоположный склон Эльбурского хребта. Климат там был более мягкий, воздух прохладный и влажный, природа — первозданная; дело осложняло лишь одно: принятая в Персии манера вождения превращала каждую поездку через горные перевалы в полное опасностей и приключений путешествие с непредсказуемым исходом.

— Тропа Тысячи пропастей, — объявил Хамид, взмахом руки вправо указывая, куда надо смотреть, чтобы увидеть очередную достопримечательность окружающего ландшафта.

К этому времени дорога стала подниматься в гору, извиваясь по крутым склонам и сворачиваясь петлями. Хамид держал ногу в неизменном положении на педали газа, невзирая на крутизну поворотов и качество дорожного покрытия. Рулил он одной левой рукой, а правой постоянно размахивал в разные стороны, делая таким образом свою экскурсию более насыщенной и экспрессивной.

— Долина Злой судьбы, — говорил он. — Гора Девственниц... Львиное логово... Перекресток Великих опасностей.

Время от времени Бонд замечал где-нибудь внизу, на дне очередного ущелья, под обрывом, ржавые остовы разбившихся машин и автобусов. Приближаясь к какому-нибудь исключительно крутому повороту, Хамид лишь взвывал жалостливым и даже смиренным голосом: «Аллах акбар»; судя по всему, он предпочитал лишний раз обратиться к Всевышнему и положиться на Его милость при проезде опасного участка трассы, совершенно игнорируя возможность чуть-чуть приподнять правую ногу с педали газа и тем самым снизить скорость.

Мало-помалу воздух становился чище. Часа через два Хамид затормозил у чайханы, приютившейся под отвесным обрывом, и жестом предложил Бонду вместе выйти проветриться. Они сели за столик на веранде и выпили по чашке крепкого и очень сладкого черного чая, рассматривая раскинувшийся внизу, у подножия гор, Тегеран; этот спрут, едва видимый в жарком мареве, под пеленой смога, раскинувший щупальца своих пригородов на многие километры, при взгляде сверху представал символом победы человеческого упорства над окружающей враждебной пустыней.

Хамид ушел в чайхану, чтобы поговорить, как он выразился, о бизнесе с хозяином заведения, который на поверку оказался его дальним родственником, но вскоре вернулся и пригласил Бонда занять место в машине. Спустя еще примерно час такой же бешеной езды они миновали перевал и начали спускаться к Прикаспийской равнине; буквально сразу же за перевалом воздух стал более прохладным и свежим. На горизонте, словно мираж, переливалась бирюзовая полоска — это отражали солнце воды самого большого в мире озера.

Бонд смотрел на убегающую вниз дорогу, петляющую по склону и продирающуюся сквозь густую растительность. В дорожном движении, наравне с перегруженными машинами, выше крыш заваленными багажом, принимали участие ослы и верблюды. Вьючные животные неспешно, в своем привычном темпе вышагивали по пыльному шоссе, заставляя водителей лавировать между ними. Бо́льшую часть автомобильного потока составляли «фольксвагены» — как фургончики, переоборудованные под дома на колесах, так и вездесущие «жуки» разных лет выпуска, — но Бонд заметил и немало каких-то странных автомобилей, по дизайну больше всего напоминавших слегка помятые обувные коробки; он решил, что эти чудеса техники представляют собой высшее достижение местной автомобильной промышленности.

Бонд старался дышать глубоко и спокойно: отчасти ему было просто приятно втягивать насыщенный цитрусовым ароматом тропический воздух апельсиновых рощ, а отчасти он таким образом настраивал себя на предстоящую работу. Что-то подсказывало ему: отпуск и праздные путешествия на сей раз действительно подошли к концу. Оказавшись в новой для себя стране без каких бы то ни было разведданных о предстоящей операции, Бонд спустя полтора дня уже вплотную подошел к тому, что Феликс Лейтер называл апогеем любой поездки такого рода.

Когда «кадиллак» въехал в Ноушехр, стоял час послеобеденного отдыха. Бонд попросил Хамида покатать его немного по городу: так было проще сориентироваться на новом месте. Лучшие дома, включая и летнюю резиденцию шаха, находились чуть в глубине, на некотором расстоянии от моря, на обсаженных пальмами улицах; впрочем, и на набережной были построены неплохие гостиницы, среди которых оказался и отель «Джалаль», рекомендованный ему Поппи.

Они остановились, чтобы пообедать в гостиничном ресторане — совершенно одни в пустом зале.

— Хамид, — обратился Бонд к водителю, дождавшись, когда тот уничтожил наконец бо́льшую часть кебаба из ягненка с рисом, — нам нужно наладить систему связи. Понимаешь, о чем я? Так вот, ты отвезешь меня на то место в районе порта, которое я тебе покажу, а потом уедешь оттуда. Если я не вернусь в этот отель до восьми часов вечера, ты позвонишь мистеру Дариусу Ализаде. Вот номер его телефона. Он знает, что делать в таком случае.

Бонд протянул шоферу несколько персидских риалов.

— Я думаю, эта сумма покроет твои расходы, — сказал он. — Ну что, согласен?

— На все воля Аллаха, — ответил Хамид, как показалось Бонду, несколько уклончиво. — Я могу передать любое послание, какое вы хотеть, мистер Джеймс. Почтовый ящик без адреса — это мы знать.

Бонд рассмеялся:

— Что знать?

— Я однажды возить американца. Мистер Сильвер. Ему тоже переводчик быть нужен. Он мне показать тайник. Туда письмо — почтовый ящик без адреса. Да, и еще, мистер Джеймс. Я очень любить есть икру. Здесь очень вкусная.

— Ну еще бы. Ведь местная икра — прямо из моря. А ты знаешь, почему икра такая дорогая?

Хамид кивнул:

— Это яйцо осетра. Но самец осетр не оплодотворять.

167

— Точно. «Осетрица дрица-ца нерестится без самца...»[1] Да ладно, Хамид, не обращай внимания. Это тебе не высокая персидская поэзия. — Вновь запустив руку в карман, Бонд извлек оттуда более увесистую пачку банкнот. — Вот, держи. Денег тут хватит, чтобы просто обожраться этой икрой. Но взамен я хочу, чтобы ты был наготове, а твой паровоз стоял под пара́ми.

— Под парами, — согласился Хамид и, убрав в карман деньги, направился к выходу из ресторана.

— Я пойду переоденусь и через минуту буду, — сказал Бонд, направляясь в туалет.

Ровно через минуту они оба уже сидели в машине, которая медленно выезжала с гостиничной стоянки; Бонд взял на себя роль штурмана, используя набросанный Поппи план, а Хамид бодро выкрикивал названия улиц, по которым они проезжали. Вскоре «кадиллак» въехал в район порта. У причалов стояли на якоре несколько больших сухогрузов и целый флот рыбацких сейнеров и шхун. Доки занимали гораздо большую территорию, чем можно было судить по карте. Помимо огромного количества гражданских судов он заметил и несколько сторожевых катеров, и даже два эсминца; все эти военные корабли стояли у причалов и на рейде в излишней, по его мнению, близости к пляжам, на которых купались и загора́ли отдыхающие. Заборы, глухие стены складов, целый лабиринт из проездов и узких проходов между зданиями — все это, казалось, тянулось до самого горизонта.

— Похоже, приехали, — сказал Бонд. — Это где-то здесь. Прочитай мне, что написано вон на тех зданиях.

Хамид затараторил что-то на фарси, пока они проезжали мимо, но внезапно отчетливо произнес:

— Судостроительная верфь братьев Исфахани.

---

[1] Цитата из известной английской (?) песенки легкомысленного содержания (пер. А. В. Коршуна). Автор не́известен.

— Молодец, Поппи, хорошая девочка, — сказал Бонд, выходя из машины. — Хамид, ты запомнил, о чем мы договорились?

— Восемь часов, мистер Джеймс.

— Прежде чем звонить мистеру Ализаде, проверь, нет ли от меня записки вот здесь. — Бонд показал на торчащий из земли обрезок ржавой металлической трубы, в которую когда-то, судя по всему, был вставлен дорожный знак. — Понял меня? Сначала заглянешь сюда, а дальше уже действуй по плану.

Впервые за весь день мрачное лицо Хамида оживилось. В глазах вспыхнули искры, а пышные усы зашевелились как живые, когда он улыбнулся.

— Почтовый ящик без адреса, — сказал он.

— Что-то вроде того, — ответил Бонд, сам себе удивляясь: к чему такие меры предосторожности? Но инстинкт подсказывал ему, что в этом деле лучше перестраховаться.

Помедлив, пока Хамид развернул машину и уехал, Бонд направился к верфи братьев Исфахани.

Наружная металлическая лестница, прикрепленная к стене дома, на первый взгляд была единственным входом в глухое, без окон и дверей, здание. Бонд прошелся вдоль улицы в поисках менее очевидного способа попасть внутрь. Через некоторое время он понял, что большое и довольно обшарпанное строение, к которому они подъехали, вовсе не такое простое, как можно было подумать, глядя на его фасад. Повернув за угол, Бонд обнаружил, что в сторону моря и дальше в воду уходит внушительных размеров пристройка площадью примерно треть акра, причем, в отличие от остальной части здания, она покрыта не старыми досками, пропитанными креозотом, а листами ярко блестящего металла — скорее всего нержавеющей сталью. Пристройка уходила в море не меньше чем на пятьдесят ярдов, а следовательно, за ней мог скрываться достаточно глубокий док для обслуживания и стоянки куда бо́льших по размеру и водоизмещению судов, чем можно было предположить, глядя на фасадную часть верфи.

Бонду это показалось любопытным и подозрительным. Он прошел вдоль стены так далеко, как только было возможно, и понял, что никаких дверей, окон или потайных лазов тут не имеется. Эту раковину невозможно было вскрыть. Единственным входом в здание были запертые ворота со стороны старого деревянного фасада.

Бонд пару раз прогулялся вдоль стены дока и, убедившись, что за ним не следят, нырнул за стоявший у забора старый грузовой «фиат». Здесь он сбросил одежду и остался в одних плавках. Все остальное он спрятал за стоявшим по соседству мусорным ящиком. С наибольшим сожалением Бонд оставил в этом импровизированном тайнике свой верный «Вальтер ППК». Еще в гостинице «Джалаль», переодеваясь в туалете, он пристегнул к левой ноге под коленом боевой нож, используемый обычно в подразделениях коммандос. Убедившись, что поблизости никого нет, он бегом преодолел расстояние, отделявшее его от угла дока, и зашел в воду. Поверхность ее была покрыта радужными разводами и неприятно пахла дизельным топливом. Бонд выдохнул, потом глубоко вдохнул и, нырнув, стал мощными гребками уходить в глубину.

Открыв глаза, он увидел мощные опоры, поддерживающие стены металлической раковины. Опор оказалось не меньше дюжины с каждой стороны, и они были не вкопаны в морское дно, а закреплены в тяжеленных бетонных блоках. Неприятным сюрпризом для Бонда стало то, что металлическая стена не обрывалась у самой поверхности воды, а уходила на глубину вплоть до самого дна. Похоже, тот, кто строил это сооружение, был очень предусмотрителен и осторожен.

Бонд плыл вдоль основания стены, рассчитывая на то, что дно не может быть совершенно ровным и рано или поздно он найдет впадину, не прикрытую ни стальным листом, ни металлической сеткой. «Скорее всего вход должен быть со стороны моря», — подумал Бонд, но доплыть до конца стены, ни разу не вынырнув на поверхность, он не смог бы.

Под водой он находился уже, наверное, с минуту и, хотя был опытным ныряльщиком с прекрасно работающими легкими, понимал, что времени остается в обрез. Над ним металлическая стена уходила вертикально вверх, исчезая в мутной от песка, водорослей и грязи воде. Действуя практически на ощупь, он пытался найти брешь у самого дна, но руки натыкались только на сплошную стену. Похоже, те, кто ее здесь поставил, имели в своем распоряжении и большие деньги, и отличных специалистов, и мощную технику.

Бонд чувствовал, как его ноги слабеют от недостатка кислорода в крови. Однако конструкция сооружения свидетельствовала о том, что за этой стеной скрывают от посторонних глаз нечто важное. Твердая решимость открыть эту тайну придала Бонду сил. Еще один мощный гребок ногами — и его руки наткнулись на острый край стального листа. Он открыл глаза и увидел сквозь мутную воду, что в том месте, где стена обходит очередной камень, лежащий на дне, сталь была разрезана и загнута. В итоге между острым камнем и зазубренным металлом осталась щель, через которую, по прикидкам Бонда, изловчившись, можно было бы проникнуть внутрь. Он решил пролезать животом вниз, предпочитая, чтобы неизбежные в такой ситуации порезы и царапины оказались на спине. Кроме того, так удобнее было держаться руками за острый камень, преодолевая естественную плавучесть человеческого тела. В груди у него все горело: легкие и грудную клетку словно распирало ударами огромного парового молота. Примерившись, Бонд стал продираться сквозь узкую щель, которая вполне могла стать для него смертельной ловушкой. Он почувствовал, как стальные зубья впились в спину, оставляя глубокие продольные царапины, а шершавая поверхность камня теркой прошлась по животу. Подтягиваясь руками, отталкиваясь ногами и извиваясь всем телом, он наконец протиснулся на другую сторону. Еще три-четыре сильных гребка, и он стал подниматься, для безопасности выставив руки перед собой. Через несколько секунд его пальцы коснулись гладкой металлической поверхности. Перевернувшись на спину, он увидел перед собой смутный, но вполне узнаваемый, слегка закругленный силуэт огромного корабельного корпуса. Его мозг в силу недостатка кислорода уже не мог работать в полную силу, но тем не менее мысль о том, что корпус любого корабля непременно выходит на поверхность воды, проявилась в сознании Бонда вполне отчетливо; значит, нужно двигаться по нему вверх.

Стремительно поднимаясь вдоль борта, Бонд неожиданно наткнулся руками на какой-то выступ, уходивший под прямым углом в сторону от корпуса, — что-то вроде крыла.

Корабль с крылом... «Это невозможно, не бывает такого», — подумал Бонд, из последних сил и на последнем дыхании пробираясь вдоль выступа. Возможно, это вообще не корабль и не самолет, а просто какая-то плоская конструкция, погруженная нижней частью в воду, и он вполне может не добраться до ее края, а через несколько мгновений задохнется в этой водной ловушке. Отчаянно, уже практически бессознательно работая руками и ногами, он продвигался дальше, вперед и вверх. Он не столько увидел, сколько почувствовал, что там, вверху, светлеет, сделал последний гребок и вынырнул наконец на поверхность с громким вдохом.

С минуту он просто вдыхал и выдыхал спасительный воздух, наслаждаясь тем, что больше не нужно бороться с враждебной средой за каждую молекулу столь необходимого вещества, как кислород. Наконец его пульс и дыхание стали успокаиваться, и Бонд смог оглядеться и оценить обстановку.

Его глазам предстала чрезвычайно странная картина: действительность оказалась богаче самых смелых фантазий Бонда. Ничего подобного он раньше не видел. Огромное стальное помещение могло бы служить ангаром для стоянки и ремонта нескольких отнюдь не маленьких судов, но в нем едва помещалось одно-единственное огромное судно. Что это за транспортное средство, Бонд не имел ни малейшего понятия.

Соленая вода обжигала царапины на спине, но он не мог позволить себе ни одного лишнего движения, чтобы всплеском не выдать своего присутствия. Двигаясь плавно и осторожно, он отплыл к стене ангара и, зацепившись рукой за какой-то выступ, стал внимательно изучать представшую его глазам странную громадину.

Кормовой или, правильнее сказать, хвостовой частью эта штуковина была пришвартована к причальной стенке, а нос ее, выдававшийся из-под крыши в открытое море, был прикрыт сверху маскировочной сеткой. Длина корпуса этой громадины, как показалось Бонду, превышала сто ярдов. У нее было что-то вроде корабельного киля, но с приподнятым хвостом и двумя огромными стабилизаторами, а также крылья, но довольно странные — короткие, словно обрезанные примерно в том месте, где обычное самолетное крыло начинает заметно сужаться. Нос был как у большого пассажирского самолета, однако прямо позади кабины на крыше фюзеляжа была смонтирована консоль с восьмью устройствами, чрезвычайно похожими на реактивные двигатели.

Родной стихией для этого странного судна явно была вода, о чем свидетельствовала форма нижней части корпуса; однако под поверхностью воды не наблюдалось ни винтов, ни водометов, а следовательно, учитывая наличие реактивных двигателей, передвигаться эта махина должна была по воздуху. С другой стороны, куцые крылья едва ли могли поднять ее на сколько-нибудь значительную высоту. Пожалуй, она могла бы подниматься лишь на несколько футов, когда под крылом и корпусом образуется особая воздушная прослойка, своего рода подъемный экран. И вдруг Бонда осенило: похоже, конструкторам этой машины удалось создать транспортное средство совершенно нового типа — высокоскоростную амфибию, способную преодолевать значительные расстояния на небольшой высоте, а значит, двигаться незаметно для радаров.

Если здесь использован принцип воздушной подушки или что-то подобное, скорее всего этот аппарат может передвигаться и по суше или, точнее, над ней — при том условии, что внизу будет достаточно ровная поверхность. Бонд вспомнил карты, разложенные им на кровати в номере тегеранского отеля. На северном берегу Каспия находился советский город Астрахань, а дальше на северо-запад тянулась гладкая, как стол, равнина со множеством болот, озер и речных протоков. Неужели это чудовище может без посадок и остановок преодолеть пространство от дока в персидском Ноушехре до са́мого Сталинграда?

В правом борту корабля-самолета имелся погрузочный люк; от него к причалу был перекинут временный металлический трап. В глубине ангара виднелись целые штабеля какого-то груза, упакованного в одинаковые контейнеры. Чуть поодаль замерли с выключенными моторами два или три автопогрузчика.

Отдышавшись и несколько восстановив силы, Бонд проскользнул под самой поверхностью воды, проверяя, нет ли где-нибудь такого места, где можно выбраться прямо на причал. О том, чтобы взобраться на фюзеляж самого корабля-самолета, не могло быть и речи. Бонд старался плыть как можно тише, без единого всплеска, ведь он не знал, есть ли в пустом на первый взгляд, но отнюдь не заброшенном ангаре-доке кто-нибудь еще. Миновав киль гигантской амфибии, Бонд увидел перед собой металлическую лестницу, вмонтированную в причальную стену. Беззвучными гребками он приблизился к ней и одним движением поднялся на причал.

Отсюда, с более высокой точки, все пространство ангара было как на ладони. Бонд быстро осмотрелся и понял, что делать дальше: нужно вернуться сюда с фотоаппаратом. Здесь бы очень пригодилась специальная водонепроницаемая камера «Минокс В», смонтированная для него в Лондоне. В стандартной комплектации этот фотоаппарат был рассчитан на съемку с близкого расстояния, но для Бонда его специально доукомплектовали цейссовским телеобъективом, позволяющим снимать высококачественные кадры с большого расстояния.

Не имея при себе этого чуда техники, Бонд решил хотя бы выяснить, какой груз собираются перевозить на крылатой громадине. Он пробежал по причалу и, оказавшись рядом с ближайшим контейнером, приподнял крышку при помощи монтировки, которую нашел на одном из погрузчиков. Сравнительно небольшой по размеру, контейнер был доверху набит пакетами из плотного, толстого полиэтилена: материал такого качества обычно используется при строительстве для гидроизоляции подвалов и фундаментов. Бонд взял один пакет и взвесил его на руке: примерно четыре фунта. Упаковка была такая плотная, что о содержимом пакета оставалось лишь строить догадки. Все пакеты были абсолютно одинакового размера, и заметно было, что упакованы они не вручную, а явно на механизированной линии.

Раздумывая, что делать дальше, Бонд вдруг услышал лязг металла, словно открылась железная дверь, ведущая на галерею, что опоясывала ангар примерно на уровне второго этажа. Ему ничего не оставалось делать, кроме как броситься на землю и постараться спрятаться за контейнерами с неизвестным товаром. На галерее послышался чей-то голос, другой ответил ему. Вжимаясь всем телом в поверхность причала, Бонд вдруг заметил рядом какой-то коричневатый бугорок, который сначала принял за кучку сметенной вместе земли и пыли.

Он выругался про себя. Ничего удивительного, что его присутствие заметили. «Кучка земли» представляла собой не что иное, как СДД — сейсмический датчик движения, одно из наиболее хитрых и труднораспознаваемых следящих устройств, разработанных за последнее десятилетие. Оно могло засечь передвижение людей, животных или неодушевленных предметов на расстоянии до трехсот ярдов. Работало устройство на трех ртутных батарейках, которые питали как сам датчик, так и встроенную дипольную антенну с передатчиком, работающим в диапазоне сто пятьдесят мегагерц. Полученные данные передавались на пункт слежения в виде серии кодированных импульсов; и все эти электронные «фишки» великолепно маскировались под комок земли или, того хлеще, вполне натуральную на вид небольшую коровью лепешку.

Бонд услышал крики и топот бегущих ног. Если сейчас нырнуть в воду, придется плыть по поверхности, пока он не доберется до выхода из дока. Только там, в открытом море, можно будет чувствовать себя в относительной безопасности. Даже если попытаться плыть под фюзеляжем амфибии, время от времени придется выныривать, чтобы глотнуть воздуха. Хороший стрелок быстро раскусит такой маневр и запросто сможет прикончить незадачливого пловца, вынырнувшего из-под борта судна. Рассчитывать снова найти ту дыру, через которую Бонд попал внутрь дока, и вовсе не приходилось. В общем, оставалось только искать сухопутный способ отступления.

Чем скорее Бонд доберется до охранника и завладеет его оружием, тем больше у него шансов. Ждать, пока на тревожный сигнал сейсмического датчика сбежится весь личный состав караула, нет никакого смысла.

Бонд прекрасно понимал, насколько уязвим — без одежды, да еще и без оружия. Двигаясь очень осторожно, он привстал на ноги и выглянул из-за штабеля контейнеров. Охранник спустился на нижний уровень ремонтной галереи — скорее всего, чтобы убедиться, что корабль не поврежден. С того места, где стоял Бонд, до нижней галереи было футов пятнадцать; прыгать с такой высоты на спину охраннику было рискованно — при приземлении немудрено и самому получить травму.

Вытащив нож из чехла, он поднял монтировку и, изо всех сил размахнувшись, отбросил ее далеко в сторону. Охранник, естественно, побежал в том направлении, откуда донесся металлический звон. Бонд тем временем скользнул на нижнюю галерею и совершил спринтерский рывок к хвостовой части амфибии. Ему как раз хватило времени, чтобы спрятаться за вертикальной металлической плоскостью аэродинамического руля; охранник тем временем, не обнаружив ничего подозрительного, продолжил обход по намеченному маршруту.

Стоя в нескольких футах от хвостового стабилизатора, Бонд вдруг заметил странную вещь: на стабилизаторе краской был изображен британский флаг.

Тяжелые шаги охранника раздавались все ближе и ближе, и, когда он наконец поравнялся с хвостовым рулем, Бонд одним энергичным прыжком футов на пять свалил его с ног. От неожиданности тот не успел даже вскрикнуть и, лежа лицом вниз, придавленный тяжестью Бонда к металлическим прутьям галереи, издал лишь негромкий звук — то ли хрип, то ли стон.

— Пистолет, — проговорил Бонд, прижимая острие ножа к сонной артерии охранника. — Брось пистолет.

Противник дернулся, явно пытаясь вырваться, так что Бонду пришлось слегка нажать на рукоятку ножа, проткнув кожу у охранника на шее; потекла тонкая струйка крови. Поняв, что деваться некуда, часовой выпустил пистолет, и Бонд, изловчившись, оттолкнул его коленом так, что оружие отлетело по металлическому полу на несколько футов.

Бонд не стал перерезать горло противнику, а воспользовался хорошо известным и проверенным приемом: пережал ему сонную артерию. Давления всего в одиннадцать фунтов, приложенного точно к сонной артерии, достаточно, чтобы остановить подачу крови к головному мозгу, а после этого большинство людей теряют сознание в течение десяти секунд. Бонд нажал на нужную точку на шее охранника и стал отсчитывать про себя положенные секунды; он прекрасно знал, что оставленный в покое противник придет в себя секунд через пятнадцать после того, как кровоток восстановится, но он еще некоторое время будет чувствовать слабость, головокружение и дезориентацию в пространстве — а пятнадцати секунд вполне достаточно для осуществления задуманного Бондом плана быстрой эвакуации из ангара.

Почувствовав, как тяжелое тело, прижатое к решетке под ним, обмякло, Бонд подхватил пистолет и бегом поднялся на верхний уровень — на погрузочную площадку причала, туда, где лежали приготовленные к транспортировке пакеты в полиэтиленовой упаковке. Он был уже на полдороге к двери, когда услышал крик пришедшего в себя охранника.

Подумать о том, что может находиться за дверью, к которой он так стремительно бежал, Бонду было некогда: не раздумывая, а лишь рассчитывая на удачу, он бросился в открытый дверной проем.

ГЛАВА 11

Хороший брюк

Пары секунд Бонду хватило, чтобы сориентироваться в новой обстановке. Как оказалось, дверь в стене ангара вела в рабочую зону небольшой верфи, где строилось или ремонтировалось одно-единственное судно. Здесь, в отличие от ангара, было довольно шумно: кто-то резал металл, кто-то что-то пилил, где-то стучал молоток или даже кувалда. Бонд понял, что здесь тревогу не подняли. Он на миг остановился, затем медленно двинулся вдоль лесов, в которых стояло строящееся судно, и вскоре увидел деревянные ступени, спускавшиеся на небольшую площадку, с которой распахнутая дверь вела явно на улицу. Путь к свободе был по крайней мере обнаружен. Поднявшись на один уровень вверх, Бонд вдруг услышал крик охранника, выбежавшего из той самой двери, откуда только что появился он сам. Обернувшись и выстрелив в сторону охранника, он спрыгнул с лесов и побежал по открытой площадке к двери. С разных сторон гремели выстрелы; одна из пуль со свистом пролетела прямо над его головой и вонзилась в деревянный забор. Он бежал зигзагами, уворачиваясь от пуль, отлетавших рикошетом от пола.

В дверном проеме прямо перед Бондом оказался еще один часовой: он стоял, расставив ноги и изготовившись к стрельбе. Бонд выстрелил ему в грудь из пистолета, отнятого у первого охранника; перепрыгнув через упавшее на порог тело, он выскочил на улицу, залитую лучами предзакатного солнца.

Бывают в жизни ситуации, когда нужно идти напролом, вперед в атаку, но бывают и такие (Бонд был в этом глубоко убежден), когда главное — отступить, убежать, грубо говоря, свалить к чертовой матери из опасного места, чтобы спасти свою шкуру. Главная трудность заключалась в том, чтобы выбрать правильную тактику в том или ином случае. Дариус говорил Бонду, что даже знаменитое паломничество Пророка — *хиджра* — в Священный город представляло собой не что иное, как тактическое отступление. Повторяя про себя это звучное арабское слово «хиджра», Бонд не оглядываясь бросился бежать по улице со всей скоростью, на которую только был способен. Пробежав, наверное, ярдов сто по направлению к городу, он вдруг услышал громогласный гудок какого-то породистого автомобиля, вырвавшийся из ближайшего переулка.

Это был, к его изумлению, знакомый серый «кадиллак», за бликующим на солнце ветровым стеклом которого Бонд смог разглядеть только пышную щетку усов.

— Залезайте, мистер Джеймс. Ну куда вы так бежать в одни купальный брюки. — Хамид перегнулся через сиденье, распахнул заднюю дверцу, и Бонд одним прыжком влетел внутрь салона.

— Гони, Хамид! Гони! — заорал он еще на лету.

Но подгонять шофера не было необходимости: оставив в проулке между доками черные полосы ободранной резины, машина понеслась вперед. Буквально через несколько секунд она выскочила на площадь Азади, с трудом обогнув маленький местный базарчик, который едва не прошила насквозь. Затем, ловко лавируя в потоке автомобилей, «кадиллак» помчался среди обсаженных пальмами миллионерских вилл, расположенных в глубине городка.

Бонд выждал некоторое время и, убедившись, что погони нет, а если и была, то отстала, поскольку наверняка сбилась со следа благодаря непредсказуемой траектории «кадиллака», сказал:

— Всё в порядке. Сбавь немного.

Хамид выглядел разочарованно, как ребенок, которого оторвали от игры, но дисциплинированно выполнил распоряжение. Он обернулся и, весело пошевелив усами, поинтересовался, ткнув пальцем в сторону пакета — одного из тех, что лежали в контейнерах, дожидаясь погрузки на верфи братьев Исфахани:

— Что у вас есть?

— Я и сам не знаю, — ответил Бонд. — Разберусь в гостинице. Ты высади меня у отеля, а потом поезжай в город и купи мне какие-нибудь новые брюки и рубашку.

— Вы любить американская одежда?

— Вообще-то да, — осторожно сказал Бонд. — Только что-нибудь однотонное, не в горошек и не в полоску. И скажи, пожалуйста, Хамид, почему ты ждал меня там?

Хамид пожал плечами:

— Я нечего делать. Я подумать, потом приехать и осмотреться. Там выглядеть... не очень хорошо. Я иметь плохое чувство. Я подумать, что Хамид вам нужен.

— Ты подумать совершенно верно, мой друг.

Приехав в гостиницу, Бонд объяснил дежурному администратору, что хочет снять самый лучший номер, какой у них только есть. Портье протянул ему ключ, подозрительно оглядывая с ног до головы почти голого человека со свежими кровоточащими ссадинами и царапинами на груди и на спине.

— Мой багаж скоро доставят, — пояснил Бонд непринужденным тоном. — Его привезет человек по имени Хамид. Скажите ему, в каком я номере.

Номер был на третьем этаже и имел балкон с прекрасным видом на тропический сад и море. Он был обставлен очень просто, и в нем не оказалось ни радио, ни холодильника, ни каких-либо других технических изысков, отсутствие которых, впрочем, с лихвой компенсировалось большой и чистой ванной комнатой. Бонд не стал тратить время на проверку помещения и поиски возможных «жучков». Никто не успел бы их установить, поскольку он сам всего лишь несколько минут назад решил снять этот номер. Бонд встал под душ, но решил пощадить себя и не делать температуру воды слишком контрастной: даже комфортно теплые, бьющие вполовину мощности стру́и заставляли его морщиться от боли в ободранной стальными зубьями спине.

Вытираясь, он услышал стук в дверь. Бонд открыл, удивленный проворством Хамида, но вместо шофера увидел портье, держащего в руках маленький серебряный подносик.

— Леди прислать эту карточку, — сказал молодой человек. — Она хотеть вас видеть. Она ждать там внизу.

— Спасибо.

Бонд взял с подноса карточку и перевернул ее. «Мисс Скарлетт Папава. Менеджер по инвестициям. Банк „Даймонд энд Стандард“. Улица Фобур Сен-Оноре, 14-бис».

Бонд изобразил приступ кашля, но полностью скрыть свои эмоции ему не удалось: пара крепких словечек все-таки прорвалась достаточно отчетливо. Но все же изумление взяло верх над гневом.

— Что я сказать леди?

Бонд улыбнулся:

— Вы сказать леди, что мистер Бонд сейчас не может спуститься, потому что он не иметь штанов. Но если она захочет подняться сюда, захватив бутылку холодного шампанского и пару бокалов, то я с удовольствием приму ее здесь, в своих апартаментах.

У портье был настолько ошарашенный вид, что, когда за ним закрылась дверь, Бонд не мог не рассмеяться. И все же было в этой ситуации что-то странное, да что там странное — невероятное. Одно дело — найти его в Риме и попытаться завязать знакомство; не получилось с первого раза — вышло со второго, в Париже. Но нарисоваться здесь и в тот самый момент, когда он оказался в гуще событий... Ощущение было такое, что Скарлетт не доверяет его профессионализму. Вроде бы ничего странного нет: скорее всего Поппи удалось дозвониться до нее из Тегерана и сообщить Скарлетт про отель «Джалаль». Но, даже учитывая вероятность подобного совпадения...

В дверь снова постучали. Бонд зашел в ванную и поглядел на себя в большое зеркало. Мокрые после душа темные волосы прилипли ко лбу. Шрам на щеке был менее заметен, чем обычно, благодаря косметическому эффекту от персидского солнца. Глаза покрылись красными прожилками из-за долгого пребывания в соленой воде, но тем не менее сохраняли свой холодный, чуть даже жестокий, целеустремленный взгляд.

Бонд пожал плечами. У него не было никакой возможности встретить мисс Скарлетт Папаву в более достойном виде. Оставалось только открыть дверь и предстать перед ней таким, как есть.

— Джеймс! Господи, что с вами? Вы себя нормально чувствуете?

— Да, спасибо, Скарлетт. Изрядно пощипан, но не побежден. И крайне изумлен, имея удовольствие видеть вас здесь.

— Изумлены, — подтвердила Скарлетт, входя в комнату с подносом, на котором стояли бутылка шампанского и два бокала. — Что ж, я вас вполне понимаю. Но вы хоть немножко обрадованы? Неужели вы совсем, совсем не рады моему появлению?

— Ну, скажем, самую малость, — вынужден был признаться Бонд.

— Я, между прочим, почти прямо из Парижа сюда примчалась.

— Это я вижу, — ответил Бонд.

На Скарлетт был темно-серый деловой костюм и белая блузка.

Поймав чуть ироничный взгляд Бонда, она пояснила:

— Ну да. Я... у меня совсем не было времени, даже чтобы переодеться. Слава богу, здесь хоть немножко прохладнее, чем в Тегеране. Я собираюсь завтра пойти купить себе что-нибудь более подходящее.

— Лучше подождите: посмотрим, что принесет мне Хамид. Может, вам еще не понравится ассортимент местных бутиков.

— Хамид?

— Да. Это мой водитель. А теперь еще и камердинер. Шампанского?

— Спасибо. Какой чудесный отсюда вид!

Бонд повернулся к окну, чтобы открыть шампанское.

— О боже мой, ваша спина! — вскрикнула Скарлетт. — Ужас какой. Нужно срочно найти йод. Как же это случилось?

— Ну, это долго рассказывать, и вообще мне многое надо вам рассказать, — ответил Бонд. — Во-первых, я имел удовольствие познакомиться с вашей сестрой.

— Правда? Где? — Выражение лица Скарлетт, которое до сих пор было игривым и одновременно притворно сердитым, сразу стало серьезным.

— В Тегеране. Она позвонила мне в гостиницу. Должен сказать, мне еще никогда не доводилось встречать никого, умеющего так здорово материализовываться прямо из воздуха, как вы, сестрички Папавы. Я начинаю думать, что когда вернусь к себе домой в Челси, там меня будет ждать сообщение от вашей третьей сестры.

Скарлетт опустила глаза и снова изобразила на лице виноватое и пристыженное выражение:

— Значит, теперь вы знаете, что мы с ней двойняшки.

— Да.

— Прошу прощения, Джеймс. Наверное, лучше было бы сказать вам об этом заранее. Но, в конце концов, от этого ведь ничего не меняется, правда? Я имею в виду — для вас. Для меня же это еще более болезненно, чем если бы она была обычной сестрой, не близняшкой.

— Возможно.

— Ну как она там, Джеймс? Как выглядит, нормально?

— Я ведь не знаю, как она выглядит обычно. Во время нашей короткой встречи меня бóльшую часть времени не оставляло ощущение, что это вы, но как-то не совсем. Просто мне показалось...

— Я поняла, поняла. Она рассказала вам, кто из нас старше?

— Да, было дело. И еще показала мне один замечательный способ, как вас отличать друг от друга.

— Что?! Неужели правда показала? — изумленно спросила Скарлетт. — Вот здесь? — Она выразительно ткнула пальцем себе в левое бедро.

— Да. Мы были в парке. И я не назвал бы вашу сестру слишком закомплексованной девушкой.

— И теперь вы считаете, что я должна продемонстрировать вам свою ляжку? Чтобы доказать, что я — не она?

Бонд улыбнулся:

— Ну что вы. Я не думаю, что это так уж необходимо. В вас есть что-то такое особенное, именно от Скарлетт. И вы, конечно, миссис Лариса Росси из Рима.

Бонд опять решил промолчать о том, что заметил разницу в цвете глаз сестер.

— Вот и хорошо. Ну ладно, я пойду и постараюсь раздобыть йод — надо обработать ваши порезы.

Скарлетт двинулась к двери.

— А пока будете искать йод, — сказал Бонд, — может быть, придумаете какую-нибудь правдоподобную историю о том, что делает сотрудница парижского банка на каспийском курорте в середине июля.

— Договорились, — невозмутимо ответила Скарлетт, затворяя за собой дверь.

Бонд допил шампанское и снова наполнил бокал. Он не мог не признаться себе в том, что ему приятно видеть Скарлетт, но держаться с ней он собирался твердо и как можно более официально. Операция вышла на тот этап, когда он уже не мог позволить себе отвлекаться на то, чтобы утешать женщину, потакать ее капризам, и даже на то, чтобы обеспечивать ее безопасность.

Через десять минут Скарлетт вернулась с пакетом ваты и коричневым пузырьком аптечного вида.

— Надеюсь, они дали то, что нам нужно, — сказала она. — Мой фарси оставляет желать лучшего.

— А вот у Поппи, похоже, с этим все в порядке. По крайней мере она смогла даже написать мне несколько слов на фарси, чтобы помочь сориентироваться здесь.

— Бедная девочка, тут ей пришлось и этому научиться. Ну да ладно, займемся делом.

Бонд повернулся к окну и смотрел на море, пока Скарлетт аккуратно обрабатывала порезы у него на спине.

— Между прочим, вы сейчас должны скрипеть зубами и завывать от боли, — сказала она. — В вестернах всегда так делают.

— По правде говоря, жжет не слишком сильно, — ответил Бонд.

— Странно. Может быть, это вообще не антисептик? Может, это просто подкрашенная водичка, какое-нибудь плацебо? С этих персов станется. У вас на груди я тоже заметила ссадины.

Скарлетт обошла Бонда кругом и слегка наклонилась, чтобы обработать поврежденные участки кожи. Он смотрел на ее блестящие волосы и вдыхал запах какого-то парфюма, слегка отдающего ландышем. «Занятно, — подумал он, — вроде бы она совершила неблизкое путешествие, а выглядит свеженькой — будто только что из ванной».

Она вдруг замерла, словно почувствовав его взгляд. Потом подняла голову и посмотрела ему в глаза с расстояния буквально в несколько дюймов.

— Вот здесь, — сказал Бонд, показывая пальцем на ссадину у себя на щеке.

— Ах, мой бедный мальчик! — чуть язвительно просюсюкала Скарлетт, но, несмотря на всю иронию в голосе, Бонд в первый раз после той встречи в Риме уловил в ее глазах какое-то по-кошачьи хитрое выражение.

Она приложила ватный тампон к ссадине, а потом чмокнула Бонда в щеку:

— Теперь лучше?

— Несомненно, — выдавил сквозь сжатые зубы Бонд.

— А еще вот здесь, — сказала она, прикоснувшись другой рукой к его шее.

Это место она тоже легко поцеловала.

— И еще вот тут, — сказал Бонд, указывая пальцем на свою нижнюю губу.

— Ну да, бедняжка, как же я сразу не заметила. Вот тут.

Губы Скарлетт прикоснулись к губам Бонда, и он, положив руки ей на бедра, резко прижал ее к себе, раскрыв ее губы языком. Когда Скарлетт чуть откинула голову, его рука скользнула по ее спине, затем легла на затылок и заставила ее губы еще плотнее прижаться к его рту. На этот раз девушка не сопротивлялась: ее губы раскрылись и язык скользнул навстречу его языку, в то время как он водил руками вверх-вниз по ее бедрам. Он почувствовал, как она обхватила его за шею. Поцелуй был долгим и страстным.

Наконец Бонд сам слегка отстранил голову:

— А теперь, Скарлетт, я думаю, как раз настало время продемонстрировать то самое неоспоримое свидетельство, которое докажет, что вы — та, за кого себя выдаете.

Раскрасневшаяся и чуть запыхавшаяся Скарлетт подняла подол темной юбки над краем светлых, медового цвета, чулок, так что он увидел полоску кожи между плотно обтягивающим нейлоном и розовыми хлопчатобумажными трусиками. Ни родинки, ни вообще какой-либо отметины там не было.

Бонд улыбнулся.

— Без изъяна, как и было сказано, — проговорил он, прижимая ладонью руку Скарлетт к тому самому месту, где у Поппи была родинка. Поцеловав ее волосы, он прошептал ей на ухо: — И кто бы мог подумать, что деловая женщина, банкирша, носит розовое белье?

Он снова улыбнулся при воспоминании о том, как Поппи, считавшаяся богемной девушкой, ведущей довольно вольный образ жизни, скромно приспустила юбку ровно настолько, чтобы с наименьшим нарушением приличий продемонстрировать то, что хотела ему показать, а старшая сестра, якобы более строгая и умеющая держать себя в руках, в порыве страсти просто задрала юбку.

Бонд прикоснулся кончиками пальцев к коже ее бедра, потом наклонился и поцеловал ее в том месте, где не было родинки.

— Безупречно, — повторил он. — И настолько же мягко.

Он чувствовал, как Скарлетт гладит его все еще влажные волосы, а сам продолжал целовать ее бедро.

Потом вдруг выпрямился и крепко обнял ее.

— Здесь жарко; если юбка тебе мешает, можешь снять ее, — сказал он.

Скарлетт, не сводя с него глаз, выполнила просьбу, а затем сняла жакет и блузку. Оставшись в одном белье, она села на край кровати, Бонд шагнул к ней, взялся за узел полотенца, обмотанного вокруг его бедер, и развязал его. Именно в этот момент в дверь постучали:

— Алло, алло. Мистер Джеймс. Здесь Хамид. У меня есть хороший брюк для вас.

— Именно этого мне сейчас и не хватает, — сказал Бонд, подхватывая полотенце.

Он посмотрел на зардевшееся лицо Скарлетт, замершей в ожидании:

— Прошу прощения.

Она судорожно втянула в легкие воздух, словно ей трудно было дышать. Потом коротко кивнула и подобрала с пола свою одежду.

— Это работа, — сказал Бонд.

— Или судьба, — ответила Скарлетт со вздохом.

Они пообедали втроем в гостиничном ресторане: Бонд предложил Хамиду составить им компанию.

— Чует мое сердце, что до икры у тебя сегодня днем руки не дошли, — сказал он.

— Нет, мистер Джеймс. Я ждать вас.

— Ну ладно, посмотрим, чем нас здесь порадуют.

На Бонде была белая рубашка немного небрежного, но достаточно элегантного фасона и темно-синие хлопчатобумажные брюки. Они были чуть слишком свободны в талии, но, как он отметил, в целом сшиты очень качественно и со вкусом, особенно по сравнению с той одеждой, которую носили большинство мужчин в Ноушехре.

Скарлетт успела сходить в ближайший магазин для туристов и купить себе легкое платье. Естественно, она пожаловалась, что такой покрой подходит только для персидской бабушки, но бледно-голубой цвет платья неожиданно красиво сочетался с ее темно-карими глазами. Она сняла себе номер по соседству с Бондом.

Официант принес икру — как и положено, в вазочке, стоящей на блюде, покрытом слоем колотого льда. У Хамида загорелись глаза, он живо переложил немалую часть икры себе в тарелку и стал уплетать, пользуясь куском лепешки то как лопаточкой, то как ложкой. Бонд чуть не лишился дара речи, когда увидел, что шофер даже не запивает, а заливает такой деликатес кока-колой. Сам Бонд переключился на виски, а Скарлетт, не найдя в ресторане другого вина, пила шампанское.

Во время обеда Бонд рассказал Скарлетт о своих приключениях в Тегеране и описал корабль-самолет, обнаруженный им в ангаре.

— Если получится сфотографировать его, — сказал он, — мы немедленно перешлем снимки в Лондон.

— Никогда ни о чем подобном не слышала, — проговорила Скарлетт. — Как будто что-то из научно-фантастического фильма.

— Но эта штуковина существует на самом деле, — заверил Бонд. — Лично мне кажется, что она советского производства. Интересно, как она передвигается и чем оснащена. И еще — почему на ней британский флаг?

— Лишнее подтверждение того, что это связано с Горнером, — сказала Скарлетт. — Я ведь рассказывала тебе о его одержимости всем британским.

— Похоже на каспийский морской чудовище, — вдруг произнес Хамид.

Бонд почти забыл о присутствии водителя: тот настолько увлекся едой, что даже не пытался принимать участие в разговоре.

Теперь Хамид оторвался от тарелки, вычесывая из усов попавший туда рис и мелкий горошек из гарнира.

— Каспийский морской чудовище. Прошлый год его два раза показывать.

— Его показывали? Или видели?

— Ну да. Видеть с самолета над морем. Люди очень испугаться. Чудовище больше любой корабль или самолет. И едет быстрее машина. Люди думать, это животное. Живое, как ваш знаменитый чудовище.

— Лох-несское?

— Да.

— Знаешь, Хамид, уверяю тебя, что эта штуковина гораздо крупнее Несси. Там, где обитает Несси, этой громадине было бы просто не развернуться, — сказал Бонд. — Но главное, что мне хотелось бы выяснить на данный момент, это вот что: используют ее только для перевозок, или же этот монстр несет на себе боевое оружие.

Официант принес очередное блюдо: запеченную утку с гранатовым соусом; в качестве гарнира был предложен зеленый салат, который, как показалось Бонду, знавал и лучшие времена в своей слишком долгой для салата жизни.

— Как ты думаешь, может быть, безопаснее будет вернуться туда ночью? — спросила Скарлетт. — В темноте все-таки больше шансов, что нас не заметят.

— Нас? — не веря своим ушам, переспросил Бонд.

— Ну, лишняя пара глаз ведь не помешает.

— Я тоже, — сказал Хамид. — Я идти.

Бонд поднял стакан с виски и, потягивая любимый напиток, взял паузу на размышление.

— Ну хорошо. Мне нужно заполучить обратно мой пистолет. Эта тяжелая американская штука, которую я засунул под сиденье в твоей машине, Хамид, — она не по мне, я буду себя с ней чувствовать неуютно. Пусть Скарлетт ее возьмет. Тебе доводилось когда-нибудь стрелять из пистолета?

— Я, между прочим, всего лишь банковский аналитик, о чем ты, Джеймс, не устаешь мне напоминать.

— Ерунда, это не трудно. Нужно встать ровно, поставить ноги чуть шире плеч, взять пистолет обеими руками и поднять его перед собой так, чтобы руки образовали равносторонний треугольник с пистолетом в одной из вершин. Потом медленно нажимаешь на спусковой крючок. Слышишь? Это самое важное. Нажимаешь, а не дергаешь за него. Старайся не спешить. Целиться нужно вот сюда, — сказал он, обрисовав пальцем бо́льшую часть своего туловища. — Ниже — неудобно. Выше — рискуешь промахнуться. Поняла?

— Вроде бы да, — задумчиво сказала Скарлетт. — На первый взгляд это гораздо легче, чем вычислять маржу и биржевые ставки.

— Отлично. Теперь наша главная задача: нужно постараться проникнуть в ангар со стороны главного здания. Снова нырять мне как-то не улыбается.

Поднявшись в свой номер, Бонд опять пристегнул к ноге десантный нож и надел мягкие туфли со стальными носками. Затем рассовал по карманам запасные обоймы для вальтера и фотокамеру «Минокс В» с телеобъективом. Камеру он зарядил самой высокочувствительной пленкой и прикинул, что лунного света, пробивающегося в ангар со стороны моря, будет вполне достаточно, чтобы сделать снимки необходимого качества. Он ведь не собирался побеждать с ними на фотоконкурсах, зато эта пленка могла стать отличным материалом для экспертов из отдела Кью: этим ребятам будет чем заняться и на чем отработать свои навыки и новейшие технологии.

Пакет, похищенный из дока, он отдал Хамиду с указанием переправить Дариусу Ализаде для анализа в Тегеране в том случае, если дела в ангаре пойдут не лучшим образом.

Сев в машину, Бонд сунул руку под сиденье, достал кольт, отнятый у охранника, и заглянул в барабан. В нем оставалось всего два патрона.

— Ну что ж, все равно лучше, чем ничего, — рассудил Бонд, протягивая оружие Скарлетт.

— А куда мне его... гм... должна же я его куда-нибудь положить? — спросила она.

— Эх, жаль, нет у меня с собой моей старой беретты, — посетовал Бонд. — Наш оружейник всегда говорил, что этот пистолет словно специально создан для женской руки. И ее можно было бы спрятать где угодно, да хоть за резинку трусов засунуть. В твою сумочку револьвер поместится?

Скарлетт покопалась в сумочке, а Хамид тем временем завел мотор.

— Боюсь, чтобы запихнуть сюда эту штуковину, мне придется выложить и оставить в машине тушь и помаду, — чуть обиженно сообщила Скарлетт.

— Что ж, всем нам порой приходится идти на жертвы ради своей страны. Вперед, Хамид, поехали.

Серый «кадиллак» медленно плыл в тишине и мраке субтропической ночи; Хамид, следуя указаниям Бонда, машину старался вести как можно медленнее — почти со скоростью пешехода. Окна автомобиля были открыты, и в салон проникали звуки персидской ночи: слева — шум прибоя, справа — стрекотание цикад и шелест пальмовых листьев. Сам воздух был пропитан густым терпким ароматом окружавших город апельсиновых рощ.

— Черт! Как же я сразу не подумал? — воскликнул вдруг Бонд. — Там же будут собаки.

— Собаки? — переспросил Хамид.

— Ну да. Во двор верфи на ночь наверняка выпускают сторожевых собак.

Хамид с сомнением покачал головой:

— Персидский люди не держать собак. Это европейский привычка. Грязно. Мы оставлять собаки гулять снаружи, как кошки.

К этому времени они уже покинули жилые кварталы городка и очутились на слабо освещенных улицах и проездах портового района. Навстречу им не попалось ни одной машины, не было видно фар, не было слышно ни единого работающего двигателя. Ощущение было такое, словно ночная тьма поглотила все живое на этом берегу огромного озера, недаром называемого морем.

Все трое молчали. Говорить вроде бы было не о чем. Бонд ценил такие минуты перед началом очередной рискованной операции. Тишина позволяла ему сосредоточиться, собраться с мыслями и настроить на нужную волну все инстинкты и рефлексы, которые за долгие годы тренировок и службы стали неотъемлемой частью его нервной системы.

Ему нравилась тишина этой чужой страны, и где-то внутри он ощущал привычную напряженную пустоту, которую определял для себя как предвкушение опасности. Он дышал глубоко и спокойно и в какой-то момент даже вспомнил Джулиана Бартона, инструктора, проводившего с ним дыхательное занятие в штаб-квартире Службы в Лондоне. Интересно, не этот ли тип дыхания Бартон рекомендовал в качестве главного упражнения?

— Притормози здесь и сдай чуть назад. — (Время для размышлений было исчерпано.) — Так, Хамид, ты остаешься здесь. Не подъезжай ближе и ни в коем случае не суйся на верфь. Что бы ни случилось, ты должен иметь возможность уехать отсюда без шума и погони. Если все будет нормально и нам повезет, мы вернемся через полчаса. Скарлетт, пошли.

Они выскользнули из машины, пересекли широкую улицу, шедшую вдоль набережной, и свернули к забору, за которым находились «Верфи братьев Исфахани». Вдоль забора стояло несколько столбов с дежурными лампочками, но такое слабое освещение не могло помешать Бонду реализовать свой план.

— Подожди здесь. Стой за грузовиком и не высовывайся. Будешь прикрывать меня, пока я не найду укрытие.

Сначала Бонд пробирался в тени вдоль забора, но затем ему пришлось выйти из темноты и стремительно, в несколько прыжков, пересечь открытое пространство, отделявшее его от уже знакомого мусорного ящика. Пригнувшись, он пошарил в щели между ящиком и стеной и сразу обнаружил свернутую одежду, а уже через секунду с удовольствием ощутил в руке тяжесть своего верного и безотказного вальтера.

Он бросил взгляд назад, на открытое пространство и старый грузовик на другой стороне улицы, за которым должна была стоять Скарлетт. Она выбрала себе такую позицию, чтобы ее фигура не отбрасывала тени. «Умница девочка», — подумал Бонд.

Он подобрался к двери здания, через которую несколькими часами раньше ему пришлось бежать. Дверь была заперта на замок. Бонд достал карманный нож и принялся один за другим поддевать маленькие рычажки механизма. Вскоре замок не выдержал этого «интеллектуального штурма» и, жалобно лязгнув, сдался. Бонд плавно, чтобы не шуметь, открыл деревянную дверь и махнул рукой Скарлетт. Она вошла вслед за ним в старое здание, и Бонд повел ее к ступенькам, ведущим на ремонтную платформу. Отсутствие охраны его удивило — и встревожило. «Даже на самой мирной фабрике, даже на пустом складе есть хотя бы ночной сторож», — подумал Бонд. Они прошли по ремонтной галерее ко входу в металлический ангар.

Бонд положил руку на запястье Скарлетт и прошептал:

— Слишком все легко получается. Очень похоже на ловушку. Ты лучше останься здесь. Пистолет с тобой? Будешь меня прикрывать. Лунного света со стороны моря достаточно, чтобы ты меня видела. Сними револьвер с предохранителя. Вот так. Второй предохранитель здесь — видишь, металлическая скоба на тыльной стороне рукоятки. Если сильно сжать рукоятку пальцами, то этот предохранитель снимется автоматически. Молодец.

Бонд отодвинул засов на двери и вошел в главный ангар. Очертания «каспийского морского чудовища» предстали перед его глазами. Это было потрясающее инженерное сооружение. «Такого монстра могли построить только в Советском Союзе», — подумал он, и это было пугающее напоминание о тех недавних временах, когда Запад здорово отстал от Советов, — о временах спутника, Юрия Гагарина и достижений советской военной техники. Вот и на этот раз русским, похоже, удалось продемонстрировать нестандартный подход к решению проблемы и наличие средств, чтобы это решение воплотить.

Бонд начал фотографировать чудовище. Щелканье затвора «Минокса», после того как над ним поколдовали умельцы из фотоотдела, было едва слышным. Бонд даже не глядел в видоискатель, а просто прицеливался и снимал, снимал, снимал.

Он спустился на уровень ниже, чтобы снять корабль-самолет совсем вблизи. Едва успев вновь поднять «Минокс», он услышал громкий голос, многократно усиленный эхом, раскатившимся под сводами ангара:

— Больше света, мистер Бонд!

Голос был незнакомый, а акцент — персидский.

Внезапно весь ангар залил яркий, режущий глаза свет. Бонд непроизвольно поднял руку, чтобы прикрыть глаза. Со всех сторон послышался топот обутых в тяжелые ботинки ног по гулкому металлу стальных галерей.

Незнакомый голос, судя по всему усиленный мегафоном, потребовал:

— Положите ваш пистолет на землю, мистер Бонд. Руки за голову. Вечеринка окончена.

Бонд бросил взгляд прямо перед собой вдоль ярко освещенного фюзеляжа. Там, впереди, зашумел гидравлический моторчик, откидывая крышу кабины. Из-под нее показалось кепи Иностранного легиона, а затем плечи и торс Шагрена. Он легко выбрался из кабины и прошел по крыше фюзеляжа навстречу Бонду, держа в руке полуавтоматическую винтовку.

Шагрен поднял ствол и нацелил Бонду в голову. На этот раз он оказался достаточно близко, чтобы Бонд мог разглядеть бесстрастное выражение мертвенно-неподвижного лица.

Неожиданно по ангару прокатился звук одного-единственного выстрела, и все огромное помещение погрузилось в темноту. Буквально в тот же миг Бонд рухнул на землю как подкошенный, опасаясь, что охранники начнут стрелять по тому месту, где он стоял. Выяснять, что произошло, времени не было: следовало воспользоваться мгновениями темноты и попытаться скрыться. Стараясь двигаться как можно тише, он встал и буквально на цыпочках пошел в сторону лестницы, но успел подняться лишь на одну ступеньку: сильный удар, пришедшийся ему в череп прямо за ухом, погрузил сознание Бонда в глубокую тьму, куда более мрачную и непроглядную, чем темнота персидской ночи.

ГЛАВА 12

Во чреве чудовища

Первое, что понял Бонд, когда пришел в себя, — это что его тащат по взлетно-посадочной площадке в сторону вертолета, лопасти которого уже вгрызлись в ночной воздух. Поднятый винтом ветер холодил все тело Бонда, и тут он почувствовал, что с него сорвали всю одежду, раздели буквально до трусов. Десантный нож, естественно, исчез, а руки были связаны за спиной. Голова даже не болела, а раскалывалась, и когда Бонда втолкнули в вертолет, его едва не вывернуло наизнанку.

Внутри это был обычный армейский вертолет: голый металл и шесть сидячих мест с двух сторон, расположенные вдоль бортов под прямым углом к креслам пилотов. Бонда швырнули на пол и крепко связали ему ноги нейлоновой веревкой. Вслед за этим он почувствовал, как к нему прижали женское тело, — значит, Скарлетт, подумал он. Их пристегнули друг к другу, спиной к спине, чем-то вроде синтетической стропы для крепления груза. Он чувствовал прикосновение ее обнаженной кожи.

Преодолевая тошноту, Бонд пытался вспомнить, что произошло. Постепенно в его памяти всплыл яркий свет... но больше ничего. Злой рев вертолетных двигателей, выходящих на рабочие обороты, бил ему в уши. Наконец машина пошла вверх и тотчас же заложила крутой вираж. Не имея возможности за что-нибудь зацепиться, Бонд всей своей тяжестью навалился на Скарлетт, которая вскрикнула. Даже в этом бессловесном крике Бонд тотчас же узнал ее голос.

— Скарлетт? — позвал он.

Носок армейского ботинка ударил его в челюсть, и он сжал хрустнувшие зубы.

— Молчать.

Бонд посмотрел вверх и увидел, что все шесть сидячих мест заняты вооруженной охраной. Шесть пистолетов со снятыми предохранителями были нацелены на пленников, а шесть пар неприветливых глаз неотрывно следили за ними. Хотя боль в голове нарастала с каждой минутой, память к Бонду постепенно возвращалась. Появление Шагрена было неоспоримым доказательством того, что Бонд правильно вышел на «каспийский секрет» Горнера, и теперь он не сомневался, что его везут на укрытую далеко в пустыне главную базу врага.

Во рту Бонд ощущал вкус крови. Он сплюнул красную жидкость на пол. Во всей этой ситуации он видел только один положительный аспект: без посторонней помощи он ни за что не выяснил бы, где находится база Горнера. Ну что же, если гора не идет к Магомету, то, похоже, самого Магомета везут на ковре-самолете к той самой горе. И то хорошо.

Где-то через час полета машина стала снижаться, и Бонд почувствовал растущее напряжение охранников. Вертолет приземлился без всяких происшествий, и тут же послышались отрывистые команды. Шестеро охранников не шевелились, только еще ближе наставили стволы на своих пленников. Снаружи до Бонда донесся характерный звук дизельного двигателя, и он предположил, что это грузовик-заправщик. Пустынный ветер забрасывал песок в полуоткрытый грузовой люк.

Наконец двери закрылись, и вертолет снова взлетел. Гадать, каким курсом пилот ведет машину, было бесполезно, поэтому Бонд позволил себе расслабиться, чтобы хоть немного прийти в себя и восстановить силы. Он лежал на полу вертолета, и сознание то покидало его, то возвращалось. Ему хотелось хоть как-то приободрить Скарлетт, но соприкосновение связанных вместе тел едва ли можно было назвать удобным средством коммуникации.

На этот раз они находились в воздухе дольше, чем до первой посадки; Бонду вообще стало казаться, что полет продолжается всю ночь. Наконец вертолет снова стал снижаться. Машина еще висела в нескольких футах над землей, а шестеро охранников уже встали и, действуя руками и сапогами, подтолкнули Бонда и Скарлетт к открытому грузовому люку. Как только двигатели затихли, конвойные спустили лесенку и спихнули пленников на землю. Скарлетт вскрикнула, когда ее протащило ребрами по металлическим ступенькам. Ее и Бонда поволокли по песчаной посадочной площадке к электрокару — небольшой машине с электрическим мотором и аккумуляторами, наподобие автопогрузчика. Тот стоял в начале плотно утрамбованной дорожки шириной примерно десять футов. По-прежнему нацелив пистолеты пленникам в головы, охранники уложили их на низкую грузовую платформу.

Электрокар беззвучно покатился в сторону темного песчаного холма высотой футов шестьдесят, чем-то напоминающего стену затерянной в пустыне крепости. Когда они подъехали, огромные раздвижные ворота раскрылись и пропустили их внутрь. «Чрево чудовища», — подумал Бонд, когда створки ворот бесшумно сомкнулись за ними.

Электрокар проехал еще немного и остановился на круглой платформе. Послышалось шипение гидравлических моторов, и платформа вместе со стоящей на ней машиной стала опускаться вниз: она представляла собой нечто вроде поршня, двигавшегося внутри гигантского цилиндра. Наконец, когда платформа опустилась примерно на тридцать футов ниже уровня земли, движение прекратилось. Электрокар, вновь зажужжав мотором, съехал с платформы, покатился по темному коридору и в конце концов остановился перед тяжелой дверью. Охранники спихнули Бонда и Скарлетт, все еще связанных вместе, спиной к спине, с платформы и втолкнули их в дверь, за которой оказалось помещение, больше всего похожее на тюремную камеру.

В дверном проеме появился Шагрен.

— Ждать здесь, — сказал он. — Выхода нет. Вы шевелиться — мы убить. Мы вас видеть, — добавил он, ткнув пальцем в потолок.

Дверь с лязгом захлопнулась и, судя по звуку, была заперта снаружи на засов. Камера в плане представляла собой квадрат футов шесть на шесть. Стены были каменные, а пол — песчаный.

— Ты как? — спросил Бонд.

— Ничего. А ты? — Голос Скарлетт звучал слабо, и слышно было, что она готова разрыдаться.

— Голова болит. Ничего страшного по сравнению с тем, что бывало после ночи, проведенной за карточным столом в клубе моего босса. Бензедрин[1] и шампанское. Боже ты мой. Кстати, ты во что одета?

— Только в это. — Скарлетт чуть шевельнула бедрами.

— Розовые?

— Белые, если тебе так интересно. Я переоделась перед обедом.

— А что случилось в ангаре? Я помню, как зажегся свет, а потом...

— Шагрен пошел в твою сторону по обшивке фюзеляжа. Я решила, он собирается тебя убить. Ну, я и выстрелила.

---

[1] *Бензедрин* — фирменное название лекарственного средства, оказывающего стимулирующее воздействие на нервную систему.

— В него?

— Нет. В главный силовой кабель. Он был всего в паре футов от меня.

— Все равно чертовски хороший выстрел.

— Отдача у этого револьвера просто сумасшедшая. Но я все сделала, как ты сказал. На курок нажимала плавно, а не дергала. Я рассчитывала, что тебе, может быть, удастся сбежать в темноте.

— Я и попытался, но слишком уж много их там было.

— А что же теперь, Джеймс?

Бонд на несколько мгновений задумался:

— Знаешь, я не думаю, что Горнер притащил нас на свою базу посреди пустыни просто так, без всякой причины. Если бы они хотели убить меня или тебя, то сделали бы это сразу, еще там.

— И что?

— Значит, мы ему зачем-то нужны. Есть у него какой-то замысел.

— Или он хочет выудить у нас какую-нибудь информацию.

— Возможно, — согласился Бонд. — Но поскольку пока мы все равно ничего не можем выяснить, я считаю, лучше всего постараться отдохнуть и набраться сил. Да, кстати, Скарлетт, ты ведь так и не сказала мне, какого черта тебя вдруг занесло в Персию.

— Знаешь, сейчас это, наверное, прозвучит довольно глупо, — сказала Скарлетт, и Бонд почувствовал, как ее тело вздрогнуло от смеха. — Обещаешь, что не будешь смеяться?

— В данный момент у меня нет желания оттачивать на тебе свое остроумие.

— Я сейчас в отпуске.

— В чем?!

— Ну, ведь даже банковские работники иногда отдыхают. У меня по контракту три недели отпуска ежегодно, вот я и взяла десять дней. Мне просто хотелось быть рядом, когда ты вырвешь Поппи из лап Горнера. Все равно толку от меня на работе в последнее время было мало: я не могла сосредоточиться на деле, пока ты был здесь. И еще мне хотелось увидеть Персию.

Несмотря на данное Скарлетт обещание, Бонд не смог удержаться от короткого смешка; впрочем, он тотчас же пожалел об этом: слишком уж болезненно терлись порезы у него на спине о спину Скарлетт.

— Ну вот тебе и твоя Персия, — сказал он, глядя на песчаный пол и каменные стены. — Можно сказать, крупным планом.

Лязгнул засов, и свет из коридора просочился в камеру. Бонд попытался приподняться, но застонал от боли: все тело у него затекло от неподвижности и неудобной позы.

В камеру вошли двое охранников. Один из них нагнулся и ножом перерезал ремень, связывавший пленников, но веревки на запястьях оставил. Второй охранник дал им воды, которую пришлось пить, подставляя под струю сложенные ладони, а затем приказал:

— Пошли!

Под дулами пистолетов их провели по коридору в убогую умывальную комнату; там — все так же под пристальным наблюдением конвоя — им было позволено умыться и воспользоваться туалетом в кабинке.

— Могу я получить рубашку? — Скарлетт оглядела свой обнаженный торс.

Конвойный покачал головой. Он приказал им выйти из умывальной и повел по другому коридору к двери из нержавеющей стали.

— Ждать.

Охранник набрал комбинацию на кодовом замке и повернулся лицом к камере наблюдения — так, чтобы его можно было опознать. Дверь беззвучно отъехала в сторону. Бонд и Скарлетт вошли в просторное помещение с кондиционированным воздухом, сплошь выкрашенное в кроваво-красный цвет: пол, потолок, стены — в общем, трудно было найти здесь что-то отличающееся по цвету от лепестков мака. За письменным столом стояло старомодное вращающееся кресло, обитое красно-коричневой кожей, а в кресле сидел человек с непропорционально большой левой рукой в перчатке.

— Господи, дайте этой женщине хоть какую-нибудь рубашку, — сказал доктор Джулиус Горнер.

В его голосе слышалось такое отвращение, что Бонд на секунду подумал, а не всегда ли вид обнаженного женского тела вызывает у него такую реакцию.

Горнер встал и вышел из-за письменного стола. На нем был кремового цвета льняной костюм, голубая рубашка и красный галстук. Соломенные волосы были зачесаны назад, открывая высокий лоб, а на затылке длинные пряди скрывали воротничок рубашки. Он подошел вплотную к Бонду и уставился ему в лицо; тот снова отметил про себя высокие славянские скулы и совершенно особенное выражение: дерзкую нетерпимость ко всему, что может помешать этому человеку достичь своей цели. Именно такое выражение было у Горнера, когда он сидел в открытой машине в марсельском порту.

Бонду неприятно было ощущать на себе его взгляд, в котором не было, пожалуй, даже вызова, а лишь безжалостное презрение ко всем окружающим. Казалось, обладатель этого взгляда боится поддаться на провоцирующий эффект лишних эмоций, будь то сочувствие или хотя бы жажда обладания. Горнер старался быть выше всего, что могло бы заставить его хоть на миг свернуть с намеченного пути. «Да, с эмоциональной точки зрения такой человек практически неуязвим, — подумал Бонд, — у него нет ахиллесовой пяты в виде гордости, похоти или жалости».

— Ну что ж, вы опять у меня в гостях, офицер Бонд, — как уж вас по званию, не знаю и знать не хочу, — сказал Горнер. — У вас, кажется, вошло в привычку злоупотреблять моим гостеприимством. Это не крикет.

Бонд ничего не ответил. Тем временем охранник принес серую армейскую рубашку для Скарлетт. Бонд заметил, что даже после умывания на ее груди остались пятна крови — его или ее, он не знал. Бонду охранник дал такую же рубашку и брюки, которые тот быстро надел.

— Ну вот. Садитесь. — Горнер указал на пару деревянных стульев. — Слушайте меня внимательно и не вздумайте перебивать. Я тут не спортом занимаюсь. Мы больше не будем играть в теннис. Никаких больше «вторых подач» и «обмена ударами». Вы здесь нужны для работы. Я покажу вам мой завод, а потом вы, Бонд, получите инструкции для серьезной операции. С вашей помощью я собираюсь реализовать одну из самых дерзких за последние сто лет диверсий. Такую, которая — я уверен — изменит весь ход мировой истории. Вы следите за моей мыслью?

Бонд кивнул.

— Кстати, надеюсь, вы не будете возражать, если я стану называть вас просто «Бонд», а не «мистер Бонд» или «офицер Бонд»? По-моему, у английских джентльменов заведено именно так, ведь правда? Для хороших друзей — просто фамилия. Мы ведь с вами будем играть по правилам, да?

— А что будет со Скарлетт? — спросил Бонд.

— С девушкой? Она меня не интересует. Впрочем, я думаю, что моя рабочая сила проявит к ней некоторый интерес.

— Что вы сделали с моей сестрой? — воскликнула Скарлетт. — Где Поппи?

Горнер прошелся туда-сюда по кабинету и в конце концов остановился прямо перед Скарлетт. Своей обезьяньей рукой он взял ее за подбородок и повернул голову девушки сначала в одну, затем в другую сторону. Бонд заметил между манжетой и перчаткой покрытое шерстью запястье.

— Понятия не имею, о чем вы говорите. Похоже, вы питаетесь слухами насчет того, чем мы здесь занимаемся. У нас есть достаточное количество способов привести в чувство тех, кто чрезмерно доверяет слухам.

— Где моя сестра? Что вы...

Обезьянья рука тыльной стороной ударила Скарлетт по губам.

Горнер поднес указательный палец своей человеческой руки ко рту.

— Ш-ш,— сказал он, глядя, как тонкая струйка крови стекает по подбородку Скарлетт. — Молчать.

Обернувшись к охраннику, Горнер приказал:

— Запереть девчонку в камере до вечера; потом пусть позабавит дневную смену.

Конвойный вывел Скарлетт из комнаты; кровь все еще текла из ее разбитой губы. Горнер повернулся к Бонду:

— А вы пойдете со мной.

Он прикоснулся к едва заметной кнопке в стене, задрапированной кроваво-красной тканью, и панель отъехала в сторону. Бонд последовал за ним по пешеходной галерее, стены и пол которой были из толстого стекла. Внизу находилось что-то вроде химической лаборатории, разросшейся до промышленных масштабов.

— Обезболивание, — сказал Горнер, идя вперед. — Об этом я узнал на Восточном фронте. Как снимать болевой синдром. Люди несут всякую чушь об ужасах химического оружия. Но любой, кто сражался под Сталинградом, без сомнения подтвердит, что обычное оружие куда страшнее.

Масштабы производства просто поразили Бонда. Здесь работало около пятисот человек: они закладывали сырье в перегонные кубы, заряжали центрифуги или стояли у упаковочных конвейеров.

— Если бы вы увидели людей, у которых просто снесены лица, — развивал Горнер свою мысль, — буквально срезаны с костей и разворочены пулями... Если бы вы увидели людей, которые держат в руках собственные кишки или пытаются засунуть в дыру в животе собственную печень... Тогда вы осознали бы необходимость разработки самых сильных анальгетиков, способных заглушить любую боль.

Они подошли к тому месту, где одна стеклянная галерея пересекалась с другой.

— Вот с этой стороны вы можете видеть оборудование, с помощью которого мы получаем маковый экстракт разной степени очистки, который становится сырьем для болеутолящих и анестетиков. Кодеин, дигидрокодеин, петидин, морфин и так далее. Часть продукции мы перевозим через Персидский залив в Бомбей, а оттуда доставляем в страны Дальнего Востока, Австралию и Океанию. Другая часть поставляется на мою фабрику под Парижем, а затем в Америку и другие западные страны. Еще некоторое количество, хотите верьте, хотите нет, поступает прямо через Советский Союз — в Эстонию. В Париже и Бомбее полученные химикаты подвергаются дальнейшей очистке и обработке, а затем превращаются в порошки, жидкости, таблетки — все, что требуется на местных рынках. Разумеется, патентованные и торговые названия, как и упаковка лекарств, произведенных в Париже и Бомбее, различаются. Государственные службы здравоохранения и частные клиники переводят деньги за наши препараты на счета в офшорных банках, и никто не в состоянии отследить все эти операции. Иначе меня тотчас же обвинили бы в монополизации рынка. Но на самом деле раненый, находящийся в полевом госпитале где-нибудь в Нигерии, получает то же самое наркотическое вещество, что и пациентка частной клиники в Лос-Анджелесе. Отличия заключаются только в упаковке и торговой марке. Но оба лекарства поступают отсюда, из этого самого цеха.

— А как насчет конкуренции? — спросил Бонд.

— Мои продукты вполне конкурентоспособны по сравнению с теми, что производят компании, давно присутствующие на рынке, поскольку у меня очень низкие производственные затраты — особенно на рабочую силу. Эти люди работают на меня практически бесплатно.

— Бесплатно?

— Не за деньги. Они все — наркоманы. Мы находим их в Тегеране, Исфахане и Кабуле. Некоторых привозим из Багдада и еще более отдаленных мест. Из Турции. Они работают по двенадцать часов в день и получают за это воду, рис и героин. Спят они прямо на песке. И они никогда не убегут отсюда.

— Вы даете им героин? — спросил Бонд.

— Он дешевле опиума и действует намного сильнее. До прибытия к нам они, как правило, сидят на опиуме, но мы быстро их перестраиваем: посадить на более сильный наркотик не составляет большого труда. Это дает и еще одно преимущество: им вполне хватает одной дозы в день. Они выстраиваются в очередь, как маленькие дети, чтобы получить свою инъекцию. Видели бы вы их блаженные детские лица.

Горнер повернулся и сделал несколько шагов дальше по галерее.

— А здесь, в этой части цеха, мы делаем героин. Согласитесь, разница в технологиях и оборудовании небольшая, с первого взгляда и не заметишь. Это потому, что я единственный производитель героина в мире, который поставил изготовление этого вещества действительно на промышленную основу. Производство обезболивающих и героина на одной технологической линии позволило мне значительно сократить накладные расходы. Порошок, который мы получаем на выходе с этой линии, производится с такой же эффективностью, как таблетки и жидкие препараты, которые мы изготовляем на другом конвейере. Одна часть нашей продукции применяется в больницах скорой помощи в Чикаго и Мадриде, а другая распространяется в темных переулках парижских пригородов или в негритянских гетто Лос-Анджелеса. И позволю себе с удовлетворением добавить, Бонд, она находит все больше потребителей на развеселых улочках старой доброй Британии, в лондонском Сохо или в Манчестере. Конечно, я в курсе, что проданный мною товар перекупщики иногда смешивают с амфетаминами, или с крысиным ядом, или с пестицидами. Но согласитесь, это уже не моя вина и ответственности за это я нести не могу. Как только Шагрен списал товар со счета, я теряю интерес к проданному продукту — но не к тому, какое действие он оказывает.

Рабочие находились буквально в нескольких футах под галереей. Все они были в серых рубашках и свободных брюках, вроде тех, что выдали Бонду. Каждый работал чрезвычайно старательно, особенно когда чувствовал приближение одного из надзирателей; охранники не имели огнестрельного оружия: им вполне хватало кнутов и немецких овчарок устрашающего вида, которые злобно натягивали хрупкие и непрочные на вид поводки-цепочки.

— Вы знаете, что такое героин? — поинтересовался Горнер. — Я прочту вам краткую лекцию по химии, Бонд. Все начинается с прекрасного цветка: мака, или по-латыни *Papaver somniferum*. Красивое название для красивого растения — «мак, дарующий сон». Сок, выдавливаемый из семенных коробочек, дает нам опиум — это король всех наркотиков, его воспевали поэты со времен Гомера и до наших дней. Осмелюсь предположить, что и вы имели удовольствие познакомиться с ним.

— Весьма поверхностно.

— Опиум — вещество дорогое, — продолжал Горнер, — но чрезвычайно желанное для тех, кто уже познал его сладость. Крупнейшим наркокартелем, когда-либо известным в мире, — не считая, конечно, моего собственного скромного предприятия, — была, разумеется, ваша Британская империя. Британцы развязали две опиумные войны с Китаем, чтобы разрушить монополию китайцев на торговлю этим наркотиком и перевести на себя основные потоки. Две войны — две победы. Согласно сепаратному Нанкинскому договору тысяча восемьсот сорок второго года, они просто оттяпали себе Гонконг и открыли пять новых портов для опиумной торговли, превратив миллионы китайцев в отупевших животных — законченных наркоманов. Неужели вы не находите вполне логичным и даже справедливым, что кто-то должен попытаться отплатить англичанам той же монетой? Я ведь не делаю ничего такого, чего бы не делали сами британцы по отношению к другим.

Бонд промолчал.

— К сожалению, все это требует времени, — печально заметил Горнер. — Боже мой, сколько времени потребуется, чтобы стали заметны результаты.

Слушая Горнера, Бонд смотрел вниз на ряды рабов-рабочих, которые в своих насквозь пропотевших спецовках раз за разом повторяли одни и те же доведенные до автоматизма движения. Вдруг один из них упал — потерял сознание, а может быть, и умер; охранники оттащили его в сторону от конвейера. Другие, работавшие рядом, ни на миг не остановились, чтобы выяснить, что случилось.

— Промежуточным звеном между опиумом и героином является морфин, — сообщил Горнер. — Он был впервые выделен одним немецким химиком в тысяча восемьсот пятом году — в год вашей знаменитой Трафальгарской победы, которой вы так гордитесь. Позднее, в тысяча восемьсот семьдесят четвертом, англичанин по фамилии Райт синтезировал диацетилморфин — белый горький кристаллический порошок, лишенный запаха. Его получают в результате процесса ацетилизации морфина. Это и есть героин.

Горнер прокашлялся, затем вновь заговорил:

— Вот чем мы здесь занимаемся. Основной технологический процесс — ацетилизация. При этом выделяется газ с характерным запахом. Вам, Бонд, наверное, известна моя репутация. Я получил дипломы и степени в нескольких университетах разных стран. Может быть, эти длинные разглагольствования нагоняют на вас тоску и вводят в смущение, но для меня они звучат как любовная поэзия. Как там писал ваш великий шотландец? «Любовь, как роза, роза красная, цветет в моем саду»[1]. Так вот, моя любовь не как роза, а как алый, алый мак. Всегда такой разный и такой роскошный. Мне доставляет особое удовольствие тот факт, что мак — сентиментальная эмблема вашего бессмысленного имперского самопожертвования в сражении против немцев во время Первой мировой войны. Я добился того, чтобы по всей цепочке доставки моего товара в качестве основного пароля использовались слова, с которых начинается столь обожаемое вами и столь же бессмысленное стихотворение: «В полях Фландрии маки рдеют... там, где белых крестов аллеи». Я выбрал для своих людей этот пароль. Пароль, открывающий врата смерти.

Горнер вдруг вздрогнул, словно очнувшись, затем снова прокашлялся и продолжал говорить, вернувшись к интонациям университетского преподавателя:

— В общем, как бы то ни было, этот ваш английский химик — я имею в виду Райта, — в отличие от

---

[1] Цитата из стихотворения Р. Бернса «Любовь» *(пер. С. Я. Маршака).*

подавляющего большинства англичан, не сумел использовать свое изобретение для личного обогащения. Но один немец, Генрих Дрезер, возглавлявший фармацевтическую лабораторию «Байер», первым понял, как можно использовать героин в коммерческих целях. Он проверил его на своих сотрудниках, и они сами выбрали для нового вещества название «героин», потому что он заставлял их чувствовать себя героями! С точки зрения фармакологии героин воздействует на человека точно так же, как морфин, только для получения сопоставимого эффекта доза нужна в четыре раза меньше. Он оказался и дешевле, а также проще в употреблении. В общем, это было сокровище, а не наркотик. Скоро в каждой американской химической лаборатории уже велись опыты по оптимизации использования импортируемого героина. Как сказал другой ваш поэт, «блаженны все, кто видел ту зарю...»[1]

Бонду было тяжело находиться рядом с этим желтоволосым человеком, полностью поглощенным идеей мести и господства над людьми. Ощущение было такое, что Горнер существует в каком-то ином мире, живущем по иным, разработанным им самим законам, в мире, где никакие проблемы и заботы остальной части человечества не имеют ни малейшей ценности.

— У нас тут работают в две смены по двенадцать часов, — объявил Горнер, — следовательно, производственные мощности никогда не простаивают. Вот вам и еще один резерв экономии, который, кстати говоря, дает нам преимущество перед всеми конкурентами, причем это преимущество является для нас эксклюзивным: сами понимаете, никто из них не может себе позволить такую систему эксплуатации рабочих.

---

[1] Цитата из стихотворения У. Вордсворта «Французская революция, какой она предстала в самом начале энтузиастам» (пер. с англ. А. Н. Мазуркевича).

— Они хоть иногда отдыхают? — спросил Бонд.

— А как же. Каждые три часа — двухминутный перерыв на то, чтобы попить. Разумеется, при таком режиме имеет место некоторая... естественная убыль. Иногда они умирают прямо на рабочем месте. Или выходят из строя. Да вы сами только что видели. Но уверяю вас, недостатка в рабочей силе мы не испытываем. Даже официальные представители шахского правительства признают, что в Иране два миллиона наркоманов, и с каждым днем их армия пополняется за счет молодежи. Шагрен сформировал специальную службу по набору новых работников: они вербуют примерно по двадцать человек каждый день и привозят их через Йезд и Керман. Впору ставить вращающуюся дверь на входе.

— Но это же низко, — не выдержал Бонд.

— Это отличный бизнес, — возразил Горнер. — Все, что мне известно о рабстве и подневольном труде, я почерпнул из истории Британской империи и ее колоний. Африка, Индия, Вест-Индия. Учтите, Бонд, что на занятиях по политической и экономической истории Британии я был самым прилежным студентом. А что касается этих людей... Это же отбросы. Они все равно умерли бы. Мы даже продлеваем им жизнь. А в конце каждой смены я устраиваю для них развлечение. Вот увидите. Ну, давайте вернемся в мой кабинет.

Вновь оказавшись в помещении с красными стенами, Горнер уселся за свой письменный стол. Нажав потайную кнопку под столешницей, он привел в движение стенную панель, находившуюся позади него. Таким образом за его спиной открылось окно, выходящее непосредственно в цех.

— Иногда мне нравится наблюдать за ними, — сказал он, — а порой я устаю от зрелища их монотонной работы и жалкого существования. В общем, Бонд, меня иногда одолевают скука и безразличие. А это, между прочим, главные враги человека, ведь они подтачивают его волю и самую душу; это злейшие враги всех великих достижений.

Он снова вернул панель на место и повернулся в кресле:

— В один прекрасный день, Бонд, я превращу в героиновых наркоманов стольких же людей в Британии, скольких Британия сделала наркоманами в Китае. И этот день не столь уж далек. Тогда вы потеряете столь ценимое вами место в Совете Безопасности ООН и вообще свой привилегированный статус в мировой политике. Вы проиграете «холодную войну». Вы станете страной третьего мира, как того и заслуживаете.

— Скажите мне одну вещь, — заговорил вдруг Бонд. — Как вам удалось повоевать и за Красную армию, и за нацистов — с вашим-то увечьем? Я имею в виду вашу руку.

Говоря это, он рисковал, но шел на этот риск сознательно.

На мгновение в жестоких голубых глазах вспыхнула ярость, на щеках выступили красные пятна, а зубы скрипнули. Но в следующую секунду Горнер уже успокоился и с короткой усмешкой выдохнул:

— Слушай, ты, придурок, что ты вообще знаешь о Восточном фронте? Я там воевал не с вашими оловянными солдатиками Томми, которые в пять пьют чай, а в шесть выделяют час, чтобы ткнуть тебя штыком в спину, если подставишь ее. Там люди дрались как звери, замерзали насмерть, ходили врукопашную, душили друг друга голыми руками, перегрызали глотки, пытали пленных и убивали самыми разными способами. Они были рады любому новобранцу — увечному, сумасшедшему, глухому, сифилитику... Можешь нажимать на курок? смог добыть себе винтовку? — значит, в строй. Как сказали бы у вас, «все силы на борьбу с врагом».

Горнер уже взял себя в руки и изобразил на лице некое подобие улыбки:

— Вот видите, и я на что-то сгодился. Все силы... даже сила этой руки. — Подняв руку в белой перчатке, он уставился прямо в глаза Бонду и, не отводя взгляда, спросил: — Хотите увидеть ее?

— Нет.

— Бросьте, Бонд. Я знаю, что вы любопытны. Человек, лишенный любопытства, не станет секретным агентом. Давайте я вам покажу.

Горнер стащил перчатку и поднес руку почти вплотную к лицу Бонда. Кисть была длинная и плоская, ладонь — беловато-розовая, а тыльная сторона почти черная и морщинистая. Первые фаланги пальцев были чрезвычайно длинные, а темные ногти имели необычную, почти треугольную форму. Кожа была сухая, вся испещренная глубокими морщинами, как у обезьяны. Большой палец, как и ожидал Бонд, оказался коротким и был расположен так близко к запястью, что использовать его для работы вместе с другими пальцами едва ли было возможно. От лучезапястного сустава и выше рука была покрыта густыми черно-коричневыми волосами наподобие шерсти шимпанзе. Примерно посредине между запястьем и локтем предплечье принимало вид обычной человеческой руки.

Горнер снова надел перчатку. Никакой реакции со стороны Бонда не последовало.

Некоторое время оба молча стояли буквально в футе друг от друга, глядя глаза в глаза. Ни один не отвел взгляда и даже не сморгнул.

— Почему вы перешли тогда на другую сторону? — спросил Бонд.

— Да потому, что нацисты явно упустили свою победу. Для них война была проиграна. «Холодная война» на самом деле началась в Восточной Европе еще в сорок четвертом году. Я хотел быть на той стороне, которая победит британцев. Поэтому я перешел на сторону Советской армии.

Бонд промолчал. Бóльшая часть сказанного Горнером соответствовала информации, сообщенной ему М. Кроме того, Бонд понял, что бестактное упоминание об уродстве Горнера способно вывести его из равновесия, пусть и на несколько секунд.

— Ну а теперь к делу, — сменил тему Горнер. — Опиум — сырье для моего производства — нужно где-то брать. Того, что я получаю из Турции, уже давно не хватает. Естественно, мы используем связи Шагрена в странах Юго-Восточной Азии. Хороший источник — Лаос, и, знаете, американцы, которые там хозяйничали, оказались готовы к самому активному сотрудничеству. Вы в курсе, что ЦРУ имеет собственную авиакомпанию под названием «Эйр Америка», которая на самом деле развозит по миру грузы опиума?

— Это абсурд, — возразил Бонд.

— Это политика, — сказал Горнер. — «Эйр Америка» доставляет оружие антикоммунистически настроенным князькам и полевым командирам. Не возвращаться же самолетам порожняком. Вот они и летят с грузом опиумного мака. Слушайте, да чего вообще можно ожидать от авиакомпании, девиз которой «Все, что угодно, когда угодно, где угодно»? Между прочим, за время пребывания в Юго-Восточной Азии тысячи бравых Джи-Ай[1] стали наркоманами. При штаб-квартире резидентуры ЦРУ в Северном Лаосе построена фабрика по очистке героина. Из этого региона Азии поступает около семидесяти процентов всего опиума, находящегося в незаконном обороте в мире. Естественно, бóльшая его часть уходит на ненасытный американский рынок.

---

[1] *Джи-Ай* (от *амер.* GI, сокр. от Government Issue) — американский солдат.

— И вы, значит, решили и туда запустить свои лапы?

— Вот именно. Шагрен работает над этим. Денег, конечно, в это направление приходится вкладывать немало. Но ведь это инвестиции. Разумеется, мне не по душе, что мои деньги работают на поддержку американского военного присутствия. Но в этом есть и свои преимущества. Это означает, что ЦРУ смотрит на мою деятельность сквозь пальцы. Уверен, вы понимаете, насколько полезно может быть такое отношение могущественной спецслужбы.

— Россия, Америка... Вы, похоже, везде поспеваете? — спросил Бонд.

— По крайней мере, стараюсь, — подтвердил Горнер. — И бизнес от этого только выигрывает. Настанет день, когда я смогу покупать сырье по самым низким ценам в Юго-Восточной Азии. В данный момент бо́льшая часть моих поставок идет из Афганистана, из провинции Гельменд, где сосредоточена основная часть маковых полей. Вот туда-то, Бонд, вы и поедете. В последнее время у нас стали возникать серьезные проблемы на границе. Бандитов развелось слишком много, и оружия у них хоть отбавляй, причем уже не только стрелкового: теперь у них есть даже ракетные установки и гранатометы. Там есть один участок караванного пути неподалеку от Заболя, где бандиты перехватывают моих людей, доставляющих опиум. Это место даже прозвали перевалом Геенны Огненной. Знаете почему?

Бонд покачал головой.

— Так назывался участок железной дороги в Бирме, который построили попавшие в плен к японцам анзаки[1]. Говорят, что на этой дороге на каждый ярд

---

[1] *Анзак* (от *англ.* Anzac — сокр. от Australian and New Zealand Army Corps) — солдат Австралийского и Новозеландского армейского корпуса во время в Первой или Второй мировой войны.

уложенных рельсов приходится по одному умершему человеку. Они, кстати, были очень храбрые ребята, эти анзаки, которые сражались за вас в ваших войнах.

— Я знаю, что они воевали храбро, — ответил Бонд. — Эти солдаты были едва ли не лучшими в нашей армии.

— В общем, мы на нашем перевале тоже несем большие потери. Конечно, пока что не по человеку на каждый ярд, но все равно слишком много. Наркомана на такое дело не пошлешь, сами понимаете. Для таких экспедиций нужны полноценные бойцы, а их на всех бандитов не напасешься. Я хочу, чтобы вы поехали в Заболь вместе с Шагреном. Завтра же утром.

— Зачем это вам?

— Я думаю, для вас это будет дополнительной практикой и хорошим уроком.

Горнер встал, и панель позади него снова открылась.

— А теперь, — объявил он тоном конферансье, — настало время вечерних развлечений. Подойдите сюда, Бонд.

Бонд не двинулся с места, пока ствол автомата охранника не уперся ему в поясницу.

На стеклянной галерее в дальнем конце героинового цеха открылась дверь. Охранник вытолкал оттуда женщину. Женщина была голая.

— У нас это называется прогулкой по Ламбетскому мосту[1], — сказал Горнер. — Старое доброе развлечение кокни[2].

Тем временем охранники выпихнули на галерею еще трех обнаженных женщин.

---

[1] *Ламбетский мост* — мост через Темзу в районе, прилегающем к Ламбетскому дворцу (лондонской резиденции архиепископов Кентерберийских).

[2] *Кокни* — житель Лондона, уроженец Ист-Энда, представитель рабочих слоев населения.

— Они должны сделать полный круг, пройти туда и обратно, — пояснил Горнер. — Мужчинам нравится смотреть на них снизу.

— А кто все эти женщины?

— Никто. Проститутки какие-то. По большей части, естественно, наркоманки. Их привозят сюда заодно с мужчинами. Когда они дня через два-три теряют свою привлекательность, я позволяю мужчинам познакомиться с ними поближе.

— В каком смысле?

— В самом прямом: охрана уводит их вниз, в помещение, где рабочие отдыхают. Удовольствие бесплатное и способствует поддержанию высокого морального духа в коллективе.

— А что вы делаете с этими девушками потом?

Горнер посмотрел на него с удивлением и любопытством:

— Ну, мы, конечно, их хороним.

Он снова повернулся к окну, откуда было видно девушек, и на его лице появилось выражение, которое можно было с некоторой натяжкой назвать улыбкой.

— О, Бонд, вы только посмотрите. Вот вышла одна, которую вы наверняка узнаете. Я думаю, наши рабочие будут от нее просто без ума.

ГЛАВА 13

Такой маленький мир

В Париже, теперь уже даже не на другом конце света, а просто в другом мире, Рене Матис просматривал «Фигаро», сидя за столиком кафе неподалеку от офиса Второго управления. Он как раз заканчивал свой ланч. Новый реактивный лайнер «Викерс VC-10», прочитал он, зафрахтованный бахрейнской авиакомпанией «Галф эйр» и летевший из Британии, пропал где-то в районе ирано-иракской границы. Он просто исчез с экранов радаров.

Матис пожал плечами. Такие вещи случаются. Этот самолет, гордо названный «Британской кометой», похоже, оказался далеко не самым надежным: помнится, это уже не первое летное происшествие с лайнерами такого типа. Матис заказал себе обычный для рабочего дня ланч: стейк с соусом тартар и жареным картофелем, маленький кувшинчик «Кот дю Рон» и двойной эспрессо. День в Париже выдался тихий, а в такие дни Матису думалось особенно хорошо, и порой в голову приходили действительно отличные идеи.

Полицейское расследование дела об убийстве Юсуфа Хашима так и не привело к серьезным результатам. Удивляться не приходилось: в Париже существовали целые районы, куда полиция особо и не совалась — во-первых, потому, что это было слишком опасно для самих полицейских, а во-вторых, потому, что жители этих окраин не нуждались в помощи правоохранительных органов. Они сами устанавливали там свои поряд-

220

ки и, если даже говорили по-французски, сотрудничать с полицией не желали. Одной из таких зон был Курнёв — несколько кварталов района Сен-Дени, включающих в себя и печально известный «Город четырех тысяч»[1]. Сарсель был еще более показательным примером: самое настоящее гетто со своими собственными жестокими законами, имеющими к законам Французской Республики весьма отдаленное отношение. Бо́льшая часть французов воспринимали появление таких кварталов как неизбежную расплату за империалистическое и колонизаторское прошлое своей страны.

Уход, а точнее, бегство французов из Индокитая было унизительным, но в то же время в результате этих событий в самой Франции ничего существенно не изменилось, за исключением, пожалуй, появления огромного количества мгновенно расплодившихся по всей стране вьетнамских ресторанчиков. С другой стороны, алжирская война просто наводнила французские города, и в первую очередь Париж, тысячами озлобленных иммигрантов-мусульман. Вроде бы эти люди и отгородились от окружающего мира и от ближайших городских кварталов в своих словно отделенных невидимыми стенами пригородах, но Матис все равно воспринимал эти районы как осиные гнезда, как котлы, где готовится чудовищное криминальное варево. Рано или поздно эти котлы должны были взорваться.

Юсуф Хашим был всего лишь одним из многих звеньев в длинной запутанной цепочке торговли героином. Полиция нашла в его квартире изрядное количество этого вещества, причем в экспертном заключении особо указывалось на неожиданно высокое его качество. Да,

_____

[1] *«Город четырех тысяч»* (*фр.* la Cité des 4000) — один из самых убогих и опасных районов Парижа, населенный иммигрантами из мусульманских стран. Из-за высокого уровня преступности прозван «парижским Бронксом».

речь шла уже не о рискованном незаконном развлечении, модном в годы юности Матиса и практиковавшемся на коктейльных вечеринках в «Ле Бёф сюр ле Туа» и других ночных клубах. С тех пор наркотики оказались в смертельно опасной близости к любому человеку, даже не входящему в группу риска. Их распространяли по всей стране оптом и в розницу, товар предлагался всем, каждому потенциальному потребителю, а сетью поставщиков явно руководили люди, знающие и умеющие использовать все правила конспирации: каждый участник цепи знал настолько мало, что найти источник поставок было невозможно.

Марсельские коллеги Матиса, работая совместно с американскими детективами, добились определенных успехов, перекрыв один из каналов поставки наркотиков в Америку по морю, — тот самый канал, который в ФБР прозвали «французской связью». Впрочем, их гораздо больше удивило то, что удалось выяснить по ходу расследования: хотя во Францию в последнее время завозили больше героина, чем когда-либо прежде, основную часть его морским путем переправляли транзитом дальше — в Лондон.

Один французский полицейский сказал Матису, что возникает ощущение, будто кто-то объявил крестовый поход против Британии, обладая при этом безграничными ресурсами, чтобы развязать настоящую нарковойну.

Матис посмотрел на часы. У него оставалось несколько свободных минут, и он заказал себе еще кофе и маленькую рюмку коньяка. Вот уже несколько дней подряд что-то крутилось где-то в уголке его памяти, словно напрашиваясь на большее внимание и напряженную работу мысли. И вот сейчас, разглядывая красноватую тень, отбрасываемую на тротуар алой маркизой над витриной кафе, он вдруг вспомнил то, что было ему так нужно и не давало покоя.

Язык, вырванный щипцами... Ну да, он действительно слышал об этой чудовищной казни раньше, а теперь вспомнил, где именно. Его брат, майор французской пехоты, воевал в Индокитае. Как-то раз он рассказал Рене об одном вьетнамском военном преступнике, которого они пытались поймать и предать суду. Французы жаждали его крови за то, что он, как стало известно по данным разведки, любил развлекаться, глядя, как пытают пленных французских солдат. Впрочем, были у него «доброжелатели» и среди местного населения: слишком уж рьяно он претворял в жизнь коммунистическую доктрину борьбы с католическими миссионерскими школами. Его специальностью был захват ходивших в такие школы детей с последующими жестокими истязаниями. Многие дети, попав к нему в лапы, оставались инвалидами на всю жизнь.

Вернувшись к себе в офис, Матис попросил секретаршу связаться с архивом и подобрать папки с фотоматериалами по военным преступникам времен войны в Индокитае.

После обеда с Бондом Матис отдал одному из своих подчиненных распоряжение найти парижскую фабрику Джулиуса Горнера и сфотографировать ее владельца. Вскоре он получил несколько снимков сносного качества: на них был запечатлен высокий мужчина славянской внешности с правильными чертами лица, вот только выражение этого лица производило на редкость неприятное впечатление. Естественно, обращала на себя внимание и непропорционально большая левая рука в белой перчатке. На двух фотографиях с ним рядом был человек в армейском кепи, с восточными, возможно вьетнамскими, чертами.

Вскоре секретарша вернулась с довольно большой коричневой картонной коробкой, и Матису потребовалось всего несколько минут, чтобы найти нужный снимок. На его столе лежали рядом две фотографии:

на только что отпечатанном, едва ли не влажном черно-белом снимке был изображен человек в кепи, стоящий рядом с черным кабриолетом «Мерседес-300D»; другой снимок представлял собой вырезку из газеты одиннадцатилетней давности: на нем, судя по подписи, был запечатлен некто Фам Син Куок, портретами которого с надписью «Разыскивается» в свое время были оклеены все стены во французском Сайгоне. В том, что это один и тот же человек, сомневаться не приходилось.

Тем не менее Матис не схватился немедленно за телефонную трубку и не вызвал машину, чтобы ехать на химическую фабрику Горнера. Для него куда важнее было выяснить другое: ограничивается ли связь Горнера с Юго-Восточной Азией тем, что этот психопат — его помощник, личный телохранитель и палач-головорез в одном лице — происходит оттуда. Или, может быть, здесь есть что-то еще?

Закурив «Голуаз» с фильтром, Матис положил ноги на рабочий стол и задумался над тем, какая коммерческая выгода могла светить Горнеру, рискни он сунуться в этот опаснейший район мира: треугольник Лаос—Вьетнам—Камбоджа.

Париж и Калифорнию разделяют девять часовых поясов, и в девять утра, ощущая, как на глазах начинает припекать солнце, Феликс Лейтер нажал кнопку звонка на калитке, ведущей на лужайку перед выстроенным в испанском стиле домом на Джорджина-авеню в Санта-Монике. Услышав зуммер открывающегося замка, он толкнул калитку и поковылял по траве к парадному крыльцу дома.

Седеющий техасец, в свое время бывший надежным партнером Джеймса Бонда едва ли не в самых сложных и опасных операциях, теперь работал в детективном агентстве Пинкертона и не скрывал, что эта работа наводит на него скуку смертную. Вот и на этот раз задание ему выпало не из тех, что вдохновляют сыщика на полет творческой мысли: его нанял продюсер одной голливудской студии. Предмет контракта — разыскать пропавшую девушку. Звали ее Трикси Рокет; она снялась в паре фильмов категории «Б», а затем исчезла из поля зрения, не оставив никому ни адреса, ни телефона — ничего вообще. Родители девушки, приехавшие из Айдахо, подняли шум — пока что лишь в пределах студии. Их подозрения пали на продюсера, выбравшего Трикси для съемок; сам он был бы чрезвычайно рад найти ее, чтобы замять скандал и восстановить свое доброе имя — по возможности до того, как его жена что-нибудь услышит об этой неприятной истории.

Для человека с опытом и талантами Лейтера это была рутинная и банальная работа, но с тех пор, как он потерял правую ногу и руку в схватке с акулой, помогая Бонду выбраться из трудной ситуации в Майами, ему приходилось ограничиваться теми заданиями, которые не требовали больших физических усилий.

Сначала из-за двери дома № 1614 по Джорджина-авеню послышался яростный собачий лай, затем из ближайшего к входной двери окна высунулась головка симпатичной темноволосой женщины. Хорошенькая брюнетка прижимала к уху телефонную трубку и жестом попросила Феликса подождать. Он присел на бордюр у края газона и стал просматривать свежий номер «Лос-Анджелес таймс».

Проговорив по телефону двадцать минут, женщина, которую звали Луиза Ширер, наконец пригласила его войти в дом, провела в маленький внутренний дворик и была даже настолько любезна, что предложила ему кофе. Миссис Ширер действительно оказалась милейшей женщиной, хотя, быть может, излишне болтливой. Трикси Рокет в самом деле снимала у нее комнату, и она прекрасно помнит эту девушку, но Трикси съехала отсюда уже три месяца назад. Нет, адреса она не оставила. Куда пересылать почту, не сказала, но... В этот интригующий момент снова зазвонил телефон, и Феликсу пришлось пялиться в свою кофейную чашку еще пятнадцать минут.

В общем, визит оказался столь же приятным, сколь и бесполезным. Вернувшись наконец в свою скромную дешевую гостиницу в Западном Голливуде, он почувствовал себя измотанным. Кондиционера в отеле не было, старый скрипучий вентилятор лениво гонял теплый воздух над расставленными по углам вестибюля пальмами, а лифт застрял на десятом этаже. Однако у портье его ожидало сообщение: Лейтера просили позвонить по указанному там телефонному номеру. Судя по коду, это был Вашингтон, и усталость Феликса как рукой сняло: он почувствовал внезапный прилив бодрости.

Последним настоящим делом, в котором ему довелось поучаствовать, была операция, которую они вместе с Бондом провернули на Ямайке. Незадолго до того кадровая служба ЦРУ разыскала его на Багамах, откопав где-то в списке отставных агентов. Видимо, в тот момент у них было совсем плохо с квалифицированными кадрами. Да, не зря говорят, что бывших шпионов не бывает: попал в обойму — и на всю жизнь остаешься по крайней мере в резерве.

Когда оживший лифт наконец дотащился до нужного этажа, Феликс, едва войдя в свою комнату, сразу же набрал телефонный номер, записанный на листочке с гостиничным логотипом. Ему пришлось пройти целую систему заочных проверок, предназначенных для выяснения личности звонящего. Пароль следовал за паролем, контрольный вопрос — за очередным ответом. Наконец звонок перевели на нужный добавочный номер. Ровный, серьезный голос на том конце провода почти две минуты вещал практически в режиме монолога.

Лейтер стоял у кровати, курил сигарету и время от времени кивал:

— Угу... угу... понял.

Наконец в монологе невидимого собеседника возникла пауза, и Лейтер спросил:

— А где, черт возьми, этот гребаный Тегеран находится?

В тот самый час в вышеупомянутом городе было раннее утро, и Дариус Ализаде направлялся в сторону *андаруна* — женской половины его дома, сохранявшего традиционную восточную планировку. Разумеется, он был вполне современным и светски воспитанным человеком и не слишком строго соблюдал гендерное разделение помещений в своем домашнем хозяйстве; тем не менее он охотно разводил не только по разным комнатам, но и по разным флигелям своей виллы то, что было связано с его работой, и то, что относилось к частной жизни. Дариус был женат трижды, все три брака не продлились долго, но он имел троих сыновей от разных жен. Он исповедовал шиитскую традицию толкования Корана, позволявшую паре вступать в брак на время — до тех пор, пока этот статус обоих устраивает; расставаться же, согласно этому правилу, можно было без процедуры формального развода. Если приходилось к слову, Дариус любил процитировать соответствующие строки Корана, которые трактовал несколько своеобразно: «Если ты опасаешься, что не будешь достойно и справедливо вести себя по отношению к сиротам, женись на таких женщинах, которые покажутся тебе достойными, на двух, трех или четырех; если же ты опасаешься, что не сможешь равно и справедливо относиться ко всем ним, то женись только на одной...»

Дариус подобных страхов не испытывал и хорошо обеспечил материально как своих сыновей, так и их матерей. Теперь он зорко высматривал себе четвертую жену, что дозволялось согласно учению Пророка, а чтобы не ошибиться, разрешал себе время от времени устраивать нечто вроде тестирования наиболее подходящих кандидаток. С одной из них — Зухрой из ресторана, где они с Бондом обедали, — он собирался встретиться нынешним вечером.

В андаруне Дариус зашел в единственную во всем доме комнату, выходящую окнами на две стороны; благодаря кондиционеру здесь царила приятная прохлада. В этой комнате, служившей Дариусу офисом, были деревянный пол и деревянные же, так называемые американские ставни на окнах. Бо́льшую часть пола покрывал огромный старинный ковер из Исфахана; в одном из углов стояла позолоченная клетка, в которой хозяин держал белого длиннохвостого попугая. Каждый день в шесть часов вечера Дариус включал передатчик и отправлял донесение в Лондон. Если он не выходил на связь точно в назначенное время, примерно через полчаса из Риджентс-парка следовала проверка-напоминание в виде звонка из серии «ошиблись номером». Затем делался еще один контрольный звонок в семь часов, а если и он оставался без ответа, в соответствующем отделе в Лондоне запускали параллельный механизм особого контроля, позволяющий выяснить, что случилось с резидентом.

Дариус никогда не позволял себе вольностей и не дожидался ни проверок, ни напоминаний, а в тот вечер он и вовсе торопился выйти в эфир минута в минуту. Он надел наушники и сел за стол, на котором стоял передатчик. Его тонкие пальцы привычно делали знакомую работу, отстукивая ключом его позывной — «PXN вызывает WWW» — в диапазоне четырнадцать мегагерц. Он услышал, как внезапно в эфире словно возникла дыра, образовалась какая-то пустота: это означало, что Лондон его опознал и слушает.

На этот раз Дариусу было о чем рассказать тем, кто принимал его доклад, но при работе на передатчике ключом важна была не столько скорость, сколько спокойствие и уравновешенность. Там, в Риджентс-парке, в службе приема секретной информации, на пульте была выделена специальная панель с большим количеством застекленных циферблатов с нервно подрагивающими иголочками стрелок; эти приборы вели учет множества параметров, включая усилие, с которым радист каждый раз нажимает на ключ, скорость набора каждой цифровой комбинации, а также индивидуальные особенности работы каждого радиста. Например, те, кому это было нужно, знали, каким именно образом Дариус набирает определенные буквы — скажем, «С», — нажимая на клавишу чуть более слабым указательным пальцем левой руки. Если приборы не опознавали его персональный «почерк», в эфире раздавался резкий зуммер и связь немедленно прерывали, а волну передатчика глушили сильными помехами.

Он знал об одном агенте в Вест-Индии, который с таким энтузиазмом докладывал любую сколько-нибудь стоящую информацию, что электронные «сторожа», приняв повышенную скорость передачи при работе ключом за волнение провалившегося или перевербованного агента, навсегда отключили его от эфира. В инструкциях, полученных от начальства, имелись указания, как можно скрытно сообщить о том, что тебя схватили и ты передаешь не то, что должен, а то, что тебя заставляют передавать — с помощью угроз или физического воздействия: для этого существовали как специальные комбинации цифр и букв, которые в разных вариантах следовало включать в сообщение, так и преднамеренные сбои в «почерке», известные специалистам на приеме. Впрочем, Дариус не слишком доверял всем этим мерам предосторожности, прекрасно понимая, что в крайнем случае рассчитывать придется только на себя. Во время войны произошел такой случай: в Голландии нацисты вычислили и захватили целую группу британских диверсантов и разведчиков, включая нескольких радистов. Те вышли в эфир и согласно инструкциям включили в свои рапорты все условные сигналы, обозначающие провал; а в ответ их начальники с Бейкер-стрит велели им не паниковать и перестать засорять эфир ненужной информацией.

Дариус передал в Лондон шифровку о том, что от агента 007 по-прежнему нет никаких известий, и запросил указаний относительно того, следует ли ему самому ехать в Ноушехр. Приложил он и скупую информацию о «каспийском морском чудовище», собранную им в Тегеране, включая и то, что было получено от Хамида. Накануне он заглянул пообедать в один элегантный французский клуб, где заказал несколько коктейлей на террасе для своих старых знакомых, долгое время прослуживших в Индокитае. Эти люди, знавшие толк в военной технике, утверждали, что именно они, пролетая над морем, видели эту странную машину. Вслед за коктейлями настал черед котлет из молодого барашка и красного бургундского; под это дело Дариус выяснил, что его друзья помнят точное место, где были сделаны фотографии, и что чудовище, судя по всему, оборудовано пусковыми установками для ракет. Неугомонному Дариусу этого показалось мало, и на обратном пути он заглянул в клуб, известный лишь под сокращенным названием «СРС», — одно из самых шикарных мест в Тегеране, где даже в боулинг играли на дорожках из полированного мрамора. Под сводами этого заведения, посещаемого самыми стильными и «продвинутыми» тегеранцами и гостями города, звучала негромкая приятная музыка — записи Фрэнка Синатры и Дейва Брубека.

Здесь Дариусу удалось разговорить одного чрезмерно падкого на бурбон американца и узнать от него еще больше интересного. Самолет «Викерс VC-10», принадлежавший компании «Бритиш оверсиз», был якобы две недели назад перерегистрирован на ее дочернюю компанию «Галф эйр» в Бахрейне, а затем таинственным образом исчез, не приземлившись в аэропорту назначения. Американец слышал от своего приятеля, сын которого работал на одной из американских баз на Ближнем Востоке, что «VC-10» на самом деле пересек границу Персии и вторгся в ее воздушное пространство на западе, но так его и не покинул. Считалось, что лайнер либо разбился, либо благополучно приземлился в бескрайней песчаной пустыне Деште-Лут, где-то поблизости от Кермана. Никаких следов обнаружено не было.

Пальцы Дариуса работали быстро, но четко, он сообщал свои новости, не рискуя сбить с толку электронных «кураторов». Он знал, что М. прекрасно поймет всю информацию, включая намеки и недоговоренности, поймет и всю опасность ситуации — так же хорошо, как если бы ему передали сообщение открытым текстом.

Час спустя, когда в Лондоне был разгар рабочего дня, кровь сильно застучала в висках у М.: так всегда бывало, когда он не просто напряженно думал, но еще и сильно беспокоился. Чиркнув спичкой, он поднес ее к трубке и через несколько секунд с шумом втянул в легкие густой табачный дым. На его письменном столе лежали телеграммы из Парижа и Вашингтона, а рядом — расшифрованное последнее донесение Дариуса из Тегерана. Между этими сообщениями существовала определенная связь: опыт подсказывал М., что они должны сложиться в цельную картину, однако пока что это были только кусочки мозаики, фрагменты информации — срочной, тревожной, но неполной. На крыше здания, буквально в нескольких футах над головой М., были установлены мачты антенн самых мощных во всей Британии радиопередатчиков. Десятый этаж особняка был почти полностью отдан под отдел связи, состоящий из специалистов высочайшего класса, подобранных кадровой службой буквально по одному в разных спецслужбах страны и в ее вооруженных силах. Эти люди чем-то напоминали колдунов: даже язык у них был особенный, похожий на заклинания. Они вечно обсуждали пятна и бури на Солнце и какие-то «высокоионизированные слои стратосферы». Но на сей раз и они оказались бессильны: в ответ на настойчивые требования М. дать ему еще хоть что-то они терпеливо объясняли, что не могут ничем помочь, пока не получат еще какой-нибудь входящий сигнал.

М. подошел к окну и посмотрел на Риджентс-парк. Подумать только: всего пару недель назад он смог спокойно выкроить целое утро, чтобы с удовольствием посмотреть замечательный матч по крикету, в котором англичане в упорной борьбе победили индийцев, опередив их на один иннинг и сделав сто двадцать четыре пробежки. Сегодня о таких вольностях даже думать не приходилось: времени не было совсем.

Он нажал кнопку переговорного устройства:

— Манипенни? Вызовите ко мне начальника штаба.

Буквально через несколько секунд начальник штаба Службы, подтянутый, уверенный мужчина примерно одного возраста с Джеймсом Бондом, прошагал по коридору, покрытому мягким ковром, и подошел к обитой зеленым сукном двери, отделявшей кабинет и приемную М. от всего остального мира.

Мисс Манипенни выразительно приподняла бровь, когда он вошел.

— Проходите, Билл, — сказала она, — но не забудьте пристегнуть ремень безопасности.

Дверь в кабинет М. беззвучно открылась и закрылась, и над ней зажглась зеленая лампочка.

— Присаживайтесь, — сказал М. — Что удалось выяснить по поводу донесения агента Фисташки?

— Я только что получил доклад от наших экспертов по авиации, — доложил начальник штаба. — Окончательные выводы на основании информации, содержащейся в донесении, сделать еще трудно, но они считают, что это может быть экраноплан.

— Это еще что за хрень такая? — спросил М.

— Он выглядит как самолет, только со здорово укороченными, словно обрезанными крыльями, но фюзеляж выполнен в виде корпуса корабля, поскольку он должен планировать над достаточно ровной поверхностью, следовательно, бо́льшую часть времени — над водой. Он действует по принципу так называемого воздушного экрана. По общему весу он вдвое превышает самый крупный из обычных самолетов, а по полезной нагрузке еще больше, длина корпуса составляет свыше трехсот футов, размах крыльев — сто тридцать. Вы видели, как птицы садятся на воду — например, те же гуси на озере? Они перестают махать крыльями, но продолжают еще некоторое время без всякого усилия скользить над поверхностью воды. Вот это и есть эффект воздушного экрана. Когда самолет, в котором вы летите, совершает посадку, вы чувствуете, как его в последние секунды словно начинает тянуть вверх, и, чтобы приземлиться, ему приходится преодолевать сопротивление. Это влияние того же эффекта. Между крылом и поверхностью создается своего рода подушка из сжатого воздуха, и его давление создает подъемную силу. Приручить это явление и сделать управляемым оказалось нелегко, но русским, судя по всему, удалось. Сам этот феномен они называют по-английски — гранд-эффектом, а созданное ими транспортное средство — экранопланом. В общем, не могу не признать, что

Советы опередили нас в этом направлении на целые годы, выражаясь образно — на световые годы. Все технические данные, имеющиеся в нашем распоряжении, представлены в этом рапорте. — Он положил на стол папку с материалами.

— Если это действительно то, о чем вы говорите, — сказал М., — то у нас проблема.

— Именно. Сейчас экранопланы еще проходят эксплуатационные испытания. Нам известно о существовании четырех предсерийных экземпляров, но русские планируют построить на Волжском судостроительном заводе больше сотни таких монстров. Уже имеется несколько фотографий, сделанных американскими спутниками над акваторией Каспийского моря; к сожалению, они довольно низкого качества. Есть и еще один снимок, сделанный с разведывательного самолета «У-два». Также имеются устные свидетельства персидских рыбаков, утверждающих, что они видели нечто подобное. Они, кстати, и прозвали его «каспийским чудовищем».

— Какого рода опасность представляет эта машина? Какова ее боевая мощь? — спросил М.

— Мы считаем, что она разработана в качестве как десантного транспортного средства, так и штурмового воздушного судна. По-видимому, она способна перевозить примерно двадцать пять тонн груза, двигаясь при этом буквально в нескольких футах над поверхностью моря.

— И с какой же скоростью? — спросил М.

— Я думаю, сэр, что вам лучше сесть, прежде чем я отвечу на ваш вопрос, — сказал начальник штаба. — Экраноплан может развивать расчетную скорость четыреста километров в час.

— Сколько?!

— Да, вы не ослышались. Это составляет двести пятьдесят миль в...

— Я и сам прекрасно знаю, сколько это составляет, — оборвал подчиненного М. — Вы лучше скажите, какого черта это чудовище делает в Персии?

— Ну, как я понимаю, агент Фисташка сам эту машину не видел, и его доклад основывается только на устных показаниях водителя, который отвозил агента Ноль-Ноль-Семь в доки, где находится этот аппарат, так что с уверенностью сказать, что советский экраноплан базируется там, мы не можем. Но в любом случае хорошего в этой ситуации мало. Речь может идти не о прототипе, не об опытном экземпляре, а об уже испытанном и модифицированном аппарате.

М. шумно запыхтел трубкой:

— Что касается агента Фисташки, то я доверяю его докладу. А вам уже передали из лаборатории результаты анализа образца, который он прислал? Того пакета из Ноушехра, что пришел сегодня утром?

— Да. Это чистый героин. Насколько героин вообще может быть чистым. А для кого он предназначен... бог его знает. Представляется, что по крайней мере перевалочным пунктом должна стать Россия. Туда его собираются поставлять на экраноплане.

— Это означает только одно: Горнер имеет какие-то отношения с русскими. Они будут переправлять героин на Запад через Восточную Европу. Возможно, через прибалтийские страны, например Эстонию.

— К сожалению, боюсь, что это так, сэр.

М. снова подошел к окну. Стоя спиной к начальнику штаба, он проговорил:

— И все-таки мне кажется, что дело обстоит не так просто. Ну не верю я, что все упирается только в коммерческий интерес, только в торговлю наркотиками — пусть даже в гигантских масштабах. Американцы наверняка тоже что-то учуяли, не зря ведь они в последнее время прямо наводнили Персию своими агентами.

— Разве их там не всегда было полно?

— Конечно. Но все-таки не столько. Я не видел такой суеты и паники на Ближнем Востоке с тех пор, как этот Филби сбежал из Бейрута[1]. Парни из Лэнгли явно пронюхали, что там затевается что-то серьезное.

— А как у нас сейчас обстоят отношения с Лэнгли? — спросил начальник штаба.

М. покачал головой:

— Боюсь, пока что по-прежнему. Довольно прохладные. А все этот Вьетнам. Пока политики о чем-то не договорятся с глазу на глаз или пока мы не пошлем туда какое-то количество войск, между нами будет оставаться... некоторая сдержанность.

— Получается, что в отношении Персии мы с американцами сидим в одной лодке, вот-вот готовой утонуть, но при этом не разговариваем друг с другом.

М. тяжело вздохнул:

— Вы совершенно правы, Билл. Вот почему нам так исключительно важно услышать что-то от Ноль-Ноль-Седьмого.

— А как дела у Ноль-Ноль-Четвертого? Есть хоть какая-то информация?

— Ни слуху ни духу. Что меня на самом деле беспокоит, так это сведения, полученные из Вашингтона. Они посылают в Тегеран агентов, чуть ли не заказывая специальные шпионские чартеры. Привлекают даже некоторых отставников, еще числящихся в резерве. В общем, «свистать всех наверх».

— А почему они так переполошились, мы на самом деле не знаем. Есть что-то, чего они нам не говорят.

М. молча кивнул.

---

[1] *Ким Филби* (1912—1988) — высокопоставленный деятель британской разведки и (с 1933 г.) советский шпион; находясь под угрозой разоблачения, был переправлен в СССР из Бейрута 23 января 1963 г.

На некоторое время в кабинете воцарилось тягостное молчание, потом начальник штаба сказал:

— Если Горнер вышел на русских и сумел договориться, чтобы использовать их экраноплан для транспортировки своего героина, значит, он должен с ними каким-то образом за это расплатиться.

— Но не деньгами, — сказал М. — Интересно, что вы по этому поводу думаете, вернее, совпадают ли наши с вами догадки на этот счет.

— Сэр, я полагаю, что не зря прослужил бок о бок с вами столько лет, — ответил начальник штаба.

М. положил погасшую трубку на стол и нажал клавишу переговорного устройства.

— Манипенни, — распорядился он, — соедините меня с премьер-министром.

ГЛАВА 14

На краю света

— Горнер, вам повезло, что у меня руки связаны,— сказал Бонд сквозь зубы.

— Красиво сказано, Бонд, но я думаю, что мои люди в любом случае не позволили бы вам причинить мне хоть какой-то вред.— Горнер мотнул головой в сторону двоих вооруженных охранников, стоящих у дверей.— Неужели вам не хочется посмотреть на свою очаровательную подружку? Странно. Все остальные хотят. И, судя по шуму в цехе, даже очень хотят. Она им явно понравилась.

Бонд непроизвольно бросил взгляд в окно. Обнаженная Скарлетт почти бежала по стеклянной галерее, пытаясь прикрыть руками свою наготу; шедший позади нее охранник подгонял ее, тыча в спину прикладом автомата, а рабочие-рабы внизу громко орали и хохотали.

«Убейте Горнера,— вспомнил Бонд слова Поппи.— Теперь это единственное, что вы можете сделать. Убейте его».

Бонд подумал, что ему придется еще дожидаться, пока представится такая возможность, но уж тогда он убьет этого человека с превеликим удовольствием.

— Не беспокойтесь вы о девушках,— «утешил» его Горнер.— Это же сброд, представительницы самых низших слоев общества. Таких людей ваша империя всегда считала легко восполняемым расходным материалом.

Бонд выругался — лаконично, но очень грубо.

— Ну а если вы находите это зрелище слишком отталкивающим, — сказал Горнер, полностью успокоившийся и явно наслаждающийся произведенным эффектом, — можете вернуться в свою камеру.

Горнер жестом подозвал охранника и отдал ему какие-то краткие распоряжения на фарси.

— Ваша подружка скоро присоединится к вам, Бонд. Сегодня мы не будем отдавать ее рабочим. Пусть нагуляют аппетит.

Оказавшись один в камере, Бонд попытался придумать план побега. Конечно, можно было наброситься на часового и захватить его оружие, но для этого нужно хотя бы немного ослабить нейлоновые веревки, которыми связаны руки. Впрочем, нападение на часового не имеет смысла, пока нет хоть какого-нибудь плана спасения самого себя, Скарлетт и Поппи из логова Горнера.

Пока что, подумал Бонд, ему не остается ничего, кроме как выполнять указания Горнера и ждать дальнейшего развития событий. Рано или поздно Горнер наверняка сознательно или случайно посвятит его в какие-то детали своей предполагаемой «военной интервенции»; может быть, тогда у Бонда появится шанс передать в Лондон или хотя бы Дариусу в Тегеран сколько-нибудь стоящую информацию о готовящемся нападении. Может статься, что сам он в результате погибнет, но если нужные сведения попадут по назначению и все системы обороны будут приведены в боевую готовность, то он, по крайней мере, умрет с чувством выполненного долга.

Прошло восемь часов: ни еды, ни воды, ни Скарлетт. Бонд не то задремал, не то впал в забытье, из которого его вырвал свет, проникший в камеру из коридора через открывшуюся дверь. Его снова под дулами автоматов отконвоировали в кабинет Горнера. На этот раз рядом с хозяином стоял Шагрен.

— Что ж, Бонд, пора ехать на боевое задание, — сказал Горнер. — Можете рассматривать это как своего рода разведку перед главной операцией. Однако не забывайте, что иногда разведка боем бывает даже более опасной, чем сам бой. Вы можете погибнуть, но в любом случае будет занятно узнать, чего вы стоите в настоящем деле. И я уверен, что это будет вам очень интересно. И к тому же полезно. Узнаете, что вам еще есть чему поучиться. Я поручу вас заботам Шагрена, моего самого доверенного помощника и заместителя.

Человек в кепи, услышав свое имя, шагнул вперед. Затем он что-то негромко сказал охраннику, который щелкнул каблуками и вышел.

— Полагаю, настало время вам узнать немножко больше о Шагрене, — проговорил Горнер. — Его настоящее имя Фам Син Куок. Он воевал в Северном Вьетнаме — сами понимаете, на чьей стороне. Будучи убежденным коммунистом, он сражался против французов. Когда французы колонизировали Индокитай, они послали туда множество монахов и миссионеров. Религия уже не была в большом почете в самой Французской Республике, где, как известно, Церковь отделили от государства еще в тысяча семьсот восемьдесят девятом году; зато французы поставляли католицизм на экспорт — больше всего его сплавляли этим маленьким цветным человечкам, не стесняясь при этом грабить их страну. Я думаю, миссионерство заглушало в колонизаторах угрызения совести.

Охранник в сопровождении еще троих своих коллег вернулся. Они втащили в кабинет дрожащего рабочего в серой униформе, который тут же упал на колени, явно в ужасе от того, что его ожидало.

— Когда Шагрен и его товарищи по оружию входили в северовьетнамскую деревню, где дети посещали занятия в воскресной школе, они обычно щипцами вырывали язык местному проповеднику. После этого он уже больше не мог ничего проповедовать. Так мы и до сих пор поступаем с людьми, которые слишком много болтают.

Горнер кивнул Шагрену, который вытащил из кармана пару палочек, которые в Восточной Азии используются для еды. Двое охранников крепко схватили рабочего за руки, а Шагрен вставил палочки ему в уши.

— А так Шагрен поступал с детишками, которые слушали всякие библейские сказки.

Широко расставив ноги, Шагрен в следующую секунду изо всех сил ударил ладонями по торчащим из ушей рабочего палочкам, которые воткнулись глубоко в голову. Кровь хлынула у того из ушей, и он с диким криком повалился на пол.

— Ну вот, теперь он долго ничего не услышит, — сказал Горнер. — Пока у него не зарастут барабанные перепонки. К некоторым детям слух так и не вернулся.

Двое охранников выволокли кричащего рабочего за дверь, а еще двое остались в кабинете.

— Мне почему-то кажется, что вы хотели бы узнать, как Шагрен заработал свое прозвище. Это слово по-французски обозначает «боль» и «горе». Вообще занятно, что эти два понятия называются одним и тем же словом, вы не находите? Но дело не только в этом. В Шагрене есть нечто, что делает его практически идеальным солдатом, упорным, яростным и жестоким. Когда русские захватили нацистские концлагеря и освободили заключенных, им в руки попали документы, касающиеся медицинских экспериментов, которые там проводили врачи. Особое сверхсекретное подразделение советского министерства здравоохранения продолжило эти опыты и занималось ими еще долгие годы после войны. Впрочем, в отличие от нацистов, русские набирали добровольцев. Участникам экспериментов оплачивали все расходы и гарантировали значительное финансовое вознаграждение. Молва донесла весть об этом и до одной из коммунистических ячеек в Северном Вьетнаме, в которой состоял Шагрен. Он вызвался ехать добровольцем и таким образом попал в закрытую клинику в Омске. Одним из направлений исследований, которые вели русские военные врачи, было изучение неврологической основы психопатии — почему, например, некоторые люди не способны представить себе ощущения и чувства других. Психопаты не в состоянии спроецировать чужие ощущения и чувства на себя. В их сознании вообще полностью отсутствует концепт «другого человека». Доктора решили, что такая способность, вернее, отсутствие такой способности может быть полезно для военнослужащих и в особенности для агентов КГБ. В общем, если говорить короче, Шагрен стал одним из дюжины добровольцев, которым была проведена экспериментальная операция на мозге. Вскрытия психопатов показывали наличие у них некоторых отклонений от нормы в височных долях головного мозга. Вы следите за ходом моей мысли, Бонд?

— Да.

— В случае Шагрена операция была проведена успешно. Ему прижгли, до полной потери чувствительности, область височной доли мозга размером примерно с ноготь. Не думаю, что Шагрен и до этого был впечатлительным и чутким человеком, но после операции его безразличие к окружающим стало с клинической точки зрения абсолютным. Результат получился просто замечательный. К сожалению, операция имела и небольшой побочный эффект. Хирурги случайно повредили в его мозгу значительное скопление нейронов, отвечающих за восприятие боли, — кстати, это очень близко к рецепторам морфинов. Мозг регистрирует боль примерно теми же участками, которые управляют эмоциями. Так что, пытаясь лишить человека чувства сострадания, вы можете случайно избавить его и от других чувств и ощущений. В результате Шагрен почти полностью потерял способность ощущать физическую боль. Это заставляет его быть очень осторожным. Он может, например, спрыгнуть с двадцатифутовой высоты на твердую поверхность и даже не заметить, что у него сломана нога. С другой стороны, в некоторых ситуациях эта патология может быть весомым преимуществом. В бою он неотразимый противник.

— Понятно, — сказал Бонд. Это объясняло, по крайней мере, странное отсутствие мимики на лице Шагрена. — Но зачем ему этот армейский головной убор?

— Хирурги сделали то, что называется остеопластическим окном. Они просверлили отверстия в его черепе, затем просунули через них тонкую пилу, стараясь попасть прямо под кость и не задеть мозговые мембраны, и потом распилили черепную коробку почти по кругу. Сделав разрез в три четверти окружности, они приподняли теменную часть черепа, а затем, выполнив нужную им операцию, вернули ее на место. Но уважаемые джентльмены из Омска, видимо, торопились и не слишком качественно закончили свою работу. В общем, сдвинутая теменная часть черепа так и не встала полностью на свое место. По-моему, Шагрен просто стесняется формы своей головы.

— Я не это имел в виду, — уточнил Бонд. — Почему он носит кепи Иностранного легиона, если так яростно сражался против французов?

Горнер пожал плечами:

— Не знаю. Возможно, русским нейрохирургам не удалось окончательно убить в нем чувство юмора.

Бонд сдерживал себя изо всех сил: ненависть к этому человеку просто душила его. «Какой же болван-студент, — думал он, — какой кретин-шутник из Оксфордского университета впервые решил поддразнить Горнера, подшутить над его уродством? Знал бы этот клоун, какое зло пробудят его шутки и к какому извращенному подобию крестового похода приведут в итоге».

— Вы, Бонд, наверное, проголодались, — внезапно сказал Горнер. — Но сегодня, как я уже говорил, воспитательный день. Отсутствие еды должно напомнить вам, как британцы систематически морили голодом ирландцев во время знаменитого картофельного мора. Мне кажется, неприятные ощущения, которые вы испытываете оттого, что ваш желудок пуст, несопоставимы с теми страданиями, которые испытывали миллионы умирающих людей. Вы со мной согласны?

— Когда я должен буду выехать на вашу операцию? — спросил Бонд.

Горнер, словно не слыша его, смотрел в окно на рабочих в цехе.

— Я много думал над тем, как поставить Британию на колени, — наконец сказал он. — Пришлось перебрать много вариантов. Например, я прикидывал, не стоит ли вложить часть прибылей от моей фармацевтической компании в прессу. Представьте, что я купил обожаемую вашим лживым истеблишментом газету «Таймс». Тогда я отдал бы ее в руки какому-нибудь покладистому редактору, который разделяет мою ненависть к Британии, и нанес бы удар по вашей стране, так сказать, ее собственными устами. Я купил бы телеканалы, другие газеты... Я заполнил бы их порнографией и пропагандой, и из каждого приемника и телевизора лилось бы то, что мне нужно... Но увы, Бонд. Это заняло бы слишком много времени. А ваши дурацкие законы, касающиеся так называемой честной игры — в частности, конкуренции, — не позволили бы мне монополизировать рынок средств массовой информации. Вот я и решил вливать смерть прямо в вены, с помощью игл. Это то же самое, но действует гораздо быстрее... — Горнер встал. — Впрочем, хватит грезить наяву. Шагрен, забери Бонда. Заставь его поработать. Вспомни, что делали британцы с пленными воинами кикуйю после восстания May-May[1]. Иди.

Шагрен вышел из кабинета первым, а идущего за ним Бонда конвоировали двое вооруженных охранников. Они дошли до открытой подъемной платформы и поднялись до уровня земли, затем проехали на электрокаре по извилистому коридору к массивной железной двери. Шагрен подошел к вмонтированной в стену панели и набрал пятизначный код.

При нажатии каждой кнопки прибор издавал короткий звуковой сигнал, всякий раз чуть отличающийся от предыдущего. Бонд постарался запомнить эту последовательность звуков и для верности мысленно воспроизвел ее несколько раз.

Дверь отъехала в сторону, и Бонда вытолкнули наружу — на открытую площадку, засыпанную песком пустыни. Неподалеку, напротив двери, стоял наготове классический советский двухмоторный вертолет Ми-8. Его характерными особенностями были пятилопастной несущий винт и высокая грузоподъемность: он мог взять на борт тридцать шесть вооруженных бойцов с полным снаряжением.

Во время короткой пробежки от двери к вертолету Бонд ощутил, как основательно припекает солнце. Когда он и его конвойные поднимались по ступенькам короткого трапа, винты уже начали ускоряться, поднимая пыль и создавая вокруг машины плотную песчаную завесу. Внутри уже сидели десять человек из горнеровской банды, все в облегающих футболках, армей-

---

[1] *May-May* (1952—1960) — восстание кенийских племен против британских колонизаторов. Основную массу восставших составили представители племени кикуйю. Огромное количество пленных повстанцев было приговорено к повешению.

ских штанах со множеством карманов, с поясами и портупеями, на которых крепились оружие и боеприпасы. Грузовой люк задраили, двигатели набрали обороты, несущий винт завыл уже по-боевому, и вертолет легко оторвался от земли, взмыл в воздух, заложил крутой вираж влево и полетел над пустыней на минимально безопасной высоте.

Ориентируясь по солнцу, Бонд понял, что летят они на восток, в сторону Афганистана. В уме он продолжал повторять последовательность сигналов электронного замка, которые прозвучали под пальцами Шагрена, когда тот набирал код, открывавший дверь на подземную базу Горнера. Постепенно эти звуки отложились в памяти Бонда как примитивная, но навязчивая мелодия. Он повторял ее снова и снова, пока она не запомнилась, будто какая-нибудь попсовая песенка, постоянно звучащая по радио.

Наконец вертолет стал снижаться и совершил посадку неподалеку от небольшого караван-сарая — нескольких зданий, поставленных по разные стороны прямоугольной площадки. Вода подходила сюда с ледника какой-то из отдаленных гор и не пересыхала только потому, что текла по системе подземных труб — *канатов*, которые описывал Бонду Джей Ди Сильвер. Действительно, сверху было отчетливо видно, как именно проложены трубы под землей. Там, где они проходили, по поверхности шел невысокий вал из более темного, чем окружающий песок, грунта. В некоторых местах возвышались небольшие холмики — ни дать ни взять земля, выброшенная из нор какими-то очень уж старательными зверьками вроде кротов. Впрочем, судя по масштабам строительства, зверьки эти были не только старательными, но и довольно крупногабаритными: ростом никак не меньше человека. Тем временем солдаты вылезли из вертолета, и хозяин караван-сарая сразу же принес им воды, а вскоре для всего отряда во внутреннем дворе был накрыт стол.

Бонд почувствовал запах кебаба и плова, у него потекли слюнки и подвело желудок. Он ничего не ел после ужина в Ноушехре, еще с Хамидом и Скарлетт. Но руки у него были связаны, а когда повар собрался дать ему поесть, Шагрен покачал головой.

— Ирландцы, — сказал он. — Нет еды.

— Вода? — спросил Бонд.

Шагрен плеснул воды в миску.

— Как собака, — сказал он. — Как англичане с рабами.

Бонд встал на колени и вылакал теплую воду.

Во дворе караван-сарая стояло десять—двенадцать стреноженных верблюдов. Солдаты приставили специальные лесенки к их бокам, взобрались и запустили руки в тщательно обработанные и прикрытые разрезы на горбах. Окровавленными руками они доставали оттуда завернутые в полиэтилен пакеты вроде тех, которые Бонд видел в Ноушехре. Он предположил, что верблюдов приучили пересекать пустыню с подобным грузом и с обильным водопоем в конце каждого перехода.

— Иди, — сказал Шагрен, подталкивая Бонда в сторону армейского вездехода, который ждал их с уже работающим мотором.

Ехать по пустыне пришлось часов шесть; впрочем, ехать — это не то слово, которое точно передает способ передвижения по сильнопересеченной, усыпанной камнями местности; затем машина поползла в горы, где впервые стали попадаться признаки человеческого обитания. Бонд вспомнил, как он изучал карты: по южному краю пустыни Деште-Лут шла дорога от Бама на Захедан и далее на приграничный Заболь. Но там, где есть дорога, могут быть и армейские патрули, и полицейские облавы, так что для целей Горнера путь через необитаемую пустыню подходил гораздо лучше.

Наконец вездеход перебрался через горы, и пейзаж изменился: здесь было гораздо больше зелени. Дальнейший путь пролегал по каменистым осыпям в направлении Заболя. Еще миль через десять грузовик остановился, и солдаты пересели в десяток открытых джипов, которые их уже поджидали. С учетом водителей джипов, а также самого Бонда и Шагрена отряд составлял теперь двадцать два человека. Джипы покидали общую стоянку с трехминутным интервалом и ехали дальше по одному: видимо, они надеялись, что так им будет легче проскочить незамеченными, предположил Бонд. Армейский грузовик легко вместил бы в кузов и весь личный состав, и несколько сотен пакетов с опиумом в придачу, но такой транспорт слишком бросался бы в глаза на улицах Заболя.

Через несколько минут Бонд оказался в городишке, который, как он воображал, сидя в своем номере отеля в Тегеране, находился на краю света. Городок был пыльный, без единого деревца, и представлял собой лабиринт узких переулков и проходов между стенами и заборами, сложенными из необожженного кирпича. Улочки были до того тесные и извилистые, что могли с непривычки вызвать приступ клаустрофобии. Дома без окон, составлявшие стены этих каменных ущелий, до того нагревались на солнце, что жара становилась уже совершенно невыносимой. Хотя порой на улицах городишка, как и в Тегеране, попадались персы, одетые на западный манер, но куда больше здесь было смуглокожих представителей различных полудиких племен в традиционных афганских головных уборах и с черными неухоженными бородами. По размеру Заболь оказался примерно таким, как Бонд себе и представлял, но он никак не мог избавиться от ощущения, что попал не только на край света, но и в другую эпоху: в этом старинном приграничном городе не действовали законы государства, а царили полная анархия и беззаконие, структурируемые лишь одним универсальным правом — правом сильного диктовать свою волю слабому.

Бонду приказали выйти из джипа, который развернулся и уехал. Пленника повели через базар, причем дуло пистолета Шагрена все время упиралось ему в спину. Рынок был очень странным. Вместо традиционного для этих мест шелка на прилавках лежали контрабандные сигареты и подделки под западные товары: пластинки, духи, разные пластмассовые изделия — всё китайского производства. В продовольственной части рынка были сложены горы систанских сахарных дынь и винограда рубинового цвета, большие коробки бамских фиников и каких-то ярко-оранжевых специй; но над всем этим великолепием, перебивая любые ароматы, отчетливо ощущался сладковатый удушливый запах опиума — продукта обработки мака *Papaver somniferum*.

— *Тальяк*, — не то прошипел, не то просвистел в самое ухо Бонду какой-то старик, жестом предлагая войти в лавку, за висевшую в дверном проеме занавеску. Седая борода старика пожелтела от многолетнего курения того самого *тальяка*, или опиума, который он надеялся продать.

Шагрен толкнул старика в грудь, и тот упал навзничь, перелетев через порог за свою занавеску. Бонда удивило, что на улицах Заболя почти не видно полицейских. Из этого он сделал вывод, что основная контрабандная торговля наркотиками ведется вдали от базара, а полиция смотрит сквозь пальцы на мелкие сделки, заключавшиеся здесь, прямо в центре города; впрочем, не приходилось сомневаться, что терпимость полицейских не была бескорыстной.

Отряд Шагрена прошел через городок и оказался в квартале, напоминающем промышленно-складскую зону. Здесь Бонд увидел уже знакомые десять джипов, которые стояли перед одноэтажным складским зданием из кирпича-сырца. В здании, если судить по придорожной вывеске и рисункам на стене, должны были торговать дынями. Ржавые ворота со скрипом отворились, и джипы медленно въехали в крытый двор склада.

В полумраке под навесом отряд встретили с десяток афганцев в национальных костюмах, с нагрудными патронташами крест-накрест; они наставили на людей Шагрена автоматические винтовки советского производства и с мрачным выражением на лицах наблюдали, как те грузят товар в грузовые отсеки джипов. Упаковано все было в большие деревянные ящики наподобие тех, в которых обычно перевозят чай. Всего ящиков было двадцать — по два на каждый джип. В них находилось колоссальное, как полагал Бонд, количество опиума-сырца, но даже эти груды сырья не смогли бы заставить крутиться жернова фабрики Горнера в полную силу. «Одному богу известно, — подумал Бонд, — сколько этой дряни он получает самолетами из Лаоса».

Шагрен вышел на середину склада и положил на пустой импровизированный стол, сооруженный из ящиков и поддона, плотный объемистый конверт. Он простоял неподвижно все время, пока один из афганцев, открыв конверт, бумажку за бумажкой пересчитывал пачки американских долларов, которые там находились.

Наконец афганец молча кивнул, Шагрен повернулся и сделал знак своим людям. Десять моторов завелись практически одновременно, и машины конвоя с минутным интервалом стали отъезжать. Бонд и Шагрен сели в последний джип. Водитель — самый молодой и явно нервничавший больше всех — погнал машину по улочкам на окраину города. Через десять минут они уже выехали за городскую черту и присоединились к остальным девяти джипам, остановившимся за песчаным холмом.

Чтобы вновь добраться до вездехода, силуэт которого смутно просматривался в виде едва заметного пятнышка на горизонте, им пришлось проехать через глубокую седловину, с обеих сторон зажатую холмами.

Шагрен вынул из кармана брюк перочинный нож и разрезал веревки на запястьях Бонда.

— Перевал Геенны Огненной, — сказал он.

В этот момент что-то похожее на едва заметную улыбку промелькнуло на мертвенно-неподвижном лице. Бонд подумал о вьетнамских детях, изучавших Библию в воскресных школах.

— Ты вести первый джип, — сказал Шагрен. — Иди.

Солдаты засмеялись.

Бонд перелез на водительское место. Совершать *хиджру*, то есть отступать из тактических соображений, было некуда, да и некогда. Двигаться нужно было быстро и только вперед. Он ударом ладони вогнал рычаг в положение первой передачи и отпустил педаль сцепления. Из-под всех четырех колес вырвались фонтаны пыли, а затем зубастые «песчаные» шины вгрызлись в грунт. Джип рванулся вперед с такой прытью, что Бонда едва не сбросило с сиденья. Повоевав с непривычно неподвижным рулем, он наконец «поймал» завилявшую машину и, надавив правой ногой на педаль газа, стал переключать передачи. Позади него по грузовому отсеку от борта к борту скакали два ящика с товаром; оставалось только надеяться, что при их весе они вряд ли вылетят за борт, когда машина подпрыгнет на очередной кочке. Едва Бонд загнал джип в ущелье между скалистыми холмами, как на одном из них, слева, сверкнула вспышка. Первый винтовочный выстрел стал сигналом к началу обстрела. Бонд посмотрел вверх и по сторонам и наметанным взглядом определил места, откуда вели огонь бородатые афганцы. Он услышал, как одна из пуль ударилась о капот джипа, и стал энергично крутить руль, чтобы виляющая из стороны в сторону машина стала более трудной мишенью для стрелков. Затем послышался тяжелый хлопок сработавшего ручного гранатомета, и на тропе перед машиной раздался взрыв; осколки, обломки камней и песок разлетелись в разные стороны, разбив ветровое стекло джипа и засыпав глаза Бонда пылью. Ему пришлось вытереть глаза рукавом и хорошенько проморгаться, чтобы полностью восстановить зрение. Длинный осколок ветрового стекла впился ему в щеку и так и остался торчать в ней, вонзившись острием в десну.

Вдруг противник открыл огонь еще и с холма справа по ходу движения; сзади доносился надрывный вой мотора другой машины. Был ли это следующий джип из горнеровского конвоя, или же его преследовала машина напавшей на них банды, Бонд не знал. Оглянуться, чтобы проверить это, было бы сейчас смертельной ошибкой. Он знал только, что ему надо гнать вперед и выбираться из этого ущелья как можно скорее. Автоматный огонь с холма справа усилился, несколько пуль прошили пассажирское сиденье, другие срикошетили от прочных стальных элементов рамы. Ощущение было такое, что огонь велся из-за каждого камня, как будто весь окружающий ландшафт ожил и пустился в погоню за джипом, увозившим столь желанный груз наркотиков. Бонд сжимал руль так крепко, что костяшки пальцев побелели; кровь из раны на щеке стекала на рубашку, насквозь мокрую от пота. Он вспомнил лицо Горнера, Скарлетт, идущую по стеклянной галерее, и Поппи, которую силой удерживали в подземелье, затерянном в пустыне. Он издал яростный и гневный крик, похожий на вой, а потом до упора нажал правой ногой на педаль газа, словно желая продавить ею стальной пол машины; пули барабанили уже по корпусу джипа, как какой-то безумный музыкант-ударник по доставшемуся ему армейскому барабану.

Внезапно Бонда подбросило в воздух и вышвырнуло из машины; судя по всему, очередная граната взорвалась практически прямо под передними колесами. Он приземлился на левое плечо, ощутив резкую боль, затем перекатился и попытался спрятаться за ближайшим валуном. Оглянувшись, он увидел свой перевернутый джип, колеса которого вращались в воздухе с бешеной скоростью, подчиняясь заклинившей педали газа. По камню, за которым он спрятался, чиркнула пуля; посмотрев в другую сторону, Бонд увидел уже знакомые очертания невысокого холмика, похожего на груду земли, выброшенную на поверхность огромным кротом. Наверняка это был один из входов в *канат*, подземный водопровод, ведущий в Заболь. Сжавшись пружиной, Бонд выскочил из-за валуна и зигзагами побежал по направлению к земляному холмику. Его спас инстинкт, сработавший в нужное мгновение: подчиняясь ему, Бонд упал на землю, и автоматная очередь, пущенная беглецу вдогонку, прошла выше. Сам же он подкатился к подножию холмика и, ползком обогнув его, обнаружил присыпанный песком лист ржавого железа — вход в подземелье. Отбросив эту заслонку, он втиснулся в узкий лаз и, проскользив футов пятнадцать, упал в холодную воду.

У него было несколько мгновений, чтобы перевести дух и подумать. Может быть, никто и не заметил, куда он подевался, но это было крайне сомнительно, потому что в данный момент перевал Геенны Огненной казался самым многолюдным местом во всей Персии. Бонд подозревал, что его отправили в это узкое ущелье в качестве отвлекающей приманки, в то время как остальные джипы пробирались севернее, более безопасным маршрутом, и должны были вновь встретиться у грузовика-вездехода. Теперь самым важным для Бонда было не потеряться в пустыне и каким-то образом вернуться обратно в логово Горнера. Иначе он ничем не сможет помочь ни Скарлетт, ни Поппи, ни Службе. Значит, надо искать возможности снова присоединиться к отряду Шагрена.

Вода доходила Бонду до пояса и была очень холодной. Он опустил в нее лицо и осторожно вынул осколок стекла из щеки. Затем разломил его на два маленьких кусочка, каждый длиной примерно по два дюйма, с острыми зазубренными краями. Оба кусочка он спрятал в нагрудный карман рубашки, который аккуратно застегнул.

Раздался пистолетный выстрел, и в воздух взметнулся фонтанчик воды, поднятый пулей. Кто-то стрелял сверху, от входа в *канат*. Бонд метнулся в сторону и стал пробираться вверх по течению — вброд по воде, текшей в сторону города с далеких горных ледников. Течение в этом подземном ручье было достаточно сильным, что заметно осложняло передвижение. Вскоре русло стало глубже, и Бонд попытался двигаться вплавь. Сделав глубокий вдох, он принялся изо всех сил работать руками и ногами, пока в легких хватало воздуха. Подняв голову, чтобы сделать очередной вдох, он понял, что проплыл всего лишь несколько ярдов. Позади него послышалось еще несколько выстрелов. По всей видимости, преследователи спустились в воду вслед за ним. Бонд стал уходить от погони, напрягая все силы и стараясь двигаться как можно быстрее, но вскоре с беспокойством заметил, что вода в подземном русле начала прибывать. «Такое возможно только из-за вмешательства человека», — подумал он. Никакой ледник в горах не начал бы внезапно таять гораздо быстрее, чем это происходило до сих пор, а значит, где-то в ирригационной системе имеются заслонки-шлюзы, которыми и воспользовались сейчас его преследователи: они либо перекрыли сток воды ниже по течению, либо открыли шлюз впереди. Какие-то механизмы регулирования подземного водотока наверняка существуют — он это понимал, но не мог ничего разглядеть в сплошной темноте.

Подняв руку, Бонд нащупал потолок туннеля буквально в нескольких дюймах над головой. Если вода и дальше будет прибывать, он просто утонет. Возвращаться назад, прямо в лапы вооруженных преследователей, у него не было ни малейшего желания, поэтому не оставалось другого выбора, кроме как пробираться дальше вверх по течению.

Двигаясь вперед, выставив руки перед собой, Бонд чувствовал, что вода поднялась уже до уровня его рта. Он нырнул и снова поплыл, надеясь найти какое-нибудь место, где потолок окажется повыше, чтобы можно было высунуть голову из воды и подышать. Вынырнув, он был вынужден сильно изогнуть шею, чтобы набрать воздуха в легкие. Дело принимало совсем скверный оборот: следующего вдоха можно было и не дождаться. Отчаянно барахтаясь, Бонд сделал последний мощный толчок руками в кромешной темноте туннеля. Вдруг левой рукой он ощутил какую-то совершенно другую субстанцию: воздух. В крыше *каната* был пролом; сопротивляясь потоку воды, Бонд ощупал его каменистый край и поднял голову достаточно высоко, чтобы можно было дышать. Узкая щель между камнями уходила вверх, образуя подобие лаза неправильной формы; вода все прибывала, и Бонд понял, что пытаться дальше пробираться вверх по течению не имеет смысла: здесь был для него единственный возможный путь.

Извиваясь всем телом и мысленно проклиная свои слишком широкие плечи, которые с трудом протискивались между торчащими со всех сторон каменными выступами, он стал ползти вверх по узкому лазу, подтягиваясь на руках и обдирая кожу на ладонях. Наконец он вытащил ноги из воды; теперь ему грозило застрять в узком проломе, края которого со всех сторон зажали его тело.

Дальше дело пошло еще медленнее: Бонд пробирался вверх буквально по дюйму. Руки и ноги у него были ободраны в кровь, а туловище изгибалось под какими-то немыслимыми углами. Имел ли смысл этот «альпинистский» подъем с использованием приемов, отработанных за миллионы лет червями и личинками насекомых? Бонд прикинул, что ему придется пробраться вверх футов на тридцать, причем вполне могло оказаться, что выход будет закрыт сдвинувшимися камнями или землей. Внизу по-прежнему слышалось журчание воды, и он решил, что если не сможет двигаться дальше вверх, то попытается соскользнуть обратно вниз и утонуть в ее холодных глубинах. Левое плечо, на которое он упал, когда его выбросило из джипа, отзывалось на каждое движение резкой болью, так что он не мог полноценно пользоваться левой рукой и продирался вверх, практически действуя одной правой.

Дюйм, полдюйма, еще полдюйма... Извиваясь и изо всех сил подтягиваясь на окровавленных руках, Бонд продирался сквозь толщу каменного свода, в которую в другой ситуации даже не попытался бы сунуться, понимая, что скорее всего застрянет, причем подведут его именно плечи. Бедро свела судорога, но он не мог даже пошевелиться, чтобы расслабить мышцы. Лаз, казалось, становился все у́же, и Бонд ощутил, что ему не хватает воздуха.

Он уже давно свыкся с мыслью, что смерть рано или поздно настигнет его в ходе очередной операции; ведь служба есть служба, и неизбежность риска стала для Бонда чем-то привычным и даже, пожалуй, безразличным. «Поэтому нечего и теперь менять свое отношение к этому», — подумал он. Потом его сознание, затуманенное нехваткой кислорода, стало постепенно отключаться; мысли неожиданно перенесли его в вечерний Рим, в бар отеля, где миссис Лариса Росси так выразительно смотрела на него и так эффектно закидывала ногу на ногу. Он увидел эти ноги словно наяву — и еще ее рот, ее чуть вздрагивающие губы и как они впервые прикоснулись к его губам. И ее гладкую, словно светящуюся нежную кожу цвета светлого меда... и упрямое своенравие ее взгляда.

Бонд дернулся всем телом, скорее машинально, чем осознанно стараясь продвинуться еще хотя бы на дюйм в удушающей толще земли. «Похоже, начались галлюцинации», — подумал он. Надо же, он умирает, но не может думать ни о чем другом, кроме Скарлетт. Как она чуть нервно опустила глаза и сказала: «Моему мужу сегодня вечером пришлось уехать в Неаполь... Может быть, подниметесь к нам в номер: выпьем чего-нибудь, если вы не против?»

Бонд чувствовал, что легким все больше не хватает воздуха. Он что, влюбился в эту женщину? Но не слишком ли поздно задался он этим вопросом? От чувства безнадежности слезы потекли из глаз, смешиваясь с потом и кровью, покрывавшими лицо.

Он подсознательно старался не думать о приближающейся смерти, вытесняя эти мысли воспоминаниями о Скарлетт, сидящей в неудобном кресле с позолоченными ручками в номере его парижской гостиницы, о ее длинных, скромно скрещенных ногах и сложенных на груди руках...

Еще один, едва ли не последний вдох, затем выдох, обернувшийся хрипом. Бонд дернулся всем телом вверх в последнем смертельном усилии. Его руки раздвинули плотно спрессованный песок и землю, и вдруг он ощутил под пальцами пустоту... воздух. Отчаянно извиваясь, он пытался найти для ладони, повисшей в пустоте, точку опоры.

ГЛАВА 15

«Хочешь меня?»

Луч света пронзил кромешную темноту над ним, а вслед за светом возник порыв сухого, обжигающего воздуха. Зарычав по-звериному, Бонд уперся здоровым плечом в плотную корку земли, давившую на него сверху, и почувствовал, что каменистый грунт, не дававший ему выбраться на поверхность, дрогнул под нажимом и рассыпался грудой мелких камешков и песка. Тело подалось вперед, и голова наконец оказалась на свободе. Превозмогая почти невыносимую боль, он продолжал работать руками и плечами, и в конце концов ему удалось вырваться из провала сначала по пояс, а затем и вытащить ноги. Обессиленный, он так и остался лежать на песке, тяжело дыша и время от времени издавая сдавленные стоны, когда, словно сквозь туман, сознание возвращалось к нему, отдаваясь в измученном теле резкой вспышкой боли.

Когда к нему вернулась способность видеть, он обнаружил, что его взгляд упирается в носки коричневых, начищенных до блеска дорогих кожаных ботинок и отвороты льняных брюк кремового цвета. Стоило ему поднять голову, как подошва ботинка опустилась на его скулу и придавила лицо к земле.

— «Туннель-сигара», — послышался сверху голос Горнера. — Тест на способность выжить в экстремальных условиях. Придуман офицерами, получившими образование в лучших частных школах и служившими в ваших элитных полках быстрого реагирования в Малайе. Я подумал, что вам это развлечение понравится. А мне тем более. Видите, до чего мне интересно, как вы проводите время: я даже специально приехал, чтобы посмотреть на вас.

Не убирая ногу с лица Бонда, Горнер продолжал:

— Это было придумано как показательная экзекуция для шпионов и доносчиков, чтобы запугать местное население, но вашим офицерам эта затея до того пришлась по вкусу, что они стали загонять в такие туннели первых попавшихся — просто ради забавы. — Он обернулся к своему невидимому спутнику. — Уберите отсюда этого грязного английского крота.

Ботинок наконец перестал давить на лицо Бонда, и тот, перевернувшись на спину, увидел, как Горнер идет к маленькому вертолету, который, по всей видимости, и доставил его к месту событий. Бонд почувствовал, как его подхватывают под руки и впихивают в джип, чтобы отвезти обратно к армейскому вездеходу. Он вскрикнул от боли в левом плече. Вертолет Горнера между тем был уже в воздухе над ними.

Ящики с опиумом перегрузили с джипов в грузовик-вездеход — не считая тех двух, которые остались в перевернутой машине Бонда. Лежа на полу вездехода, направлявшегося в сторону караван-сарая, где их должен был ждать транспортный вертолет Ми-8, Бонд воспользовался тем, что остальные считали, будто он без сознания, и незаметно вытащил из кармана рубашки два кусочка стекла, тут же спрятав их под язык.

Путешествие превратилось для Бонда в настоящий кошмар, во время которого он порой не то засыпал, не то просто терял сознание. В караван-сарае ему снова дали немного воды, а перед посадкой в вертолет опять связали руки. Когда он пришел в себя, вертолет уже садился в крепости Горнера. После посадки Бонда сразу же раздели до белья и тщательно обыскали. Изодранную в клочья одежду ему вернули.

Когда он снова наконец очнулся от забытья, то обнаружил, что опять находится в камере, а рядом с ним спит Скарлетт. Все тело у него мучительно болело — буквально каждая мышца. Он ворочался на песке, пытаясь найти такое положение, в котором боль была бы не такой сильной. Не шевеля головой, чтобы скрытая камера не засекла никакого движения, он выплюнул кусочки стекла изо рта и с помощью одного лишь языка присыпал их песком.

Через некоторое время засовы на двери с лязгом отодвинулись, и вошел охранник. Его утреннее приветствие было обычным — пинок сапогом под ребра; он приказал обоим пленникам встать. На Скарлетт была серая рабочая рубашка и брюки. Ее нижняя губа распухла в том месте, куда Горнер ударил ее тыльной стороной руки. «Она такая бледная и испуганная», — подумал Бонд и постарался ободрить ее улыбкой и кивком. Как обычно, под конвоем их отвели в умывальную, дали воды и препроводили в кабинет Горнера.

Сам Горнер, облачившийся на этот раз в легкий тропический костюм с гвоздичкой в петлице, по мнению Бонда, выглядел не как террорист глобального масштаба, а скорее как игрок, приехавший сорвать банк в казино где-нибудь в Каннах. К тому же он пребывал в пугающе приподнятом настроении. Ни о засаде под Заболем, ни о «туннеле-сигаре» он даже словом не обмолвился. Казалось, всеми своими мыслями и чувствами он устремлен лишь в будущее.

Бонда и Скарлетт подвели к нему и под дулами автоматов заставили опуститься на колени; руки у обоих были связаны за спиной.

— Завтра, — провозгласил Горнер, — наступит день, которого я ждал всю свою жизнь. Именно завтра я нанесу удар, который наконец поставит Британию на колени. В соответствии с законами военной науки план операции делится на две главные части — отвлекающую диверсию и основной удар.

«Да, вот он, тот человек из марсельского порта, — подумал Бонд, — с его безумным нетерпением, и обуздать его может лишь не менее сильное чувство целесообразности». В данный момент верх в Горнере взяли наглость, самоуверенность и чувство собственного превосходства. Он настолько наслаждался, настолько был ослеплен собственной гениальностью, что отбросил всякую осторожность и счел возможным поведать своим пленникам детали плана, который так долго вынашивался в его воспаленном мозгу.

Горнер подошел к письменному столу и заглянул в лежавшую на нем папку.

— Я надеялся поставить Британию на место — в то положение, которого она заслуживает, используя наркотики в качестве единственного оружия. И эти долговременные планы я не отбрасываю; рано или поздно так все и будет. Я уверен, что уже к концу нынешнего века смогу превратить большинство ваших городов в трущобы, сплошь наводненные наркоманами и наркодилерами. Но я нетерпелив. Я хочу немедленного успеха. Я жажду действия. Я желаю увидеть результаты прямо сейчас!

Горнер ударил по столу затянутой в перчатку левой рукой. В комнате воцарилась гнетущая тишина, нарушаемая лишь едва слышными звуками, издаваемыми работающим кондиционером.

— Так вот, — продолжал Горнер, — ровно в десять экраноплан покинет свою базу в Ноушехре и направится на северо-запад — в сторону Советского Союза. По-моему, Бонд, вы уже знакомы с этим уникальным транспортным средством; вы даже потратили уйму времени на так бесславно закончившуюся фотосессию. Так вот, по моему заказу экраноплан был модифицирован и теперь представляет собой ракетоносец: он может нести шесть ракет, три из которых снабжены ядерными боеголовками. Он также оборудован новейшими советскими ракетами «земля—воздух» — на всякий непредвиденный случай. Дельта реки Волги является просто идеальным коридором, ведущим прямо в Сталинград — центр уязвимого с этой стороны подбрюшья России. Конечно, не всякая протока или рукав Волги достаточно широки для наших целей, но нам удалось разработать идеальный маршрут, проходящий главным образом по основному руслу, — именно так экраноплан и спускался к морю от судостроительного завода. От Ноушехра до Астрахани чуть больше шестисот миль, а от побережья еще двести миль до Сталинграда. Даже с учетом дозаправки от танкера, который уже вышел в точку ожидания, колоссальная скорость экраноплана позволит ему преодолеть весь маршрут за четыре часа, при этом передвигаясь на столь малой высоте, что он будет недоступен ни для одного радара ПВО. Долетев до пригородов Сталинграда, экраноплан откроет огонь, что будет расценено как нападение на Советский Союз. Сам экраноплан совершит свой короткий, но блестящий боевой поход под флагом Соединенного Королевства. Вся команда будет снабжена британскими паспортами. Однако во избежание лишних расспросов в случае попадания в плен двое моих проверенных людей уничтожат всех остальных, находящихся на борту, как только задание будет выполнено. Русские найдут только трупы британских граждан, ответственных за это нападение. А для тех двоих обеспечен скрытный путь отступления.

Бонд, стоявший на коленях, посмотрел на Горнера снизу вверх.

— А где же вы взяли боеголовки? — спросил он.

— Купил, — вполне будничным тоном ответил Горнер. — Они американского производства. В мире существует рынок и таких вещей. Конечно, они относительно небольшие... гораздо меньше тех, которыми ваши друзья американцы сожгли заживо японское гражданское население в их домишках из дерева и бумаги,

262

вспыхивавших как спички. Но три боеголовки вместе... Я возлагаю на них большие надежды. Испытания и расчеты показывают, что город и окружающая его промышленная зона будут разрушены полностью. Кстати, сам экраноплан был модифицирован в Ноушехре советскими инженерами, которые любезно приняли мое предложение покинуть свою горячо любимую родину.

Славянское лицо Горнера просто светилось от самодовольства.

— Раньше я использовал экраноплан только в качестве скоростного грузовика, и поэтому у советских властей не будет завтра никакой причины заподозрить что-то неладное. К тому же у меня в Советском Союзе налажены хорошие, можно сказать, даже дружеские связи. Господа из СМЕРШа были настолько любезны, что организовали мне безопасный коридор для поставки героина через их страну на Запад. Они разумные люди и поняли стратегическое значение этого проекта.

Бонд даже вздрогнул, когда услышал слово «СМЕРШ». Это сокращение от слов «смерть шпионам» обозначало самую засекреченную и опасную спецслужбу советского государства. Даже сам факт существования этого подразделения был известен только тем, кто в нем работал, или же таким, как Бонд, — тем, кто стал у этих людей на пути.

Горнер поднялся и обошел вокруг стола. Возвышаясь над Бондом и Скарлетт, он затянутой в перчатку левой рукой приподнял голову девушки за подбородок и несколько раз бесцеремонно повертел из стороны в сторону.

— Надо же, какая милашка, а? Вот уж порадуется завтра вечером первая смена.

Он вновь уселся за стол.

— Впрочем, — продолжал он, — все это лишь отвлекающая диверсия. Я полагаю, вам будет интересно узнать, куда же будет направлен главный удар. Пойдемте.

Он кивнул конвойным, которые тут же подняли Бонда и Скарлетт на ноги и вывели вслед за Горнером в коридор. Они поднялись на круглой подъемной платформе до уровня земли, и электрокар подвез их к боковой стальной двери. По команде с пульта дистанционного управления, находившегося на приборной доске электрокара, лазерный луч открыл замок, и дверь поднялась и убралась под крышу; в глаза пассажирам ударили слепящие лучи пустынного солнца.

Участок территории, непосредственно примыкавший к базе, был очищен от песка. К горизонту уходила полоса бетона длиной не меньше мили; о ее предназначении догадаться было нетрудно: ярко-желтая разметка и посадочные огни по краям подтверждали, что это сооружение создано для взлета и посадки самолетов. С одной стороны взлетно-посадочной полосы стояли два вертолета, которые Бонд уже видел накануне. С другой стороны находились два маленьких самолета: реактивный «лирджет» без всяких опознавательных знаков и двухмоторная турбовинтовая «Сессна-150Е».

Ну а рядом с ними, ярко сверкая под утренним солнцем, возвышался совершенно новенький британский авиалайнер «Викерс VC-10» — огромный, белый и казавшийся здесь, среди пустыни, совершенно неуместным и даже каким-то потерянным. Самолет был выкрашен в цвета авиакомпании «Бритиш оверсиз», эмблема которой была нанесена на фюзеляж, а на хвосте красовался еще и британский флаг. У грузового отсека лайнера несколько механиков возились со сварочной аппаратурой.

— Авиация, — с гордостью сказал Горнер, — мое маленькое хобби. А в такой обширной стране, как эта, да к тому же при почти полном отсутствии сносных дорог необходимо иметь какие-то средства для быстрого передвижения. «Ви-Си-десять» — мое последнее приобретение. Ему была уготована жизнь в Бахрейне и работа на коммерческой авиалинии: сложись его судьба по-другому, он возил бы сотрудников тамошних нефтяных компаний с семьями в отпуск. Но во время его первого полета из Британии выяснилось, что два работника компании «Викерс» оказались не совсем теми, за кого себя выдавали. Они работали на меня. Пилота «убедили» немножко изменить маршрут. В итоге три дня назад он посадил самолет здесь. К чести пилота надо сказать, что для человека, действующего не по своей воле и в стрессовой обстановке, он выполнил просто образцово-показательную посадку.

Бонд взглянул на Скарлетт. Она уже не выглядела столь подавленной и сломленной, как раньше; ее взгляд внимательно и как-то очень уж цепко скользил по окружающей поверхности; вот он задержался на взлетной полосе, вот остановился на небольшом ангаре, вот скользнул по угнанному авиалайнеру. «Вроде бы она немножко ожила», — подумал Бонд.

— Завтра, — объявил Горнер, — «Ви-Си-десять» взлетит с этого аэродрома и возьмет курс на север. Преодолев тысячу семьсот миль, он окажется в самом сердце Уральских гор. Это милое место называется Златоуст—тридцать шесть. Топлива в самолете будет ровно столько, сколько нужно, чтобы добраться до цели. Высвободившиеся тонны полезной нагрузки будут возмещены основным грузом — весьма увесистой бомбой. Оказавшись над нужной точкой, самолет откроет слегка переделанный люк грузового отсека, и бомба будет сброшена. Учитывая то количество расщепляющихся радиоактивных материалов, которое находится в этом районе на земле, взрыв будет такой силы, что превратит в пустыню как само атакуемое предприятие, так и все окрестности. Я полагаю, разрушения будут сопоставимы с теми, которые стали результатом бомбардировок Дрездена вашими доблестными военно-воздушными силами. Разница в том, что в Дрездене находились в основном мирные граждане; однако я предполагаю, вы знаете, Бонд, что это за место такое — Златоуст—тридцать шесть, и почему именно его я выбрал своей мишенью.

Бонд прекрасно знал, о чем идет речь. Под кодовым названием Златоуст-36 скрывалось самое сердце советской атомной промышленности: настоящий священный Грааль, хранящий тайну русского ядерного оружия. Это был «закрытый город» Трехгорный, основанный в пятидесятых годах для производства ядерных боеголовок и сборки оснащенных ими стратегических ракет. Не было бы большим преувеличением назвать этот город и его производственные мощности «машинным отделением» корабля «холодной войны».

— Туда самолету ни за что не прорваться, — заметил Бонд. — Вокруг Златоуста—тридцать шесть наверняка понаставлено столько радаров, что их волны накрывают город и подступы к нему самой густой сетью, какую можно вообразить.

Губы Горнера чуть дрогнули и искривились, обозначив на его лице что-то вроде самодовольной улыбки.

— Вот потому-то и нужна диверсия, отвлекающий удар, — ответил он. — Если Сталинград окажется в огне и руинах, все внимание русских будет приковано к нему.

— Сомневаюсь, — возразил Бонд. — Скорее всего они решат, что это масштабная атака со стороны НАТО, и приведут всю систему обороны в боевое состояние. У них наверняка имеются на этот случай меры противодействия вражеской авиации.

— А вот и посмотрим. Впрочем, красота моего плана заключается в том, что в общем-то не так уж и важно, доберется самолет до намеченной цели или нет. Ну, предположим, русские истребители собьют его где-нибудь над Южным Уралом — но дело свое он все равно сделает. Представьте, что советские эксперты по авиакатастрофам доберутся до места падения и обнаружат британский самолет, забитый по самые флапероны картами Златоуста—тридцать шесть и окрестностей, да к тому же с мощной бомбой в грузовом отсеке и с мертвым британским пилотом в кабине. Уверяю вас, Бонд, этого будет достаточно. Ну а с учетом того, что натворит неуловимый экраноплан, добравшийся до цели надводным путем, этого будет даже более чем достаточно.

— А какова же главная цель операции? — спросил Бонд.

— Удивляюсь я вам, Бонд! — воскликнул Горнер. — Это же очевидно. Целью моего плана является втянуть Британию в войну, которую она в итоге не сможет выиграть. Американцы дважды спасали вашу задницу, но, учитывая, как вы «кинули» их во Вьетнаме, предоставив им воевать с дикарями в одиночку, они определенно злы на вас и вряд ли откликнутся на ваш жалобный крик о помощи. На этот раз им будет не до благородных поступков и не до проявлений щедрости. Впрочем, у них и времени на это не будет. Часов через шесть после того, как мой план будет реализован, можете смело ожидать советской ядерной атаки на Лондон. Вот и всё, Бонд. Справедливость наконец восторжествует.

Бонд поглядел на Скарлетт, но она смотрела куда-то вдаль, в пустыню. Тем не менее, судя по всему, она внимательно слушала дискуссию, которую Бонд затеял, чтобы выяснить у Горнера как можно больше деталей. Теперь кровь отхлынула от лица девушки, и она, пораженная услышанным, по всей видимости, готова была упасть в обморок. «Что ж, — подумал Бонд, — она невероятно стойко держалась все это время, и нет ничего удивительного, что ее физические и душевные силы оказались на исходе».

Глаза Горнера горели, как у азартного игрока в бридж, который после убийственного прорезывания выкладывает карты на стол и объявляет: «Полагаю, что банк мой».

— Да уж, — продолжал Горнер, — ради этого стоило повозиться. Ядерное облако над Лондоном. Все стерто с лица земли. Парламент, ваш обожаемый старый Биг-Бен, Национальная галерея, Королевский крикетный клуб...

— А этот самолет — я имею в виду «Ви-Си-десять»? — спросил Бонд. — Какой идиот согласится лететь на нем в качестве пилота?

— Ну, Бонд, это же элементарно, — ответил Горнер, подходя к нему вплотную. — Вы и полетите.

— Я?! Я не умею управлять такими большими машинами. А уж тем более не смогу этого сделать с вывихнутым плечом.

Горнер посмотрел на Бонда, затем на Шагрена:

— Вправь ему плечо.

Шагрен подошел к Бонду и знаком велел ему лечь на землю. Бонд лег на спину, а Шагрен поставил ногу в ботинке ему на грудь и крепко схватил Бонда обеими руками за кисть и предплечье. В следующую секунду последовал рывок вверх и в сторону, энергичный и чудовищно сильный. Бонд сжал зубы от боли, но нужный результат был достигнут: он почувствовал, как плечевая кость встает на свое место в суставе.

— На борту рядом с вами будут квалифицированные помощники, — сообщил Горнер. — Начнем с того, что в воздух машину поднимет ее штатный пилот. Ну а потом он передаст управление вам. Естественно, во время полета рядом с вами будет постоянно находиться один из моих самых надежных людей. Как видите, все просто.

Бонд встал на одно колено, потом поднялся на ноги, все еще сцепив зубы; пот, выступивший на лице от боли в момент вправления сустава, заливал ему глаза.

Горнер отвернулся и направился в сторону электрокара.

— В конце концов, — проговорил он, пока водитель заводил мотор и они садились в машину, — вам ведь не придется делать ничего сложного. Самый трудный маневр — посадка, этому действительно трудно научиться, особенно на таком большом самолете, но вам не нужно будет приземляться.

Оказавшись в камере, Бонд даже почувствовал некоторое облегчение. Он сел на пол и нащупал пальцами кусочки стекла: они по-прежнему лежали под песком. Потом он повернулся к Скарлетт.

— Сочувствую, — сказал он. — Тяжело тебе пришлось. Я имею в виду — там, на стеклянной галерее.

Скарлетт опустила глаза:

— Ничего. Я... в общем, я это пережила.

— Похоже, пора начинать действовать, — проговорил Бонд. — Пока еще не поздно. Садись поближе, чтобы можно было говорить шепотом. Мы должны сделать вид, что я тебя утешаю.

Скарлетт подползла по песку и положила голову ему на грудь. Когда она подняла к нему лицо, он увидел точно такой же взгляд, как тогда, в первый вечер, когда встретил ее в Риме. Она мягко спросила:

— Ты меня видел? Ну, ты понимаешь... На галерее.

— Нет. Я отвернулся. Мне не хотелось смотреть. Как-нибудь в другой раз, Скарлетт.

— Если мы отсюда выберемся, дорогой, ты увидишь все, что захочешь.

Бонд улыбнулся:

— Как ты думаешь, где Горнер держит Поппи? Она хоть что-то рассказывала о том, где живет?

— Нет. И я уверена, что, увидев меня, он решил получше ее спрятать. Видишь, говорить о ней он вообще не хочет.

Бонд помолчал, затем тяжело вздохнул:

— Скарлетт, нам придется оставить Поппи здесь. У нас просто не будет времени ее искать. Я улетаю на этом самолете, и ты должна быть со мной. Если я тебя оставлю, Горнер бросит тебя на растерзание рабочим.

— Нет, я не могу этого сделать, — сказала Скарлетт. — Я приехала сюда, чтобы спасти сестру, и без нее не уеду.

— Нет, давай-ка кое-что уточним, — возразил Бонд. — Здесь ты оказалась, потому что вызвалась пойти вместе со мной, а спасать ее должен был я.

— Не будем вдаваться в такие тонкости, Джеймс. Поппи — моя сестра, моя двойняшка, моя плоть и кровь, и я отсюда без нее не уйду.

— Скарлетт, постарайся справиться с эмоциями. Апеллировать сейчас можно только к фактам. Если мы сегодня остановим Горнера, уже завтра утром сюда явятся люди, которые закроют фабрику и спасут Поппи, — полиция, армия, все.

— Нет, Джеймс, я...

— Успокойся. — Бонд чуть повысил голос. — Когда здесь станет жарко, Горнеру будет не до Поппи. Она для него никто, просто одна из множества девушек с галереи. У него будут заботы и посерьезнее. Ему надо будет спасать свои деньги, свою фабрику, свое оборудование, просто-напросто свою жизнь. Он даже не вспомнит о какой-то там девчонке, хотя сейчас прекрасно понимает, как она тебе дорога.

Скарлетт повернулась к нему спиной.

— Ты просто хладнокровная безжалостная скотина, — сказала она. — Зря я тебе доверилась.

Она закрыла лицо руками, опустилась на колени на песчаный пол и заплакала.

— Дело обстоит так, — суховато, подчеркнуто спокойно сказал Бонд, — что у Поппи будет гораздо больше шансов выбраться отсюда, если мы с тобой будем живы. Если мы сумеем выбраться, остаться в живых и сорвать планы Горнера, с ней тоже все будет в порядке. Но сегодня, дорогая моя Скарлетт, нам придется выбираться без нее.

Лишь спустя минут пять напряженного молчания Скарлетт наконец подняла голову и повернула к нему лицо, на котором блестели дорожки от слез. В этом лице он увидел горечь и в то же время согласие подчиниться. Он нежно поднял ее на ноги.

Скарлетт приложила губы прямо к его уху.

— Наверное, ты прав, — мрачно прошептала она, — но разве у тебя есть какой-нибудь план? Как нам выбраться отсюда, прежде чем... прежде чем меня отдадут рабочим... и... и я погибну?

— Медленно повернись и положи свои пальцы на мои, — сказал Бонд. — Чувствуешь что-то острое?

— Да.

— Теперь развернись так, чтобы веревка, которой связаны твои руки, оказалась напротив этого осколка, и начинай медленно двигать руками так, чтобы разрезать ее. Не знаю, есть ли здесь на самом деле камера наблюдения — подозреваю, что нет, — но рисковать нельзя.

Скарлетт потребовалось почти два часа непрерывной работы, чтобы незаметно перерезать или, скорее, перетереть нейлоновую веревку. Наконец она освободила руки и принялась развязывать узлы на запястьях Бонда.

— Скарлетт, как у тебя с музыкальным слухом?

— Вообще-то я училась играть на-скрипке и на рояле. Отец очень настаивал, чтобы я получила музыкальное образование. Русские вообще любят музыку. Прямо до слез. А ты почему спрашиваешь?

— Если я попытаюсь напеть тебе последовательность из пяти нот, что-то вроде короткой мелодии, ты сумеешь определить, каким цифрам в ряду от одного до девяти они могут соответствовать?

— Попробую.

— Положи голову мне на плечо.

В течение следующего часа Бонд раз за разом повторял Скарлетт то подобие мелодии, которое он слышал возле двери, когда его вели к вертолету. Она повторяла последовательность нот и напевала их сама, прерываясь время от времени на краткий комментарий, используя термины, которые мало что значили для Бонда, — интервалы, полутона и так далее.

Между тем ей удалось достаточно ослабить узлы веревки, чтобы Бонд смог высвободить одну руку.

— Это не имеет никакого смысла, Джеймс. Я уже почти уловила, но что-то не сходится. Хотя, хотя... Она засмеялась. — Джеймс, ты просто болван.

— Что?!

— Ты же забыл про ноль. Подожди. — Она снова начала бормотать короткую музыкальную фразу про себя. — Вот теперь получается. Послушай. — Она приложила губы к его уху. — Ну что, теперь правильно?

— Абсолютно точно, — сказал Бонд. — И какие это могут быть цифры?

— Один, ноль, шесть, шесть, девять. Только не спрашивай меня, что это означает.

— Я и не собирался. Послушай, Скарлетт. Если тебе удастся выбраться, ты окажешься по другую сторону завода. Чтобы добраться до самолета, тебе нужно будет обойти вокруг холма, под которым находится база. Ну а там... Ладно. Там тебе придется полагаться только на собственную сообразительность. Твоя главная задача — пробраться на борт и хорошенько там спрятаться. По моим расчетам, сейчас дело идет к вечеру. Действовать начнем часа в два ночи. Надеюсь, тебе повезет. В любом случае это наш единственный шанс.

Скарлетт кивнула. Некоторое время они просидели молча, но Бонд чувствовал, что она постепенно свыкается с необходимостью действовать по его плану, и более того — этот план начинал ей даже нравиться.

— Ты есть хочешь? — внезапно спросила Скарлетт.

— Давно уже живот подвело.

— А чего бы тебе сейчас больше всего хотелось?

Бонд задумался:

— Ну, на закуску что-нибудь легкое, не затрудняющее пищеварения. Например, яйца-пашот с беконом. Потом немного икры — такой, какой угощал меня Дариус у себя в саду. Палтус в кляре тоже пойдет. И запеченной куропаткой я бы не побрезговал. А запил бы я это все бутылочкой «Болленже Гранд Анне» тысяча девятьсот пятьдесят третьего года и парой бокалов какого-нибудь красного — «Шато Батайи», например. Один мой парижский друг недавно познакомил меня с этим напитком.

— А еще что?

— Я бы заказал все это в номер в гостинице. Где мы были бы с тобой вдвоем. Мы сидели бы голые прямо на кровати и объедались. А пока ложись сюда, поближе; когда настанет время действовать, я тебя разбужу. Представь себе, что ты в той гостинице, и постарайся заснуть.

— Ммм... Я уже там, — сказала Скарлетт. — Из-за приоткрытой двери ванной чувствуется запах гардении, это пахнет взбитая пена в ванне, которую я собираюсь принять...

Когда Скарлетт заснула, Бонд все продолжал обшаривать взглядом потолок, пытаясь обнаружить хоть какой-то намек на существование здесь наблюдательных приборов. В камере было темно; только из коридора через полуприкрытую заслонку на зарешеченном окне просачивался свет натриевой лампы. «Пожалуй, оно и к лучшему», — подумал Бонд. Посмотрев на спящую девушку, он с удовлетворением подумал, что она держится молодцом: четко следует его инструкциям и еще ни разу его не подвела.

Когда время, как предполагал Бонд, приблизилось к двум часам ночи, он осторожно разбудил Скарлетт и помог ей встать на ноги. Она помассировала его еще болевшее плечо и поцеловала глубокий порез на щеке, там, где острый кусок стекла прошел вглубь до самой десны.

— Вот выберемся отсюда, мой дорогой, и ты сразу же отправишься к зубному врачу, правда?

Бонд изобразил на лице страдальческую гримасу.

— И вот еще что, — сказала Скарлетт. — Пообещай мне, что если мы вырвемся из этого ада живыми, то первым делом направим сюда тех, кто сможет спасти Поппи.

— Обещаю. — Бонд нежно поцеловал ее в губы, подошел к двери и вскарабкался по неровностям стены, зависнув над дверным проемом выше окошка. — Давай!

Скарлетт прижалась лицом к решетке и громко крикнула. Сначала снаружи не было слышно ни звука, хотя Бонд прекрасно знал, что завод работает, а значит, где-то неподалеку должны быть и часовые. «В любом случае, — подумал он, — лучше уж никаких звуков вообще, чем слишком много сразу».

— Попробуй еще раз.

— Ш-ш-ш... Он идет.

Бонд и сам услышал, что кто-то приближается. Часовой подошел к двери и посветил через окошко фонариком.

Скарлетт расстегнула серую рабочую рубашку, демонстрируя свою грудь.

— Хочешь меня? — томным голосом проговорила она.

— А этот где? — спросил часовой.

— Спит. Он болен. Плечо. — Чтобы охранник, плохо знавший английский, понял ее, Скарлетт жестами и мимикой изобразила выражение крайней усталости и измможденности и ткнула пальцем в дальний угол камеры, который тонул в темноте. — Иди быстрее, — сказала она, делая движение, будто собирается стянуть с себя брюки.

Охранник все еще медлил. Скарлетт подняла груди руками и встала так, чтобы прямо на них падал луч света. Послышался звук ключа, поворачивающегося в замке. Дверь открылась, и часовой вошел в камеру. Когда он повернулся, чтобы закрыть дверь, Бонд рухнул сверху ему на спину и повалил, одной рукой зажав ему рот, а предплечьем другой надавив на сонную артерию. Скарлетт тотчас же выхватила пистолет из кобуры на бедре часового. Бонд использовал тот же самый прием передавливания сонной артерии, который применил, чтобы обездвижить охранника на верфи в Ноушехре, но на этот раз он довел дело до конца.

Убедившись, что часовой мертв, Бонд и Скарлетт вышли из камеры и двинулись по лабиринту уже знакомых коридоров. Пробежав мимо поворота, ведущего к кабинету Горнера, они дошли до открытой подъемной платформы. Бонд показал Скарлетт направление нужной ей двери на верхнем уровне, нажал кнопку и смотрел, как, поднимаясь, исчезает в темноте ее стройная фигурка с пистолетом убитого часового, засунутым за пояс брюк.

Бонд выждал столько времени, сколько, по его расчетам, нужно было Скарлетт, чтобы добраться до дверей и выйти, а потом побежал в сторону кабинета Горнера. Он наугад нажал цифры на кодовом замке и встал так, чтобы его было хорошо видно через камеру наблюдения. Не прошло и нескольких секунд, как над дверью замигала красная лампочка. Мгновение спустя весь коридор уже был залит ослепительно ярким светом, раздался вой сирен, потом злобный лай немецких овчарок. С разных сторон послышался топот множества ног. Судя по всему, сюда сбегался весь личный состав караула.

«Ну что ж, отвлекающая диверсия, похоже, удалась, — подумал Бонд. — Теперь главное — не переиграть, а то еще убьют при попытке к бегству». Он поднял руки высоко над головой.

ГЛАВА 16

Сыграем? (II)

Буквально через пару секунд шесть полуавтоматических винтовок нацелились в голову Бонда, а три немецкие овчарки, едва удерживаемые на поводках, бросались, норовя вцепиться ему в лицо. Он стоял неподвижно, упираясь спиной в дверь кабинета Горнера и держа руки над головой, и надеялся лишь на то, что его расчеты оправдаются.

Он был уверен, что люди Горнера получили приказ оставить его в живых. Конечно, даже не будь у Горнера такого пленника, как Бонд, он нашел бы британского гражданина, которого можно было бы посадить за штурвал угнанного «VC-10», — например, вернуть туда пилота, под угрозой оружия посадившего самолет посреди пустыни. И все же, рассчитывая на максимальный эффект от своей провокации, Горнер ни за что не стал бы использовать неизвестного заложника в качестве инструмента нападения на Советский Союз, если у него был шанс «пристроить» на это место хорошо знакомого и давнего противника. Бонд подумал о том, что тяга к эффектным символическим жестам, собственно, и определяет все действия и поступки Горнера, включая мстительный план, который он пытается осуществить.

Вскоре он заметил, что в конце коридора в ярком свете включенных среди ночи люминесцентных ламп появился уже знакомый силуэт, увенчанный кепи Иностранного легиона, и Бонд вдруг понял, что испытывает при виде Шагрена новое и странное чувство: облегчение.

Шагрен подошел ближе и пролаял несколько слов на фарси. Охранники чуть расступились и дали ему место пройти.

— Девчонка — где? — спросил Шагрен.

— Не знаю,— ответил Бонд.

Несомненно, они уже обнаружили открытую дверь и ведут поиски снаружи здания. Игра Бонда основывалась на том, что им и в голову не придет разыскивать молодую женщину, вырвавшуюся фактически из камеры смертников, на борту самолета, который, как ей прекрасно известно, должен уже на следующий день потерпеть катастрофу. О таком варианте они подумают в последнюю очередь. Шансы на успех, по правде говоря, были невелики — но больше Бонду и Скарлетт вообще не на что было рассчитывать.

Шагрен кивнул в сторону коридора, в направлении камеры, и отдал несколько коротких распоряжений. Бонду заломили руки за спину и потащили его по коридору; он тем временем старался внимательно следить за всем, что происходит вокруг. Судя по всему, распоряжение об отбое тревоги еще не поступило: звуки сигнализации и топот сотен ног, обутых в тяжелые армейские ботинки, доносились отовсюду. «Беги, беги, Скарлетт»,— беззвучно повторял он про себя. Картина стройной, нет, даже хрупкой фигурки, возносящейся вверх, в темноту, на открытой подъемной платформе, по-прежнему стояла у него перед глазами.

Двое охранников втащили Бонда в камеру, снова связали ему руки и остались возле него, а двое заняли места снаружи, по обе стороны от двери. Через несколько минут, когда звуки сигнализации и сирен смолкли, дверь открылась и вошел Шагрен.

— Вниз,— сказал он, тыча пальцем в песчаный пол.

Бонд опустился на колени, поставив одно из них на песок в том месте, где были закопаны осколки стекла.

— Девчонка — где? — снова спросил Шагрен.

— Я уже сказал, — ответил Бонд, — я не знаю. Охранник открыл дверь, потому что ей стало плохо. Она убежала, но куда — я не знаю. А я пошел по коридору, чтобы сообщить доктору Горнеру, что его гостья пропала. Похоже, я подзабыл код замка на дверях в его кабинет.

— Врать! — заорал на него Шагрен. — Врать!

Та половина его лица, которая сохранила подвижность после операции, была искажена гримасой ярости, вторая же оставалась неестественно застывшей. В одном углу рта выступила пена.

«И вот эту страшную рожу, — подумал Бонд, — видели глаза тех несчастных школьников, которые сидели себе спокойно, поджав ноги, где-нибудь на полянке посреди деревни, собираясь слушать библейскую притчу о добром самаритянине».

— Сказать мне, куда идти девчонка. Сказать мне!

Бонд посмотрел на своего мучителя даже с каким-то сочувствием. У него в голове вертелись слова давно позабытого евангельского стиха.

— Пустите детей, — проговорил он, — и не препятствуйте им приходить ко Мне, ибо таковых есть Царство...

Шагрен изо всех сил ткнул Бонда сапогом под ребра, и тот услышал хруст сломанной кости. Потом Шагрен вынул из нагрудного кармана рубашки кожаный футляр и достал оттуда две палочки для еды, сделанные из слоновой кости. На них были выгравированы и прокрашены красной краской китайские иероглифы.

Один из охранников схватил Бонда за волосы и запрокинул его голову назад, второй крепко сжал ему челюсти, а Шагрен медленно и глубоко воткнул Бонду палочку в левое ухо.

Охранники по-прежнему держали голову Бонда как в тисках, а Шагрен так же аккуратно и тщательно вставил вторую палочку. Бонд ощущал, как она упирается в его барабанную перепонку.

— Ты слышать плохие вещи и не говорить, — сказал Шагрен. — Вот что Фам Син Куок делать, когда человек слышать плохие вещи.

Бонд сжал зубы, когда Шагрен подошел вплотную и расставил ноги. Он видел, как армейские ботинки вжимаются в песок для лучшей опоры и как Шагрен широко раздвигает руки.

В этот момент Бонд закрыл глаза, а потому не увидел лица человека, с губ которого слетело одно-единственное слово:

— Стоп.

Бонд посмотрел в сторону двери и разглядел в зарешеченном окошке длинные пальцы в большой белой перчатке. Дверь открыли, и в камеру вошел Горнер; на нем был алый шелковый ночной халат.

— Спасибо, Шагрен. Можешь идти. Я хочу, чтобы Бонд услышал завтра все нужные инструкции. Ему ведь самолет вести. Вставай, — скомандовал он Бонду.

Тот поднялся на ноги.

— Ну вот, — продолжал Горнер, — значит, эта сучка сбежала. Рабочие будут очень разочарованы, если я не смогу вернуть ее. Но думаю, можно что-нибудь устроить и без нее, правда? — Он ухмыльнулся.

«Поппи, — пронеслось в голове у Бонда. — Он выставит ее вместо сестры, а рабочие, конечно, и не заметят разницы».

— Ладно, — сказал Горнер, — в любой игре иногда нужно пожертвовать пешку-другую. Чтобы выиграть войну, порой приходится проиграть второстепенное сражение — а положа руку на сердце, я могу признаться, что толку от этой девчонки не было никакого, одна морока. Главное, что крупная рыба осталась в моих сетях. Я прав, Бонд?

— Во сколько мы вылетаем?

— Не вижу причин менять свои планы, — объявил Горнер. — И уж тем более ради какой-то девчонки, которую мои люди найдут не позже чем через час. Вы подниметесь на борт ровно в девять. Вашим штурманом будет один из моих лучших людей — бывший вышибала с тегеранского рынка. Я лично обучил его всему необходимому. Зовут его Масуд. Он говорит по-английски, — по крайней мере, его словарного запаса вполне хватит, чтобы объяснить вам, что делать. Топлива в самолете хватит как раз до Златоуста—тридцать шесть, но не дальше. Когда вы снизитесь и сбросите бомбу — под руководством Масуда, — вы опуститесь еще ниже, и он покинет самолет на парашюте. А вы, Бонд, будете лететь дальше, пока хватит топлива, ну а потом... — Он развел руками.

— Понятно.

— Английские самолеты. Очень ненадежные. Ну а на тот случай, если вы задумаете совершить что-нибудь героическое, когда Масуд вас покинет, с вами на борту останутся еще трое вооруженных охранников. Они не будут в курсе, что Масуда уже нет на борту. Или что топливо на исходе. Эти люди кое в чем провинились передо мной. Они больше всего на свете мечтают вновь завоевать мое доверие и быть вычеркнутыми из черного списка. Я дал им понять, что этот полет — их последний шанс. Они пребывают в уверенности, что Масуд развернет самолет и полетит домой. Но я снабдил их британскими паспортами, и они рухнут вместе с вами. Так что можете забыть об аварийном приземлении на каком-нибудь русском шоссе.

Горнер посмотрел на часы:

— Уже почти четыре. Лично я собираюсь вернуться к себе и еще немного поспать. В шесть меня разбудят и подадут завтрак. Яйца-пашот, бекон, кофе.

— Мне, пожалуйста, немного черного перца в кофе, — сказал Бонд. — Разумеется, дробленого, а не молотого.

— Вспомните голодающих ирландцев, — ответил Горнер. — В восемь вам дадут чашку воды. Спокойной ночи, Бонд. Завтра вас ждут великие дела.

Дверь камеры с лязгом захлопнулась. Бонд лег на землю и, стараясь казаться неподвижным, языком нащупал в песке осколки стекла.

В это самое время Дариуса Ализаде, спавшего в номере ноушехрской гостиницы «Джалаль», разбудил телефонный звонок. Естественно, это пробуждение не порадовало Дариуса, которому как раз снилась Зухра, отдыхающая вместе с ним в общей парной.

— Привет, Дариус. Извините, что разбудил. Это Феликс Лейтер из ЦРУ. Тут такая каша заваривается. В общем, нужна ваша помощь.

— Как вы меня нашли? — спросил Дариус, все еще не до конца отогнавший образ Зухры, который никак не желал рассеиваться в воображаемых облаках пара.

— Связи со старыми союзниками не рвутся никогда. Я позвонил кое-кому в Лондоне. К черту политиков. Дело очень серьезное и касается всех в равной степени.

— Вы уже виделись с Джей Ди Сильвером? — уточнил Дариус.

— С Кармен? А то. Видел его в Тегеране. Думаю, он тоже к нам сюда собрался.

— А вы где находитесь, Феликс?

— Я напротив гостиницы, на другой стороне улицы, Дариус.

— Вы друг Джеймса Бонда?

— *Сантьяго!* Это наш с ним боевой клич. Такой же, как у Кортеса. Джеймс Бонд — мой кровный брат. Всем хорош, если бы только не его извращенный вкус в отношении автомобилей. А кроме того, он...

— Пока достаточно, — сказал Дариус. — Поднимайтесь ко мне. Номер два-три-четыре.

— Сейчас буду.

Лейтер повесил трубку, вышел из стоящей на набережной телефонной будки и поковылял к входу в «Джалаль», который и в самом деле находился совсем рядом. Когда он добрался до номера двести тридцать четыре, Дариус Ализаде был уже одет и ждал его со свежим кофе и вазой фруктов на столе.

Помимо него в номере находился также дородный и представительный мужчина с пышными усами, напоминавшими сапожную щетку.

— Это Хамид, — сказал Дариус, пожимая руку Феликсу. — Водитель. И внештатный сотрудник. Специалист по тайникам и надежным явкам, где гарантированно нет никакого прослушивания.

Хамид застенчиво улыбнулся.

— Господи, я прямо вспоминаю былые времена, — сказал Феликс.

— И еще Хамид знает, где живет «монстр».

— Бонд ему доверял?

— Он доверил ему свою жизнь, — ответил Дариус.

— Это хорошо, — сказал Лейтер, принимая у Дариуса чашку крепкого черного кофе. — Теперь расскажите мне, что вам известно.

Когда Дариус закончил изложение всех деталей разведданных о модифицированном экраноплане, которые он получил из Лондона, Лейтер задумчиво проговорил:

— Ладно, по крайней мере, мы теперь знаем, из какого гнезда эта «птичка» собирается вылететь. Вот только времени будет в обрез: учитывая, с какой скоростью движется эта крошка, у перехватчиков будет часа два, не больше, от взлета до того, как она будет готова сбросить бомбы. И потом, наши истребители окажутся в советском воздушном пространстве. А там американские самолеты не могут находиться больше пяти минут. На большую благосклонность офицеров советской ПВО я бы рассчитывать не стал.

— Где ваша ближайшая авиабаза? — спросил Дариус.

— Официально — черт знает как далеко отсюда. В Тимбукту, насколько я знаю. Но неофициально у нас есть самолеты в Дахране, в Саудовской Аравии, и еще кое-что в Восточной Турции. Истребители-бомбардировщики. Более точно я не знаю. Видите ли, Дариус, я ведь в этой операции вскочил в последний вагон, так сказать, оказался в зрительном зале на приставном стуле. Я гонец, которому рекомендовано приносить только хорошие вести. Тяжело будет действовать в такой передряге без серьезной поддержки начальства. И это еще полбеды.

— А в чем заключается вторая половина? — спросил Дариус.

— В той дополнительной информации, которой мне удалось разжиться. Тот британский авиалайнер, который пропал несколько дней назад, — есть все основания полагать, что он в любой момент может воскреснуть из небытия, направляясь на север.

— То есть в сторону Советского Союза?

— Угу. Куда именно, мы не знаем, но уверены, что ничего хорошего от него ждать не приходится. Нам удалось отследить информацию о поставках кое-какой специфической техники из Стамбула. Очевидно, этот лайнер собираются переоборудовать в бомбардировщик. Остается только уповать на надежность советской системы ПВО. Их радары очень хороши, и я думаю, что целая стая МиГов-двадцать один накинется на эту здоровенную тушу, как только она окажется в советском воздушном пространстве. Бах! — и все рухнет на землю.

— Но ведь бесследно эта махина все равно не пропадет, — сказал Дариус. — Я имею в виду — с политической точки зрения. Это может быть расценено как часть хорошо подготовленного нападения со стороны Британии или НАТО.

— Дариус, вы ухватили самую суть. Лучше бы сбить эту «птичку» нашими силами, не дожидаясь, пока это сделают Советы. А мы ведь даже приблизительно не знаем, где она поднимется в воздух. Конечно, сейчас все наши военно-воздушные базы находятся в полной боевой готовности — но, черт возьми, небо ведь такое большое. Кармен Сильвер держит ушки на макушке и только и делает, что пытается выполнять указания, каждую минуту поступающие из Лэнгли.

— Неужели все так плохо? — спросил Дариус.

— А то. Президент отменил все встречи. Администрация и Комитет начальников штабов действуют по протоколам, разработанным после той истории с ракетами на Кубе. Они считают, что это дело очень крупное. И неприятности могут случиться в любой момент.

— А мы с вами что сейчас можем сделать?

— Прямо сейчас — ничего. Сидеть и ждать инструкций. Может быть, у Сильвера появятся еще новости.

Дариус отхлебнул кофе и вздохнул.

— Возможно, я смогу что-то выяснить, — сказал он. — Если это Горнер, то «Савак» может хотя бы примерно знать, где находится его база в пустыне.

— Это верно, но самолет ведь не сможет взлететь прямо из пустыни, а? Ему нужна взлетно-посадочная полоса. Или даже целый аэродром. Это же очень большая машина.

Дариус встал и прошелся по комнате, почесывая затылок.

— Ммм... Аэропорты. Йезд, Керман... Послушайте, Феликс, пока я обмозгую эту мысль, откройте мне одну тайну, — сказал он. — Почему этого парня называют Кармен?

— А вы-то сами слышали, какие есть версии?

— Сам он рассказывал мне какую-то байку о его первой и, несомненно, увенчавшейся успехом самостоятельной операции в Гватемале, — ответил Дариус. —

Он якобы проявил чудеса изобретательности и организовал беспорядки, в результате которых удалось отстранить от власти местного диктатора. Параллель, по словам Сильвера, здесь такая: он, мол, как и Кармен в опере, устроил народный бунт, и отсюда такое благородное прозвище.

Феликс Лейтер только рассмеялся при этих словах:

— Надо же было такого нагородить. Сами понимаете, Дариус, это все белыми нитками шито и за самые длинные уши притянуто. Никто из наших до таких тонких ассоциаций не додумался бы. Я позволю себе высказать другую версию: просто-напросто наш Джей Ди не слишком любит женщин... Он у нас один из *этих*. Так вот, во время своей предыдущей командировки он работал под прикрытием представительства «Дженерал моторс», где именно — точно не помню. Как-то раз он хорошенько набрался и стал хвастаться — среди своих, как он опрометчиво полагал, — что уже успел соблазнить троих парней из отдела продаж местного представительства «Дженерал моторс». Он даже сам и придумал этот каламбур: сказал, что больше всего ему нравятся симпатичные молодые ребята, работающие в автомобильном бизнесе. «Кар» по-английски — машина, «мен» — мужчины. Вот вам и Кармен Сильвер.

Дариус от души посмеялся над этой историей:

— Мы хоть и не в автомобильном бизнесе, но кто его знает, может быть, он и к нам присматривается.

— К нему тоже стоит присмотреться и быть с ним поосторожнее — во всех смыслах. Позвоните по этому номеру, если меня рядом не будет. — Феликс протянул ему карточку. — Ну а теперь не кажется ли вам, что мы могли бы совершить ознакомительную поездку в район доков и бросить взгляд на пресловутое «чудовище»?

Дариус пристально посмотрел в глаза Феликсу, словно в последний раз взвешивая, стоит ли доверять этому человеку. Наконец решение было принято.

— Нам не нужно ездить, — сказал он. — Останемся здесь. У меня уже есть свой человек на борту.

— У вас есть... кто? — Изумлению Лейтера не было предела.

— Я тут, между прочим, не груши околачивал, — заметил Дариус, довольный произведенным эффектом. — Не могу же я целыми днями сидеть сложа руки и дожидаться американского десанта. Я вышел на одного из тех русских перебежчиков, которые занимались переделкой экраноплана из грузовика в ракетоносец. Он передаст по радио в мой офис в Тегеране всю важную информацию, включая точные полетные координаты, которые они закладывают в навигационную систему. Бабак, мой человек в Тегеране, сразу же свяжется со мной.

— А вы, оказывается, на редкость хитрый парень, — сказал Феликс. — Вычислили самого нужного человека в самом нужном месте. И как же вам удалось склонить его к сотрудничеству?

— Да как обычно, — спокойно ответил Дариус. — С помощью американских долларов. Признаюсь, что это обошлось мне в кругленькую сумму.

— Отлично, тогда мы поступим так: как только получим информацию, я позвоню в Лэнгли, а они там уж пусть разбираются, откуда должны взлетать истребители.

В эту самую секунду на прикроватном столике запищал телефон. Звонил портье из вестибюля.

— Здесь вас спрашивает мистер Сильвер. Проводить его в ваш номер?

Незадолго до восьми Бонда, босого и по-прежнему в рабочей спецовке, вывели из камеры, отвели в умывальную, а затем в кабинет Горнера.

От человека в льняном костюме просто физически исходило ощутимое чувство восторженного волнения. Свежая алая гвоздичка торчала из его петлицы; рубашка тоже была новая, равно как и ярко-малиновый галстук. Волосы он привычно зачесал назад и набриолинил еще сильнее обычного. Похоже, что даже белая перчатка была свежевычищенной.

В руках Горнер держал аккуратно сложенную форму капитана воздушного судна авиакомпании «Бритиш оверсиз».

— За пять минут до конца операции, — сообщил он, — вы переоденетесь вот в этот костюм. Охрана отнесет его на борт самолета. О, Бонд, как шикарно вы будете выглядеть в капитанской форме. Она вам не меньше к лицу, чем старый добрый галстук выпускника Итона. Вряд ли можно представить себе что-либо более британское. Порадуетесь хоть в последний момент, правда? Как там говорят французы? *«Aujourd'hui roi, demain rien»* — то есть: «Сегодня король, завтра...»

— Я знаю, как это звучит по-английски, — перебил его Бонд.

— Да что вы говорите? Среди англичан вы редкий экземпляр. Согласитесь, большинство ваших соотечественников считают, что представители «низших рас» непременно поймут по-английски, если на них погромче наорать. К счастью, уже завтра их самодовольству и лживому двуличному благородству придет конец. Навеки. Вашу обожаемую столицу испепелит ядерный пожар, а столь сентиментально любимые «домашние графства»[1] — Кент и Суррей превратятся в безжизненную зону радиоактивного заражения.

Горнер обошел письменный стол и встал рядом с Бондом:

— Я провожу вас и присмотрю за вами до взлета, а потом вернусь к себе и буду ждать неотвратимого.

---

[1] *Домашние графства* (*англ.* Home Counties) — так англичане называют ближайшие к Лондону графства — чаще всего Кент, Суррей и Эссекс.

Не хотите ли передать какое-нибудь прощальное послание вашим согражданам? Вашей королеве? Вашему премьер-министру?

Бонд закусил губу. В его памяти звучали умоляющие и одновременно требовательные слова Поппи: «Убейте Горнера».

— Ну что ж, как хотите, — сказал Горнер. — Сыграем?

Все те же охранники провели Бонда по коридору и, держа стволы пистолетов прямо у его ушей, поднялись вместе с ним на круглой подъемной платформе. Электрокар уже ждал их, чтобы отвезти к главному выходу. Водитель нажал на кнопку дистанционного управления на пульте, и лазерный луч открыл замок.

Не было еще и девяти часов утра, но жаркое персидское солнце уже припекало вовсю: оно заставляло ослепительно сверкать новенький лайнер «VC-10», к которому они и направились. Высокий хвостовой стабилизатор с четырьмя смонтированными под ним роллс-ройсовскими реактивными двигателями делал силуэт самолета особенно изящным и стремительным. В любой другой ситуации Бонд если не с восторгом, то уж по крайней мере с неподдельным интересом отнесся бы к перспективе совершить путешествие на этом новом, еще мало кому знакомом воздушном судне — высокоскоростном и, по всей видимости, очень комфортабельном. Но на сей раз он прекрасно понимал, что его единственный шанс выбраться живым с этого обреченного на гибель самолета зависит от призрачной вероятности того, что где-то на борту этого красавца спряталась хрупкая специалистка по банковским инвестициям с вьющимися темными волосами и с советским пистолетом, из которого ее никогда не учили стрелять.

Бонд глубоко вздохнул и сделал первый шаг по трапу, ведущему к главной двери пассажирского салона. На борту его протащили по проходу между креслами и затолкали на сиденье возле иллюминатора в ряду, расположенном в конце салона первого класса. Садясь на отведенное ему место, Бонд пригнулся, чтобы не удариться головой о нависавший над боковым сиденьем потолочный багажник для ручной клади. В это мгновение он выплюнул на сиденье осколок стекла, который все это время — с самого утра — прятал во рту. Один охранник сел рядом с ним, другой впереди, третий — сзади. Двигатели самолета уже негромко работали в режиме прогрева.

Из-за перегородки, отделявшей кабину пилотов от остальной части самолета, вышел смуглый, плотно сложенный человек в армейских брюках и белой футболке.

— Я Масуд, — сказал он. — Мы делать проверка с пилот. Мы вылетать через полчаса. Ты остаться там где есть. Если ты шевелиться, мы тебя убить.

— Ну и порядочки в вашей авиакомпании — хуже, чем в «Дэн эйр», — проговорил Бонд. — Сигаретки не найдется?

— Молчать. Не курить. Застегнуть ремень.

Бонд повиновался. Обычно он любил эти мгновения, предшествующие полету, — предвкушение нескольких часов по-настоящему вольной жизни, когда он будет недоступен ни для приказов М., ни для кого из женщин, с которыми сводила его судьба: в эти часы он мог спокойно, ни на что не отвлекаясь, почитать «Основы современного гольфа» Бена Хогана, а потом, никуда не торопясь и потягивая «кровавую Мэри», полюбоваться, как солнечные лучи, искрясь, отражаются в крыльях самолета, летящего над арктическим ландшафтом, покрытым облаками, напоминающими глыбы льда.

Из-за перегородки появился еще один человек, подошел по проходу и уставился на Бонда. На нем была помятая и явно несвежая форменная рубашка «Бри-

тиш оверсиз». Он был похож на англичанина и выглядел очень испуганным.

— Меня зовут Кен Митчелл, — сказал он с привычной, но совершенно неуместной здесь интонацией, с какой обычно представляются новому партнеру по гольфу
где-нибудь в Суррее. — Видимо, за какие-то грехи мне
выпало быть пилотом этого драндулета. Я хочу попросить вас только об одном: не пытайтесь предпринимать
ничего... ничего, что не было бы предусмотрено планом.
Это наша единственная надежда. Я подниму машину в
воздух и буду за штурвалом бóльшую часть полета. Затем, как мне сказали, на последнем отрезке пути управление следует передать вам — почему и зачем, я не
знаю. Они пообещали мне, что, если я буду придержи-
ваться их правил игры, меня отпустят. Пожалуйста, хотя бы ради меня и моей семьи, мистер Бонд, не пытайтесь помешать тому, что задумали эти люди. У моей
дочки завтра день рождения.

— Ладно, — сказал Бонд. — Вы лучше скажите, что
нужно делать, чтобы эта штука летела?

— Чтобы удержать высоту, не нужно даже смотреть на приборы. Выберите себе какую-нибудь точку
на горизонте — край облака или что-нибудь еще. Ори-
ентируйтесь по этой точке, а не по приборам. Но бóльшую часть пути мы проделаем на автопилоте. Эта машина умеет летать сама, практически без помощи человека.

— Благодарю вас. Теперь идите на свое место, Кен,
и желаю вам приятного полета.

Митчелл в последний раз умоляюще посмотрел на
Бонда и в ту же секунду чья-то сильная рука схватила
его и потащила обратно в сторону пилотской кабины.

Через несколько минут Бонд почувствовал, что
шум двигателей усилился и самолет стал выезжать по
рулежной дорожке. Через иллюминатор он увидел зеленый огонек, мигающий на вершине убогой диспет-

черской вышки, торчащей среди пустыни примерно в полумиле от них. В конце дорожки огромный самолет развернулся и замер.

Бонд услышал, как взвыли мощные роллс-ройсовские двигатели, и самолет, быстро набирая скорость, помчался по взлетной полосе. Бонд ощутил, как его спина слегка вжалась в мягкое сиденье, когда переднее шасси оторвалось от земли, нос самолета поднялся, а хвост вытолкнул тяжелую машину в воздух и она поднялась в небо над раскаленной жарким солнцем пустыней.

В стальном ангаре в Ноушехре в это время убирали остатки маскировочной сети, прикрывавшей нос экраноплана от посторонних взглядов, и разогревали двигатели. Всем четырнадцати членам экипажа раздали британские паспорта, хотя среди них было восемь персов, двое иракцев, двое турок, один саудовский араб, а еще один — тот самый, который сейчас сидел в наушниках у портативной радиостанции, — был говорившим на фарси русским инженером.

Экраноплан покидал док впервые после серьезной модификации: на нем установили четыре дополнительных топливных бака, шесть тяжелых ракетных установок и четыре управляемые ракеты класса «земля—воздух». Естественно, весь экипаж и технические специалисты, проводившие столь серьезное переоборудование, немного волновались. Буквально с первых минут не то полета, не то плавания стало ясно, что экраноплан ведет себя не так, как раньше: двигатели ревели, вода стремительно уносилась назад, а нос судна, зарывшийся в волны, все никак не мог подняться над поверхностью. Вспарываемая обтекателем вода неслась перед экранопланом плотным валом. В какой-то момент показалось, что изрядно потяжелевшее судно не сможет совершить столь нужный рывок, — для того чтобы плавание перешло в глиссирование, а затем и в полет над водной поверхностью, нужно было больше мощности, чем для выхода на полную скорость. В общем, необходимо было, чтобы корабль-самолет обогнал поднятую им самим волну.

Двигатели с завыванием вышли на максимальный уровень рабочих оборотов, а экраноплан как приклеенный цеплялся за воду. Русский инженер оглядел встревоженные лица членов команды.

— Все в порядке, не волнуйтесь, — сказал он на фарси.

Пилот выждал еще несколько секунд и резким движением перебросил один из тумблеров на пульте управления. Этот переключатель приводил в действие систему ИУПС — импульсного увеличения подъемной силы; на короткое время она позволяла перевести бо́льшую часть тяги двигателей на создание плотной воздушной подушки под крыльями.

Неожиданно судно словно выпрыгнуло из воды и стало стремительно набирать скорость, двигаясь очень низко над поверхностью моря. Теперь пилот мог спокойно, не волнуясь, взяться за рычаг газа и под спонтанные аплодисменты членов экипажа небрежно сбросить обороты двигателей, переведя их в более экономичный и устойчивый режим. Экраноплан двигался уже не в водной, а в воздушной стихии.

И в Ноушехре, и в Чалусе в эти минуты остановилось все движение на набережных: сотни местных жителей и отдыхающих замерли в изумлении и уставились на летящий корабль.

Русскому инженеру не было никакого дела до впечатления, произведенного экранопланом на персидскую публику: он вернулся к своей радиостанции.

— Да, пожалуй, такого странного штаба военных действий я еще не видел, — сказал Феликс Лейтер, переводя взгляд со стоящих на столе ваз, полных гранатов и тутовых ягод, на окно номера двести тридцать четыре отеля «Джалаль», откуда открывался вид на море.

Джей Ди Сильвер делал вид, что потягивает чай, а сам, прикрываясь пиалой, изучал обстановку в комнате.

Телефон, стоящий на прикроватном столике, зазвонил, и Феликс снял трубку.

— Это вас, Дариус, — сказал он. — Ваш человек из Тегерана, Бабак.

Дариус перегнулся через кровать и взял трубку:

— Бабак? Ну что, получил подробную информацию? Отлично. Диктуй, я записываю.

Схватив лежавший рядом с телефоном лист бумаги и ручку, он стал стремительно писать, повторяя вслух то, что говорил Бабак:

— Широта 46.34944. Долгота 48.04917. Широта 48.8047222. Долгота 44.5858333. — Затем последовали какие-то слова на фарси, непонятные ни Лейтеру, ни Сильверу, который пытался заглянуть Дариусу через плечо.

Через пять минут Дариус повесил трубку и протянул лист бумаги Джей Ди Сильверу.

— Вот в эту точку направляется экраноплан, — сказал он. — Вот это — расчеты по скорости, вот координаты промежуточных точек на маршруте, а это кодовое слово означает, что ракеты экраноплана оснащены ядерными боеголовками. Теперь действуйте, и советую поторопиться.

— Да уж постараюсь, — сказал Сильвер. — Эта линия безопасна?

— Кто ее знает? — усмехнулся Лейтер. — Но другой у нас просто нет, коллега.

Сильвер скрючился над телефоном:

— Ребята, сделайте мне одолжение. Я должен набрать секретный код, который не могу открыть даже вам... В общем, не сочтите это за недоверие...

— И не подумаем, — ответил Лейтер. — Пойдемте, Дариус, полюбуемся видом из окна.

— Хамид, — обратился Дариус к шоферу, — ты не побудешь немножко в коридоре?

Феликс и Дариус отвернулись к окну и стали смотреть на море. Феликс поднял металлический крюк, заменявший ему правую руку, и сказал:

— Будь у меня пальцы, непременно скрестил бы их на удачу.

Дариус, огромный и чем-то похожий на медведя, положил руку на плечи Феликса.

— Что уготовано судьбой, того не избежать, — проговорил он. — Все это судьба. *Кисмет.*

— Две четверки шесть, — бубнил за их спинами голос Сильвера. — Восемь семь. Отзыв.

Правой ногой он осторожно нажимал на тонкий проводок телефонной линии в том месте под прикроватным столиком, где этот проводок скрывался в стене. Миниатюрные внутренние контакты под давлением ноги один за другим постепенно стали выходить из гнезда. Наконец весь провод отсоединился от розетки, и Сильвер незаметным движением ноги отпихнул его под кровать.

— Лэнгли, вы слушаете? — воскликнул он с энтузиазмом. — Диктую координаты. Широта 46.34944. Долгота 48.04917. Широта 48.8047222. Долгота...

— Что ж, Дариус, похоже, наши дела не так уж плохи, — сказал Феликс. — Теперь будем разбираться с авиалайнером.

ГЛАВА 17
Ария Кармен

«Викерс VC-10» поднялся на высоту тридцать тысяч футов где-то к востоку от Тегерана и продолжал свой спокойный и плавный полет в сторону Казахстана — одной из южных республик Советского Союза. «В любых других обстоятельствах, — думал Бонд, глядя в иллюминатор на залитые солнцем ледники Эльбурса, — это был бы замечательный день для полета». Сжав осколок стекла кончиками пальцев правой руки, он методично продолжал перетирать веревку на своем левом запястье — очень аккуратно и, как он рассчитывал, незаметно. «Слава богу, что мы находимся в салоне первого класса», — вдруг пришло ему в голову. Здесь расстояние между креслами гораздо больше, чем в экономклассе, где охранник, сидящий слева, мог бы почувствовать малейшее его движение.

Бонд постарался принять такую позу, в которой его старания перерезать веревку были бы как можно менее заметны. Он отвернулся в сторону, опустил голову и закрыл глаза, всем своим видом давая понять, что страшно измучен испытаниями, выпавшими на его долю; он рассчитывал, что охранники поверят, будто он окончательно сломлен и смирился с уготованной ему участью. По его прикидкам, до Златоуста-36 оставалось еще примерно полторы тысячи миль — более точно он подсчитать не мог, потому что не знал, в каком именно месте пустыни расположена база Горнера. Зато он знал, что крейсерская скорость «VC-10» составляет больше пятисот миль в час — эту цифру постоянно публиковали и в газетах, и во всех внутренних правительственных бюллетенях и справочниках, когда шла дискуссия о том, стоит ли закупать самолеты этого типа для «Бритиш оверсиз» за государственный счет.

По мнению Бонда, самолет находился в воздухе уже почти час, и если в течение следующих шестидесяти минут Скарлетт не появится, ему придется попытаться каким-то образом расправиться голыми руками с четырьмя хорошо подготовленными, а главное — вооруженными противниками. Оставался, конечно, шанс, что Кен Митчелл каким-то образом придет ему на помощь либо в схватке, либо со своего места за штурвалом, выполнив в нужный момент какой-нибудь выгодный для Бонда резкий маневр в воздухе. Но это казалось маловероятным. Митчелл не был похож на человека, способного на решительные действия: образцом Настоящего Поступка для него скорее всего было прохождение всех восемнадцати лунок на ежемесячном турнире где-нибудь в гольф-клубе Уокинга.

Бонд незаметно вывернул правое запястье до предела — так, чтобы по натянувшейся и впившейся в кожу веревке понять, насколько он продвинулся в своем кропотливом труде. Результаты были не слишком впечатляющие: каким бы острым ни казался осколок ветрового стекла джипа, при той амплитуде движений, которую Бонд был в состоянии себе позволить, перерезать тонкую нейлоновую веревку было не намного легче, чем толстый пеньковый канат.

Он понятия не имел, когда его собираются отвести в кабину и посадить за штурвал. Скорее всего в какой-то момент руки ему развяжут — хотя бы для того, чтобы ни у кого из следователей, которым вдруг случайно удастся обнаружить его труп под Златоустом-36, не возникло сомнений, что этот человек действовал по собственной воле и в полной мере отвечал за свои поступки. К сожалению, такое развитие событий никак не устраивало Бонда: когда он окажется в кабине пилота, будет уже слишком поздно. Нужно было начинать действовать еще до этого.

Бросив короткий взгляд на охранника, сидевшего рядом и неподвижно смотревшего в какую-то точку перед собой, Бонд чуть увеличил амплитуду пилообразных движений осколком. Это был его единственный шанс.

Когда Джей Ди Сильвер положил трубку на телефонный аппарат в номере двести тридцать четыре, он сказал Дариусу и Лейтеру, что ему нужно спуститься к машине.

— Меня не будет минут пять, — сказал он, — и я попросил бы вас пока не занимать телефон, поскольку нам должны перезвонить из Лэнгли. Линия должна быть свободна.

— Ясное дело, — ответил Феликс.

— Вот и хорошо, — буркнул Сильвер и вышел в коридор, плотно закрыв за собой дверь.

— Ну что ж, — сказал Дариус, — похоже, что не пройдет и часа, как над Каспийским морем закрутится самая настоящая карусель.

— И не говорите. Сильвер связался с Лэнгли напрямую. Я уверен, что они уже вышли на Пентагон. Дальше штаб американских ВВС даст нужным подразделениям команду на взлет... и прощай, экраноплан.

— Но как же быть с этим гражданским самолетом? — спросил Дариус. — Неужели вы считаете, что мы ничего не можем сделать?

— Слушайте, мы знаем, что если самолет должен нанести удар в то же самое время, что и экраноплан, значит, он уже некоторое время находится в воздухе. Мы также знаем, что все самолеты американских ВВС, в зоне досягаемости которых находится данный район советского воздушного пространства, наверняка рыщут вокруг границ Советского Союза. А уж больше, чем могут сделать они, Дариус...

— Значит — ничего?

Феликс развел руками:

— Еще три дня назад я занимался тем, что искал по всему Лос-Анджелесу куда-то запропастившихся актрисок. Чудеса я творить не могу. Что мне на самом деле нужно сейчас, так это завтрак. В вашей стране, извините за вопрос, умеют делать яичницу или угощают только фруктами?

— Я уверен, если хорошенько попросить, на кухне сумеют приготовить для вас яичницу, — отшутился Дариус, — но мы пока не можем им позвонить, потому что телефонная линия должна быть свободной. Чтобы из Лэнгли могли перезвонить.

— Ладно, придется мне самому пойти на кухню и попросить их о таком одолжении, — вздохнул Феликс. — Да в крайнем случае я и сам могу зажарить яичницу. Техасец не может работать на пустой желудок.

— Нет, это просто возмутительно, — сказал Дариус. — Я должен позвонить Бабаку, чтобы он передал шифровку в Лондон. Пусть и они подключаются. В конце концов, военно-воздушные силы Великобритании в таком важном деле будут не лишними. Военные быстрее политиков сумеют найти общий язык, им ведь не раз приходилось действовать в одной упряжке.

Он сел на край кровати и не то рассерженно, не то печально покачал своей красивой тяжелой головой.

В нескольких футах от него Феликс, вместо того чтобы идти на кухню, тяжело опустился на невысокий жесткий стул и пригладил левой рукой свои седые редеющие волосы.

Минуты три они просидели в полной тишине, глядя в пространство и время от времени встречаясь взглядами.

Внезапно Лейтер нарушил напряженную тишину:

— Куда к черту провалился этот Сильвер? Он сказал, что вернется через пять минут... — Лейтер бросил взгляд на часы, — а прошло уже десять.

Дариус внимательно взглянул на него. Тот не отвел взгляда.

Прошла еще минута, а Дариус все еще внимательно вглядывался в глаза Феликса. Ощущение было такое, что две не до конца сформулированные и высказанные мысли обрели наконец законченную форму где-то в пространстве между ними.

— У меня нехорошее предчувствие, — сказал наконец Феликс.

— Вот именно, — в тон ему ответил Дариус. — С каких это пор Лэнгли использует открытые телефонные линии, чтобы перезвонить?

— Господи!

В ту же секунду они оба бросились к телефону. Дариус оказался ближе и первым вытащил из-под кровати выдернутый из розетки провод.

Феликс громко выругался.

Дариус был уже у дверей.

— Хамид! — громко проорал он в коридор. — Поехали!

Ждать лифта времени не было. Все трое бросились бежать вниз по лестнице так быстро, как только могли; правда, ковыляющий на протезе Феликс отставал от своих здоровых спутников. Когда он вышел, Хамид уже подогнал к дверям гостиницы свой серый «кадиллак».

Дариус что-то крикнул на фарси, и Хамид вжал педаль газа в пол. В следующее мгновение он отпустил сцепление, и колеса несколько раз провернулись вхолостую. Сорвавшись с места, машина оставила на набережной Ноушехра две жирные черные полосы, нанесенные жженой резиной, содранной с шин. Обернувшись к Феликсу, Дариус сказал:

— Я велел ему везти нас из центра к одной телефонной будке на окраине, которую я приметил еще на подъезде к Ноушехру. Я свяжусь оттуда с Тегераном. Бабак может передать по радио на секретной волне всю необходимую информацию в Лондон, пусть они там поднимут в воздух столько самолетов, сколько есть в этом регионе. Чует мое сердце, что действовать через Лэнгли нельзя. Ничего мы от них не дождемся.

Феликс опять выругался:

— Какой-то минимальный запас времени у нас еще наверняка есть. Но я даже не знаю, делает ли Кармен то, что ему велели из Вашингтона, или ведет здесь свою собственную игру.

— В данный момент, — возразил Дариус, — это не имеет значения. Главное, мы знаем, что сами делаем то, что считаем нужным. В любом случае с Сильвером все скоро выяснится. Подождите, похоже, за нами хвост.

В тот момент, когда Хамид закладывал поворот, Феликс посмотрел в заднее окно. Их нагонял запыленный черный «понтиак».

— Этого только не хватало! — воскликнул Феликс. — У меня с собой только это. — Из кармана пиджака он вытащил «Кольт М-1911». — Неплохо бьет на семьдесят пять ярдов, но — с поправкой на его преклонный возраст.

— Попробуйте их пугнуть, — сказал Дариус. — Может, отвяжутся.

— Есть еще одна маленькая сложность, — объявил Феликс, потрясая своим крюком. — Этой рукой я как раз и стрелял.

Дариус взял револьвер, перебрался на заднее сиденье, выдавил заднее стекло и пальнул по черному «понтиаку», который в ту же секунду резко вильнул в сторону, выскочил на тротуар, но затем все же сумел вернуться на проезжую часть.

— Аллах акбар! — воскликнул Хамид.

— Рули, парень, — сказал Феликс, опускаясь пониже, чтобы не быть мишенью в проеме выбитого заднего стекла. — Это Кармен?

— Пока не вижу, — ответил Дариус. — Быстрей, Хамид! Гони, гони, гони!

На пути «кадиллака» оказалось несколько торговых лотков. Под колеса машины попала корзина с апельсинами, фонтаном разлетевшимися по всей улице. Хамид нажал на педаль газа еще сильнее, и большая машина, взревев мотором, проскочила через железнодорожные пути, ведущие к невысоким холмам за пределами городка. Переезд не был оборудован ни семафором, ни шлагбаумом, а у Хамида и его спутников не было времени, чтобы притормозить и посмотреть, не идет ли поезд. На этот раз им просто повезло. «Кадиллак» уходил по извилистой дороге прочь от города.

Дариус приподнял голову, выглянул в проем заднего окна и тщательно прицелился. Держа кольт обеими руками, он снова выстрелил.

Пуля разбила вдребезги ветровое стекло «понтиака», и теперь над рулем можно было видеть бледное потное лицо, чем-то напоминающее морду терьера, и рыжеватые пряди волос, прилипшие ко лбу.

— Это Кармен, — сказал Феликс. — Ну, он у нас свое получит.

Дариус выстрелил еще раз, и пуля срикошетила от капота машины Сильвера.

— Сколько тут у тебя патронов? — спросил Дариус.

— Семь плюс один в патроннике, — ответил Феликс. — Осталось пять.

— Лучше приберечь их на крайний случай, — сказал Дариус. — Тебе придется прикрывать меня, пока я буду звонить.

— Лучше попробуем оторваться, пока мы еще не добрались до места.

Дариус что-то прокричал Хамиду, который резко крутанул руль вправо, проходя очередной поворот в резком заносе, заметая кормой. После этого Хамид сквозь шум что-то прокричал Дариусу в ответ.

— Мы уже почти приехали, — объяснил Дариус Феликсу. — Он пытается поднять побольше пыли. Держитесь.

Машина свернула с асфальтированного шоссе на грунтовую дорогу, и Хамид стал раскачивать ее в управляемом заносе из стороны в сторону. По кузову машины пронесся стон скручиваемого металла — это протестовала против запредельных боковых ускорений стальная рама. Железу вторила резина на уже вчистую стертых шинах, не столько цеплявшихся за дорогу, сколько скользивших по ней. Большой седан был создан для быстрой езды, но не в таких условиях. Гонки по гравию с резкими заносами, переставками и крутыми поворотами таким автомобилям противопоказаны. Долго так продолжаться не могло, и в какой-то момент, когда Хамид чуть-чуть не рассчитал движение руля, машина, не успев изменить траекторию, налетела передним колесом на торчавший из земли белый придорожный камень. «Кадиллак» подпрыгнул и, распахав обочину левой стороной корпуса, так и остался лежать на боку двумя дверцами вверх.

Дариус, чья голова была порезана в нескольких местах, первым вылез из машины через заднюю дверь и вытащил за собой Феликса, который, спрыгнув и приземлившись на единственную здоровую ногу, смачно выругался. Дариус протянул ему револьвер и побежал вперед — туда, где грунтовая дорога вновь воссоединялась с асфальтированной трассой; именно там, на перекрестке, виднелась одинокая телефонная будка.

— Прикрой меня! — крикнул он Феликсу.

Из облака пыли, повисшей над дорогой, донесся рев работающего на максимальных оборотах двигателя, потом из пыльной пелены проступил силуэт черного «понтиака». Феликс, спрятавшись за лежащим на боку «кадиллаком», выстрелил прямо в открытый проем ветрового стекла. «Понтиак» резко затормозил, вильнул в сторону и остановился. Сильвер, зажимая рукой рану в плече, вывалился из машины и перекатился за нее.

Феликс понимал, что ему нужно продержаться только до тех пор, пока Дариус не дозвонится в Тегеран и не передаст нужные координаты. Вот только знать бы, как много времени это может занять. И вообще, насколько надежно в Персии работает междугородная телефонная связь?

В телефонной будке Дариус говорил Бабаку:

— Слушай внимательно. Передай это в Лондон на частоте четырнадцать мегагерц. И еще есть гражданский самолет...

Феликс, держа пистолет в левой руке, всматривался в стоящий поперек дороги «понтиак», стараясь заметить малейшие признаки движения. У него оставалось всего четыре патрона, и он не желал тратить понапрасну ни одного. Если Сильвер начнет играть в кошкимышки, значит, этот парень что-то соображает и в тактике ближнего боя; впрочем, тянуть время Сильверу тоже было не с руки: он наверняка сообразил, что Феликс и Дариус рванули к одинокой телефонной будке, чтобы каким-то образом установить контакт с Лондоном.

Внизу, у ног Феликса, послышался стон.

— Ты как там, Хамид? Живой?

— Думаю, живой. Руки порезать. Но все нормально.

— Держись.

Пуля чиркнула по борту «кадиллака». Хамид стал громко молиться. Феликса встревожило то, что выстрел донесся со стороны обочины шоссе, то есть фактически уже с того направления, где находилась телефонная будка. Видимо, Сильверу каким-то образом все же удалось отползти от «понтиака» и, продравшись сквозь придорожные кусты, занять более выгодную позицию.

Феликс снова огласил пространство отборной руганью и побежал в ту сторону — настолько быстро, насколько позволял ему протез.

— Все понял, Бабак? — говорил Дариус в трубку. — Да, и «Ви-Си-десять». Молодец, Бабак. Теперь быстро, как только можешь...

Но Дариусу Ализаде не суждено было закончить эту фразу: две выпущенные из пистолета пули пронзили его сердце. Его большое тело согнулось, припав на колено, а потом рухнуло ничком на пыльную землю родной страны.

Когда Феликс, подволакивая протез, прихромал наконец к пригорку, на котором стояла телефонная будка, Сильвер уже успел убрать дымящийся пистолет за пояс и скрыться в ближайших кустах.

Увидев лежащего на земле Дариуса и болтающуюся на шнуре телефонную трубку, Феликс закричал. Он и сам почти упал рядом с Дариусом и приложил ухо к его груди. Тот еще дышал и, почувствовав прикосновение, смог открыть глаза.

— Я успел, — сказал он. — Передал Бабаку. Все. Все, что мы знаем.

Потом он снова закрыл глаза, а Феликс приподнял его голову и положил на свою здоровую руку.

— Джей Ди Сильвер, — слабым голосом проговорил Дариус, и тень улыбки мелькнула на его бледном лице. — Он не из тех, кого мой отец называл «гражданами вечности».

— Да, он не такой, как ты, мой друг, — сказал Феликс. — Нет. *Мой* отец назвал бы такого, как Джей Ди, сукиным сыном.

Тело Дариуса дрогнуло и обмякло. В тот же миг Феликс услышал звук взводимого курка.

— Не двигайся, Лейтер.

Сильвер вышел из-за кустов, сжимая пистолет обеими руками.

— Подними руки. Я не хочу тебя убивать. Ты можешь вернуться домой и будешь снова разыскивать пропавших девчонок и уличать неверных жен. Делай, как говорю. Положи руки на затылок.

— Ты на кого работаешь? — спросил Феликс.

— На кого и ты. Просто у меня новый приказ. Нам нужны британцы во Вьетнаме. Нам нужна их помощь. Иначе нам не справиться. А маленькое напоминание от русских...

— Да у тебя просто крыша съехала, — сказал Феликс, не веря своим ушам.

— Заткнись, — ответил Сильвер, подошел к нему вплотную и начал обыскивать. Успокоился он только тогда, когда достал из-за ремня Феликса его старый кольт. — Вот это вещь, я понимаю. — Взвесив револьвер на руке, он спрятал его в карман пиджака. — Теперь ложись на землю. Лицом вниз.

Феликс сделал, как ему велели.

— Ты хоть передал в Лэнгли информацию об этом чертовом самолете? — спросил он. — О том гражданском лайнере, набитом взрывчаткой?

— Я понятия не имею, есть ли там взрывчатка, — сказал Сильвер. — И ты этого тоже не знаешь.

— А какой же хренью, по-твоему, его загрузили? Детскими игрушками, что ли?

— Я передал им все, что знаю, — ответил Сильвер. — Они там пускай сами решают, что делать дальше. Когда наступает критический момент, Лейтер, все решения принимает только один человек — тот, который сидит в Белом доме. Он видит всю картину в целом. Русские получат оплеуху — он это переживет. Лондон получит оплеуху в ответ — это хуже. Но если это заставит британцев поднять свои задницы и отправиться во Вьетнам и вообще серьезнее воспринимать эту войну, — ну что же, значит, оплеуха в данном случае — выгодный тактический ход. В конце концов, в драке всегда получаешь затрещину-другую. Если это не нокаут и в итоге ты выигрываешь бой — стоит потерпеть.

Лейтер приподнялся на локте:

— Но если ты не передал им все подробности...

Произнося эти слова, он заметил, как на пыльной земле за мягкими черными туфлями Джей Ди Сильвера появилась тень. Тренировка, опыт и долгие годы службы в ЦРУ не прошли для Феликса даром: многие навыки, доведенные до автоматизма, и сейчас срабатывали на уровне рефлексов. Лейтер и бровью не повел, ничем — ни единым движением, ни даже выражением глаз не выдав, что у Сильвера за спиной что-то творится.

Он понимал, что сейчас от него требуется только одно — продолжать говорить.

— Мне почему-то кажется, Кармен, что ты мне чего-то недоговариваешь. Конечно, британцы во Вьетнаме нам нужны. Я даже допускаю, что чиновники в Госдепе не только проглотили бы небольшое нападение на союзника, но и одобрили бы его, если бы это помогло в долгосрочной перспективе. Но то, что происходит сейчас, не лезет ни в какие ворота. Тут дело серьезное. Более чем серьезное. Знаешь, что я думаю, Кармен? Я думаю, кто-то сплетничает и тебя шантажирует. Кто-то болтает про тебя и твоих мальчиков из автосалонов. Неужели тебя можно так легко перевербовать? Простым шантажом. Нет, мне кажется, тут есть что-то еще. Кто-то из Советского Союза обменялся с тобой парой слов, мой друг, и...

Сильвер злобно заорал и поднял пистолет, чтобы выстрелить в сердце Феликсу, но, прежде чем он успел спустить курок, часть содержимого его головы вылетела двумя струйками через ноздри, когда Хамид обрушил тяжелый белый придорожный камень на его череп. Тот раскололся с громким треском, который эхом прокатился по холмам, окружавшим Ноушехр.

Феликс не без труда поднялся на дрожащие ноги. Здоровой рукой он обхватил Хамида за плечи:

— Спасибо тебе, Хамид.

— Аллах акбар.

Феликс мгновение помолчал, переводя дыхание, потом сказал:

— Да, я думаю, так оно и есть. Может быть, твой Аллах — он и вправду акбар. Вполне возможно, что в этом, Хамид, ты прав. А теперь нам нужно отвезти господина Ализаде домой.

По расчетам Бонда, они были в воздухе уже около трех часов. Он мог видеть под крылом самолета залитые солнечным светом Уральские горы.

— Можно поговорить с пилотом? — обратился он к охраннику, сидящему в кресле у прохода.

Мужчина покачал головой.

«Может, он и по-английски-то не понимает», — подумал Бонд.

— Позови Масуда, — сказал он.

Охранник снова потряс головой.

— Мне нужно узнать, как работает самолет, как им управлять, — не унимался Бонд. — Приведешь ты Масуда или нет?

Охранник пробурчал что-то невнятное человеку, сидевшему перед ними, и тот — на голове у него почему-то красовалась американская бейсболка с эмблемой «Чикагских медведей» — медленно и неохотно встал с кресла и пошел вперед по проходу в направлении кабины. Через минуту он вернулся — но не с Масудом, а с Кеном Митчеллом.

— Вас вызывают туда, в кабину, — сказал Митчелл. — Прошу вас, не делайте глупостей.

— Кто сейчас управляет этой штуковиной? — спросил Бонд.

— Она летит на автопилоте. Вам ничего не нужно делать. По крайней мере, пока мы не подлетим к месту назначения. Там нужно будет просто снизиться.

— А вы хотя бы знаете зачем? — задал вопрос Бонд.

— Нет, понятия не имею. Как ни странно, когда к моей голове приставляют пистолет, я просто делаю то, что мне говорят.

— По-моему, сейчас самое время ввести вас в курс дела, — сказал Бонд. — В багажном отсеке этого самолета находится взрывчатка. Она упакована и снабжена взрывателями так, что представляет собой одну огромную бомбу. Мы должны прицельно сбросить ее на Златоуст—тридцать шесть, крупнейшее в России место производства и хранения ядерных боеголовок.

— Господи помилуй! — Митчелл, не в силах устоять на ногах, опустился в кресло в ряду перед Бондом.

— Вот так-то, Кен, — сказал Бонд. — И после этого вы по-прежнему будете настаивать, чтобы я не делал глупостей?

Охранник, сидящий рядом с Бондом, ударил его по губам тыльной стороной ладони:

— Не говорить.

— Что происходит? — Масуд вышел из пустой теперь пилотской кабины и направился к ним.

Он вытащил из-за ремня кольт сорок пятого калибра. «Хорошая штука, мощная, — подумал Бонд, — но применять ее на такой высоте чрезвычайно опасно».

— Встать, — сказал Масуд, нацеливая ствол в голову Бонду.

— Никуда я не пойду, — ответил Бонд.

— Встать! — заорал Масуд.

Он перегнулся через охранника и схватил Бонда за горло. Силы ему было явно не занимать, и Бонд как-то сразу понял, что этот вышибала действительно мог держать в подчинении целый базар, собирать дань с торговцев и расправляться со строптивыми и непокорными. Охранник расстегнул ремень безопасности, которым пленник был пристегнут к креслу. Бонд при этом держал руки за спиной, старательно зажимая между запястьями куски все-таки разрезанной веревки.

Он не стал упираться и мешать Масуду, когда тот тащил его мимо охранника в проход между креслами, но когда его рука оказалась над шеей охранника, он отпустил куски веревки и изо всех сил полоснул того осколком стекла по яремной вене. Кровь хлынула сильной струей на переднее сиденье. Охранник закричал. Он стал заваливаться вперед, а Бонд выхватил пистолет из его кобуры; снять оружие с предохранителя он уже не успевал и просто ударил рукояткой в лицо Масуда. Тот пролетел через проход и упал на пустой ряд кресел. Хватку на горле Бонда он ослабил не сразу и все-таки успел вытащить пленника в проход между креслами, где тот не удержался на ногах и упал.

В ту же секунду в салоне раздался выстрел советского пистолета, прозвучавший в пустом пространстве громко, как взрыв, и даже торжественно, и притом как нельзя более вовремя. Бонд увидел лицо охранника, сидевшего перед ним, изуродованное пулей, которая вошла ему в голову прямо под глазом. «Чикагских медведей» отбросило на другой конец салона.

Лежа на полу, Бонд оглянулся и посмотрел вдоль прохода в ту сторону, откуда донесся выстрел. На полпути к салону экономкласса, расставив ноги и держа девятимиллиметровый полуавтоматический пистолет Макарова обеими вытянутыми руками, так что он оказался в вершине правильного треугольника, стояла женщина в новенькой, с иголочки, отутюженной форме стюардессы «Бритиш оверсиз». Ее длинные темные волосы были аккуратно убраны под форменную шапочку.

Охранник, сидевший в ряду позади Бонда, перегнулся через поручень в проход и выстрелил в Скарлетт. При этом он сам оказался легкой мишенью для Бонда: тот пальнул в него прямо с пола из люгера, который успел выхватить из кобуры его сослуживца. Тело охранника отшвырнуло к иллюминатору.

Масуд тем временем пришел в себя и сумел встать на ноги. Скарлетт увидела его и снова выстрелила из «макарова», а Бонд в ту же секунду схватил его за лодыжки. Бонд навалился на него, но в узком проходе между рядами действовать было трудно. Он дотянулся руками до горла противника, но в ту же секунду отлетел назад; раздался выстрел из большого масудовского кольта.

Пуля вошла прямо в закаленное стекло «Перспекс» того самого иллюминатора, рядом с которым лежал застреленный Бондом охранник. Давление в салоне начало падать, и поток воздуха подтянул тело мужчины вплотную к маленькому отверстию с зазубренными краями, где оно на некоторое время стало превосходной затычкой.

По салону пронесся истошный вопль Митчелла:

— Прекратите стрелять! Что-то случилось с проклятым автопилотом!

Огромный новый самолет, так мощно и плавно державший свой курс вплоть до этой секунды, внезапно накренился, затем нырнул вниз сразу футов на сто; снижение прекратилось с таким толчком, будто он наткнулся днищем фюзеляжа на какое-то твердое препятствие. Вздрогнув всем корпусом до последней заклепки, машина взяла дифферент на нос и начала уже не просто снижаться, а пикировать к земле.

Бонда, Масуда и Скарлетт швырнуло на пол салона.

— Давай быстрей в кабину, Кен! — закричал Бонд. — Скорее, ради бога, мы же падаем.

Лицо Бонда было перепачкано кровью охранника, которая хлынула фонтаном из вспоротой яремной вены. Все ближайшие кресла были сплошь покрыты кровавыми пятнами и красными ошметками мозга и мышечной ткани двух других конвоиров. Бонд кричал и ругался на Кена Митчелла, но тот был парализован паникой и просто вцепился в край ближайшего кресла. Бонд дотянулся до Митчелла и ткнул стволом пистолета прямо ему в ухо:

— Если ты сейчас же не проберешься в кабину, я тебе мозги вышибу. Иди! *Иди же!*

Митчелл разжал руки и стал не то выполнять приказ, не то просто сползать под действием силы тяжести по скользкому от крови полу салона. Бонд успел разглядеть, что по его лицу текут слезы.

— Давай живее! — заорал Бонд.

Масуд к этому времени сумел упереться ногами в основания кресел и занять достаточно устойчивое положение, чтобы выстрелить в Бонда, но поскольку самолет продолжал падать, тряска, вызванная турбулентностью, привела к тому, что выпущенная им пуля вошла в потолок салона.

Где-то дальше по проходу Скарлетт пыталась удержаться от скольжения вниз, уцепившись за ножку кресла. Судя по всему, она не могла хорошенько прицелиться в Масуда и потому не стреляла.

Митчелл добрался до перегородки перед пилотской кабиной и скрылся из виду. Остальные трое оставались в салоне, держась за кресла. В пяти рядах позади себя Бонд увидел сапоги Масуда, но не решился стрелять, опасаясь, что даже его сравнительно маломощный люгер пробьет обшивку и вызовет дальнейшую декомпрессию.

На мгновение самолет выровнялся и даже задрал нос, от чего по всему фюзеляжу прокатился очередной удар, заставивший зазвенеть всю обшивку и все силовые элементы корпуса. Митчелл вывалился из-за перегородки перед пилотской кабиной и упал на пол. Самолет тем временем вновь опустил носовую часть и перешел в пикирование. Скарлетт закричала, и Бонд увидел, как ее тащит вниз по полу салона. Масуд перехватил ее за руку и подтянул к себе. На глазах у Бонда он схватил ее за горло и втащил в свой ряд кресел. Пистолет она выронила.

В трясущемся и прыгающем самолете Масуд умудрился все же выбраться в проход, встав на колени и прикрываясь Скарлетт как щитом. «Ну и силища у него», — подумал Бонд. Этот человек был похож сейчас на троглодита, который тащит свою женщину за волосы в пещеру. Опираясь на кресла свободной рукой, он стал пробираться в носовую часть самолета. Когда он добрался до Бонда, их глаза встретились, и Бонд увидел, что ствол пистолета приставлен прямо к уху Скарлетт. Слова в такой ситуации были излишни. Скользя по залитому кровью полу салона, Масуд смог добраться до кабины, где, по всей видимости, он занял пустое пилотское кресло.

Самолет тем временем выровнялся, и Бонд смог оценить степень опасности. Продырявленное стекло иллюминатора продолжало создавать декомпрессию, и противостоять утечке воздуха было все труднее. Часть кресел валялась на полу, и Бонд понимал, что, если тело охранника прижмет к окну еще сильнее и оно выдавит стекло — а это могло произойти в любой момент, — ситуация станет еще более угрожающей.

Митчелл неподвижно лежал на полу салона — судя по всему, без сознания. Его тело сползло почти к самой кабине.

Бонд, продолжая двигаться вниз, перешагнул через Митчелла и открыл дверь. Скарлетт сидела за пультом управления, а Масуд по-прежнему прижимал ствол револьвера к ее голове.

Он спокойно посмотрел на Бонда:

— Брось оружие. Или я ее убить.

— Ты не рискнешь больше стрелять, — сказал Бонд. — Тем более из своего большого кольта.

Масуд протянул другую руку и одним движением схватил горло Скарлетт так, что почти полностью перекрыл ей дыхание.

— Вот так мы делать на базаре, — проговорил он. — С те торговцы, кто не платить. Стрелять не надо.

— Хорошо, хорошо, — сказал Бонд.

— Сядь. — Масуд ткнул пальцем в кресло второго пилота. — Пистолет дать мне.

Бонд увидел широко раскрытые испуганные глаза Скарлетт, умоляюще смотревшие на него; он молча сделал то, что ему велели.

Масуд бросил быстрый взгляд на карту, которую достал с центральной консоли, и — уже более внимательно — на россыпь цифр на приборной панели перед Скарлетт.

— Шесть минут, — сказал он. — Снижать самолет.

Он продемонстрировал Скарлетт, как это делать: двигая ручку от себя, он изменял положение элеронов таким образом, чтобы самолет терял высоту.

Под правой рукой Масуда виднелся кустарного вида переключатель. Судя по всему, именно его на скорую руку приладили на приборной панели инженеры Горнера: он был соединен с механизмом открывания створок багажного отсека, превращенного в бомбовый люк. Масуд нетерпеливо теребил пальцами этот заветный тумблер.

В это самое время экраноплан осуществлял дозаправку топливом, которое перекачивалось с борта танкера. Происходило это в районе Форта-Шевченко — города на западе Казахстана.

Таким образом высокоскоростная цель стала на время неподвижной, что заметно упрощало задачу пилотам трех британских «Вулканов B-2», приближавшихся к этому району на высоте пяти тысяч футов почти со скоростью звука; эту скорость они поддерживали с того самого момента, как взлетели с секретной авиабазы в одной из стран Персидского залива. Летчики получили приказ на взлет прямо из Нортхолта, с указанием координат подлежащей уничтожению цели. Задание основывалось на информации, полученной из телефонной будки на окраине Ноушехра и переданной через Тегеран в офис Службы в Риджентс-парке.

Один из самолетов нес на борту «Вороненую сталь» — крылатую ракету, снабженную ядерной боеголовкой с кодовым названием «Красный снег». Мощность ее составляла более мегатонны. Боевую нагрузку каждого из двух других «Вулканов» составляла двадцать одна обычная авиабомба по тысяче фунтов.

Летчик, имевший на борту ядерную ракету, получил строжайший приказ атаковать цель только в том случае, если действия двух других самолетов окажутся безрезультатными. Этот «Вулкан» шел в стороне от ведущей пары на расстоянии примерно двадцати миль. Когда британские пилоты вышли на цель и стали перестраиваться для нанесения удара, на выделенной им радиоволне воцарилась напряженная тишина, нарушаемая лишь слабым потрескиванием в эфире. Оба «Вулкана», несшие на борту обычные бомбы, начали выполнять заход на цель по классической еще со времен Второй мировой войны схеме проведения бомбардировки крупной одиночной, обычно морской, цели. Каждый из бомбардировщиков сбросил по десять бомб, поднявших две гряды взметнувшихся высоко к небу взрывов.

Море вокруг экраноплана закипело, соленые волны обрушились и на танкер, и на не слишком устойчивое в неподвижном положении гибридное судно, которое чуть было не перевернулось. Но все-таки оно удержалось на плаву. Бомбардировщики набрали высоту и, оценив результаты атаки как неудовлетворительные, начали перегруппировку.

Вообще-то согласно инструкциям второй заход на цель не был предусмотрен; пилоты даже не отрабатывали соответствующие действия в составе звена. В пикировании «Вулкан» представлял собой довольно медлительную и недостаточно маневренную цель, уязвимую как для зениток, так и для ракет класса «земля—воздух» или «корабль—воздух». «Одна бомбардировка — один заход на цель», — гласила едва ли не главная заповедь пилота, который садился за штурвал самолета этого типа, особенно если задание выполнялось днем, без прикрытия истребителей. Но все это относилось к действиям в обычной боевой обстановке, а в этот день обстоятельства отнюдь не были обычными.

После коротких переговоров по радио оба самолета сделали круг и стали повторно заходить на цель, но на сей раз экраноплан уже ждал их и был во всеоружии. Управляемая ракета сошла с пусковой установки и устремилась в небо, навстречу самолетам. Заметив оставляемый ею в воздухе след белого пара, пилот первого бомбардировщика отстрелил тепловые ловушки и выполнил противоракетный маневр: дернув рычаг управления на себя, он заставил самолет набрать высоту. При такой траектории полета ракета должна была продолжить движение по инерционной параболе. К сожалению, пилот второго «Вулкана» не смог среагировать так же быстро, и ракета, чиркнув по небу смертоносным фейерверком, вонзилась в один из двигателей бомбардировщика, отхватив при этом немалую часть его правого крыла. Самолет утратил управление и стал терять высоту; о том, чтобы дотянуть хоть до какого-нибудь аэродрома, не могло быть и речи. Летчик сделал все, чтобы подняться как можно выше, и, лишь поняв, что от него уже ничего не зависит, нажал на кнопку катапультирования. Следом за ним кабину покинул и второй пилот. Вскоре их парашюты раскрылись на высоте пяти тысяч футов над окрестностями Форта-Шевченко. Подбитый самолет вошел в штопор и рухнул в море вместе с тремя оставшимися на борту членами экипажа.

Тем временем пилот первого «Вулкана» выровнял свой бомбардировщик и, заложив крутой вираж на высоте всего девятисот футов, повел самолет на явно самоубийственный третий заход. Тем не менее именно на этот раз — благодаря небольшой высоте и неожиданному углу атаки — он сумел подобраться к цели невредимым и под углом, удобным для бомбометания. Упрощенная система противовоздушной обороны амфибии оказалась в этой ситуации бессильной, и бомбардировщик сбросил оставшиеся бомбы на цель прямо-таки с ювелирной точностью. Часть бомб ударилась о борт танкера, а часть легла на его палубу. Взрыватели дали самолету всего несколько секунд форы: они были рассчитаны на небольшую задержку взрыва, для того чтобы самолет не пострадал от своих же бомб.

Потрясенный пилот «Вулкана», выходящего из пике, увидел невероятное зрелище: гигантский взрыв танкера приподнял экраноплан над поверхностью моря, а затем разнес его на миллион чуть ли не элементарных частиц. Все, что осталось от «каспийского чудовища», упало в воду и пошло ко дну Каспийского моря.

ГЛАВА 18
Златоуст-36

— Одна минута, — сказал Масуд.

Под ними раскинулся величественный Уральский хребет с острыми седыми вершинами. По правому борту у восточного подножия гор был виден огромный город Челябинск, широко, как спрут, протянувший щупальца своих промышленных окраин. Слева по курсу открывалась просторная водная гладь, уходившая чуть ли не к горизонту. В такой солнечный, безоблачный день навигация и заход на цель не представляют никакой трудности.

Повинуясь указаниям Масуда, Скарлетт продолжала аккуратно отодвигать штурвал от себя, так что на высотомере можно было видеть движение указателя по шкале против часовой стрелки, означающее уменьшение высоты полета. Огромный самолет медленно и плавно опускался все ниже и ниже, подбираясь к атомному городу Златоусту, напичканному радиоактивными материалами и притаившемуся в своем секретном убежище — ущелье между могучими, самой природой созданными защитными стенами огромных скал.

Неожиданно дверь кабины резко распахнулась, и ствол люгера ткнулся в голову Масуда. Именно на это Бонд втайне и рассчитывал. Стоило Масуду на мгновение убрать свой револьвер от головы Скарлетт, как Бонд стремительно перегнулся через разделявший сиденья промежуток и перехватил его руку.

В тесном пространстве кабины выстрел кольта прозвучал особенно громко, едва не оглушив всех, кто в ней находился. Кен Митчелл повалился на пол, люгер выпал из его руки. Теперь Бонд и Масуд сошлись в смертельной рукопашной, а Скарлетт оказалась зажатой между ними.

Противники, сцепившись, навалились на штурвал, и самолет стал стремительно терять высоту в практически неуправляемом пикировании. Ко всему прочему колено Бонда застряло между рычагами управления тягой двигателей, так что новенькие роллс-ройсовские турбины с воем раскрутились до максимальных оборотов.

Бонд чувствовал пальцы Масуда на своей шее; они медленно, но верно подбирались к сонной артерии. Он вспомнил обреченных на смерть рабочих-рабов на наркофабрике Горнера и выходящих на стеклянную галерею девушек, которых ждала не менее страшная участь. Изо всех сил он ударил Масуда головой в лицо. Удар, что называется, пришелся в точку, и здоровенный быкоподобный вышибала отлетел к стене кабины, дав Бонду мгновение передышки и возможность занять более удобную позицию. Высвободив ногу из частокола рычагов управления, Бонд со всего размаха ударил противника коленом в пах.

Скарлетт наконец смогла высвободиться из кресла и дотянуться до люгера. Она вложила его в руку Бонда, который не задумываясь обрушил увесистую железяку на висок Масуда. Бывший вышибала и рэкетир не отключился даже после этого чудовищного удара. Выражаясь по-боксерски, он «поплыл», но все же попытался ударить Бонда, резко выпрямив ногу, однако его противник предугадал это движение. Он обеими руками схватил Масуда за лодыжку, уперся ногой ему в пах и резко крутанул его ногу, выворачивая голеностопный и коленный суставы. Бонд почувствовал, как у противника рвутся связки, и услышал крик.

— Держи штурвал! — прокричал он Скарлетт, которая и без его указаний пыталась тянуть штурвал на себя, чтобы остановить пикирование самолета.

Бонд прыгнул на стонущего и практически обездвиженного Масуда, перевернул его вниз лицом и стал изо всех сил бить головой о пол кабины, пока тот не перестал двигаться. Затем Бонд отвел назад оба рычага управления тягой и попытался помочь Скарлетт перевести самолет в горизонтальный полет, взявшись за второй штурвал. Единственный человек, который мог бы выполнить этот маневр правильно, в соответствии с полетными инструкциями, — Кен Митчелл лежал мертвый у их ног.

— Не получается! — простонала Скарлетт. — Он слишком тяжелый. Не слушается!

— Все приборы управления расстреляли к чертовой матери! — прокричал Бонд, вытирая с лица кровь Масуда. — И у нас сильная декомпрессия. Похоже, того охранника все-таки вытянуло в иллюминатор. Надо сваливать отсюда. Где этот проклятый парашют для Масуда?

Он стал наугад открывать шкафчики для личных вещей и одежды пилотов и очень быстро обнаружил то, что искал.

— Надевай быстрее, подгоняй лямки! — сказал он, протягивая ранец парашюта Скарлетт.

— А как же ты?

— Делай, что говорю! — заорал Бонд.

Скарлетт поспешила выполнить приказ, отданный столь безапелляционным тоном. Она продела ноги в нижние лямки ранца, накинула крепления на плечи и соединила все ремни в центральном замке на поясе. Сложенный парашют теперь висел у нее за спиной.

Бонд вскарабкался по круто уходящему вверх полу салона первого класса к пассажирской двери; Скарлетт, цепляясь за кресла, ползла за ним.

— Чтобы открыть дверь вручную, нужно повернуть рукоятку замка! — прокричала она.

Трясущимися руками они попытались открыть дверь, но та словно приклеилась к корпусу.

— Мы все еще слишком высоко, — сказал Бонд. — Давление внутри гораздо больше, чем снаружи.

Скарлетт, в своей изодранной форме стюардессы, смотрела на Бонда, и во взгляде ее было отчаяние.

Подумав несколько секунд, Бонд нашел решение, которое, возможно, могло спасти жизнь им обоим:

— Нам нужно приземляться на воду. Оставайся здесь.

Он почти скатился в пилотскую кабину и убрал рычаг управления тягой в положение, соответствующее минимальной мощности двигателей. Потом он поднял с пола люгер, поставил его на предохранитель и засунул себе за пояс. Секунду поколебавшись, он снял с Кена Митчелла ботинки и запихнул их себе под рубашку. После этого Бонд в последний раз повернул штурвал, стараясь направить самолет на запад — к видневшемуся вдали обширному водному пространству. К этому времени элероны, выставленные в положение, при котором самолет должен гасить скорость, но не терять при этом высоту, сделали свое дело, и пикирование сменилось плавным спуском. Это позволило Бонду гораздо быстрее доползти обратно до пассажирской двери, возле которой за поручни цеплялась Скарлетт.

— Попробуем еще раз! — прокричал он.

Наконец им удалось преодолеть сопротивление двери и повернуть ее запорный механизм. Как только дверь начала подаваться, Бонд сказал:

— Я буду держаться за тебя.

Он продел руки под лямки парашюта и сцепил их в замок под грудью Скарлетт.

— Ничего не делай. Я сам дерну за кольцо, — произнес Бонд и в тот же миг одним ударом ноги распахнул дверь.

Воздушный поток, ворвавшись в салон, мгновенно подхватил Скарлетт вместе с вцепившимся в нее Бондом. К счастью, самолет двигался под таким углом, что двигатели и хвост прошли над их головами, пока они кувыркались и крутились в разреженном воздухе в небе над Россией. Бонд чуть не сломал Скарлетт ребра — с такой силой он сжимал ее в своих объятиях, а она, в свою очередь, изо всех сил вцепилась пальцами и ногтями в его запястья, стараясь удержать его рядом с собой. Воздух с чудовищной силой врывался в их легкие, резал глаза и рвал волосы.

Бонд выждал так долго, как только можно было, чтобы не «светиться» в небе куполом парашюта. Наконец, еще крепче прижав к себе Скарлетт левой рукой, правой он дотянулся до кольца и резко рванул его. Секунду-другую все оставалось по-прежнему, а затем раздался резкий громкий хлопок и последовал сильнейший рывок вверх. От неожиданности и силы рывка Бонд чуть не оторвался от спины Скарлетт. Она вскрикнула, почувствовав, что его хватка слабеет, и еще крепче вцепилась в его запястья. К счастью, Бонд успел упереться локтями в бедра девушки, а когда купол парашюта наполнился воздухом и скорость падения упала, даже смог снова обхватить ее за талию.

Используя стропы, он попытался маневрировать парашютом таким образом, чтобы их понесло в сторону воды, до поверхности которой оставалось примерно две тысячи футов. Бонд знал, что максимальный вес груза, спускаемого на военном парашюте, не должен превышать двухсот фунтов. Он быстро прикинул, что, несмотря на стройность Скарлетт, их общий вес приближается к тремстам фунтам. На какое-то мгновение в их маленьком мирке воцарилось спокойствие: они парили в воздухе, плавно спускаясь. Затем внезапно раздался звук, подобный грохоту землетрясения; это заставило их повернуться и посмотреть, что происходит у них за спинами.

«Викерс VC-10», заложив крутой правый вираж, врезался в склон одной из гор и взорвался.

— Уральский хребет потерял один из своих пиков! — прокричал Бонд в ухо Скарлетт.

Он посмотрел вниз, на воду, до которой оставалось не больше пятисот футов.

— Как только коснешься воды, сразу же расстегивай замок парашюта. Поняла? Иначе купол тебя утопит.

— Все понятно! — крикнула Скарлетт в ответ.

Водная поверхность, как теперь стало понятно Бонду, представляла собой не озеро, а часть очень широкой реки. «Да не важно, какой это географический объект, — подумал он, — лишь бы глубина была достаточная».

Футах в пятидесяти над поверхностью воды Бонд вытащил руки из-под лямок парашюта и поцеловал Скарлетт в ухо. На высоте двадцати футов он разжал руки и оттолкнулся от нее.

Прикрыв пах ладонями для смягчения удара, Бонд вонзился в воду, как подстреленная утка; волны сомкнулись над ним, и он ушел на глубину. Несколько секунд он видел, как над его головой колышутся водоросли и холодная темная вода. Потом все его тело содрогнулось от острой боли: сначала она возникла в ступнях и ногах, а затем прокатилась волной по всему позвоночнику. Удар о речное дно оказался такой силы, что у Бонда даже под водой подогнулись ноги, и он упал на четвереньки. Он изо всех сил оттолкнулся от дна руками и ногами и увидел, как водоросли и мелкая рыбешка снова стали проноситься мимо него, как в кино, только на этот раз вниз. Вода закручивалась воронкой вокруг горевших от боли ног и рук, пока он не оказался на поверхности; зажмурившись от яркого солнечного света, он жадно глотал воздух.

Сначала Бонд увидел лишь ровную как зеркало гладь реки, а затем заметил неподалеку мокрую темную голову, стремительно плывшую ему навстречу.

Скарлетт обняла его обеими руками и покрыла мокрое лицо поцелуями.

— Господи, — сказала она, одновременно смеясь и кашляя от попавшей в рот воды, — ты просто необыкновенный.

— Спасибо, что подбросила, — как ни в чем не бывало поблагодарил Бонд.

Они выбрались из воды и сели на берегу, чтобы прийти в себя, собраться с мыслями и осмотреть полученные в ходе побега раны.

— Жаль Кена, — сказала Скарлетт.

— Да, — согласился Бонд, — в первый момент у меня сложилось о нем не самое лучшее мнение, но потом он повел себя как настоящий мужчина. А как у тебя все прошло после того, как мы расстались?

— Кодовый замок на двери сработал с первого раза. Ты абсолютно правильно запомнил соотношение звуков по высоте. Охраны там было немало, но они все понеслись к кабинету Горнера.

— А снаружи?

— Больше ничего особенного. Горнеровское логово ведь на вид представляет собой просто холм в пустыне. Я думаю, лишнее внимание ему не нужно, поэтому фонарей там очень мало, и горят они тускло. Но я считала, что мне все равно следует поторопиться, чтобы воспользоваться суматохой, которая поднялась благодаря тебе. Я обогнула холм и вышла к самолету. Двери грузового отсека были открыты, потому что техники еще не закончили переделывать багажное отделение в бомбовый люк. Мне удалось взобраться в грузовой отсек благодаря тому, что рабочие оставили прямо под ним электрокар наподобие тех, что возят тележки с багажом по летному полю. Когда я оказалась внутри, то обнаружила прочный фал, который уходил из багажного отделения наверх — в технологическую шахту, которая идет вдоль всего фюзеляжа. Судя по всему, они собирались в нужный момент перерезать его и таким образом открыть все крепления, фиксирующие бомбу в багажном отделении. Шахта оказалась достаточно широкой, так что я смогла проползти по ней. В итоге я оказалась прямо в тамбуре за пилотской кабиной. Потом я нашла в шкафчике эту форму стюардессы. Я зашла в туалет между салонами первого и экономкласса, переоделась там и стала ждать тебя. Честно говоря, ночь я провела не в самых комфортабельных условиях.

— Они что, не обыскивали самолет?

— Я слышала, как люди Горнера ходили вокруг него и о чём-то переговаривались. Потом они поднялись в багажный отсек. Судя по всему, их успокоило то, что бомба осталась нетронутой, в том же виде, как они ее оставили. Про технологическую шахту они или забыли, или посчитали, что она слишком узкая. А поскольку пассажирского трапа там не было, они, я думаю, решили, что в салон или в кабину никто пробраться не мог.

— Что ж, ты все отлично сделала, — сказал Бонд. — Я верил в тебя, я чувствовал, что ты справишься с этим просто профессионально.

— И не говори, — ответила Скарлетт. — Именно профессионально — в соответствии с моей основной профессией.

— Правильно. Ты же банковский инвестор? Так вот, я инвестировал в тебя и сорвал банк.

— Ладно, а что мы теперь будем делать?

— Попытаемся выручить Поппи. Для начала нам нужно найти телефон. Выяснять у местного населения, откуда можно позвонить, я доверю тебе. А когда мы свяжемся с Лондоном, я поговорю со своим начальством и предоставлю ему все информацию, какая у нас имеется.

— Согласна. А что мы будем делать прямо сейчас?

— Домой поедем, — сказал Бонд.

— Интересно как?

— Мы сейчас находимся к востоку от Москвы, притом довольно далеко. Отсюда, наверное, миль семьсот—восемьсот. С учетом того, что здесь недавно произошло, пытаться сесть на поезд было бы слишком рискованно. Найти выживших в такой катастрофе никто не рассчитывает, но они все равно будут начеку. Придется ехать на машине. Ты будешь за штурмана. Я уверен, твоего русского окажется достаточно, чтобы спрашивать дорогу.

— Обижаешь, — возразила Скарлетт. — По-русски я говорю вполне свободно, только, может быть, акцент чувствуется, но не иностранный, а такой старомодный. Дореволюционный. Я ведь училась у белоэмигрантов.

— Ну хорошо, но даже коммунисты не смогут устоять перед такой леди, как ты, разве нет? В первую очередь нам нужны одежда, деньги и машина. Следовательно, Скарлетт, в течение ближайших часов тебе придется смотреть сквозь пальцы на то, чем я буду заниматься. Или, может быть, будет лучше, если ты вообще не станешь на это смотреть. К сожалению, работа секретного агента иногда включает в себя весьма неприглядные вещи.

— По правде говоря, Джеймс, мне нет никакого дела до того, чем таким нехорошим ты собираешься заняться в «течение ближайших часов», как ты выразился. Я буду счастлива, если в результате у нас хотя бы появится возможность поесть. Обязуюсь забыть обо всем, что увижу.

— Тебе, по-моему, первым делом нужна даже не еда, а обувь, — заметил он, не без труда влезая в промокшие насквозь ботинки Кена Митчелла.

— Да. Там, кроме формы, не было ничего — ни туфель, ни чулок. Стюардессы покупают их сами, мне Поппи говорила. И еще... еще кое-что... В общем, на мне нет никакого белья.

— Я в курсе, — сказал Бонд. — Ладно, посмотрим, что нам здесь удастся раздобыть.

Он встал, подал руку усталой девушке и помог ей подняться на ноги.

Они пересекли широкий заливной луг и вышли на едва заметную колею, уходившую куда-то в сторону от реки. Примерно через полчаса утомительной ходьбы они оказались в маленькой деревушке. В ближайшем доме, стоявшем чуть на отшибе, Скарлетт раздобыла чистую воду, хлеб и нечто среднее между сыром и творогом.

Изумленная визитом нежданных гостей, хозяйка дома, поспешившая предложить им все, что было у нее на кухне, никак не могла оторвать глаз от босых ног Скарлетт. Она объяснила, что по колее им придется идти еще с полчаса, а там они выйдут на дорогу. С собой она дала им еще полбуханки хлеба и пару сморщенных яблок из старых запасов.

На обочине дороги Скарлетт остановила колхозный грузовик. К тому времени, как водитель понял, что к хорошенькой девушке прилагается еще и попутчик мужского пола, было уже поздно: сидя в кабине втроем, они поехали дальше — судя по солнцу, на запад. Он довез их до большого поселка и показал, где находится перекресток с одной из самых важных шоссейных дорог в стране: эта автострада, шедшая с востока на запад, вела в Казань — татарскую столицу, а затем в Горький, промышленный город в центре Волго-Вятского экономического района. От Горького, по словам водителя, до Москвы было всего часов пять езды на машине.

Когда водитель высадил их на обочине, Скарлетт решила по возможности привести себя в порядок. Бонд старался помочь ей, чем мог. Их одежда успела просохнуть, но жакет форменного костюма стюардессы «Бритиш оверсиз» был порван в нескольких местах и, кроме того, выглядел весьма подозрительно, учитывая наличие на нем блестящих вышитых деталей, включая фирменные эмблемы. Бонд и Скарлетт безжалостно оборвали всю эту мишуру. Темно-синюю форменную юбку они подкололи при помощи зажимов для волос. Сделано это было для того, чтобы побольше открыть босые ноги Скарлетт, привлекая таким образом внимание проезжающих мимо шоферов. Она также по возможности пригладила волосы. В результате она выглядела, по уверениям Бонда, как красивая, но малость потрепанная и взъерошенная школьная учительница — то есть именно такая женщина, мимо какой не проедет ни один нормальный мужчина: ведь такие женщины всегда вызывают у представителей противоположного пола желание остановиться и предложить помощь.

За короткое время возле Скарлетт, стоявшей на обочине, притормозило больше десятка транспортных средств самой разной конструкции, но ни одна из этих машин Бонду не подходила. Заняв удобный наблюдательный пункт под ближайшей елкой, он подавал Скарлетт условные знаки, после чего та сворачивала беседу с очередным желающим подвезти, и «рыбалка» начиналась заново.

Бонд уже стал задумываться над тем, существуют ли вообще в этой тоталитарной стране сколько-нибудь достойные машины. Тут наконец из-за поворота донесся звук добротного 2,5-литрового четырехцилиндрового двигателя, и вскоре на шоссе показалась черная «Волга М-21» — так называемый «русский мерседес», особенно эффектно смотревшийся на дороге, по обеим сторонам которой густо росли березы. Эта машина была излюбленным транспортным средством оперативных служб КГБ; вот почему русские больше всего боялись увидеть силуэт этого автомобиля у своих дверей посреди ночи. «Что ж, — подумал Бонд, — в нашем случае это будет даже полезно. Чем больше нас будут бояться, тем лучше».

Скарлетт шагнула с обочины на край проезжей части, и машина притормозила. Кроме водителя, в салоне больше никого не было, и он потянулся через сиденье, чтобы открыть ей дверцу. Это был мужчина лет пятидесяти, седой, плотный и даже полный, в костюме без галстука. «Нет, этот не из КГБ, — подумал Бонд, — а значит, либо теневик — человек, занимающийся чем-то вроде бизнеса, что в этой стране уже является преступлением, либо же баловень судьбы — партийный функционер».

Пока Скарлетт не торопясь занимала место на переднем сиденье, Бонд быстро влез в машину через заднюю дверцу. Опешившему и не слишком довольному водителю Скарлетт объяснила, что ее брат всегда так себя ведет, потому что у него не все дома, но в его слабоумии есть и свои плюсы: он не говорит, хотя и многое понимает.

Машина ехала в сторону Казани. Примерно через час пути, высмотрев достаточно пустынный участок шоссе, подальше от придорожных деревень, Бонд вытащил из-за пояса люгер и приставил его к уху водителя:

— Скажи ему, пусть тормозит и останавливается.

Все трое вылезли из машины и удалились в придорожную рощицу.

— Скажи ему, пусть раздевается до белья.

Пока Бонд переодевался в снятый с водителя костюм, Скарлетт тактично отвернулась. Во внутреннем кармане пиджака обнаружился бумажник, из которого Бонд извлек всю наличность.

— Сколько здесь?

Скарлетт пересчитала банкноты:

— На еду, пожалуй, хватит.

— А на бензин?

— Да. Но на одежду — уже вряд ли.

— Скажи ему, пусть посидит здесь десять минут после того, как мы уедем, и не высовывает нос из леса. Десять минут — и не меньше. Скажи, что мы оставим его машину в Москве. И скажи, что я приношу ему свои извинения.

Бонд и Скарлетт бегом вернулись к «Волге» и поехали прочь.

— А что мы будем делать, когда доберемся до Москвы? — спросила Скарлетт. — Пойдем в британское посольство?

— Нет, — ответил Бонд. — Ни одно британское посольство в мире не имеет представления о существовании моей Службы. А уж тем более посольство в Москве. В общем, мне не приходится рассчитывать на их защиту. А вот ты, пожалуй, имеешь право обратиться к ним.

— Боюсь, что без русскоязычной переводчицы тебе не выбраться отсюда.

— Ничего, выберусь.

— Нет, Джеймс, я тебя не брошу. По крайней мере — не сейчас.

— Рад слышать, но в таком случае тебе сейчас лучше поспать. Кстати, эти сиденья можно откинуть — получится настоящая двуспальная кровать. Русские очень гордятся этой машиной. Они часто демонстрируют ее на лондонском «Мотор-шоу».

Примерно через час Бонд разбудил Скарлетт. Машина подъехала к заправочной станции, и пожилой мужчина — оператор бензоколонки, выйдя из помещения, направился к ним.

Бонд сказал:

— Вылезай из машины, якобы чтобы немного размяться, и скажи ему, что я сейчас пойду в кассу и рассчитаюсь.

Скарлетт заговорила с заправщиком, тот закивал. Бонд прошел в помещение, где за кассой сидела женщина в платочке.

Бонд вытащил пистолет и молча показал на ящик с наличностью, находящийся под кассой, одновременно прижав к губам палец другой руки. Перепуганная кассирша выдвинула ящик, и Бонд распихал купюры по карманам, прихватив на всякий случай горсть мелочи — для телефона. Жестами он потребовал от кассирши снять платок, кофту и туфли и отдать ему.

Вновь поднеся палец к губам, он быстро пошел к машине и позвал Скарлетт.

Едва дверца захлопнулась, как Бонд включил первую передачу, отпустил педаль сцепления, и машина рванула прочь. Пожилой заправщик так и остался стоять у колонки, недоуменно глядя то на удаляющийся автомобиль, то на заправочный пистолет, из которого еще капал бензин.

Бонд и Скарлетт ехали на высокой скорости примерно два часа, пока не начало темнеть.

— Смотри! — воскликнула вдруг Скарлетт. — Телефонная будка. Давай попробуем.

Бонд, не выходя из машины, наблюдал, как она воюет с допотопным советским таксофоном. Минут через десять она вернулась, злая и расстроенная.

— Мне удалось связаться с телефонисткой, но ни о каком международном звонке не могло быть и речи. По-моему, она даже не поняла, о чем я прошу. Наверное, она решила, что ее разыгрывают.

— Да, похоже, в Москве тебе все-таки придется идти в посольство. Другого выхода я не вижу. Постараюсь, чтобы мы добрались туда как можно скорее. Только бензина на всю дорогу не хватит, а ночью мы едва ли найдем работающую заправку. Придется где-нибудь заночевать, а с утра пораньше снова отправиться в путь. Ладно, поехали. Постараемся до темноты проскочить Казань, а потом найти какое-нибудь место, где можно поесть.

Скарлетт печально кивнула. Через несколько минут она уже крепко спала, положив голову на плечо Бонду: переднее сиденье в форме дивана позволяло едва ли не лечь на колени водителю. Через некоторое время Бонду пришлось разбудить ее, чтобы не сбиться с дороги: читать написанные кириллицей названия улиц на ходу он не мог. Выбравшись на западную окраину Казани, они вскоре увидели что-то вроде придорожного кафе для водителей-дальнобойщиков.

В зале, освещенном лампами дневного света, Бонд и Скарлетт оказались единственными посетителями. Полная женщина принесла им суп, черный хлеб и чай. На второе было подано какое-то странное блюдо — не то густая похлебка, не то жидковатое рагу. Определить, что именно входило в состав этого кулинарного шедевра, ни Бонд, ни Скарлетт не смогли: проглотив по паре ложек, они предпочли отказаться от дальнейших исследований этого варева.

— Понятно, почему других посетителей здесь нет, — сказал Бонд.

— Наверняка это не совсем то, о чем ты мечтал, а? — ехидно спросила Скарлетт.

— Да уж, не совсем.

— Джеймс, ты приедешь ко мне в Париж? Я приготовлю тебе потрясающий ужин — точь-в-точь как ты описывал мне там, в пустыне.

— По-моему, мы собирались устроить этот ужин в отеле.

— Договорились. А ты знаешь, какой сегодня день недели?

— По правде говоря, я уже сбился со счета. А что?

— Давай назначим свидание на первую субботу после того, как выберемся отсюда и освободимся от самых важных дел. Позвонишь мне в офис в пятницу и назовешь отель, в котором остановишься.

— Заметано. Смотри-ка, вон там на обочине остановились два грузовика. Нам пора. Лучше не светиться перед теми, кто едет по трассе параллельно с нами.

Бонд положил на столик несколько купюр, и они вышли.

Ближе к ночи, в российской сельской глубинке, вдали от сколько-нибудь крупных населенных пунктов Бонд свернул с шоссе на проселочную дорогу, проехал по ней примерно милю, а затем повернул на узкую колею, уходившую в лес и, по всей видимости, накатанную телегами. Здесь он развернулся и выключил мотор.

Вместе со Скарлетт они вышли из машины и открыли багажник. Там обнаружился небольшой портфель, где лежали чистая рубашка и смена мужского нижнего белья. Нашлась там и бритва, а также мыло, губка, зубная щетка и паста.

— Я бы не стал рисковать и лишний раз обращаться к местным жителям, — сказал Бонд. — У них могут быть собаки. Лучше попробуем поспать прямо здесь, в поле. Это не так уж плохо. Если тебе холодно, можешь надеть эту чудную кофту. А если под утро действительно станешь замерзать, забирайся в машину и испробуй все прелести русской двуспальной кровати на колесах.

Стояла прекрасная летняя ночь, тихая и ясная, все небо было усыпано звездами. Бонд устроился поудобнее прямо на траве, подложив под голову свернутый пиджак.

Скарлетт уткнулась ему в плечо, и он погладил ее по волосам. Он наклонился, чтобы поцеловать ее, но она уже заснула.

«Как странно, — подумал Бонд, — оказаться в стране, против которой вел тайную шпионскую войну бо́льшую часть своей сознательной жизни». И вот он наконец ступил на эту землю, населенную людьми с обычными европейскими лицами, изрезанную плохими дорогами, вдоль которых не найдешь ничего, что обычно включают в понятие придорожного сервиса, зато всюду виднеется множество бедных крестьянских дворов, — и земля эта показалась ему менее чужой, странной и дикой и какой-то гораздо более нормальной, чем он представлял себе до сих пор. И наконец, очутившись в самом сердце этой огромной страны — Советского Союза, Джеймс Бонд погрузился в сон. Спал он чутко, как и положено разведчику, но все же сон позволял восстановить силы.

На следующий день, уже на подъезде к Москве, Бонд почувствовал, что из-под капота «Волги» тянет паленым. Машина неслась на предельной скорости уже несколько часов и, судя по всему, решила опротестовать такой режим эксплуатации. Бонд порылся в памяти и выудил оттуда обрывки смутных воспоминаний о лондонском «Мотор-шоу»: он вспомнил, как на стенде, где экспонировалась «Волга», русские инженеры на все лады расхваливали свое детище, перечисляя его многочисленные преимущества: большой клиренс, наличие прикуривателя, встроенный радиоприемник и... ну да, конечно, — дополнительная система принудительной смазки. На самом деле эта штука была скорее следствием плохой приспособленности машины к эксплуатации в экстремальных режимах. Но русские смогли преподнести эту систему как дополнительное техническое новшество, едва ли не новое слово в автомобилестроении. Наклонившись, Бонд заглянул под приборную панель и рулевую колонку и обнаружил у самого моторного щита маленькую четвертую педаль, не только принудительно подававшую смазку к трущимся деталям передней подвески, но и создававшую дополнительное давление в системе смазки двигателя. Так они и ехали дальше: обильно орошая машинным маслом не только головки шатунов, но и большие участки асфальта на подмосковном шоссе.

— Из Москвы будем выбираться на поезде, — сказал Бонд. — Хватит у нас денег на билеты до Ленинграда? Мне кажется, что оттуда будет легче всего попасть в Финляндию. Наверняка там есть какие-то катера, которые смогут довезти нас до Хельсинки.

Скарлетт пересчитала рубли, оставшиеся в кармане Бонда.

— Боюсь, нам придется снова изображать Бонни и Клайда на какой-нибудь заправочной станции, — сказала она.

— Еще один довод в пользу того, чтобы оставить машину где-нибудь на окраине Москвы. Хозяин наверняка сообщил об угоне, и ее номер уже включен в черный список дорожной милиции.

— Ладно, — согласилась Скарлетт. — Предлагаю пересесть на трамвай, который довезет нас до центра города. Мне все-таки нужно более-менее прилично одеться. И эти туфли... Пойдем в ГУМ — это сокращение означает «Государственный универсальный магазин».

— Это тот, что как раз направо от Кремля, через площадь? — спросил Бонд.

— Он самый. Я просто не знаю, куда еще в Москве сунуться. Скорее всего в других магазинах полки будут практически пустыми. Ты, Джеймс, можешь со мной не ходить. Знаю я, как мужчины относятся к походам по магазинам, тем более за одеждой.

— Да ты пойми, дело не в том, что мне скучно, просто в данном случае...

— Я все поняла.

— Ладно. И не забудь купить мне чистую рубашку и белье. И чего-нибудь поесть. Идти в ресторан будет для нас слишком рискованно.

Они оставили машину около трамвайного кольца на восточной окраине города и поехали в центр. Бонд взял с собой портфель из багажника «Волги»: ему казалось, что этот аксессуар должен придать его облику узнаваемые для любого русского черты партийного функционера среднего звена. На Скарлетт была юбка от форменного костюма стюардессы «Бритиш оверсиз» и уже довольно несвежая блузка. Дополняли этот наряд кофта и туфли, отобранные у провинциальной кассирши с бензоколонки. К облегчению Бонда, большинство пассажиров трамвая были одеты столь же небогато и бестолково: никто, похоже, не заботился о сочетаемости разных деталей своего гардероба. В общем, никто не только не тыкал в Бонда и Скарлетт пальцем, но и не смотрел на них с подозрением или неодобрением.

Когда Скарлетт исчезла в лабиринтах ГУМа — монстрообразного здания под зеленой крышей, увенчанного множеством башенок и, казалось, превосходящего гигантскими размерами сам Лувр, — Бонд стал ходить кругами по прилегающим улицам, старательно напуская на себя серьезный вид занятого своими мыслями человека. Таким образом он пытался свести к минимуму риск того, что кто-нибудь из прохожих обратится к нему с каким-нибудь вопросом. Он сделал несколько больших кругов и начал уже беспокоиться, когда наконец увидел на выходе из универмага Скарлетт, которая держала в руках два объемистых пакета.

— По-моему, это были самые длинные полчаса в моей жизни, — сказал он.

— Подожди, я покажу, что для тебя купила. Вот шляпа из соломки. В ней ты будешь похож на учителя математики на каникулах. Рубашка с короткими рукавами. Тебе ведь такие нравятся? И носки, которыми мог бы похвастаться любой Иван в своем колхозе.

— А себе ты что купила? — спросил Бонд, поспешно уводя Скарлетт от тени, отбрасываемой Кремлевской стеной, к ближайшей трамвайной остановке.

— Две пары трусов-панталон, в которых, наверное, ходят местные бабушки, и лифчик — не на косточках, а на целых здоровенных костях. Я думаю, он способен поддержать даже маковки собора Василия Блаженного, если им вздумается упасть. И еще чистую блузку. И немного хлеба и сыра.

— Вот молодец. Теперь давай поскорее уйдем отсюда.

Они сели в трамвай и поехали на площадь Трех вокзалов, расположенную в северо-восточной части города; вскоре они уже поднимались по ступеням парадного входа Ленинградского вокзала. Здесь, где сталкивались толпы приезжающих и отъезжающих, встречающих и провожающих, Бонд чувствовал себя гораздо более комфортно, чем убивая время на подступах к ГУМу.

Скарлетт купила два билета на «Красную стрелу», лучший ночной поезд до Ленинграда: отправление в одиннадцать пятьдесят пять вечера. Потом они прогулялись до маленького парка, где переоделись в новую одежду, воспользовавшись для этого общественным туалетом.

— А теперь, — сказала Скарлетт, — я могу съездить в посольство.

— А ты знаешь, где оно находится? — спросил Бонд. — Такое большое здание на берегу реки — на Софийской набережной, так, по-моему, это называется.

— Как-нибудь доберусь. Таксист наверняка знает. Подождешь меня здесь, в парке?

— Да, здесь я, пожалуй, буду менее заметен, чем где-либо. Главное, чтобы ко мне не совались с какими-нибудь вопросами. Жаль, что я с тобой пойти не могу, но едва ли меня в посольстве примут с распростертыми объятиями. Кому ты будешь оттуда звонить?

— Для начала в мой офис в Париже. Свяжусь с начальником нашего отдела. Он сообразит, что делать дальше.

— Ладно. Только будь осторожна. Прежде чем ты уйдешь, Скарлетт, вспомни, что у Горнера есть связи в СМЕРШе и в КГБ. Мы и так уже устроили переполох по всей стране. Крушение самолета, вооруженное ограбление, угон машины. Наверное, система связи в Советском Союзе налажена не очень хорошо, но с учетом возможностей милиции и спецслужб за нами уже почти наверняка следят. Что касается слежки, то тут русские всегда были большими мастерами. Подумай, кстати, еще вот о чем: если Дариус сумел каким-то образом раздобыть и передать в Лондон информацию о местонахождении завода Горнера, то я предполагаю, что спасательная операция уже идет полным ходом.

Бонд взял руки Скарлетт в свои и заглянул ей в глаза:

— Скарлетт, я хочу, чтобы ты сама задала себе один вопрос. Ты действительно считаешь, что один телефонный звонок что-то изменит? Что стоит рисковать? Ведь риск в самом деле очень большой.

Скарлетт выдержала взгляд Бонда и даже не моргнула:

— Джеймс, она моя сестра.

Бонд отпустил ее руки:

— Ну хорошо, только, ради бога, постарайся вернуться сюда не позже девяти.

Стремительным и решительным шагом Скарлетт направилась к выходу из парка. Бонд проводил взглядом ее стройную фигурку, казавшуюся такой хрупкой в новой блузке.

Оставшуюся часть дня и вечер он провел все в том же парке, пытаясь поспать. Он поел хлеба с сыром и попил воды из фонтанчика.

Когда стемнело, он смог вздохнуть немного свободнее. Утром они будут в Ленинграде, а там всего один короткий переход на катере через залив — и свобода. Все его тело уже истосковалось по Западу: по коктейлям со льдом, горячему душу, чистому постельному белью, хорошему табаку — всему, что составляло самые обычные элементы комфортной жизни...

Скамейка, на которой он сидел, стояла у ствола какого-то дерева. Бонд прислонил голову к жесткой коре и почти мгновенно уснул.

Тем временем между выкрашенными желтой и белой краской колоннами, поддерживавшими внушительный портик Ленинградского вокзала, состоялась срочно организованная сделка, в ходе которой было достигнуто соглашение о дальнейшем сотрудничестве, определены его условия и даже выплачен частичный аванс.

Одну сторону представлял некий советский гражданин плотного телосложения, щеки и подбородок которого были не столько выбриты, сколько ободраны бритвой, явно успевшей многое повидать на своем веку. В качестве подтверждения своих намерений продолжать сотрудничество он утвердительно кивнул собеседнику и протянул руку. При этом рукава его короткого не по росту пиджака задрались, выставив напоказ засаленные манжеты.

В эту руку были всунуты пять двадцатидолларовых банкнот, и в поросячьих глазках, едва видных над красными шершавыми щеками, засверкали искры неутолимой, плохо скрываемой жадности.

Его собеседник плохо говорил по-русски, но изъяснялся короткими простыми фразами, достаточно легкими для понимания. В руках он держал две фотографии: на одной был изображен мужчина с суровым взглядом; непослушная прядь темных волос спускалась ему на лоб над правым глазом. На втором снимке была запечатлена красивая молодая женщина, возможно, русская, но гораздо более ухоженная и хорошо одетая, чем все особы женского пола, которых толстячок когда-либо видел в Москве.

Что касается человека, заплатившего деньги, трудно было понять, откуда он приехал. У незнакомца были узкие глаза — не то татарские, не то монгольские — и кожа желтоватого оттенка. Странный головной убор этого человека тоже не вносил ясности в вопрос о его происхождении: он наводил на мысли не то об Испании, не то о Франции.

Ясными и понятными в этой ситуации были только два пункта. Один — телефонный номер, записанный на клочке бумаги и всунутый в руку толстячка; второй — оплата за полученную информацию, которая должна была многократно превысить аванс.

ГЛАВА 19

Неприличное место

Скарлетт вернулась в парк незадолго до восьми. Она рассказала Бонду, что в посольстве к ней сначала отнеслись с подозрением, но в конце концов первый секретарь сжалился над нею и проверил правдивость ее слов, сделав несколько звонков в Париж, а затем разрешил ей воспользоваться телефоном. Она рассказала своему боссу в Париже все, что относилось непосредственно к делу; тот, в свою очередь, пообещал передать эти сведения властям. Бонд улыбнулся. Он не сомневался, что Скарлетт использовала все свое женское обаяние, перед которым просто не смог устоять бедняга первый секретарь: конечно, он не решился отказать очаровательной посетительнице в ее просьбе и позволил ей воспользоваться служебным телефоном в режиме, не предусмотренном инструкциями. Впрочем, куда больше Бонда радовало другое: Скарлетт вернулась из посольства живой и невредимой.

В десять вечера они вышли из парка и направились к вокзалу. Сев в поезд, Бонд, несмотря на всю усталость, почувствовал радость от предстоявшего им ночного путешествия: его вообще привлекала романтика железных дорог, вокзальная суета, трогательные слезы прощания и счастливые встречи.

— Как тебе удалось достать такие места? — спросил он, оглядывая шикарное двухместное купе: такие обычно резервировали для партийных чиновников высшего ранга. — Ты очаровала проводника?

— Никто никого не очаровывал. Из тех денег, которыми ты разжился на бензоколонке, я отвалила ему сумму, равную примерно его трехмесячной зарплате. Ты же сам видел его физиономию, правда?

— Видел, — согласился Бонд. — Такое не забывается.

— Он сказал, что на эти места в последний момент может явиться кто-нибудь из партийных шишек и тогда ему придется перевести нас в обычное купе — но и ему, и мне это кажется маловероятным. Если бы кто-то забронировал такое купе, он сел бы уже здесь, в Москве, а не где-нибудь в Клину или в Бологом. Когда поезд тронется и все утрясется, он обещал принести нам водки. «Столичной». Я попросила принести и еды. Он обещал посмотреть, найдется ли у него что-нибудь. Если нет, придется рассчитывать только на остатки сыра.

— Ну, это не самое страшное, — сказал Бонд.

Когда «Красная стрела» тронулась в путь, он вдруг почувствовал, что смертельно устал. Скарлетт склонила голову ему на плечо, и они вместе молча смотрели в окно на проплывающий мимо пейзаж: серые северные пригороды Москвы постепенно уступали место бескрайним полям. «Всё, проблемы кончились, больше ничего плохого случиться не должно», — подумал Бонд. Поезд бодро бежал сквозь ночную тьму по направлению к бывшей столице Российской империи, к резиденции царей Романовых, к их роскошным дворцам.

Примерно через час проводник постучал в дверь купе, и Бонд со Скарлетт поспешно отодвинулись друг от друга, чувствуя себя виноватыми, как если бы их застали за чем-то неприличным. Проводник как ни в чем не бывало, словно подуставший от своей работы официант, расстелил на нижней полке газету «Правда». Из коричневого бумажного свертка он извлек полбуханки черного хлеба, бутылку «Столичной», кулек чернослива и два куска филе какой-то копченой рыбы.

Бонд смотрел на Скарлетт: она, улыбаясь, дала проводнику еще денег. «Нет, она действительно необыкновенная женщина», — подумал он, наблюдая, как она мило беседует с едва знакомым мужчиной, который — несомненно, под влиянием ее чар — даже отказался от дополнительного вознаграждения.

Когда проводник ушел, Скарлетт сказала:

— Я наврала ему, что ты, дорогой, с Украины. — В глазах ее плясали озорные искорки. — Надеюсь, ты не против?

Бонд улыбнулся и, открыв бутылку «Столичной», хорошо приложился, сделав несколько глотков прямо из горлышка. Он предложил Скарлетт тоже выпить, но она покачала головой. С едой они покончили быстро и закурили. Бонд отметил, что Скарлетт предусмотрительно успела купить на вокзале дешевые русские сигареты. Теперь они сидели друг против друга; Скарлетт смотрела в окно, а Бонд по большей части — на нее.

Он вспомнил, как вернулся в свой номер гостиницы в Париже и увидел там ее, сидящую в кресле с позолоченными ручками, под большим зеркалом, вспомнил ее скромно, но не без кокетства скрещенные ноги и сложенные на груди руки... «Прошу прощения, что напугала вас, мистер Бонд... Мне просто очень нужно было с вами увидеться. И я не хотела, чтобы вы снова дали мне от ворот поворот».

И вот сейчас, сидя в поезде и глядя в окно в непроглядную темноту русской ночи, она выглядела усталой, но от этого не менее красивой. В ее больших карих глазах отражались огоньки проносившихся мимо станций. Ее губы слегка приоткрылись и чуть подрагивали, как это бывало, когда она просыпалась. Вот она убрала за ухо прядь черных волос. Интересно, знает ли она, что он на нее смотрит? Если нет, то зачем тогда этот красивый жест, открывающий безупречные очертания ее розового ушка, такого изящного и нежного, что Бонд с трудом удерживался от того, чтобы не наклониться и не поцеловать его?

Бесконечный перестук колес набравшего скорость поезда, мягкое покачивание вагона и поскрипывание деревянных панелей, которыми было отделано купе, — все это звучало для усталых путешественников как самая лучшая на свете колыбельная. Бонд уже несколько дней не пил ни глотка спиртного, и поэтому водка быстро ударила ему в голову. Почему-то в его памяти всплыли другие, почти забытые путешествия — например, в «Восточном экспрессе» с Таней... «Пора умываться и готовиться ко сну, — подумал он, — да-да, самое время застелить постель и забраться под одеяло...»

Уже в полудреме он вспомнил номер в отеле «Джалаль», страстный поцелуй Скарлетт, ее легкие и в то же время решительные движения, когда она, сбросив юбку, сделала шаг вперед и присела на край кровати...

Советская ночь становилась все глубже и темнее, а образы, всплывавшие в снах Бонда, — все более расплывчатыми, путаными и неясными. Под стук колес на стыках рельсов ему не то вспомнилось, не то приснилось детство, старый поезд в шотландских горах, потом голос матери... потом почему-то стеклянная галерея на заводе Горнера, запах, исходящий от огромных чанов с маковой выжимкой, он дурманил, усыплял, душил... Кто-то, кого он любил, звал его по имени... А потом, потом...

Он понял, что смотрит прямо в немигающие глаза на полумертвом неподвижном лице, скрытом в глубокой тени козырька кепи Иностранного легиона, а Скарлетт кричит:

— Джеймс, Джеймс! *Джеймс!*

Жирные руки Шагрена сомкнулись у него на горле, и Бонд, еще до конца не проснувшись, вступил в схватку не на жизнь, а на смерть — уже в который раз. Рефлексы и опыт сработали раньше, чем неохотно пробуждающееся сознание: действуя чисто автоматически, он изо всех сил ткнул пальцами в глаза Шагрена, но тот успел вовремя повернуть голову в сторону ровно настолько, насколько это было нужно. Бонд резко согнул и выпрямил ногу, как пружину, почувствовав, как его голень с размаха ударила в пах противника, но ветеран войны во вьетнамских джунглях не ослабил хватку. «Вполне возможно, что у него нет с собой оружия, — подумал Бонд, — потому что он хотел застать нас врасплох и сделать свое дело по-тихому».

Бонд чувствовал, что у него больше не осталось никаких резервов физических сил. Эта схватка была уже лишней, невыносимой для его тела — изголодавшегося, избитого и измученного. Будь на нем его собственные ботинки, он смог бы воспользоваться спрятанным в подошве лезвием: этим коротким клинком можно было если не убить, то уж по крайней мере серьезно ранить противника и получить возможность нанести решающий удар, когда тот хотя бы на миг ослабит хватку на горле. Увы, вместо привычной боевой обуви на Бонде были совершенно бесполезные ботинки, снятые с погибшего пилота авиалайнера. В легких Бонда оставалось все меньше воздуха.

Он не увидел, но почувствовал, как тонкая рука скользнула ему за спину и вытащила из-за ремня люгер.

Закричав от гнева, Шагрен повернулся и ударил рукой по запястью Скарлетт; в результате пистолет выпал на пол. Впрочем, этого мгновения хватило Бонду, чтобы перейти от все слабеющей защиты к нападению. Он оторвал левый мизинец Шагрена от своего горла и, схватив этот палец обеими руками, резким рывком с поворотом сломал его.

Шагрен повернулся обратно, теперь в его крике был не только гнев, но и боль. Он попытался ударить Бонда кулаком правой руки прямо в лицо. Бонд успел среагировать, поднырнув под руку Шагрена, и кулак скользнул по его спине. Скарлетт тем временем подняла с пола люгер.

— Не стреляй, — прошипел Бонд. — Нам только милиции не хватало.

Двое мужчин стояли, сцепившись друг с другом, на вздрагивающем и качающемся полу вагона. Между тем Скарлетт взобралась на спальную полку. Она попыталась ударить Шагрена рукояткой пистолета по голове, но вместо этого сбросила кепи, обнажив обритый наголо страшный череп, над которым так неудачно поработали хирурги-мясники из Омска.

Скарлетт удалось найти его уязвимое место, то, что он стыдился показывать людям, считая неприличным. Шагрен механически поднял обе руки, прикрывая от посторонних взглядов криво надвинутую на лоб и виски верхнюю часть черепа. В эту секунду Бонд, не разгибаясь, боднул его головой в солнечное сплетение. Шагрен сложился пополам, и Бонд с размаха ударил его коленом в подбородок. В купе, перекрывая стук колес, на миг раздался хруст сломанной челюсти.

— Скарлетт, опусти окно, — хриплым шепотом сказал Бонд. — Поможешь мне поднять его.

Бонд вспомнил беззащитных миссионеров — священников и монахов из долины Луары, приехавших во вьетнамские джунгли, чтобы проповедовать учение Христа. Он представил, как это чудовище вырывало невинным людям языки лишь за то, что они читали детям Библию... Он выхватил пистолет из рук Скарлетт, взял его обеими руками так, чтобы ствол торчал вниз, и изо всех сил обрушил на затылочную впадину Шагрена. Удар пришелся в самое незащищенное место черепной коробки. Бонд сначала услышал хруст пробиваемой кости, а затем почувствовал, как дуло пистолета вошло в мозг.

Палач-извращенец с уже вскрытой когда-то черепной коробкой издал животный вой и повалился на спальную полку. Взяв его за ноги, Бонд и Скарлетт стали мало-помалу просовывать его головой вперед в узкую щель полуоткрытого окна. Пока они пытались перехватить поудобнее его дергающиеся ноги, поезд подъехал к узкому туннелю, торцы и стены которого были облицованы кирпичом. В тот момент, когда их купе поравнялось со въездом в туннель, оказалось, что зазор между стенками вагона и краем туннеля довольно-таки мал; на въезде часть кирпичей была вмонтирована в стену чисто декоративно, образуя своего рода зубчатый обод вокруг жерла, уходящего вглубь. Один из кирпичей снес торчавшую из окна купе голову Шагрена, и этот лопнувший шар рикошетом ударился о стену туннеля. Вскоре вагон вновь выехал на открытое пространство, и Бонд поспешил вытолкать обезглавленное тело в окно. После этой весьма неприятной работы он как подкошенный рухнул на свое сиденье.

Скарлетт закрыла лицо руками и заплакала.

Когда Бонд проснулся, было уже светло; Скарлетт примостилась рядом с ним на полке, обхватила его руками и крепко прижалась к нему. Перед тем как лечь, она укрыла их обоих серым вагонным одеялом и набросила сверху теплую кофту, отобранную у кассирши на бензоколонке.

Волосы Скарлетт разметались по подушке и по лицу Бонда, словно темной шалью прикрывая ему глаза. Она осторожно погладила его покрытую старыми и свежими ранами спину и прошептала на ухо:

— Мы уже почти приехали, почти на месте, дорогой. Представь себе завтрак в Ленинграде в «Литературном кафе» на Невском проспекте. Отец рассказывал мне про это кафе. Мы закажем яичницу с копченой лососиной и кофе. А потом — катер. Хельсинки. А дальше — Париж.

Бонд улыбнулся, перевернулся на спину и поцеловал ее в губы. Несколько часов сна частично восстановили его силы.

— Вот интересно: почему каждый раз, как мы собираемся заняться любовью, — спросил он, — нас обязательно кто-нибудь прервет, перебьет или что-то помешает? Это что — тоже судьба?

— Нет, — ответила Скарлетт, — если судьба и вмешивается в нашу жизнь таким странным способом, то лишь для того, чтобы мы по-настоящему оценили наше счастье, когда наконец дождемся возможности быть вместе.

Скарлетт вышла в коридор и отправилась в туалет, прихватив губку и мыло из портфеля водителя «Волги». Бонд тем временем стал планировать очередной нелегкий день. Как только они доберутся до Хельсинки, он сразу же позвонит М. и выяснит, что произошло с «каспийским морским чудовищем». При мысли об этом телефонном разговоре Бонд непроизвольно улыбнулся. Старик никогда не мог скрыть удовольствия, когда слышал его голос после долгого вынужденного радиомолчания.

Они выжали все, что можно, из советского тюбика с зубной пастой и ржавого вагонного умывальника; после этого оставалось только сидеть и ждать, когда поезд прибудет в Ленинград.

— Скарлетт, как только мы попадем в район порта, — сказал Бонд, — тебе придется самой найти такого человека, у которого, во-первых, есть катер, а во-вторых — здоровая склонность к рискованным приключениям. Граница между коммунистами и свободным миром проходит где-то посредине Финского залива. Я думаю, у нас есть все основания полагать, что эту водную границу постоянно патрулирует вооруженная береговая охрана, или, как называют здесь эти подразделения, морские пограничники.

— Значит, мое задание — найти пирата, — предположила Скарлетт.

— Именно так, — подтвердил Бонд. — Причем пирата, у которого есть очень быстроходный катер.

— Мне понадобятся деньги.

— Слушай, я так скоро переквалифицируюсь в налетчика или даже в обычного карманника.

— У тебя к этому врожденная склонность, любимый. Грех не воспользоваться.

Бонд тяжело вздохнул и, вынув обойму из люгера, пересчитал патроны.

От Московского вокзала до Невского проспекта было рукой подать. Позавтракав, они распределили обязанности на первую половину дня. Бонду предстояло раздобыть денег, а Скарлетт должна была заняться поисками подходящего катера в порту. Встречу они назначили позади Пушкинского театра в час дня. Бонд, сгорая от стыда, стащил с прилавка универмага вязаную шапочку, отворот которой можно было отогнуть, закрыв таким образом бо́льшую часть лица. Этим нехитрым маскировочным приспособлением он и воспользовался, когда пришло время совершить налет на инкассаторскую машину, которая подвезла наличные деньги к отделению какого-то банка на тихой улочке неподалеку от Московского проспекта. Бонду оставалось утешать себя тем, что хотя бы стрелять на сей раз не пришлось: при виде наставленного на него пистолета охранник от изумления остолбенел и даже не пытался оказать сопротивление. Более того, когда Бонд покинул место преступления, инкассаторы, по-видимому, еще какое-то время пребывали в ступоре, потому что он успел не только выбросить шапочку в урну, но и удалиться от здания банка на приличное расстояние, прежде чем далеко позади раздался вой милицейской сирены. Избавившись от компрометирующего головного убора, Бонд вынул из портфеля и надел соломенную шляпу «учителя математики», купленную в ГУМе, а затем, напустив на себя как можно более непринужденный вид, провел оставшееся до встречи время в городском саду на набережной Невы.

Скарлетт пришла минута в минуту. Судя по выражению ее лица, она принесла как хорошие, так и плохие новости и очень беспокоилась по поводу того, как их оценит Бонд.

— Я нашла одного подходящего человека, — сказала она. — По национальности он финн и говорит по-английски, хотя и не очень хорошо. В общем, он готов провернуть такую рискованную операцию, но проблема в том, что довезти нас прямо до Хельсинки у него не получится. Это слишком далеко. Если взять на борт побольше топлива, он может перевезти нас через границу. Там мы пересядем на катер, принадлежащий его брату. Он говорит, что для них это достаточно привычный маршрут. Так вот, этот второй катер доставит нас в большой финский порт, который называется Хамина. Это примерно миль сто пятьдесят отсюда. Ничего другого эти ребята предложить не могут. Но в Хамине можно сесть на поезд или добраться до Хельсинки автостопом. Дорога там хорошая.

— Что ж, неплохо, — сказал Бонд. — По крайней мере, это Финляндия. Нейтральная страна.

— Русские военные катера действительно патрулируют залив, и, более того, часть фарватера заминирована, но этот человек говорит, что проход между островами в заливе он знает как свои пять пальцев. Мы поплывем ночью. Отправление в одиннадцать. Вся поездка займет примерно часов восемь. Но он хочет получить за это просто уйму денег.

— Именно столько у меня как раз и есть, — проговорил Бонд.

— Но как ты сумел?..

— Ты же обещала не расспрашивать.

В десять сорок пять Бонд и Скарлетт были в назначенном месте. Район порта тщательно охранялся службой безопасности таможни и милицией, которая проверяла паспорта и могла потребовать объяснений у любого человека, появившегося здесь. Чтобы избежать ненужных контактов с представителями власти, Бонду и Скарлетт следовало прийти на один из маленьких островков на западной окраине города. Они добирались общественным транспортом, а затем долго шли пешком по узким улочкам и мостам. В конце концов они увидели соответствующие описанию ступеньки старого маяка, спускавшиеся к самой воде.

У этой лестницы, как и было обещано, пассажиров уже ждал Яшка — тот самый человек, с которым Скарлетт вела переговоры о переправке через границу. Катер представлял собой частично переделанную рыбацкую шхуну со слабеньким стационарным дизелем, который даже на холостых оборотах чихал и кашлял как чахоточный. Такая «энерговооруженность» судна не сулила ни высокой скорости, ни надежности, ни возможности быстрого маневра, чтобы уйти от преследования пограничников. Но когда пассажиры ступили на борт катера, Бонд с облегчением обнаружил лежащие на корме под старым брезентом два подвесных мотора производства фирмы «Эвинруд» по двести пятьдесят лошадиных сил каждый. Ближе к носу шхуны было сооружено что-то вроде рубки; бóльшую часть пространства палубы от рубки до кормовых транцев занимали разнокалиберные емкости с топливом.

Щеки и подбородок Яшки были покрыты как минимум трехдневной серой щетиной, а на голове красовалась синяя вязаная шапочка. У него не хватало примерно половины зубов, а те, что еще торчали во рту, были желтого или коричневого цвета.

Бонд протянул ему деньги, которые тот тщательно пересчитал.

— Он не любит русских, — пояснила Скарлетт. — Его отец погиб в бою с частями Красной армии, когда те вторглись в Финляндию в тридцать девятом году.

Яшка кивнул своим пассажирам, отвязал швартовый конец, прибавил обороты двигателя, встал за штурвал и начал, осторожно маневрируя, выводить катер из дельты Невы в Финский залив.

Бонд и Скарлетт сели вместе на узкую деревянную скамью-банку, тянувшуюся вдоль борта.

— Знаешь, есть одно дело... в общем, мы с тобой кое о чем не подумали, — сказала Скарлетт.

— Да, я уже понял, — ответил Бонд. — Белые ночи. Худшее время года для людей, оказавшихся в нашем положении.

— Яшка говорит, что через час станет чуть темнее — будет как в сумерках. И по крайней мере, ночь выдалась пасмурная — это тоже нам на руку.

Бонд оперся спиной о борт.

— Знаешь, Скарлетт, бывают в жизни такие моменты, — сказал он, — когда ты ничего не можешь сделать и отдаешь свою жизнь в руки других. Доверяешь им.

— Я знаю. Этот человек мне как-то по душе.

— Наемник — опытный и профессиональный, — сказал Бонд. — К тому же озлобленный и обманутый предыдущими хозяевами. Хорошо иметь такого человека на своей стороне.

Яшка старался вести свое суденышко в тени мелких островков прибрежного архипелага, но через полчаса после отплытия практически все скалы и островки остались позади, и катер оказался в открытом море.

Скарлетт успела купить в городе еды и теперь распаковала сверток, в котором оказались хлеб, колбаса, сыр и водка.

— Ничего лучше я просто не нашла, — сказала она.

Яшка с удовольствием присоединился к их ужину и жадно сжевал свои бутерброды прямо за штурвалом, ни на секунду не отрывая глаз от линии горизонта.

Прошел час, еще один, и настало самое темное время ночи — не темнее, пожалуй, обычных осенних сумерек, как и предсказывал Яшка. Когда они оказались достаточно далеко от Ленинграда, но также и от границы, Яшка опустил в воду винты обоих «Эвинрудов» и что-то сказал Скарлетт по-русски.

— Он говорит, что мы можем использовать эти двигатели только недолгое время, чтобы увеличить скорость, — перевела она. — Они слишком шумные, поэтому пользоваться ими у берега или вблизи границы опасно, но примерно около часа мы сможем идти на полном ходу.

Бонд внутренне порадовался, когда лениво рассекавший воду старый рыбацкий катер стал подпрыгивать на невысоких волнах словно пришпоренный, едва не выходя на глиссирование. До Хамины было около ста пятидесяти миль, и, хотя сейчас они неслись со скоростью двадцать пять узлов, впереди оставалось еще более половины этого расстояния. По приблизительным расчетам Бонда получалось, что до морской границы еще примерно два часа хода.

Яшка попросил Бонда встать на несколько минут за штурвал; сам он тем временем перелил топливо из больших емкостей в маленькие канистры, а уже из них — в баки моторов.

Когда Яшка вернулся на свое место за штурвалом, Бонд снова сел на скамейку рядом со Скарлетт.

— Как ты себя чувствуешь?

Она улыбнулась:

— Впервые у меня почему-то появилось ощущение, что мы в безопасности. А ты как?

— По-моему, отличная морская прогулка, настоящий отдых после всех наших приключений, — ответил Бонд, и эти слова он произнес абсолютно искренне. — Этот странный свет, море. И хорошая компания.

Вскоре Яшка выключил кормовые моторы, поднял их обратно на борт и снова уложил под брезент.

— Он говорит, что минут через сорок мы будем на месте, — перевела Скарлетт его слова. — Теперь нам снова нужно вести себя тихо.

Яшка вытащил из рундука передающее устройство рации, подключил его к разъему на приборной панели и что-то сказал в микрофон. После короткой паузы сквозь шум помех донесся тихий, едва различимый ответ.

Моряк с невозмутимым видом вставил рацию обратно в крепление, потом обратился к Скарлетт.

— Советские катера патрулируют и к северу, и к югу, — снова перевела она, — но один из них сейчас занят конвоированием в нейтральные воды танкера, который шел из Таллина и сбился с курса.

Через некоторое время Бонд увидел впереди вынырнувший из сумеречного полумрака катер-призрак — точно такой же, на каком плыли и они. Он показал Яшке в ту сторону, и тот повернул голову. В первый раз за все время пути задубелое от непогоды лицо «морского волка» расплылось в улыбке.

— Да, — сказал он по-английски. — Мой брат.

Два катера медленно плыли навстречу друг другу в легком тумане, который расстилался над водной гладью Финского залива. В этот ночной час на открытой воде было довольно холодно; Скарлетт закуталась в теплую кофту и подсела к Бонду, взяв его под руку и тесно прижавшись к нему.

Яшка заглушил мотор, и катера подошли вплотную друг к другу, двигаясь по инерции. Они были на расстоянии многих миль от берега, посреди пустынного открытого моря. Суда стукнулись бортами, и Яшка перебросил на катер брата швартовый канат.

Скарлетт встала со скамьи и подошла к противоположному борту. Яшка подал руку, чтобы помочь ей перебраться на палубу соседнего судна, качающегося на легкой волне. Она обняла его.

— *Спасибо. Очень спасибо*, — сказала она по-русски, потом повторила по-английски: — Спасибо.

Бонд пожал ему руку:

— Спасибо тебе, Яшка.

Яшка задержал руку Бонда в своей, и на мгновение двое мужчин замерли, глядя в глаза друг другу.

Затем Бонд перешагнул через борт и оказался на втором катере, а Яшка уже оттолкнулся веслом и стал разбирать заранее припасенные на палубе рыболовные сети, чтобы, если его остановят на пути домой, иметь возможность дать пограничникам вполне правдоподобное объяснение своей ночной вылазки в приграничные воды.

Скарлетт и Бонд помахали ему руками сквозь туман и заняли свои места на скамье-банке у борта — точно такой же, как и на Яшкином катере. Второго «пирата» звали Вели, и выглядел он лет на десять моложе. Он энергично передвигался по своему маленькому катеру и, в отличие от брата, постоянно улыбался.

Ему нужно было выждать лишь короткое время, чтобы запустить на полную мощность подвесной мотор, не опасаясь привлечь внимание пограничников. Три часа спустя, после нескольких дозаправок двигателя, они увидели Хамину, подступы к которой прикрывала старинная береговая крепость с фортами, раскинувшимися в разные стороны в форме звезды.

В восемь утра Бонд и Скарлетт были уже на суше, а главное — на финской территории. В десять они сели в поезд-экспресс до Хельсинки.

ГЛАВА 20

Зеркальная бездна

В Париже был дождливый вечер, и Рене Матис сидел за своим рабочим столом, листая полицейские отчеты, которые передавались во Второе управление. По отделу, где он работал, в последнее время ходили подкрепленные косвенными доказательствами слухи о том, что на фронте войны с наркотиками достигнуты впечатляющие успехи; впрочем, никаких деталей не сообщалось и никаких официальных подтверждений не было.

Зеленый телефон затрезвонил резким, требовательным звонком. В трубке раздался шум, затем эхо — и наконец знакомый голос.

— Ты откуда звонишь, Джеймс?

— Я в Хельсинки, в аэропорту. Вылетаю в Париж. Мой рейс через полчаса. Хотел поинтересоваться, как ты смотришь на то, чтобы завтра где-нибудь вместе поужинать.

— Завтра? Гм-м... Завтра у нас пятница? Пятница — это... Пятница для меня всегда самый трудный день, Джеймс. Подчиненные всегда сваливают на меня работу, недоделанную за неделю. Может, просто выпьем? Я могу показать тебе отличный бар неподалеку. А как насчет ланча? Ты останешься здесь на выходные?

— Это уж как получится. В зависимости от того, что решат в Лондоне. И еще, Рене, слушай!

— Что?

— Передай ей мой сердечный привет.

———

В парижском аэропорту Бонд посадил Скарлетт в такси, дав твердое обещание перезвонить ей на работу на следующий же день. Они решили провести ближайшее время врозь, чтобы немного прийти в себя после того, что им обоим пришлось пережить; кроме того, Скарлетт нужно было как можно скорее поговорить со своим начальством, а также выяснить, есть ли какие-нибудь новости о Поппи. Бонд считал решение на время расстаться правильным: перспектива отмыться, отоспаться и отдохнуть казалась ему более чем заманчивой. Он сам чувствовал себя смертельно усталым, а уж бедная девушка должна была просто валиться с ног.

Целуя его на прощание, она сказала:

— Буду ждать твоего звонка. Не бросай меня, Джеймс.

— Слушай, разве я хоть раз тебя бросал?

Она молча покачала головой. Бонд проводил взглядом машину, удаляющуюся в темноту дождливого вечера; с заднего сиденья ему махала девушка, чьи большие карие глаза были прикованы к нему, пока она не скрылась из виду.

Бонд сел в следующее такси, стоявшее в очереди, и велел водителю ехать на Северный вокзал. Он всегда останавливался в привокзальных отелях, если, конечно, это позволяли условия командировок. В районе Северного вокзала гостиница была наименее претенциозной. Еще из Хельсинки он позвонил в офис в Риджентс-парке и договорился, что ему срочно переведут телеграфом необходимую сумму денег на счет в банке на Вандомской площади, где он сможет получить наличные уже на следующее утро. Манипенни не сумела скрыть свой восторг по поводу появления Бонда хотя бы в виде голоса в телефонной трубке и твердо пообещала обеспечить ему разговор по закрытой линии с М. ближе к полудню следующего дня.

В отеле у Северного вокзала Бонду предоставили просторный номер на верхнем этаже. Там был отличный душ и полно всяких шампуней и мыла. Бонд заказал себе в номер виски и минеральную воду «Перье». Налив в стакан хорошую порцию того и другого, он развалился на кровати, завернувшись в белоснежную махровую простыню.

Откинувшись на мягкие подушки, он стал восстанавливать в памяти события этих дней. Последней трудностью, которую ему пришлось преодолеть, стали поиски резидента Службы в Хельсинки. Это заняло некоторое время. Резидент был новый и выглядел всего лет на двадцать, не старше; впрочем, ему удалось в течение нескольких часов раздобыть два вполне сносно изготовленных паспорта. Бонд отдал ему трофейный люгер. Новое оружие — свой любимый «Вальтер ППК» — он рассчитывал получить по возвращении в Лондон.

Завтра, думал он, должен быть замечательный день. Утром он пойдет по магазинам и купит себе новую одежду, затем доложит М. по телефону о результатах командировки, после чего пообедает в «Ротонде» или в ресторане «Дом», а после обеда можно будет позвонить Скарлетт. Потом он вернется в гостиницу и, пользуясь тем, что никто на свете не знает, где он остановился, еще поспит; а вечером, может быть, пойдет в кино и поужинает в каком-нибудь хорошем ресторане вроде «Вефура» или «Кантона».

Что же касается сегодняшнего вечера, то тех финских денег, которые Бонд обменял в аэропорту, вполне хватило бы на отличный ужин, но ему не хотелось выбираться из номера и куда-то идти. Он позвонил администратору, заказал омлет со специями и попросил прихватить заодно весь тот виски, который оставался в бутылке после его первого заказа.

Отдав должное простой французской еде и славному напитку, он забрался голый под одеяло и проспал как убитый двенадцать часов кряду.

———

Утро пятницы выдалось ясным и солнечным. Бонд вышел из отеля, взял такси и поехал на Вандомскую площадь. На улице Риволи он купил легкий серый костюм, черный галстук, три рубашки, хлопчатобумажное белье, несколько пар темно-серых шерстяных носков и пару удобных черных туфель. В последнем магазине он полностью переоделся и попросил продавца взять на себя труд избавиться от костюма, снятого с водителя «Волги», и от ботинок Кена Митчелла.

Незаметно подошло время, назначенное ему для звонка М. Бонд нашел телефонную будку на довольно тихой улице Арбр-Сек, приготовил побольше монет и стал набирать сначала основной номер, а затем добавочный, который использовался в качестве пароля. Через несколько секунд он услышал, как включился коммутатор, затем последовала череда щелчков, шуршаний и позвякиваний, завершившаяся долгой паузой — полной тишиной, которую несведущий человек мог бы принять за обрыв связи. Наконец возникло привычное странное ощущение пустоты в трубке, а потом послышался знакомый голос:

— Бонд? Где только вас черти носят?

— Я в Париже, сэр. Вчера я сообщил об этом Манипенни.

— Да, я в курсе, но какого дьявола вы там делаете?

— Сэр, я счел своим долгом сопроводить домой одну молодую леди.

— Жаль, что я не смог поговорить с вами вчера. Я как раз в это время был на связи с премьер-министром.

— И как он?

— Как вам сказать... На самом деле он более чем доволен нашей с вами деятельностью.

— Вот уж странно, — заметил Бонд.

— Да, это чертовски редкий случай, просто беспрецедентный. Королевские ВВС уничтожили экраноплан. «Викерс» каким-то образом тоже не долетел до цели.

— Дело в том, сэр, что я...

— Доложите мне обо всем в подробностях, когда вернетесь в Лондон. Если хотите, можете отдохнуть несколько дней в Париже. Да, кстати, раз уж вы все равно там, я бы хотел, чтобы вы познакомились с нашим новым агентом Ноль-Ноль-Четыре.

— Что? — коротко и довольно жестко переспросил Бонд.

— Слушайте, Бонд, не прикидывайтесь идиотом. Я же говорил вам, когда вы были в Лондоне, что предыдущий Ноль-Ноль-Четыре погиб в Восточной Германии и мы взяли на службу нового агента.

— Где и когда я должен с ним встретиться?

— Идите сегодня в семь вечера в отель «Георг Пятый». Спросите номер пятьсот восемьдесят шесть. Там вас будут ждать. Это просто формальность. Пожать друг другу руки, поздороваться. А кстати, Бонд...

— Да?

— Вы в курсе, что Феликс Лейтер тоже участвовал в операции с агентом Фисташкой?

— Феликс? Нет, я понятия не имел. А что у них там произошло?

— Вообще-то ему досталось, но он отлично поработал. Там была небольшая проблема с человеком по фамилии Сильвер.

— Это меня не удивляет.

— Он пытался помешать Лейтеру установить контакт и передать информацию. По-видимому, он оказался двойным агентом. И я боюсь, Бонд, что сам агент Фисташка...

Бонд услышал в трубке пустоту. Это могло означать только одно. Он с яростью выругался.

— В общем, проведите некоторое время в Париже, — повторил свое предложение М. — Лейтер будет там проездом в Вашингтон в понедельник. Я думаю, он будет рад повидаться с вами.

— Я скажу Манипенни, где меня найти.

— Ну что ж, у меня пока все.

— Спасибо, сэр.

Бонд повесил трубку и пошел по улице в сторону набережной. Дариус был очень хороший человек, но, как и Дарко Керим в Стамбуле, как и многие другие до этого, он всегда знал, что его работа сопряжена с большим риском, порой — в буквальном смысле смертельным.

Бонд пытался гнать от себя эти мрачные мысли. Его карманы были набиты новыми франками, и он, чтобы отвлечься, решил пройтись по набережной, то и дело останавливаясь, чтобы взглянуть на дешевые картины, сувениры и подержанные книги, разложенные на лотках вдоль берега реки. Его всегда изумляло, как в эти маленькие деревянные ящики с зелеными навесами, если их открыть, можно напихать столько всякого барахла. Он взял в руки миниатюрную Эйфелеву башню и повертел в пальцах. «А не купить ли Скарлетт какой-нибудь подарок?» — подумал он. Впрочем, до завтрашнего вечера еще было много времени.

На данный момент он ограничился покупкой изящно оформленной открытки в меру фривольного содержания — для Манипенни и заглянул наугад в маленькое уличное кафе на улице Де Бурдонне, чтобы подписать ее. Там он заказал «американо» — коктейль из кампари, чинзано и «Перье» с лимонной цедрой. Не то чтобы ему очень нравился этот коктейль, но, с его точки зрения, французское кафе не было тем местом, где стоило бы пить более крепкий алкоголь.

Коктейль оказался на удивление хорош, лимонная горечь эффектно пробивалась сквозь обволакивающую мягкость вермута, и Бонд почувствовал, что наконец начинает приходить в себя. Оставив несколько монет на оцинкованной столешнице, он встал. Чтобы не возвращаться тем же путем, он решил сделать круг —

перейти Сену по Новому мосту и все так же не торопясь прогуляться до ресторана «Дом». Времени у него было достаточно: убивай — не хочу.

Примерно посредине моста Бонд заметил в сотне ярдов выше по течению колесный пароход вроде тех, что ходили по Миссисипи: это был тот самый «Гекльберри Финн», «предоставленный в аренду городу Парижу только на один месяц», — пароход, который он видел с террасы ресторана на острове Сен-Луи во время их со Скарлетт первого совместного обеда. Восторженные туристы толпились на палубах, а расположившийся на носу маленький оркестрик, все музыканты которого были одеты в полосатые пиджаки-блейзеры и белые брюки, лихо наигрывал веселую мелодию. Бонд посмотрел на часы. Делать ему было решительно нечего.

Он увидел, как пароход швартуется к понтонному причалу у левого берега, и спустился к нему. Купив билет, он поднялся по трапу на борт прогулочного судна.

Пароход не был переполнен, и Бонд, пройдя на нос, обнаружил скамейку, где вообще не было ни одного пассажира. Стоял теплый летний день; в Париже царило праздничное настроение. Бонд сел поудобнее, насколько позволяла жесткая деревянная скамья, прикрыл глаза и стал представлять себе, что готовит ему предстоящий вечер. Пароход медленно двинулся вниз по реке.

Но сонные, ленивые размышления Бонда прервались в тот момент, когда он почувствовал, что какая-то тень неожиданно заслонила от него солнце. Открыв глаза, он увидел высокого бородатого человека, смотревшего на него сверху вниз. Борода была окладистая и темная — слишком темная для столь светлой кожи. Человек выглядел довольно странно и казался незнакомым, но его взгляд можно было узнать безошибочно — взгляд, полный презрения к окружающему миру, жгучей ненависти и при этом сосредоточенный и напряженный. Взгляд человека, который больше всего на свете не любит, когда другие люди каким бы то ни было образом, пусть даже самим фактом своего существования, мешают исполнению его честолюбивых планов.

В ту же секунду Бонд почувствовал, как ему в спину в области нижних позвонков уперлось что-то твердое и металлическое, просунутое в щель между скамьей и спинкой.

— Не возражаете, если я к вам подсяду? — спросил Горнер. — Извините за детский маскарад. Конечно, это выглядит несолидно, но сами понимаете — мое лицо стало слишком известно. Пресса бывает порой так назойлива и бестактна.

— Как, черт побери, вам удалось меня найти?

Горнер издал хриплое урчание, заменявшее ему обычный человеческий смех:

— Видите ли, Бонд, тот факт, что одна из моих фабрик вынуждена была под напором внешних обстоятельств прекратить свою деятельность, еще не означает, что я в одночасье провалился и растерял все свои связи и возможности. У меня есть персонал в Лондоне и Париже, а также полезные контакты в Москве. Когда стало ясно, что самолет не долетел до Златоуста—тридцать шесть, я поручил Шагрену лететь в Москву, чтобы перехватить вас при удобном случае. До меня дошли слухи, что вы с девушкой направляетесь в Ленинград. Да это и нетрудно было предугадать: как еще вы могли бы попытаться добраться домой? В сумочке, которую мои люди забрали у вашей спутницы еще в Ноушехре, оказались и ее визитки, так что мы знали, где она живет, и были уверены: вы направитесь либо в Лондон, либо в Париж. Мои люди установили наблюдение в обоих аэропортах. Они следили за вами и ждали вас в обеих столицах. Но мое личное чутье говорило, что вы, как старый кобель, слепо следующий за запахом сучки, в первую очередь притащитесь именно сюда. Поэтому и я оказался здесь.

— И чего же вы хотите?

— Я хочу убить вас, Бонд. Вот и все. Как только этот бродячий оркестр заиграет погромче, никто даже не услышит выстрела из пистолета с глушителем.

Горнер бросил выразительный взгляд через плечо Бонда: там на следующей скамейке сидел, подавшись вперед, выделенный по его душу киллер, прикрывавший длинный глушитель, навинченный на ствол пистолета, полой летнего плаща.

— Это мистер Хашим, — сообщил Горнер. — Когда-то мы с его братом вместе вели бизнес. Но это другая история.

— А что случилось с вашей фабрикой в пустыне?

— «Савак». — Горнер не произнес, а словно выплюнул это слово. — Благодаря информации от своих американских и британских приятелей эти тупые персидские головорезы в конце концов обнаружили ее местоположение. Армейские части выдвинулись туда, и фабрика была закрыта.

— Кровопролитие при штурме было большое?

— Не особенно. Я отдал своим сотрудникам распоряжение оказывать всяческое содействие властям. Я сам тогда был в Париже.

— А те люди в подземелье — что стало с ними?

— С наркоманами-то? Господи, да кто их знает? И кому какое дело? Лично я думаю, что их отправили обратно по тем трущобам, откуда я их и вытащил.

Бонд видел, как трубач оркестрика, расположившегося на носу судна, продувает свой мундштук, а кларнетист листает ноты на пюпитре. Ударник занял место за своей сверкающей металлом установкой.

Потом Бонд перевел взгляд на Горнера. Тот сложил левую руку в неизменной перчатке вместе с правой на коленях.

— Вы любите музыку, Бонд? — поинтересовался Горнер. — По-моему, эти парни вот-вот начнут лабать какую-нибудь дурацкую мелодию. Я вовсе не из тех идиотов, которые готовы идти на риск ради того, чтобы устроить своему заклятому врагу особенно мучительную или эффектную смерть. Для жалкой британской шушеры вроде вас вполне хватит одной-единственной пули в спину.

— Сильвер работал на вас? — спросил Бонд.

— Кто?

— Кармен Сильвер. Человек, действовавший под прикрытием «Дженерал моторс». Я слышал, он пытался помешать кое-кому передать информацию для своего официального начальства из ЦРУ.

— Может быть, его шантажировали русские, — предположил Горнер. — А возможно, он был бóльшим персом, чем сами персы, и считал, что понимает американские национальные интересы в этой стране лучше, чем его боссы.

— Похоже на то, — согласился Бонд. — Или же он был просто жадным и недалеким человеком.

— Такие люди всегда были и будут в вашем мире, Бонд. Ничего не поделаешь — тупиковая ветвь эволюции шпионажа. Ага, вот и дирижер. Между прочим, мистер Хашим любит негритянскую музыку.

Бонд выждал, пока дирижер в своем полосатом блейзере окинул взглядом оркестрик из двенадцати человек, кивнул и улыбнулся. Горнер жадным взглядом следил за ним, предвкушая удовольствие. В тот момент, когда палочка дирижера поднялась, чтобы дать музыкантам знак к вступлению, Бонд резко дернулся вперед, схватил Горнера за левую руку и одним молниеносным движением сорвал с нее перчатку.

Еще со времени первого допроса в кабинете Горнера, в затерянном среди пустыни подземелье, Бонд помнил, что физическая патология была единственным слабым местом этого человека: только излишнее внимание к его уродству могло вывести Горнера из равновесия.

Одной рукой Бонд отшвырнул перчатку как можно дальше, почти под ноги дирижеру, а другой резко потянул обезьянью лапу вверх, выставив ее на солнечный свет и на обозрение пассажиров, сидевших на палубе в задних рядах. Горнер отчаянно задергал рукой, стараясь выдернуть ее из мертвой хватки Бонда. Воспользовавшись замешательством противника, Бонд резко рванул его всем телом на себя и таким образом перекрыл Хашиму возможность выстрелить в спину. Хашим растерялся, не зная, куда целиться, и явно опасаясь подстрелить своего хозяина. Пользуясь Горнером как прикрытием, Бонд внезапно ударил Хашима в лицо. Потом, не отпуская Горнера, он схватил Хашима за волосы, дернул вперед и основательно приложил его лицом о заднюю сторону скамьи. В следующую секунду Бонд правой рукой с силой швырнул Горнера на палубу, где тот, упав на четвереньки, стал лихорадочно искать свою перчатку. Левой рукой Бонд продолжал прижимать лицо Хашима к скамье. Вдруг он услышал хлопок приглушенного выстрела: пуля вонзилась в палубу у него под ногами. В тот же миг Бонд перепрыгнул через скамью и схватил Хашима обеими руками за правое запястье. Раздался еще один выстрел, и на этот раз пуля, вылетевшая из ствола, направленного вверх, пробила полосатый парусиновый навес и ушла в небо.

Пассажиры, увидев, какие события разворачиваются у них перед глазами, в панике закричали. Два матроса из команды парохода уже бежали в сторону дерущихся Бонда и Хашима. Бонд к этому времени успел заломить противнику руку за спину и теперь, навалившись всем телом, безжалостно выкручивал ее из сустава. Как раз в тот момент, когда матросы подбежали к месту схватки, он почувствовал, как локоть Хашима дернулся и неожиданно легко поддался его давлению: связки были разорваны, а сам локтевой сустав вывихнут. Капитан парохода тем временем подал сигнал тревоги, и завывшая сирена сменила звуки оркестрика, игравшего какую-то мелодию в стиле дикси. Хашим издал угрюмый, почти звериный рык и выронил пистолет. Бонд подхватил оружие с палубы и бросился вперед.

«Гекльберри Финн» как раз подплывал к невысокому мосту. Капитан заглушил двигатель. Горнер, снова натянув на левую руку свою изящную белую перчатку, проворно взобрался на крышу невысокой рулевой рубки, где стояли капитан и рулевой. Пароход, сносимый течением, медленно вплыл под мост, на опорах которого были видны металлические скобы, вмонтированные в кирпичную кладку, — служебные лестницы, по которым в случае необходимости можно было спуститься с моста прямо к воде. Бонд увидел, как Горнер вцепился в одну из скоб и, ловко вскарабкавшись по лестнице, перелез через перила моста. Дрейфующий «Гекльберри Финн» уже почти полностью скрылся в сумраке, царившем под аркой, и Бонду пришлось пробежаться до кормы, чтобы успеть перепрыгнуть на металлическую лестницу.

Заткнув пистолет Хашима за пояс, Бонд, действуя обеими руками, быстро подтянулся двенадцать раз — по количеству скоб-ступеней, — прежде чем его ноги нащупали какую-то опору. Когда он перелез через парапет, Горнер уже перебежал четырехполосную проезжую часть и стремительно удалялся в сторону правого берега Сены.

Лавируя между машинами под визг тормозов и недовольные гудки, Бонд добежал до разделительной полосы, встал на нее, хорошенько упершись ногами, и выстрелил. За негромким хлопком выстрела через глушитель сразу же последовал крик Горнера: пуля вошла ему в бедро.

Бонд бросился вдогонку сквозь поток машин, пересекающих мост. Вдруг из-под моста донесся глухой гул: капитан парохода, видимо, принял решение вновь запустить двигатель.

Бонд со всех ног побежал в сторону Горнера и, почти догнав его, увидел, что тот, раненный, но не потерявший способности передвигаться, влез на парапет и стоит на нем, с трудом балансируя на узких перилах. Бонд остановился и нацелил ствол пистолета в грудь Горнеру.

— Ну уж нет, англичанин, этого удовольствия я тебе не доставлю, — тяжело дыша, сказал Горнер. Накладная черная борода наполовину отклеилась и теперь нелепо торчала куда-то вбок.

Бонд внимательно следил за противником, ожидая, что тот выхватит из кармана или потайной кобуры второй пистолет. Однако этого не случилось: Горнер, ничего не говоря, развернулся, прыгнул и исчез из виду. Бонд подбежал к перилам и посмотрел вниз. Горнер был жив и довольно бодро барахтался в коричневой воде.

Капитан «Гекльберри Финна», по всей видимости, решил немедленно причалить к любому удобному месту на набережной, высадить пассажиров и сообщить в полицию о том, что произошло на борту. Для этого он включил реверс двигателей, и пароход, шлепая по воде лопастями гребного колеса, стал медленно пятиться вверх по течению, заходя кормой вперед обратно под мост. Раненый Горнер, суматошно бьющий по воде обеими руками, оказался как раз у него на пути.

Увидев над собой громаду гребного колеса, Горнер словно впал в оцепенение: он почти перестал двигаться и вот-вот пошел бы ко дну, если бы его не подхватила одна из огромных лопастей. Его подняло в воздух, прокрутило, а затем с размаху швырнуло об воду. Но этим дело не ограничилось. Бонд будто зачарованный смотрел, как Горнер снова взмыл в воздух и еще раз описал круг, оставив расплывающееся по речной воде яркокрасное — цвета столь любимого им мака — кровавое пятно. Капитан парохода тем временем включил ход вперед, чтобы пристать к набережной у самого моста. То, что было поднято из воды на этот раз, уже мало чем напоминало человеческое тело. Окровавленный ком перемолотых костей и рваного мяса в последний раз оросил лопасти пароходного колеса потоком алой воды и больше на поверхности уже не появился. «Гекльберри Финн» благополучно пришвартовался у набережной, а чуть ниже по течению всплыла, будто цветущая водяная лилия, одинокая белая перчатка. Она покрутилась несколько секунд в волнах, поднятых корпусом парохода и гребным колесом, а затем тихо пошла ко дну.

Бонд едва успел позвонить в офис Скарлетт и оставить ей короткое сообщение, в котором говорилось: «Вестибюль гостиницы „Карильон", завтра в половине седьмого». После этого на место происшествия прибыла полиция. Несколько часов Бонд провел в участке, пытаясь объяснить блюстителям порядка, что же произошло на мосту. Ну да, скорее всего самоубийство, а может быть, и несчастный случай... Около пяти вечера он наконец сумел убедить полицейских позвонить месье Рене Матису из Второго управления, который с большим удовольствием сам приехал в участок, чтобы лично поручиться за мистера Бонда.

Лишь в половине седьмого вся бумажная волокита закончилась, и Бонд с Матисом вышли на набережную Орфевр.

— Знаешь, я бы с удовольствием... Но, понимаешь... — промямлил Матис, выразительно поглядывая на часы.

— Представляешь, я тоже занят, — обрадовал его Бонд. — Дела.

— Как насчет ленча в понедельник? — спросил Матис. — Там же, где в прошлый раз, на улице Шерш-Миди?

— Договорились. Увидимся в час.

Они пожали друг другу руки и разошлись в разные стороны.

Бонд поймал такси — черный «Ситроен DS», который неспешно повез его по запруженным машинами Елисейским Полям и дальше — к отелю имени короля Георга V. Без пяти семь Бонд вошел в выложенный мраморными плитами вестибюль, где шикарные резные столы просто ломились под тяжестью огромных ваз с букетами роскошных лилий.

— Номер пятьсот восемьдесят шесть, — сказал Бонд дежурному администратору. — Сообщите, пожалуйста, о моем визите.

Администратор набрал номер телефона и, обменявшись парой фраз с абонентом, проговорил:

— Да, месье, вас ждут. Лифт в конце вестибюля налево.

Бонд зашел в кабину лифта и ткнул пальцем в кнопку пятого этажа, размышляя о том, что выбор отеля, названного в честь Георга V, в качестве места встречи нельзя было не признать остроумным. Именно этот британский монарх был основателем англо-французского союза, названного впоследствии «Сердечным согласием». Интересно, насколько сердечной окажется встреча с новым коллегой? С большинством других агентов с двумя нулями в лицензии Бонд был знаком лично или по крайней мере знал их имена и мог опознать при встрече, потому что видел их лица на служебных фотографиях, однако контакты между агентами столь высокого класса сводились к минимуму по соображениям безопасности.

«Ну хорошо, — подумал он, шагая по устланному толстым мягким ковром коридору в направлении номера пятьсот восемьдесят шесть, — первые месяцы на службе — нелегкое испытание для любого, даже самого закаленного человека. Нужно будет постараться вести себя как можно более корректно и вежливо». Он постучал в дверь. Ответа не последовало.

Он нажал на ручку, и незапертая дверь беззвучно приоткрылась, словно приглашая его войти в почти не освещенную комнату. Все было именно так, как когда-то учили и самого Бонда. Единственный включенный в комнате источник света был направлен в глаза входящему, а остальная часть помещения оставалась в тени. Впрочем, закрывая за собой дверь, он уже точно знал, что увидит. Не поворачиваясь, он сказал:

— Привет, Скарлетт.

— Привет, Джеймс. Мы вроде бы договаривались встретиться завтра.

Она поднялась с кресла, стоящего в самом темном углу комнаты, и отвернула настольную лампу, светившую Бонду прямо в лицо. Потом она дотянулась до стенного выключателя, и комнату залил привычный, слегка приглушенный ровный свет.

На ней было черное платье без рукавов, черные чулки и скромное серебряное колье. Губы она подкрасила той самой красной помадой, которой пользовалась в образе миссис Ларисы Росси, когда Бонд впервые увидел ее в Риме. Ее блестящие темные волосы свободно спадали на обнаженные плечи.

И все же в ее облике было что-то новое, чего он еще ни разу не видел с тех пор, как они познакомились. Она выглядела испуганной.

— Мне так жаль, Джеймс. Я прошу прощения. — Она сделала нерешительный шаг в его сторону. — Я вовсе не собиралась влюбляться в тебя.

Бонд улыбнулся:

— Да я, в общем-то, ничего против не имею.

— Когда ты догадался?

Ее голос звучал напряженно — так говорят люди, которые боятся потерять свою любовь.

Бонд тяжело вздохнул:

— Когда вошел в этот номер. Хотя, с другой стороны, кое-что я заподозрил с самого начала. Выбирай, какой ответ тебе больше нравится.

— А какой из них правдивый?

— Оба.

Бонд вдруг рассмеялся и долго не мог остановиться. Похоже, что напряжение всех предыдущих дней наконец-то спало и он смог вдохнуть полной грудью.

Наконец, применив технику глубокого дыхания, он взял себя в руки.

— Если честно, это было в тот момент, когда ты так лихо прострелила электрокабель в ангаре — там, в Ноушехре... Тогда я впервые что-то заподозрил.

Скарлетт надула губы:

— Да я стреляла практически в упор.

— Ну, не совсем уж в упор.

— Все-то ты замечаешь, дорогой. Ну ладно, еще раз приношу свои извинения. Я целую неделю перед этим занималась в тире: в оружейном отделе на мое имя выписали два новых вальтера, основной и резервный, которые я и пристреливала. Так что в отношении стрельбы глаз у меня был наметан. Ты меня простишь?

— Даже и не знаю, Скарлетт.— Бонд сел на обитый бархатом диванчик и закурил сигарету. Сделав первую затяжку, он положил ноги на журнальный столик.— Наверное, сначала я должен попросить прощения сам у себя. Ты дала мне достаточно зацепок. Когда, например, ты заняла тактически выгодную позицию и встала так, чтобы не отбрасывать тени. Помнишь, как ты пряталась за грузовиком у забора верфи? И потом, тот аромат свежих ландышей, который исходил от тебя, когда мы целовались в гостинице в Ноушехре, — какие там ландыши, если, по твоим словам, ты только что приехала из Тегерана в раскаленной машине без кондиционера.

Скарлетт потупила взгляд:

— Я просто хотела понравиться тебе. На самом деле я тогда провела в Ноушехре уже целые сутки. О боже мой, Джеймс, я чувствую себя ужасно. И зачем я только тебя обманывала. Я просто...

— Почему М. послал тебя туда?

— Это было мое первое задание после присвоения номера с двумя нулями. Он решил, что мне потребуется помощь. Он хотел постепенно вводить меня в настоящую тяжелую работу.

— Я так понимаю, что, с его точки зрения, мне тоже могла потребоваться помощь, — обескураженно сказал Бонд.

— Наверное, это потому, что там было слишком много работы для одного человека. И потом... тебе ведь перед этим нелегко пришлось. Токио и...

Скарлетт сделала еще шаг по направлению к Бонду. Он почувствовал легкое прикосновение ее руки к своей.

— И в конце концов, Джеймс, — сказала она, — мы ведь все-таки выполнили задание. И по-моему, неплохо сработались. Разве я не права?

— А как ловко ты разобралась с креплением парашюта, — вспомнил вдруг Бонд. — Да без тренировки с этим никто не справится. Новички обычно просто стоят как колоды и ждут, пока на них застегнут всю эту сбрую.

— Мне в самом деле очень жаль, Джеймс. Но так, наверное, было нужно. Я получила такие распоряжения. М. ведь прекрасно понимал, что ты ни за что не согласишься действовать со мной в паре, если будешь все знать. Но он так хотел, чтобы ты вернулся. Ты ему очень нужен.

— Да уж, не приходится удивляться, что старик выглядел как побитая собака, когда отправлял меня на это задание. Знал ведь, что впервые хитрит со мной. Да, а что там насчет Поппи?

Скарлетт покачала головой:

— У каждого человека есть свои фантазии, Джеймс. Вот я и придумала себе двойняшку.

— А родинку чем нарисовала?

— Ну, это просто: крепкий чай и сок граната.

— А разный цвет глаз?

— Ты заметил! Я не думала, что мужчины обращают внимание на такие мелочи. Это цветные контактные линзы.

— Я даже не знал, что такие штуки уже продаются.

— Они и не продаются. Мне специально их сделали у Кью в отделе. Но здесь я немного перемудрила: обычно у близнецов бывает одинаковый цвет глаз. Хорошо еще, что у вас с Поппи не было времени особо присматриваться друг к другу.

— А что, скажи на милость, ты делала тогда в Москве, когда я считал, что ты отправилась в посольство?

— Я просто пошла в другой парк. Мне нужно было доиграть свою роль до конца.

Бонд улыбнулся:

— Ты чертовски хорошая актриса. Ты все время была такой естественной... А впрочем, иногда мне казалось, что это не совсем ты. И миссис Лариса Росси тоже. Лариса.

— Я знаю. Я два года училась в театральной школе. Эти навыки мне очень пригодились, когда меня принимали сюда на работу. И знание русского тоже.

— Я помню, как ты отвернулась от меня там, в камере, когда я сказал, что нам придется оставить Поппи. Тебе просто было легче притворно рыдать, когда я не видел твоего лица.

Скарлетт была уже так близко, что он чувствовал запах ее кожи, тонкий аромат духов «Герлен». Ее глаза, полные слез, умоляюще смотрели на него.

Борясь с накатившим на него приступом слабости, Бонд встал с дивана, потушил сигарету в пепельнице и посмотрел в окно.

— А что же за хрень такую задумал старик М.? — спросил он, словно обращаясь к самому себе.

— Я тебе ведь уже сказала, — отчаянным голосом повторила Скарлетт. — Он хотел, чтобы ты вернулся. Мой предшественник погиб. Ноль-Ноль-Девять совершил ошибку — и был близок к провалу в разгар операции, как они думали. М. нужен был твой опыт и твоя сила. Но он не был уверен, что у тебя по-прежнему сохранились та же стальная воля и желание не сидеть в кабинете, а участвовать в активной работе.

— Но ведь это против обычной практики, — сказал Бонд. — Раньше мы никогда не работали парами. Ты лучше скажи, сколько времени он тебя инструктировал? Мне кажется, ты знала о Горнере гораздо больше, чем я.

— Бо́льшую часть своего рассказа я просто придумала, — призналась Скарлетт. — М. предоставил мне карт-бланш на сочинение любой легенды. Он даже сказал, что знать не хочет о том, как я буду тебе врать. Ему был важен результат — твое участие в операции. Он сказал, что когда я с тобой познакомлюсь, то пойму — ты просто... незаменим. И я это поняла.

— И он выдал тебе мое слабое место, мою ахиллесову пяту.

— Это ты про женщин? Дорогой, да это-то всем известно. Это было первое, что сказал мне Феликс. «Подманивай вонючку на красивые глазки. Ресничками хлоп-хлоп — и он твой». А ты не объяснишь мне, что это за прибаутка?

— Ну, вонючка — это, наверное, скунс. Это один из приколов Дейви Крокетта[1].

---

[1] *Дейви Крокетт* — персонаж американского фольклора, знаменитый охотник и меткий стрелок. По легенде, мог подманивать енотов одной своей улыбкой. Якобы избирался в палату представителей конгресса США и приезжал на заседания верхом на крокодиле. Его реальный прототип служил разведчиком во время Гражданской войны на стороне южан и долгое время боролся за независимость Техаса. Впоследствии действительно был избран в конгресс.

— Что касается твоей слабости к женщинам, то об этом наверняка написано даже в досье, которое ведет на тебя СМЕРШ. Именно в графе «Слабости».

Бонд посмотрел на раскрасневшееся лицо Скарлетт:

— В том, что ты мне рассказывала про Горнера и твоего отца, есть хоть какая-то часть правды?

— Кое-что. Пожалуйста, Джеймс...

— Что именно?

— Мой отец действительно преподавал в Оксфорде в те годы, но Горнера он никогда не знал. Отец преподавал музыку. Как ты понимаешь, это не специальность Горнера.

— А его ненависть ко всему британскому?

— С чего это началось на самом деле — я не знаю. Но я, конечно, порадовалась про себя, когда он начал нести всю эту антибританскую чушь там, у себя на базе. Я поняла, что сумела просчитать его.

Бонд глубоко вздохнул и, обернувшись, внимательно посмотрел на стоящую посреди шикарного гостиничного номера женщину в черном бархатном платье. Печаль, светившаяся в этот момент в ее глазах, не нарушала, а скорее даже подчеркивала ее красоту. Он подумал о том, сколько всего они пережили вместе и как за все это время она ни разу ни в чем, даже в мелочи, не подвела его. Он сделал пару нерешительных шагов ей навстречу и вдруг заметил, как ее верхняя губа непроизвольно вздрогнула — точь-в-точь как у Ларисы Росси в день их первой встречи в Риме.

Что бы в этой девушке ни было настоящим, а что фальшивым, в одном он был уверен: она его любит. Он подошел к ней вплотную и крепко обнял. Она вздохнула и прижалась губами к его рту. Руки Бонда скользнули вниз по ее платью и крепко сжали ее тело.

Поцелуй продолжался не меньше минуты. Наконец Бонд сказал:

— Нам нужно заказать ужин. Точь-в-точь как мы себе представляли.

Скарлетт подошла к телефону, вытирая слезы в уголках глаз.

— А мы сможем сегодня обойтись без яиц-пашот по-бенедиктински? — спросила она.

— Ну, на этот раз, пожалуй, обойдемся. Но сначала я хотел бы чего-нибудь выпить, и выпить от души. Заказывай полный шейкер мартини.

Скарлетт начала быстро диктовать заказ.

— Какого года «Шато Батайи» ты хочешь?

— Сорок пятый, я думаю, пойдет, — ответил Бонд.

— За таким старым они специально пошлют курьера в винный салон. Ужин будет подан через полчаса.

— Времени вполне достаточно, — сказал Бонд. — Иди сюда. Мой босс всегда приказывает ковать железо, пока горячо, и я не имею права нарушать приказы.

Номер был оформлен в стиле Бель-Эпок[1]: двери многочисленных шкафов были украшены зеркалами, и еще одно зеркало висело над мраморным камином. Бонд смотрел, как Скарлетт раздевается, как она выскальзывает из своего черного платья, чулок и черного белья. Здесь было четыре, восемь, шестнадцать Скарлетт. Отражения множились до бесконечности, плыли и мерцали в мягком свете теплой комнаты.

— Как говорит один из боссов Феликса Лейтера, — хрипло произнес Бонд, — мы оказались в комнате безумных зеркал.

---

[1] *Belle Époque (фр.)* — Прекрасная эпоха; условное обозначение периода европейской истории между 1890 и 1914 г.

Его руки легли на обнаженные плечи Скарлетт, заскользили по ее телу, и через минуту он взял ее напористо, быстро и страстно, выплеснув весь жар их долгого и целомудренного ожидания.

Когда принесли ужин, Скарлетт была в ванной, и Бонд подал ей мартини.

— Кстати, у меня есть еще кое-что для тебя, — сказал он, вытаскивая из кармана маленький пузырек пены для ванны с ароматом гардении.

— Именно так, как мы мечтали. — Скарлетт расплылась в улыбке и брызнула несколько капель в воду.

Бонд одним глотком осушил целый бокал ледяного мартини, вздохнул с самым довольным видом и деловито подкатил сервировочный столик к кровати. Сбросив с себя одежду, он облачился в белый махровый халат, снятый с крючка на двери ванной.

Он лежал на мягких подушках и глубоко втягивал дым «Честерфилда», а потом умиротворенно выдыхал его, а Скарлетт, как и обещала, сидела голая на постели, скрестив ноги, и раскладывала по тарелкам икру и куски запеченного палтуса. Она то и дело поглядывала на Бонда своими большими карими глазами, словно опасалась, как бы он куда-нибудь не исчез.

Бонд разлил по бокалам шампанское «Болленже».

— Мне будет не хватать Поппи, — сказал он. — Она была такой... сдержанной. Я, признаться, этого не ожидал, поскольку мне ее описывали как довольно-таки дикую штучку.

— Ну да, конечно, а Скарлетт, добропорядочная банкирша с твоей точки зрения, должна была оказаться скованной и закомплексованной...

— Как хорошо, что я жестоко обманулся в своих ожиданиях.

— А какую из нас ты предпочел бы видеть сегодня ночью? — спросила Скарлетт.

— До полуночи пусть будет Поппи, — сказал Бонд, вытаскивая пробку из бутылки «Шато Батайи», — а потом пусть она обернется Скарлетт — свободной и даже, может быть, чуточку распущенной.

За ужином они говорили о событиях последней недели. Когда Скарлетт уже собирала с кровати тарелки и бокалы, Бонд рассказал ей о последней встрече с Горнером.

Она взяла последний бокал шампанского и нырнула под одеяло, прижавшись к Бонду.

— А что будет со мной, Джеймс?

— Что ты имеешь в виду?

— Мою работу. Я ведь допустила ужасную ошибку: на первом же задании завела служебный роман.

Бонд встал с кровати и подошел к окну. Сейчас он отчетливо ощущал, как болит все его тело — сломанное бедро, вывихнутое и грубо вправленное плечо, подвернутая нога, почти все мышцы.

Перед ним раскинулась панорама Города света — от далекой сверкающей огнями площади Согласия, через площади Оперы и Пигаль до ужасных бетонных башен северных пригородов.

Бонд плотно сдвинул занавески и вдруг вспомнил М., Джулиана Бартона, нового психолога и тренера по фитнесу, Лоэлию Понсонби, Манипенни и всех остальных.

— Да уж, это действительно произошло на службе, — сказал он, поворачиваясь к кровати.

— Вот именно, — задумчиво пробормотала Скарлетт и, улыбнувшись, отбросила покрывало со своего обнаженного тела — розового после ванны, чистого, мягкого и манящего. — И это действительно роман.

Автор выражает свою благодарность:

За компьютерное железо и железное терпение: Джеймсу Холланду, Марку Лэньону, Рейчел Орган, подполковнику Джону Старлингу, Роланду Уайту. Об экраноплане подробнее смотрите на сайтах: auto-speed.com и www.se-technology.com/wig

За софт и проявленную мягкость: Атуссе Кросс, Хейзел Орм.

За все остальное: Эндрю Бёрку/Одинокой Планете; Патрису Хоффману.

За садистскую настойчивость и мазохистскую верность: Генри Чанселлору, Зое Уоткинс, Саймону Уайндеру.

С благодарностью,

С. Ф.
Лондон, 28 мая 2008 года

СЕБАСТЬЯН ФОЛКС

БИОГРАФИЯ

Как и Ян Флеминг, Себастьян Фолкс начал свою деятельность в качестве журналиста, работая в различных лондонских газетах. Этой профессии он отдал 14 лет — с 1978 по 1991 год, но затем резко изменил свою жизнь, направив творческую энергию в писательское русло. Он ушел с журналистской работы и стал писать книги, которые получили заслуженное признание у читательской аудитории. Среди его наиболее известных романов следует отметить эпическое произведение «Человеческие следы» (*Human Traces*, 2005) и ставший наиболее популярным «Птичий щебет» (*Birdsong*, 1993) — эта книга была продана общим тиражом более трех миллионов экземпляров. Кроме того, Себастьян Фолкс является автором биографической трилогии «Роковой англичанин» (*The Fatal Englishman*) и сборника литературных пародий на различных авторов (включая Флеминга), вышедшего в свет под названием «Фисташки» (*Pistache*). Его последний роман «Инглби» (*Engleby*) вышел в свет в 2006 году. С романами о Джеймсе Бонде он впервые познакомился в возрасте двенадцати лет; эти книги были запрещены в той школе, где учился Себастьян Фолкс, и ему приходилось читать их тайком — с фонариком под одеялом.

ЯН ФЛЕМИНГ

БИОГРАФИЯ

Ян Флеминг родился в Лондоне 28 мая 1908 года. Его первый роман «Казино „Ройяль"» (*Casino Royale*) был опубликован в 1952 году — и в этой книге миру впервые предстал герой по имени Джеймс Бонд. В течение следующих двенадцати лет Флеминг выпускал по роману ежегодно — и с неизменным успехом. Придуманный им агент 007 стал одним из самых популярных литературных шпионов эпохи. Кроме того, Флеминг написал для своего сына повесть о летающей машине — «Читти-Читти-Бэнг-Бэнг» (*Chitty-Chitty-Bang-Bang*). Это произведение было экранизировано и неоднократно ставилось на театральной сцене.

Флеминг учился в Итоне, где выделялся среди сверстников своими спортивными достижениями. Затем он поступил на высшие офицерские курсы в Сэндхерсте, но, не закончив военного образования, уехал учиться в Австрию и Германию. Эти страны, помимо знания иностранных языков и филологии, привили ему любовь к Альпам, которую он пронес через всю жизнь. Затем Флеминг был принят на работу в агентство новостей «Рейтер», где ему пришлось научиться писать ровно столько, сколько нужно, и главное — вовремя. Намечавшаяся успешная карьера в лондонском Сити была безжалостно прервана начавшейся в 1939 году войной.

Во время Второй мировой войны Ян Флеминг служил помощником начальника Управления военно-морской разведки. Эта должность помогла ему занять свою творческую нишу: опыт, полученный в штабе разведки, стал источником вдохновения для романов о Бонде, и именно из собственного военного прошлого Флеминг почерпнул большую часть сюжетов и характеров для своих шпионских романов.

Позднее, работая в газете «Санди таймс» менеджером отдела зарубежных новостей, он получил возможность писать романы во время двухмесячных поездок на Ямайку, в Голденай, которые совершал каждую зиму. Его увлечение машинами, путешествиями, хорошей кухней и красивыми женщинами, а также страсть к гольфу и азартным играм нашли отражение в книгах о Джеймсе Бонде, которые расходились многомиллионными тиражами. Эти книги были экранизированы, и киноэпопея о Бонде снискала не меньший успех, чем ее литературная основа.

Ян Флеминг успел увидеть только два фильма, снятые по его романам: «Доктор Но» и «Из России с любовью». Он умер от сердечного приступа в 1964 году в возрасте пятидесяти шести лет.

СОДЕРЖАНИЕ

Литературно-художественное издание

СЕБАСТЬЯН ФОЛКС
ДЬЯВОЛ НЕ ЛЮБИТ ЖДАТЬ

Ответственный редактор Александр Гузман
Редактор Ксения Тверьянович
Художественный редактор Вадим Пожидаев
Технический редактор Татьяна Раткевич
Корректоры Светлана Федорова, Ирина Киселева, Елена Орлова
Верстка Алексея Соколова

Директор издательства Максим Крютченко

Подписано в печать 16.04.2008.
Формат издания 84 × 108 $^1/_{32}$. Печать офсетная.
Гарнитура «Петербург». Тираж 100 000 экз. (1-й завод 48 000 экз.)
Усл. печ. л. 20,28. Изд. № 909. Заказ № 9284.

Издательский Дом «Азбука-классика»
196105, Санкт-Петербург, а/я 192
www.azbooka.ru

Отпечатано по технологии СtР
в ОАО «Печатный двор» им. А. М. Горького
197110, Санкт-Петербург, Чкаловский пр., 15.